JN000139

P.G.Wodehouse
Masterpiece Selection

ウッドハウス名作選

ボドキン家の強運

P・G・ウッドハウス

森村たまき訳

国書刊行会

目次

ボドキン家の強運

○主な登場人物

モンタギュー（モンティ）・ボドキン………気のいい青年紳士。ドローンズ・クラブで二番目の大金持ち。ガートルード・バターウィックと秘密裏に婚約中。

ガートルード・バターウィック………モンティの熱愛する婚約者。イングランド代表女子ホッケー選手。バターウィック＝プライス&マンデルバウム社社長令嬢。

レジナルド（レジー）・テニスン………モンティの友人。ガートルードのいとこ。アンブローズの弟。金はないが家柄と人柄はよい青年紳士。

アンブローズ・テニスン………レジーの兄。モンティの友人。小説家。元海軍省勤務。スペルバ＝ルウェリン映画社と脚本家として契約を結びハリウッドに向かう。

ロータス（ロッティ）・ブロッサム………赤毛の映画スター。スペルバ＝ルウェリン映画社所属。子ワニのウィルフレッドを飼っている。

アイヴァー・ルウェリン………スペルバ＝ルウェリン映画社社長。美貌の妻グレイスは元映画スター。

メイベル・スペンス………ルウェリン氏の妻グレイスの妹。ハリウッド・セレブ御用達のオステオパシー施術師。

アルバート・ピースマーチ………Ｒ・Ｍ・Ｓ・アトランティック号所属スチュアード。得意曲は『ヨーマンの婚礼の歌』。

1．名探偵モンティ・ボドキン

カンヌのオテル・マニフィークのテラスに座る青年の顔に、うしろめたげな恥じらいが忍び入った。英国人がこれからフランス語を話そうとしていることを告げる、いかがわしい、やましげな表情である。モンティ・ボドキンがリヴィエラでの休日に旅立つ際、ガートルード・バターウィックが彼によく認識させたことの一つは、必ずフランス語を練習しなければならないということで、またガートルードの言葉は法律であった。そういうわけで今、鼻がむずむずするのはわかっていたのだが、彼は言った。

「あー、ギャルソン」

「ムッシュー」

「あー、ギャルソン、エスクヴザヴェザンスポットデランクルエテュヌピエースドパピエ――ノートパピエ、ヴザヴェ、エテュヌアンヴェロープエテュヌプリューム？（ギャルソン、吸い取り紙と紙――便箋だね、それと封筒と万年筆はないかな）」

「ビアン、ムッシュー」

この緊張は大きすぎた。モンティは母国語の再使用へと逆戻りした。

「手紙が書きたいんだ」彼は言った。すべての恋人と同じく、彼はわが恋を世界中と分かち合いたい傾向性の持ち主であったから、おそらく「この世で一番かわいらしい女性に」と付け加えていたはずであったろうが、ウェイターはすでにリトリバー犬みたいに跳《と》び去ってしまっていた。そして数秒後に彼は、道具を取り揃《そろ》えて戻ってきた。

「ぢぁい、旦那様《だんなざま》。ごちらでございまず」彼はパリに住む女性と婚約しており、彼女にリヴィエラに行ったら必ず英語の練習をするようにと言われていた。「えー、び、びんぜんどぶうどうど、ずい取り紙少々でございまず」

「ああ、メルシー」手際のよさに喜びながら、モンティは言った。「ありがとう。よしきた、ホーだ」

「よしきた、ホーでございまず、ムッシュー」ウェイターは言った。

一人になると、モンティはただちに紙をテーブルに拡げ、ペンを執《と》り、それをインクに浸した。これまでのところはよしだ。しかし今、愛する人に手紙を書こうとする時にしばしば起こることであるが、舞台でいうところの、間《ま》の空きすぎが起こった。彼は手を止め、どう始めたものかと考え込んだ。

文通相手としての自分のダメさ加減に、いつも彼はうんざりしていた。彼はガートルード・バターウィックを、かつてどの男がどの女性を崇拝したよりもっと崇拝していた。彼女の腰に腕を回し、彼女の頭が彼の肩に擦《す》り寄せられ、二人きりでいる時には、彼は己《おの》が愛を雄弁に流暢《りゅうちょう》に語ることができた。しかし、それを紙に記そうとする段になると、途轍《とてつ》もない困難を覚えるのだ。ガートルードのいとこのアンブローズ・テニスンのような連中のことを、彼はうらやましく思った。アンブローズは小説家で、こんな手紙は彼だったら朝飯前だろう。アンブローズ・テニスンなら便箋《びんせん》八枚をとっくに埋め、今頃封筒を舌で舐《な》めていたはずだ。

しかし、確かなことが一つあった。絶対に必ず、彼は今日の便で何かを送らなければならなかった。絵葉書を送った他、ガートルードに彼が手紙を書いたのはもう一週間も前の、エデンロックで撮った水着姿の写真を送った時以来だ。女性がそういうことを気にするのを、彼は知っていた。

ペンをかじり、インスピレーションを求めて辺りを見回しながら、まずは風景描写でじっくり始めてみようと彼は決意した。

オテル・マニフィーク
カンヌ
フランス、A.M.

《愛するひと、

僕はこの手紙をホテルのテラスで書いている。素敵な日で、海は青い――》

彼は手を止めた。うまくないと気づいたのだ。彼は便箋を破り捨て、再び書き始めた。

オテル・マニフィーク
カンヌ
フランス、A.M.

《僕のだいじな夢うさぎちゃん、

僕はこの手紙をホテルのテラスで書いている。素敵な日で、どれほど君がここにいてくれたらと願っていることか。なぜって僕は一日中君のことを思っているし、僕が戻る時には君がもうアメリカに出発した後だからずっと会えなくなるだなんて完全にバカだ。どう我慢したらいいのかわからない。

このテラスはエスプラナードを見晴らしている。連中はクロワゼットと呼ぶが、理由は知らない。バカバカしいがそうなんだ。海は青い。砂は黄色い。ヨットが一、二艘《そう》、うろうろ走っている。左手には小島が二つ、右手にはいくらか山がある》

彼は再び手を止めた。エンターテイメント的価値という意味では、風景描写はこれで十分だ。この調子で続けるなら、地元のガイドブックを送った方がいい。今必要なのは、いくらかのヒューマンインタレストだ。女の子の好きなゴシップ話というやつだ。彼は辺りをもう一度見回し、再び霊感を得た。

太った男が細身の女性を伴って、たった今テラスに入ってきたところだった。この太った男には見覚えがあるし有名だ。誰の手紙においても一段落を費やすに値する人物だった。アイヴァー・ルウェリン、ハリウッドのスペルバ゠ルウェリン映画社の社長である。

彼は再び書き始めた。

《毎日この時間にあまり人はいない。大抵の連中は朝はテニスをするかアンティーブに泳ぎに行くからだ。しかし、たった今水平線上に、君も聞いたことのある親爺《おやじ》さんが姿を現した。アイヴァー・ルウェリン、映画のおやっさんだ。彼の名前は知らなくても、少なくとも彼の映画はたくさん見てるはずだ。ロンドンで過ごした最後の日に二人で行ったのも彼の映画だった。なんて名前だったっけ、えー、タイトルは忘れたけど、ギャングがたくさん出てきて、ロータス・ブロッサムが若い記者と恋に落ちる娘をやった。

　彼は僕のところからそう遠くないテーブルに座って、女性と話をしている》

　モンティは再び手を止めた。書いたものを見直してみて、これでいいのだろうかと考えていることに気づいたのだ。ゴシップ話はうまく書けている。だが、死に去りし過去をこんなふうに蒸し返すのは賢明だろうか。ロータス・ブロッサムへの言及……前述の機会の折、彼がブロッサム嬢を手放しで称賛するのを見て、ガートルードはややジト目気味になったのだ。彼女の機嫌を直すにはリッツでの紅茶二杯とケーキ一皿が必要だった。

　わずかにため息をつき、彼はもう一度、風景描写はそのままに、ヒューマンインタレストは省いて書き直した。そこで今度は、彼女の父親のことを書いたらそれは礼儀正しい行為だし、感謝されるのではないかと思い当たった。彼は彼女の父親が好きではなく、実のところ頑固頭の尻もち野郎だと考えていたが、しかし個人的偏見は隠しておいた方が賢明な場合もある。

《この素敵な太陽の下で座っていると、僕はふと君の愛すべきお父上のことを考えていることに気づいた。お元気でいらっしゃるだろうか？（僕がそう訊《き》いていたと伝えてくれるね）持病のお加減が悪くないことを願っている。ざ――》

モンティは考え込んで眉間《みけん》に縦じわを寄せ、椅子《いす》の背に身をもたれた。思いがけない障害にぶつかったのだ。彼は今、彼女の愛すべきお父上のことは放っておけばよかったと思っていた。バターウィック氏を悩ませている病気は、痛くて厄介《やっかい》な坐骨《ざこつ》神経痛という病であった。しかし彼には坐骨神経痛という字をどう書いたものか、まるで思い浮かばなかったのだ。

Ⅱ

もしモンティ・ボドキンが恋人のいとこのアンブローズ・テニスン、言語芸術の専門家であったなら、おそらくこの飾り気のない発言に、アイヴァー・ルウェリン氏は女性に「熱心に」話しかけていた、と形容を付け加えるか、あるいは「かなり緊急の重大問題について話していたと思われる。なぜならいかなる愚鈍なる目をもってすら、彼が深く動揺していることは看《み》て取れたからだ」といった文章すら付け加えていたことだろう。

そう書いたとて、彼に誤りなしであった。この映画界の大立者は実際、極限まで動揺していた。そこに座って妻の妹、メイベルと協議する彼のひたいにはシワが寄せられ、目は見開かれ、三重あごはひとつひとつが互いに競い合いつつ揺れていた。両手はというと、あまりにきびきびと交差したり円を描いたりしていたから、ぽっちゃり体型のボーイスカウトが遠くの仲間に何かしら興味深い事項について合図しているかのように見えた。

ルウェリン氏は妻の妹のメイベルが好きだったためしはなかった――ごくごく僅差《きんさ》であると認めるにやぶさかではなかったが、妻の弟のジョージよりもきらいだと思っていた――しかし、今ほど彼女がきらいだった時もかつてなかった。彼女が契約金を釣り上げようとしてくる海外スターだったとしても、かくも強烈な嫌悪の目もて見やることは不可能であったろう。

「なんと！」彼は叫んだ。

このショックをあらかじめ和らげてくれるような、悪い予感はなかったのだ。昨日、パリにいる妻のグレイスから、妹のメイベルがブルートレインで今朝カンヌに着くと報せる電報が届いた時には確かにムッとしたし、またそれを表明するために一、二言ぶつくさ言いはしたが、しかし迫りくる破滅の予兆《よちょう》を感じていたわけではない。彼女を駅に迎えに行くなどとんでもないという断固たる決意を表明した後、その件はほぼご放念済みだった。妻の妹のメイベルの動向などまったく重要でないと、彼には思われたのだ。

たった今ホテルのロビーでメイベルと会い、どこか静かな場所で重要な話をしたいから五分ちょうだいと言われた時も、どうせ金を借りようとしてるんだろうし、貸すつもりはないと言ってやろうと、彼はまったく、本当に何の心配もしていなかったのだ。

魅力的な（義理の兄以外の大抵の者にとってだが）鼻の頭に無造作にパウダーをはたきながら、彼女が爆弾を放り投げてよこした段になってようやく、この哀れな人物は自分の立場を認識したのだった。

「アイキー、聞いてちょうだい」まるでお天気の話をするかのように、あるいはモンティ・ボドキンの賞賛を勝ち得た青い海と黄色い砂について話し合っているかのように、メイベル・スペンスは言った。「あなたにしてもらいたい仕事があるの。グレイスがパリで素敵な真珠のネックレスを買ったのよ。それで来週向こうへ戻る船に乗る時に、あなたにそれを持って無申告で税関をすり抜けてこっそり持ち込んで欲しいんですって」

「なんと！」

「聞こえたでしょ」

アイヴァー・ルウェリンの下あごは、まるで三重あごのところまで避難しようとするかのように下がった。彼の眉は上がった。眉の下の目は見開かれ、眼窩《がんか》から這《は》い出しそうに見えた。スペルバ＝ルウェリン映画社の社長であるから、彼の雇用者名簿には数々の、才能ある、感情表現を得意とするアーティストたちが掲載されているが、これほど紛れもない精確さで、恐怖を表現できる者は皆無《かいむ》であったろう。

「なんと、わしがか？」

「ええ、そうよ」

「なんと、ニューヨーク税関を素通りして無申告でネックレスを持ち込むじゃと？」

「そうよ」

アイヴァー・ルウェリンがボーイスカウトの真似をしはじめたのは、この時のことである。彼を責めることはできない。誰にも特別怖いものはある。所得税の課税査定官に震えおののく者もあれば、交通警官に震えおののく者もある。アイヴァー・ルウェリンは常に税関検査官に対して、完全なる恐怖を覚えてきた。彼らの疑わしげな目で睨《にら》まれると、彼の身はすくんだ。彼らが目の前でガムを嚙《か》む時、彼の身はうち震えた。彼の客室トランクを彼らが物言わず親指を突き出して指し示す時、あたかも中に死体でも入っているかのように、彼はそれを開けるのだった。

「絶対にせんぞ！　妻は気でも違ったのか」

「なぜよ」

「むろん頭がおかしい。アメリカ女性がパリで宝石を買うたびに、そいつを売った泥棒野郎は国もとの税関連中に通報するから、入港した時には連中が手斧《ておの》を持って待ち構えてるってことを、グレイスは知らんのか？」

「だから姉はあなたにお願いするって言ってるのよ。連中はあなたまで監視しないでしょう」

「ふん！　もちろん連中はわしを監視するとも。だからわしは密輸および脱税の罪で逮捕されるんじゃろうが。刑務所送りになるんじゃろうが」

メイベル・スペンスは化粧用パフをケースに戻した。

「あなたは刑務所送りになんかならないわ」しばしばルウェリン氏を、こいつをレンガでぶん殴ってやりたいという心持ちにさせる遠回しに侮辱《ぶじょく》的な言い方で、彼女は言った。「グレイスのネックレスを密輸した件ではね。何もかも完璧に簡単だから」

「ああ、そうか」

「ええ。準備万端なの。グレイスから弟のジョージに手紙が行ってるのよ。あの子がドックであなたを待ってるわ」

「そりゃあ最高じゃな」ルウェリン氏は言った。「結構結構」

「あなたがタラップを降りてくると、ジョージがあなたの背中を叩いてくるわ」

「ジョージがか？」

「そうよ」

「おたくのジョージが？」

「ええ」

「鼻に一発食らいたくなかったら、やめとくことじゃな」ルウェリン氏は言った。

メイベル・スペンスは発言を再開した。相変わらずの、バカな子供に道理を説いて聞かせようとする乳母《うば》との、やや腹立たしい類似性を帯びた調子にてだ。

「バカ言わないのよ、アイキー。聞いて。わたしがシェルブールでネックレスを船内に持ち込んだら、あなたの帽子に縫い入れてあげる。ニューヨークで上陸する時には、その帽子をかぶるの。ジョージがあなたの背中をバシッてたたいてきたら、帽子は落っこちるわ。ジョージがそれを拾おうと屈み込むと、あの子の帽子も落っこちるの。そしたらあの子は自分の帽子をあなたに渡して、自分はあなたの帽子をかぶって、ドックを歩き去るの。危険なんてどこにもないわ」

この女性がたった今あらましを語った計画の巧妙さに、多くの男たちの目はきらきら輝いたことだろう。しかしアイヴァー・ルウェリンの目は、最善の状態にあってすら、易々ときらきら輝くような目ではなかった。彼女が話す前から彼の目はどんよりして生気《せいき》がなかったが、今も彼の目はどんよりして生気がなかった。彼の双眸《そうぼう》に何かしらの表情が入り込んだとしたら、それは訝《いぶか》しげな色であったろう。

「あんたの計画は、弟のジョージに高価なネックレスに手を触れさせると、そういうことかな——いくらだって？」

「だいたい五万ドルね」

「それでジョージが五万ドルのネックレスを帽子に入れて、ドックを歩き去るじゃと？　ジョージがか？」ルウェリン氏は言った。私が聞いたのはその名前でお間違いなかったでしょうかねと言わんばかりにだ。「わしならあんたの弟のジョージには、子供の貯金箱だって預けんがな」

メイベル・スペンスは血肉を分けた弟に、何の幻想も抱いていなかった。彼の言い分の正当性を彼女は認めた。実にもっともな主張である。しかし、彼女はビクともしなかった。

「ジョージはグレイスのネックレスを盗んだりしないわ」

「どうしてじゃ?」

「グレイスのこと、わかってるもの」

ルウェリン氏は彼女の主張の強力さを認めざるを得なかった。現役時代の彼の妻は、サイレント映画のスクリーンで最も知られたパンサーウーマンの一人であった。『パリが眠る時』で彼女が演じたはまり役、アパッシュ［二十世紀初頭のパリのストリートギャング］の女ミミを見た者ならば、あるいは私生活において彼女がコックを解雇する様を見た者ならば誰とて、この女性が真珠のネックレスを盗み取っていいような人物だとは、たとえ一瞬たりとも言い張れはすまい。

「グレイスは、あの子の皮を剝《は》ぎ取っちゃうわ」

聴覚の鋭い者なら、ルウェリン氏の唇から切なげなため息が漏《も》らされるのを、あるいは聴き取ったやもしれない。誰かが義理の弟のジョージの皮を剝ぎ取るとの思いは、彼の繊細《せんさい》な心の琴線《きんせん》に触れたのだ。妻が彼をプロダクション・エキスパートとして週給千ドルでスペルバ＝ルウェリンの給与支払い簿に載せるよう押しつけてきて以来、彼自《みずか》らがそうしたいと切望してきた。

「あんたの言うとおりなんじゃろう」彼は言った。「だが気に入らん。わしはいやじゃ。はっきり言っておく。危険すぎる。何かがうまくいかないということにならんと、どうしてわかる? ああいう税関の連中はそこら中にスパイを放っとるんじゃ。わしがそのネックレスを持って上陸したら、きっと――」

彼は最後まで言い終えなかった。そこまで言ったところで、背後から言い訳がましい咳払《せきばら》いがして、こう言ったのだ。

「あのぅ、すみません。〈坐骨神経痛〉ってどう書くか、ご存じでいらっしゃいませんか？」

Ⅲ

モンティ・ボドキンは、自らを悩ませていた問題解決がためルウェリン氏に助けを求めようとただちに決意したわけではない。おそらくそれは紹介なく見知らぬ他人に声をかけることに躊躇《ちゅうちょ》を覚える、きちんとした社交感覚のせいであったろうし、あるいは映画界の大立者に単語の書き方を訊ねるのは彼の弱点を押さえることになると、ある種の本能が彼に告げたという事実のせいでもあった。しかし、だとしても彼はまず最初に、友達になったウェイターに訊ね、するとウェイターはまるで頼みにならないことが判明したのだ。そんな言葉が存在するとは信じられないという顔をするところから始めた彼は、突如叫び声を発し、ひたいを叩くと、こう叫んだのだ。

「ラ・ザコツシンケイツールでずが！」

彼はそれから次のように完全にバカげた発言をした。

「コムサ、ムッシュー。こゔでーず、ご少年。びどびどづぢにホネール、ネモヴズのカミにイドベンのまだづち、やまいだれにマとようで、ぼーら、ラ・ザコツシンケイツールでず！」

これを受け、この手のことにつき合っていられる気分ではなかったモンティは、ごく適切にも身振りでもって彼のもとを辞し、セカンドオピニオンを求めに出かけたのである。

ささやかな悩みをこれなる新たな聴衆に告げてたちまち受けた反応に、彼はある種の驚きを覚えた。びっくり仰天したと述べたとて言い過ぎではない。彼はルウェリン氏に紹介されたことはないし、また見知らぬ他人に声をかけられることに異議を申し立てる人々が多いことは承知していた。しかしこの相手が振り返って彼に向けた恐怖と嫌悪のまなざしには、いささか驚愕《きょうがく》せざるを得なかった。こんな目は、はるか何年も昔、古陶磁器を蒐集《しゅうしゅう》していたパーシー伯父《おじ》さんが居間に入ってきて、明朝《みん》の花器をあごに載せてバランスを取っていた彼の姿を見た時以来、目にしたことがないものだった。

さいわい女性の方はずっと落ち着いていた。モンティは彼女の容姿を好ましく思った。小柄で素敵な焦茶色《こげちゃ》の髪をした女性で、瞳《ひとみ》は灰色だ。

「何ですって?」彼女は訊《き》いた。「もういっぺん言ってくださる?」

「〈坐骨神経痛〉って書きたいんです」

「じゃあ書いたら」メイベル・スペンスは寛大に言った。

「でもどう書いたらいいかわからないんです」

「わかったわ。ニューディールで変更がなけりゃだけど、こう書くはずよ」

「メモをいただいてもいいですか?」

「その方がいいわね」

「よし。ありがとうございます」モンティは熱を込めて言った。「ものすごくありがとうございます。そうじゃないかなって思ったんですが、あの間抜けなウェイターがからかってくるんで。びどびどとかなんとかバカを言って。僕にだってびどびどが入らないくらいのことはわかりますよ。ありがとうございます。本当にありがとうございました」

「いいのよ。他に気になる単語はなくって？　お望みなら、平行四辺形とか、輪廻転生説とかも教えてあげられるわよ。それでね、ここにいるアイキーは五字熟語の魔術師なの。あーら違って？　そう言ってたじゃない」

テラスを横切る彼の姿を優しいまなざしにて見やり、義理の兄方向に向き直った彼女は、彼がどうやら精神的危機の断末魔状態にあるらしきことに気づいた。彼の目はかつてないほどに見開かれていた。そして彼はハンカチを取り出してせっせと顔を拭いた。

「どうかしたの？」彼女は訊いた。

ルウェリン氏はすぐには答えられなかった。彼がようやく発した声は簡にして要を得たものだった。

「聞くんじゃ」彼はしわがれ声で言った。「終わりじゃ」

「何が終わりなの？」

「ネックレスじゃ。わしは一切関与せん」

「んっまあ、アイキー。なんてこと！」

「『んっまあ、アイキー。なんてこと！』で結構。あの男は、わしらが話しているのを聞いたんじゃ」

「そうは思わないわ」

「わしは思う」

「んー、だからどうだって言うの？」

ルウェリン氏はふんと鼻を鳴らした。だが小さな音でだ。あたかもモンティの影がまだ彼の上にたち込めているかのように。彼はおびえ切っていた。

「だからどうしたじゃと？　わしが税関の連中がそこいら中にスパイを放っていると話したことを忘れたのか？　あいつもその一人じゃ」

「んっまあ、落ち着いて」

「『落ち着いて』なんて言ってもダメじゃ」

「あなたにそうお願いするのが難しいってことは認めるわ」

「自分は頭がいいと思っとるんじゃろう」不機嫌にルウェリン氏は言った。

「わたしの頭がいいことはわかってるわ」

「ああいう税関連中の仕事のやり方の基本を理解するほど頭はよくないようじゃな。この手のホテルは、まさに連中がスパイを送り込むような場所なんじゃ」

「なぜ？」

「なぜじゃと？　なぜなら、連中は遅かれ早かれバカな女がやってきて、必ずやネックレスを密輸する話を声高《こわだか》に叫びだすと、承知しとるからじゃ」

「叫んでたのはあなたでしょ」

「わしは叫んどらん」

「んっもう、いいわ。だから何よ。あの人は税関のスパイなんかじゃないわ」

「あいつはスパイじゃ」

「そんなふうに見えないわ」

「スパイがスパイらしく見えると思っとるからバカだと言うんじゃろうが。まったく、あいつらが最初にするのはスパイらしく見えなくなることじゃ。あいつらは夜中に起きて、研究しとる。あの男がスパイでなかったら、わしらの話に聞き耳立てて、何をしとるんじゃ。どうして奴はあそこにいたんじゃ？」

「あの人は『坐骨神経痛』の書き方を知りたかったのよ」

「ふん！」

「『ふん！』なんて言うところ？」

「『ふん！』と言って何が悪い？」当然の不満を覚えつつ、ルウェリン氏は詰問《きつもん》した。「いったい全体、南フランスの夏の朝の十二時ちょうどに、どこのどいつが『坐骨神経痛』の書き方を知りたがるんじゃ？　わしらがあいつに気づいたのを見て、頭に思い浮かんだ最初のことを言わざるを得んかったんじゃろう。とにかくこれでわしは抜けさせてもらう。こんなことの後でまだわしがグレイスのネックレスをチラとでも見ると思うなら、考え直してもらわないといかん。百万ドルもらったって、わしはやらん」

彼は椅子の背にもたれ、激しく息をした。彼の義理の妹は、嫌悪の目で彼をねめつけた。メイベル・スペンスはビヴァリーヒルズのスターたちに多く顧客を抱えるオステオパシー施術師だった。またそれにより、身体的健康という問題に関して彼女はある種の純粋主義者になっていた。

「あなたの問題はね、アイキー」彼女は言った。「体調がよくないってことなの。食べ過ぎだし、太り過ぎだし、そのせいで神経過敏になっているの。すぐ治療してあげたいわ」

ルウェリン氏は茫然《ぼうぜん》自失から回復した。

「わしに触ったな！」警告するように彼は言った。「わしが弱っておってグレイスに説得されたばっかりに、あんたの手になんぞかけられたから、もう少しで首をへし折られるところじゃったんだぞ。わしが何を食べようと食べまいと、あんたの知ったことか……」

「あなたが食べないものなんて、そんなにないじゃない」

「……わしが治療を受けようが受けまいが、あんたの知ったことか。わしの言うことを聞くんじゃ。つまりわしはこのシークエンスから、全部降りる。そのネックレスには指一本触れん」

メイベルは立ち上がった。この話し合いを続けても無駄だと思われたのだ。

「じゃあ」彼女は言った。「ご自分でお決めなさいな。どっちにしてもわたしには関係ないわ。グレイスはあなたに伝えるようわたしに言ったし、わたしはあなたに伝えたわ。あとはあなたの問題よ。姉さんにどういう態度をとったらいいかは、あなたが一番ご存じでしょ。とにかくわたしはブツを持ってシェルブールで船に乗るし、グレイスはあなたが手を貸してくれることに大賛成でいるんだから。合衆国政府に支払ってお金を無駄にするなんて罪深いこと、なぜってあちらは十分すぎる以上もう持ってるんだし、ただムダ遣いするだけなんだから、っていうのが姉さんの考えよ。だけどまあ、どうぞお好きになさって」

彼女は立ち去った。彼女の言葉には思考の糧《かて》が大いに含まれていたから、アイヴァー・ルウェリンはひたいにシワを寄せ物思いに沈み、口に葉巻をくわえてそいつを噛《か》みはじめた。

Ⅳ

一方、モンティは、罪なき我が身の頼みごとが巻き起こした嵐のことはつゆ知らず、手紙の続きを書き進めていた。今や彼は、どれほど自分がガートルードを愛しているかを彼女に告げる段に差しかかっており、書くべきことは奔流《ほんりゅう》のように溢《あふ》れ出てきた。実際、あまりにも没頭したため、彼の肘脇《ひじわき》で例のウェイターの声がした時には、跳び上がってインクを飛び散らせてしまったくらいだった。

彼は不機嫌に振り返った。

「えっ？　クエティールマントナン？　クヴレヴー？（なんだい？　何か用か？）」

ウェイターを彼の傍に佇《たたず》ませたのは、会話を求めるたんなる欲望ではなかった。彼は青い封筒を手にしていた。

「ああ」了解して、モンティは言った。「ユヌテレグラームプールモア（電報が一通）、だな？　トゥー・ドロア。ドネルイシ（ここに置いてくれ）」

フランスの電報を開けるには、常にいささか時間を要する。予期せぬ場所でひっ付き合っているのだ。彼の指がその仕事にかかずらわっている間、モンティは相棒と楽しげに天気の話をし、ルソレイユとラシェルの美しさに言及した。ガートルードがそうするよう望んでいるだろうと、思ったのだ。またこれら現象に関する私見を表明する彼の様子はあまりにもお気楽であったから、彼の口から悲痛な悲鳴が突如発せられた時にウェイターが受けた衝撃は、ことのほか大きかった。

それは苦痛と驚愕《きょうがく》の悲鳴、心臓を撃ちぬかれた男の悲嘆の咆哮《ほうこう》だった。ウェイターは三十センチも跳《と》び上がったくらいだ。ルウェリン氏の葉巻は噛《か》みちぎられて半分になった。遠く離れたバーで一杯飲んでいた客は、マティーニを吹き出した。

モンティ・ボドキンがこんなふうに叫んだのも至極もっともだった。なぜならこの電報は、この短い電報、青天《せいてん》の霹靂《へきれき》のごとく彼を襲ったこのそっけない、冷たい、無頓着な電報は、彼の愛する女性から来たものだったのである。

信じられないほど簡潔な言葉で、何の説明もまったくなしに、ガートルード・バターウィックは婚約を破棄したのであった。

2. 旅立ちの朝

爽快《そうかい》な晴れた日の朝、ただいま歴史家が伝えたばかりの出来事より一週間の後、ロンドン市のウォータールー駅をそぞろ歩く者は、十一番線ホームに何かしらの賑《にぎ》わいと活発な動きが進行中であることに気づいたであろう。サウサンプトン港を正午に発つ大型定期船アトランティック号への連絡列車が、九時過ぎに発車しようとしていた。そして、時は今八時五十五分、ホームは船客たちと彼らを見送りに来た者たちでごった返していた。

アイヴァー・ルウェリンもそこにいて、記者たちに銀幕の理想と未来について語っていた。イングランド・レディース・ホッケーチームのメンバーたちもそこにいて、アメリカ合衆国ツアーを開始する前に友人や肉親たちに別れを告げていた。小説家、アンブローズ・テニスンもそこにいて、書籍売り場の店員に、アンブローズ・テニスンの作品は何かないかと訊ねていた。ポーターたちは荷物を荷車で押し、軽食入りのバスケットを手にした少年たちは、朝九時に必要なのは厚切りのミルクチョコとスイートロールパンであるのだと乗客たちを説得しようと努めていた。募金箱を背中に背負った犬が、鉄道員の孤児救済のため、手遅れになる前に金払いのいいカモを見つけるべく歩き回っていた。要するにこの光景は、陽気で活気あふれる様相を呈《てい》していた。

この点でそれは、一ペニー用スロットマシンに身をもたせかけて立つ、両眼の下に黒い隈《くま》をこしらえた青年とは大いに異なっていた。この瞬間に葬儀屋がもし通りかかったら、この青年を鋭く見つめ、そこに商機を嗅《か》ぎ取ったことだろう。ハゲタカも然《しか》りである。この弱り果てた身体にいまだ生命が息づいていることを、信じられないと思ったことだろう。昨夜ドローンズ・クラブはレジー・テニスンのためにさよならパーティーを催行し、その効果は未だ消えることなしであったのだ。

しかし、生命の息吹《いぶき》が完全に消滅していないことは、一瞬後に証明された。よくとおる、力強い女性の声が、彼の左耳三センチくらいのところで突然こう言ったのだ。「まあ、ハロー、レジー！」そして何かしらの鈍器で殴られたかのように、彼の頭から足の先へと鋭いけいれんが走った。ルウェリン氏——絶好調の時ですら、タージマハールのごとき絶景ではまったくない——を見なくても済むように閉じていた目を開けると、徐々に焦点が合ってきてヘザー混のツイードを着た、美しい、直立した女性が見えてきて、彼はいとこのガートルード・バターウィックの姿を認めた。彼女の愛らしい顔はバラ色に上気し、ヘーゼル色の瞳はキラキラと輝いていた。その姿は輝くばかりの健康の心地よいイメージそのものであった。彼女を見て、彼は気分が悪くなった。

「まあ、レジー。なんてご親切なのかしら」

「はぁ？」

「私を見送りに来てくれたんでしょう」

レジー・テニスンの灰色の顔に、心傷ついた表情が入り込んだ。精神の健康を疑われたように感じたのだ。それも道理だった。いとこにさよならを言うためだけに朝七時半に起きたと思われて、平気な若者はそうはいまい。

「君を見送るだって？」

「見送りに来てくれたんじゃなかったの？」

「もちろん見送りになんか来たんじゃない。君が出発することだって知らなかった。ところでどこへ行くんだい？」

今度はガートルードが傷ついた顔をする番だった。

「私がイングランド・ホッケーチームに選出されたこと、知らないの？　アメリカでいくつも試合をするのよ」

「なんてこった！」顔をしかめて、レジーは言った。いとこがこうした度を越えたやりすぎ行為に耽溺《たんでき》していることは知っていたが、それについて聞かされるのは気分よくはなかった。

突如ガートルードを啓蒙《けいもう》が訪《おとな》った。

「そうか、私ったらバカね。あなたも船に乗るんだわ、そうでしょ？」

「そうじゃなきゃ、こんなとんでもない時間に起きたりしないだろ」

「もちろんそうよ。ご家族は会社で仕事するようにって、あなたをカナダに送り出すんですってね。お父様が言ってらしたのを思い出したわ」

「おたくの親父さんが」レジーは冷たく言った。「この作戦の司令塔だ」

「もうそろそろ頃合いなんじゃなくて？　あなたに必要なのは仕事だわ」

「俺は仕事なんか必要としてない。考えるのも嫌だ」

「そんなに怒ることないじゃない」

「あるんだ」レジーは言った。「できるもんなら、もっと怒ってやる。俺に必要なのは仕事だと、けっ！　ありとあらゆるバカげた、くだらない、間抜けな発言の中で……」

「そんなひどいこと言わないで」

レジーはやつれた手を、ひたいに走らせた。

「すまない」彼は言った。テニスン家の者は女性とは争わない。「あやまるよ。実を言うと、今朝は本調子じゃないんだ。ひどく頭痛がする。大騒ぎの後なら君だって同じようにつらいはずだ。昨夜はクラブの仲間何人かとやりすぎた。それで今朝は、言ったように、ひどい頭痛だ。くるぶしの辺りから始まって、上に行けば行くほどひどくなる。それでさ、おかしなことに気がつかないか？　つまりさ、本当にひどい頭痛は、目に影響するんだ」

「あなたの目、ゆでた牡蠣《かき》みたいよ」

「どう見えるかじゃない。何が見えるかなんだ。俺はどうやら——こんな時に発音するのはいやなんだが、言いたいことはわかるだろう。『ハル』で始まる言葉だ」

「ハルシネーション？」

「それだ。そこにいない奴が見えるんだ」

「バカ言わないで、レジー」

「バカなんか言ってない。たった今、目を開けると——なぜかはわからん——だが、兄貴のアンブローズが見える。間違いようはない。あいつがはっきり見える。ちょっと動揺してると告白するに、やぶさかじゃあない。俺たち二人のどっちかが死ぬ予兆じゃないか？　だとしたら、死ぬのはアンブローズだったらいいんだがなあ」

ガートルードは笑った。彼女は快い音楽的な笑い声の持ち主だった。それがレジーをよろめかせ一ペニー用スロットマシンに取りすがらせたという事実を、真逆《まぎやく》を示す証左と見なすべきではない。今朝のレジナルト・テニスンには、ハエの咳払《せきばら》いとて、強烈な効果を及ぼしたはずなのだから。

「バカね」彼女は言った。「アンブローズはここにいるわ」

「まさか君は」愕然《がくぜん》としてレジーは言った。「あいつが俺を見送りに来たって言うんじゃないだろうな？」

「もちろん違うわ。彼も出航するのよ」

「出航する？」

ガートルードは驚きの目で彼を見た。

「もちろんよ。聞いてないの？」

「何を聞いてないって？」

「アンブローズはハリウッドに向かって旅立つの」

「なんと！」

「そうよ」

目を見開くのはレジーには苦痛だったが、彼はそれをした。

「ハリウッドへ？」

「ええ」

「だけど、海軍省の仕事はどうしたんだ？」

「やめたの」

「やめた――あの素敵で居心地のいい、ボロい仕事を？　絶え間なくたっぷりの年収と、満期釈放時にはどっさり年金もついてくるあの仕事を？　ハリウッドに行くために？　なんと、俺は――」

レジーは言葉を失った。ゴボゴボ音が出るばかりだった。このことの怪物じみた不公平さが、彼から言葉を奪ったのである。長年、彼のことを不安のまなざしもて見がちなこの一族の者たちは、アンブローズを自慢の種にしてきた。アンブローズと彼には、良い息子と悪い息子――あるいは働き者の弟子と怠《なま》け者の弟子――の役割がはっきりと割り振られてきた。「お前もアンブローズみたいに、賢くて落ち着きがありさえしたらなあ！」というのがずっと一族のスローガンだったのだ。何百回も繰り返し聞かされてきたのである。「アンブローズみたいに賢くて落ち着いた子だったらなあ」と。それでその間ずっとあの男は、この日のために力を蓄えていたというのだ！

それから、もっと兄弟らしい、称賛すべき感情が湧き上がってきた――すなわち、スープ方面に向かって突進する哀れなバカタレへの深い同情である。高波のごとく、言葉が彼に戻ってきた。

「バカだ！　絶対的にバカだ。自分が何をしようとしてるか、まるでわかってない。俺はハリウッドのことなら全部知ってるんだ。映画に出てる女の子とつきあってたことがあって、あそこがどんなところか話してくれた。アウトサイダーにはこれっぽっちの見込みだってない。割り込みたがりの連中でごった返してるんだ。作家は特にだ。何千人も飢え死にしてる。のべつハエみたいに息絶えてるんだ。その子が言ってたことだが、ハリウッド大通りの半径十マイル以内のどこでだって、マトンチョップらしき音を立てようもんなら、そこらじゅうの隅から隅までどこからでもわらわらと、オオカミみたいに遠吠《とおぼ》えをあげながら作家連中が飛び出してくるんだそうだ。なんてこった、あの哀れなウスノロ野郎は見事にやらかしてくれた。海軍省の連中に電話して、辞表を送ったのは冗談でしたって言っても、もう遅いかなあ？」

「でもアンブローズは仕事を見つけに行くんじゃないの。契約があるのよ」

「なんと！」

「そうなの。あそこで記者に向かって話してる太った人が見えるでしょ。あれがルウェリン氏、映画界の大立者よ。あの人がアンブローズにシナリオを書かせて、週給一五〇〇ドル払ってくれるんですって」

レジーは目を瞠《みは》った。

「今一瞬、俺は眠ってたにちがいない」彼は言った。「夢を見た」奇妙な思いつきを軽く笑い飛ばしながらだ。「誰かがアンブローズにシナリオを書かせて週給一五〇〇ドル支払うと申し入れたって君が言う夢だ」

「そうよ、ルウェリン氏はそう申し入れたの」

「本当なのか？」

「確実よ。実際にはニューヨークで契約に署名するそうだけど、ぜんぶ決まってるの」

「うーん、なんてこった！」

レジーの顔に思慮深い表情が入り込んだ。

「金はもうもらったんだろうな？」

「まだよ」

「前払金なしだって？　たった今無駄遣いしてもいいなって思える二、三〇〇ポンドもなしか？」

「なしよ」

「わかった」レジーは言った。「で、支払いはいつだ？　いつ現ナマを手に入れるんだ？」

「カリフォルニアに着くまではまだだと思うわ」

「それまでに俺はカナダにご到着か。そうか」レジーは言った。「そうか」

彼は一瞬、再び憂鬱《ゆううつ》に沈んだ。だがほんの一瞬である。レジナルド・テニスンは見上げた男だ。彼は、たとえ自分が分け前にありつけないとしても、他人の幸運を共に喜べる人物だった。また、カナダとカリフォルニアの間には優れた郵便サービスが存在するし、我が最善の仕事の多くはペンを手に執《と》りなされたのだ、との思いが念頭に去来したのやもしれない。

「うーん、そりゃあすごい！」彼は言った。「やるなあ、アンブローズの奴！　これからどうするか教えてやる。あいつに今話してた女の子宛の紹介状を書く。彼女はあいつが気持ちよく暮らせるように……」

彼の声が止まった。喉《のど》をごくりとしようとして、できないでいるようだった。彼はいとこの肩越しに何かを見ているようだった。

「どうしたの？」

「ガートルード」乾いたひそひそ声で、彼は言った。

「あのハルなんとかってやつが見えたのは本当だったようだ。最初のは生身のアンブローズだったが、だが今度は間違いない」

「どうしたの？」

レジーは三、四回、続けてまばたきした。それから確信し、背をかがめて口を彼女に寄せ、さらに押し殺した声で言った。

「友達の幽体を見た。本物がたった今南フランスにいるってことはわかってる。モンティ・ボドキンって奴だ」

「何ですって！」

「見ちゃダメだ」レジーは言った。「だがその幽霊は、君のすぐ後ろに立ってる」

声がした。

「ガートルード」

その声はあまりにもうつろで――あまりにもおぼろげで、かすかで、しゃがれていた――肉体を遊離した霊魂より発されたとしてもおかしくはなかった。その声を聞き、ガートルード・バターウィックはさっと振り返った。振り返ると、彼女はその発話者を長く、冷たく、硬い凝視に服さしめた。そして、返答するまでもなしと判断し、高慢げに肩をそびやかすと、再び身体の向きを戻した。彼女の双眸《そうぼう》は石のごとく硬く、あごはつんと上げられ、そしてその生き霊はというと、しばらく片足立ちすると、弱々しく、ご機嫌をとるような調子でにっこりとほほえみ、敗北を認めたようだった。それはこそこそと人混みの中へと姿を消した。

レジー・テニスンは目をとび出させてこのドラマを見ていた。今や彼には、性急に診断を下した自分の誤りがわかった。これなるは彼の想像の生み出した実体なき無生物にあらず、旧友モンタギュー・ボドキンその人に他ならないのだ。そしてガートルード・バターウィックは彼に完全無欠の肘鉄《ひじてつ》を食らわせた。レジーの決して貧弱ではない肘鉄体験の中でも、これは比肩するものなきまったき肘鉄の執行であった。彼にはまるで意味がわからなかった。彼は困惑し、混乱し、当惑し、動転し、途方に暮れていた。そしてこれらの感情を、訴えるような「ちょっと待って！」で表明したのだった。

ガートルードは神経質に息を弾《はず》ませていた。

「何？」

「ちょっと待て、いったい何だこれは？」

「何だこれって何が？」

「あれはモンティだった」

「ええ」

「あいつは君に話しかけた」

「聞こえたわ」

「だが君はあいつに話しかけなかった」

「ええ」

「なぜだ？」

「ボドキンさんとは私、お話ししたくないの」

「なぜだ？」

「つもう、レジー！」

この謎《なぞ》の多面体のもう一つの側面が、この不思議議がり中の青年に提示された。いったい全体、どういうわけでガートルードとモンティは駅のホームで肘鉄をやりとりする関係に立つに至ったのか？　二人は会ったことすらないのではなかったか。

「じゃあモンティとは知り合いなんだな？」

「ええ」

「知り合いだとは知らなかった」

「知り合いなの。ご興味があればだけど、私たち、婚約していたのよ」

「婚約？」

「ええ」

「婚約してただって？　全然聞いてないぜ」

「お父様が発表させてくれないの」

「なんで？」

「ああ、レジー！」

レジーは次第に事実を理解してきた。

「なんとなんと！　すると君はモンティと婚約していたんだな？」

「ええ」

「だがもう婚約していない？」

「ええ」

「どうして？」

「気にしないで」

「モンティの奴がきらいなのか？」

「ええ」

「どうして？」

「もう、レジー！」

「ほかの誰だってモンティが好きだぜ」

「本当？」

「そうさ。あいつは最高にいい奴だからな」

「私はそのご意見には賛成しないわ」

「どうして？」

「もう、レジー、やめて！」

レジナルド・テニスンは、時宜《じぎ》を得た忠告をする時は来たれりと思った。彼のハートはモンティ・ボドキンのために血を流していた。先の場面で彼の様子を一目でも見れば、あの哀れな男が事のなりゆきに激しく動揺していることはどんな間抜けにだって看《み》てとれたし、女の子が鼻をツンと上げて、モンティみたいな最善最高の男に横柄《おうへい》な態度をとって回ることが許されるなら、この世も末というものだと言いたかったのだ。

「『もう、レジー、やめて！』なんて言ったってダメだ」彼は厳《おごそ》かに言い渡した。「コルセットが破裂するまで、『もう、レジー、やめて！』って言って構わない。だが君は、自分がバカな小娘で人生最大のどヘマをやってるって事実からは逃れようがないんだ。君たち女性はみんな同じだ。気取っていばり散らして善良な男に愛想つかしをして、自分にふさわしい男はいないだなんて思ってる。それで最後はぺしゃんこだ——最後は一人ぼっちなんだ。ある日、冷たい灰色の明け方に目を覚まして、自分がモンティみたいな男を振ったバカだと思って自分で自分をけとばすんだ。モンティのどこが悪い？　見た目もいい、気立てもいい、動物に優しい、破裂するくらいに金持ちだ——これ以上の男はいないぞ。それで、友達精神で言わせてもらうが、いったい自分を何様だと思っているんだと聞かせてもらいたい。グレタ・ガルボか何かか？　バカなヤギの真似なんかしちゃだめだ、ガートルード。俺の助言を聞いてあいつを追いかけて、でっかいキスをくれてやって、自分がバカタレで悪かった、全部元どおりだって言ってやるんだ」

イングランド代表センターフォーワードは、いざカッとなったら凄《すさ》まじい人物であった。またガートルード・バターウィックの麗《うるわ》しき双眸《そうぼう》を走ったきらめきは、レジナルド・テニスンがこれからまさに残忍な仕打ちを受ける寸前で、それは衰弱しきった彼の身体には最悪の結果しか及ぼしようがないことを示唆《しさ》しているようにも見えた。硬いまなざしが彼女の顔に戻ってきた。彼女は彼を、あたかもシーズン最終戦で彼女にスティックでペナルティを課した審判であるかのように見た。

さいわい、彼女が思いを口にする前にベルが響き笛が鳴った。出発する汽車に乗り遅れる恐怖は、この女性の内なるホッケー選手を弱体化させた。甲高い、純粋に女性的な悲鳴とともに、ガートルードは飛ぶように走り去った。

廃人となったレジーの足取りは遅かった。はるかに遅かったから彼がたどり着いた時にはすでに汽車は動きはじめており、飛び乗ってかろうじて間に合った。がたがたに揺さぶられ尽くした身体髪膚をようやっとあるべき場所に納め直したところで、彼は車室のただ中に、自分が最も会いたかった人物と二人きりでいることに気づいたのだった——すなわち、モンティ・ボドキンその人である。この哀れな男は車室の反対側の隅っこに背中を丸めて座り、カスタードクリーム状くらいまでべとべとに打ちのめされていた。

レジーにとっては願ってもない状況だった。ロンドン広しといえども彼ほど他人様の厄介《やっかい》ごとに鼻を突っ込むことに一意専心する青年はいないし、打ち砕かれたロマンスに関する直接情報を生《なま》で手に入れられるこの機会は、大いに彼を喜ばせた。彼の頭は途轍《とてつ》もなく痛かったし、汽車内でいくらか昨夜の分の睡眠を取り戻そうと思ってはいたのだが、好奇心が睡魔に打ち克《か》った。

「いやあ！」彼は叫んだ。「こいつは驚いた、モンティ！　いやさて、久しぶりだなあ」

3. サウサンプトン行き臨港列車

「なんてこった!」モンティは言った。「ここで何してる、レジー?」

レジー・テニスンはこの疑問を一蹴《いっしゅう》した。通常なら、彼は自分について話すことに甚《はなは》だしい喜びを覚えたものだが、今それをやるつもりはなかった。

「俺はカナダに行くんだ」彼は言った。「そのことはいい。後で全部説明してやる。モンティ、我が旧友よ、いとこのガートルードとお前の間に、いったい何があった?」

そもそもこんなところで出くわした驚きの後、レジー・テニスンが自分のプライバシーにどかどか侵入するありさまを目《ま》の当たりにしたモンティ・ボドキンの最初の反応は、こいつの顔を押しやってここから追い出し、ありとあらゆる災厄を未然に防ぐだけの冷静沈着さが自分になかったことに対する後悔だった。彼はこの後一時間半を、苦悩する己《おの》が魂との無言の会話に費やすつもりだった。たとえ旧友とであれ、話をしなければならないことは苦痛だった。

だが、この言葉を聞いて彼は感情の急変を意識した。ホーム上でのエピソードの間、彼の注意はすべて愛する女性に集中していたから、彼女の向こう側に立っていたうすぼんやりした人物のことを認識していなかった。今、理性は、あれはレジーだったに違いないと彼に告げ、そしてたった今彼が語ったことからすると、ガートルードが彼に打ち明け話をしたことが示唆《しさ》された。要するに、レジナルド・テニスンは招かれざる侵入者から、馬の口から直接得た内部情報を漏《も》らしてくれる人物へと変化を遂げたのである。彼はあまりにもどん底にいたから、ほほえむにはほど遠かったが、それでもやつれた顔は緩《ゆる》んだ。そして彼はこの旅の仲間に、安煙草《たばこ》を勧《すす》めたのだった。

「彼女は」彼は熱を込めて訊《き》いた。「お前に話したのか？」

「そうだとも」

「何て言ってた？」

「お前と婚約していて、そいつを破棄したと言っていた」

「そうだ。だが、なぜかは言わなかったか？」

「言わなかった。なぜだったんだ？」

「わからない」

「わからないだって？」

「まるで見当もつかない」

「だが、なんてこった。もし喧嘩《けんか》したなら、なぜ喧嘩したかはわかるはずだ」

「喧嘩なんかしてない」

「したはずだ」

「してないんだ。何から何まで奇妙奇天烈だ」

「何だって？」

「おかしい」

「ああ、おかしいのか。そうか」

「事実の概要を説明していいか？」

「たのむ」

「わかった。おそらくお前は」モンティは言った。「奇妙奇天烈と思うはずだ」

一瞬沈黙があった。モンティは己《おの》が魂と格闘しているようだった。彼の拳《こぶし》は固く握りしめられ、耳は小刻みにピクピク動いていた。

「わけがわからないのは」レジーは言った。「お前がガートルードと会ったことがあったってことすら、俺は知らなかったってところだ」

「会ったことはあった」モンティは言った。「でなきゃ、どうやって婚約できる？」

「もっともだ」レジーは認めざるを得なかった。「だが、どうして何もかも秘密にしてた？　どうして俺が婚約について聞くのはこれが初めてなんだ？　どうして他の婚約みたいに『モーニング・ポスト』紙にどーんと載って、帝都にあまねく広く公告されないんだ？」

「つまり歯車が入り組んだ話なんだ」

「何が言いたい？」

「これから説明する。そもそもの始まりから話させてくれ」

「もちろん幼い少年時代のことは飛ばしてくれるな？」いささか不安げに、レジーは言った。ただいまの微妙な健康状態にあっては、いくらか要約された話を彼は期待していた。

モンティ・ボドキンの目に夢見るような表情が差し入った――夢見るようであると同時に、深い悲しみに満ちた表情だ。彼は再びいとしい、いとしい過去を生きていた。そして悲しみの中でも最も悲しいのは、もっと幸せだった時のことを思い出すことなのだ。「ガートルードに初めて出逢《であ》ったのは」彼は始めた。「ストリートリーでの、川沿いのピクニックの時だった。僕らは隣り合わせに座って、それで知り合った一番最初から、僕たち二人はこの言葉の最も善く最も深い意味においてハムと卵みたいにぴったりだった。僕が彼女に向かってきたスズメバチをつぶしてやって、その瞬間から全部うまくいった。僕は彼女に花を贈り、電話をして、一緒に昼食を食べ、一緒にダンスにでかけ、それで二週間後くらいには婚約していた。少なくとも、一種のだ」

「一種の、とは？」

「歯車が入り組んでるって言った意味はそれだ。彼女の父親が、普通の婚約にしてくれなかったんだ。ひょっとして、彼女のクソいまいましい父親のことは知ってるか――輸出入商バターウィック＝プライス&マンデルバウムのＪ・Ｇ・バターウィックだ。いやもちろん知ってるんだったな」モンティは言った。この質問のバカバカしさに、うんざりした様子で笑いながらだ。「お前の伯父《おじ》さんだった」

レジーはうなずいた。

「俺の伯父さんだ。朝一番にもみ消そうったって無理な話だ。だが知ってるっていうのが――いや、俺たちにあんまり付き合いはない。親爺《おやじ》さんは俺を認めないんだ」

「彼は僕も認めないんだ」

「それであのイボイノシシ親爺が何をしでかしたと思う？お前はさっき俺に、この汽車に乗って何をしていると訊き、俺はカナダに行く途中だと答えた。こんな話をしたって信用してもらえないだろうが、あの親爺が俺をモントリオールに送りつけて、クソ会社で働くようにって一族を説得したんだ。だが今は俺の問題について話す時じゃない」レジーは言った。痛切な語りを中断していることに気づいたのだ。「お前とガートルードのことについて全部聞きたい。俺の血まみれジョン伯父さんが、お前を認めないって話をしてたところだった」

「そのとおりだ。親爺さんは実際に僕のことをろくでなし呼ばわりしたわけじゃあないが――」

「俺はしょっちゅうろくでなしと呼ばれてるぞ」

「だが、態度は不愉快なんだ。二人の婚約に同意する前に、僕がどうやって働いて生計を立てているかを知りたいと彼は言った。僕は働いて生計を立ててはいません、なぜなら亡くなった叔母《おば》が僕に三〇万ポンドを有価証券で遺《のこ》してくれましたから、と言った」

「それでやり込めたんだな」

「僕もそう思った。だが違った。彼はただふくれっ面をして、稼《かせ》ぐ力のない男に娘はやれんと言った」

「そのセリフは知ってる。稼ぐ力ってのは、俺にはないっていつもあの親爺がぶつくさ言ってるシロモノのことだ。よくこう言ってくれたもんだった。『お前のアンブローズ兄さんが、海軍省で堅実な立場を維持しながら、空き時間に小説を書くことに専念しているのを見るがいい。とはいえ、あやつの小説をわしは読んだことはないんじゃがな……』とだ。そうだ。アンブローズといえば、驚くべきことが起こったんだった」

「話を続けていいか?」少し冷たく、モンティは言った。

「ああ、頼む」レジーは言った。「話してくれ。アンブローズの話は後でしなきゃいけない。お前もぶっ飛ぶぞ」

モンティは感じのよい顔をしかめながら、走り去る景色を眺《なが》めていた。J・G・バターウィックのことを考えると、いつも彼の顔はしかめられるのだった。心の底で彼はいつも、前者の坐骨神経痛が治療に屈しないことを願っていた。

「どこまで話したっけ？」どす黒い思考から抜け出て、彼は訊いた。

「稼ぐ力ってところだ」

「ああ、そうか。親爺さんはガートルードを稼ぐ力のない男と結婚させることは許さんと言った。だから、僕が仕事を得て、それを一年続けてみせることで自分の力を証明するまでは、すべて宙ぶらりんってことだ」

「バカ親爺だ。俺はずっとそう思ってきた。だがガートルードはそんなヨタ話を我慢しやしなかったんだろう？」

「したんだ。当然僕は彼女にスーツケースに荷物を詰め、僕と一緒にこっそり結婚登録所かグレトナ・グリーンかどこかへ行ってくれって説得した。だけど彼女はどうした？　だめだ。現代精神のかけらも示しちゃくれなかった。彼女は僕のことを一心に愛しているけれど、あの年寄り親爺がオッケーの旗を高く掲げてくれるその時まで、僕との結婚は断るって言ったんだ」

「そんなバカな！」

「本当だ」

「そんな女の子が今どきいるとは知らなかった」

「僕もだ」

「昔の三巻ものの長編小説の登場人物か何かみたいだな」

「そのとおりなんだ」

レジーは考え込んだ。

「誰についてでもこういうことを言うのは不快なもんだが」彼は言った。「だが、事実、ガートルードは名誉の人なんだな。ホッケーをやってるせいだ。それでお前はどうした？」

「仕事を見つけた」

「お前がか？」

「そうだ」

「そんなはずがない」

「見つけたんだ。僕のグレゴリー伯父さんのつてで見つけた。伯父さんはマンモス出版社を経営してるティルベリー卿を知ってたんだ。伯父さんは僕を、子供部屋と家庭のための雑誌『タイニー・トッツ』誌の副編集長にうまいこと押し込んでくれた。そして僕はクビになった」

「もちろんだ。それから――？」

「グレゴリー伯父さんは僕をブランディングズ城のエムズワース卿の秘書として雇わせた。そして僕はクビになった」

「当然だ。それから――？」

「それから僕は自分でことを運んだ。ピルビームって名前の男とたまたま出会って、そいつは私立探偵事務所を所有していて、それで彼が腕利きの助手を雇ってると知ったから、僕をそれにしてもらったんだ」

レジーは目を瞠《みは》った。

「私立探偵事務所だって？　つまりその、探偵ってやつか？」

「そうだ」

「お前が名探偵だって言ってるんじゃないな？」

「言ってるんだ」

「なんと！　マハラジャのルビーとか血痕《けっこん》から推理するとか、そういうヤツか？」

「うーん、実を言うと」もっと具体的な話を打ち明け、モンティは言った。「僕にたくさん仕事をくれるわけじゃあないんだ。腕利きの助手として名簿に載ってるってだけの話だ。つまりさ、僕はピルビームに名簿に載せてくれたら千ポンド支払うって言って、そういうことで話はついてるんだ」

「だが、ジョン伯父さんはそのことを知らないんだな？」

「ああ」

「親爺さんが知ってるのは、お前が職を得て、続けてるってことなんだな」

「そうだ」

レジーは当惑した。

「ふん、それじゃあもう途轍《とてつ》もなくハッピーエンディングってことじゃないか。いとこのガートルードと結婚するためだけに千ポンドも出そうって野郎が間抜けかどうかは、ここでは立ち入る必要のない問題だ。えらく強気の金額だとは思うが、お前の考えじゃあ違うんだろう。何がうまくいかなかった？」

モンティのゆがめられた顔には苦悩する魂が表れていた。

「わからないんだ！　だからこんなにも打ちのめされてる。まったく見当もつかない。カンヌにちょっと休日に行って、何もかもが素晴らしいって思って、悠々自適でいたんだ。出発した時ガートルードとはこれ以上ないくらいに仲良しだった。彼女は僕に夢中だった。そしたらある朝、彼女から電報が届いて、婚約は破棄されて理由は書いてなかったんだ」

「理由は書いてなかったのか？」

「一言もだ。皆無《かいむ》。愛想尽かしだけだ。奇妙奇天烈だ。僕は呆然《ぼうぜん》とした」

「当然だな」

「僕はすぐに飛行機で戻ってきて、彼女の家を訪ねた。彼女は僕に会おうとしない。僕は彼女に電話をかけた。そしたらアデノイド持ちの執事以外、誰も出ない。彼女がこのホッケーの件でアメリカに行くことは知ってたから、僕も行って、航海中に彼女と話し合うしかないと思った。何かくだらない誤解があったに違いないんだ」

「彼女がお前のことを何か聞いた可能性は？」

「聞かれて困ることなんて何もない」

「ひょっとしてお前、カンヌにいる間に、ああいう所に出没しがちな謎《なぞ》めいた異国の女冒険家とはしゃぎ合ったりしたんじゃないのか？　それで誰かがその話を彼女にした、なんてことは？」

「異国の女冒険家なんていなかった。少なくとも、僕は一人も会ってない。カンヌでの僕の暮らしはクソいまいましいくらい潔白だった。たいていの時間、泳ぐかテニスをしてただけだ」

レジーは考え込んだ。ことはモンティの言うとおり、奇妙奇天烈なところがあるように思われる。

「俺が何を考えてるかわかるか？」ようやく彼は言った。

「何だ？」

「あいつはお前に飽きがきたんじゃないかと思う」

「へっ？」

「つまりさ、よくよく考え直したんだ。それでお前はタイプじゃないって決めたんだ。わかるだろ、女の子ってものはそういうことをする。化粧台に載せた写真をあんまり見過ぎたんだな。そして目からウロコが落ちる」

「なんてこった！」

「そういう場合、かなり思い切った施策が必要だ。相手に激しい揺さぶりをかけてやらなきゃならない」

「揺さぶり、って、どういう意味だ？」

「いや、方法は色々あるさ。だが心配するな。俺がお前のためにこの件は処理してやる。状況は明白だ。彼女はお前を捨てた。お前は魅力を失ったんだ。だが、そのことであわてる必要はない。全部うまくいくさ」

「本当にそう思うのか？」

「絶対にだ。俺にはガートルードがわかっている。あいつがこれっくらいの時から知ってるんだからな。俺が彼女に立ち向かってやる。実を言うと、汽車が出る前にもう始めてたんだ。あれは効いてるんじゃないかと思う。船に乗ったら、俺が彼女のところに行って、ひと仕事してやる」

「お前はなんていい奴なんだ」

「いや、いいんだ。俺が――」疲弊《ひへい》はしていたが、この友人を誠実な友情を込めて見つめながら、レジーは言った。「お前みたいな旧友のためにしてやれないことなんか、そうはないんだからな、モンティ」

「ありがとう。ありがとう」

「またお前だって俺に善行を施《ほどこ》してくれる機会があったら、ためらいはしないはずだと俺は思う」

「するわけがない」

「お前はその任務に飛びつくはずだ」

「ヒョウみたいにだ」

「そのとおり。じゃあ、俺に全部まかせろ。お前の魅力をもう一ぺん、どうしていいかわからないくらい全開にしてやる。それじゃあ」レジーは言った。「もし構わなきゃ、しばらく目をつぶらせてもらおうと思う。今朝は五時半に眠って、七時に起きたから、ちょっと眠たいんだ。ひと眠りすれば、この頭痛が治るかもしれん」

「頭痛がしてたのか?」

「ああ我が友よ」レジーは言った。「昨夜ドローンズじゃ、キャッツミート・ポッター＝パーブライトの仕切りで俺の送別会をやってくれたんだ。それ以上の説明はいらないだろ?」

4．出港

　太陽は照り輝き、さざ波はきらめき、そして清涼なそよ風が西より吹きよせる晴れた夏の日に、サウサンプトンからシェルブールまで大洋航路定期船で旅する以上に快適なことはない。つまり、もしモンティ・ボドキンのような人物が乗船していなければということだ。

　ウォータールー駅でのモンティ・ボドキンが幽霊に類似していたとするならば、R・M・S・アトランティック号がサウサンプトンを出港して英仏海峡横断に要した数時間の間、その類似性はさらにいっそう強まっていた。この間、彼は絶え間なく船内各所にゆらめき現れては、誰も彼ものご迷惑になっていた。

　彼が入り口からゆらめき入ってきて、落ちくぼんだ目で辺りを見渡し、また入り口からゆらめき出て――時には数分後に――ゆらめき戻り、またもう一ぺん辺りを見渡して立ち尽くす様を見て、喫煙室の客たちはビールを喉《のど》に詰まらせた。彼が物言わず接近するのに気づくと、応接室で編み物中の老婦人たちは編み目を飛ばした。デッキチェアの娘たちは、読書中の本に影が差し、顔を見上げて彼のカタツムリのような目に見つめられていることに気がつくと、恐怖に後じさった。あたかも彼から逃れるすべはないかのようだった。

つまりモンティはガートルード・バターウィックを探していたのである。また、あらゆる道を探れ、というのが彼の意図するところであった。シェルブール港沖で船が停止した段になってようやく、彼はこの迷惑行為を中断した。すでに靴の中で彼の足は痛み始めていたから、彼は寝台に横になりに特等船室に戻った。これで足に負荷をかけずに済むのみならず、何かしら建設的な思考が可能になるだろうと思ったのだ。また建設的な思考が求められる状況がもしあるとしたら、それは今この時に他ならなかった。

ドアを開けてみたら寝台をレジー・テニスンが塞《ふさ》いでいることに気づいた時の彼の感情は、複雑に入り乱れていた。残念という思いがあった。なぜなら今や彼の両足はたいそう痛かったし、その寝台は自分で使いたかったからだ。歓喜もあった。なぜなら何かニュースを持ってくるのでなければ、彼がここにいるはずはないと思ったからだ。

しかし、この推測は誤りだった。レジーは何のニュースも持ち合わせていなかった。彼の懸命の「それでどうだった?」によっても、この友人が乗船後ガートルードを見てすらいないという情報が得られただけだった。

「そこら中探して歩いたんだ」救難の旅の間中、のべつのらくらしていただけだという誤解を振り払おうと躍起になって、レジーは言った。「だがあいつはどこか秘密の防空壕に潜《もぐ》っちゃったようなんだな」

しばらくの間《ま》があった。それから、もしレジーがその寝台を空けてくれるなら喜んで使わせてもらいたいと提案しようとしたところで、モンティの注目は床に置いてある見たこともないスーツケースに惹《ひ》きつけられた。

「あれは何だ?」驚いて彼は訊《き》いた。

レジーは身体を起こした。彼の態度にはいくらか気後れがあった。

「あ、あれか?」彼は言った。「いつ気がつくかなあと思ってたんだ。あれは俺のだ」

「お前の?」

「そうだ。モンティ」いささか切迫した様子で、レジーは言った。「汽車の中で話したことを覚えてるか?」

「ガートルードのことか?」

「ガートルードのことじゃない。お前と俺のことだ。どれだけ俺たち二人がいつだって最高の友達できたかってことだ。だからもし俺たちどちらかが一方に正当なことをしてやれる時が来たら、その時には躊躇《ちゅうちょ》しないって話だった。覚えてくれてればだが、俺にお返しができる機会が来たら、その時には任務に飛びつくとお前は言った」

「もちろんだ」

「ヒョウみたいにだ、俺の記憶が正しければ」

「そのとおりだ」

「よしきた」レジーは言った。「さてと、今がその時なんだ。お前の働きどころだ。俺はお前と特等船室を交換した」

モンティは目を瞠《みは》った。長い黙考の後で、彼の知性はいささか混乱していた。

「特等船室を交換しただって?」

「そうだ。お前の物は俺のところに移してもらった」

「いったい全体どういうわけだ?」

「そうしなきゃならなかったんだ、旧友よ。実を言うと、いささか困った事態になった」

レジーはピローの群れの中で、居心地のよい体勢をとった。モンティは靴を脱いだ。かくして解放感を得ると、彼は寛大な気持ちになっていた。解放したつま先を曲げ伸ばししながら、何かもっともな理由がなければレジーがこんなことをするはずがないと、彼は自分に言い聞かせていた。あとはその理由を明らかにしてもらうだけだ。

「困った状況になったとは、どういう意味だ?」

「これから話す。だがその前に、落ち着こう。お前には嫌いな奴ってのはいるか?」

「ここにいる」

「ライバルはどうだ?」

「ここにいる」

「ありがとう」レジーは言った。「さてと」頬《ほお》をふくらませ、彼は続けて言った。「こういうことなんだ。お前、アンブローズは知ってるな?」

「お前の兄貴のアンブローズか?」

「俺の兄貴のアンブローズだ」

「ああ、まあまあよく知ってる。オックスフォードで一緒だったし、結構お互いに行き来がある……」

「あいつがこの船に乗ってるのは知ってるか?」

「アンブローズが? だがあいつは海軍省に勤めてるんじゃなかったか?」

「いや、勤めてないんだ。そこが肝心なところだ。汽車の中で話そうとしたんだが、お前は聞く耳持たなかった。今この時、お前が言ったとおり、アンブローズは海軍省にいて、三通からなる覚書に署名したり、ホーンパイプの踊りを踊ったり、とにかくあそこでやるようなことをやってるはずだった。ところが現実の事実は、奴はこの大洋航海船のデッキをピンストライプのフランネル・スーツにヨット帽姿で歩き回っている。あいつは海軍省をやめて、映画のシナリオを書きにハリウッドに行くところなんだ」

「まさかそんな」

「それだけじゃない――これはものごとを信じるお前の能力を最大限に試すことになるんだが――週給一五〇〇ドルで、五年間の契約でだ」

「なんと！」

「驚くと思った。そうだ、そいつがあのアイヴァー・ルウェリンって親爺《おやじ》さんが奴に払う金額だ――週給一五〇〇ドルだ。お前、アンブローズの書くヨタ話を、読んだことはあるか？」

「ない」

「ふん、つまらん駄作だ。最初っから最後まで死体も謎《なぞ》の中国人も出てこない。それがこのルウェリンの野郎は週給一五〇〇ドルあいつに支払うって言うんだ。なあ、モンティ、お前の言ってたセリフ、何だっけ？」

「奇妙奇天烈か？」

「それだ。まごうかたなく奇妙奇天烈だ」

レジー・テニスンのごとき体調で「三通からなる覚書に署名し」を言ってすでに弱っていた者な

ら誰しも、「まごうかたなく奇妙奇天烈」と発話して、大自然にその代償を支払わずにいられるものではない。鋭い激痛に顔をゆがめ、ひたいを両手で押さえてしばらく寝そべった彼は、気を取り直そうと努めた。

「だが、お前が訊きたいのは」筋肉のけいれんが収まると、彼は再び話しはじめた。「アンブローズがこの船に乗っているという事実が、俺が特等船室を交換したがることとどう関係するか、ってところだろう。説明しよう。汽車の中でお前たちの婚約となぜそれが秘密かってことを話した時、お前はとてつもなくいい表現を使った。お前は——何てったかな？　ああ、歯車が入り組んでる話なんだと言った。その表現でよかったか？」

「そうだ」モンティは言った。自分でもそれは気に入っていた。「ああそうだ、歯車が入り組んだ話なんだ」

「ここでも歯車は入り組んでる。たった今言ったように、非常に困った状況が出来《しゅったい》してるんだ。ロータス・ブロッサムって名前の女性のこと、お前に話したことはあったかなあ？」

「映画スターの？」

「映画スターのだ」

「もちろん銀幕上で見たことはあるが、お前が彼女の話をしたのは覚えてない」

「おかしなもんだ」レジーは言った。「俺はいわゆる強靭《きょうじん》で寡黙《かもく》な男ってやつなんだと思う。っていうのは、俺たちは一時期ものすごくなかよしだったんだ。実は、正直に言おう。俺は結婚してくれと彼女にたのんだ」

「本当か？」

「ああ。〈アングリー・チーズ〉で一緒に食事した晩のことだ。女性があんなに笑うところを、俺は見たことがない。俺の背中に彼女が氷のかけらを入れてきた直後のことだった。俺がこの話をするのは」レジーは説明した。「俺たちがものすごくなかよしだったってことを伝えるためだ。一緒にどこへだってでかけた。一年前、彼女がロンドンにいて、イギリスの会社の映画を撮ってた時のことだ。さてとこれで第一巻の終了だ。わかってもらえたかな？　ロッティと俺はものすごくなかよしだった」

「ああ、わかった」

「よし。じゃあ二巻目に入ろう。俺はたった今デッキにいた。そしたら誰かが突然背中をひどく嫌な具合に叩いてきて、もうちょっとで俺は墓穴行きになるところだった。で、霧と暗黒とぐるぐる回る火花が過ぎ去って、気がついたら俺は兄貴のアンブローズの顔を見つめていた。俺たちは会話を始め、それでもちろん俺はこのハリウッドの件で奴におめでとうを言った。それで心の底から良かれと思って、俺はロッティ・ブロッサムに紹介状を書こうと申し出たんだ。彼女がハリウッド中の誰でもよく知っていて、奴をありとあらゆるパーティーやら何やらに招待してくれるってわかってたからな。だから俺は彼女に紹介状を書いてやるって言った。実に兄弟らしいだろう、どうだ？」

「実に」

「俺もそう思った。とりわけあいつがウエストコートの上からもうちょっとで俺の背骨をへし折る寸前だったたってことを考えればな。ところがそいつは最悪のヘマだったたんだ、旧友よ。なぜかを教えてやる。俺がこう言うと奴の顔に満面の笑みが浮かぶのを見て、俺はそいつを懐疑的な、あの子に会ったことがあるだなんて言ったってどうせそんなのは人混みの中で見かけたってだけの話で、もう今じゃ向こうはお前の名前だって忘れてるよ、って笑いだと思った。有名人が知り合いだって言うとみんなが顔に浮かべるああいう笑いのことはわかるだろ。だから俺はロッティと自分がどんなに濃厚に親しかったかって主題を展開した。思い起こせば、アントニーとクレオパトラの私生活みたいな話に作り込んだに違いないんだ。『ああ親愛なるロッティ!』俺はそう言ったのを覚えてる。『なんたる親友! なんたる相棒! お前は親愛なるロッティに会わなきゃダメだ! 俺の兄弟のためなら、彼女は何だってしてくれるさ。俺たち二人がどんなに一緒にはしゃぎ合ったことか!』ってな。そういうのはさ、わかるだろ」

「よくわかるとも」

「旧友よ」厳粛に、レジーは言った。「兄貴は彼女と婚約してたんだ!」

「なんと!」

「まったくだ。お前は彼女に会わなきゃいけないって俺が言った時、あいつはもう会ったと言った。ビアリッツで、数ヶ月前に。海軍省の連中があいつを年に一度の休暇に送り出した時のことだ。それで俺が『そうか、彼女は気に入ったか?』って聞いたら、あいつは彼女がとっても気に入って、それで二人は結婚の約束をしていて、それで『一緒にはしゃぎ合った』という表現で、お前は正確には何を言おうとしていたのか、って答えた。とてつもなく困るじゃないか、どうだ?」

「とてつもなく困る」

「その困惑が時間の経過と共に消滅することはなかった」レジーは言った。「ことはどんどん厄介な具合になってきた。『彼女はシェルブールで乗船する』とあいつは言った『それは素敵だ』俺は言った。動揺はしていたが、なんとか持ちこたえようとがんばったんだ。『誰にとって？』とあいつは言った。『お前にとってさ』俺は言った。『ああ』あいつは言った。『その「はしゃぎ合った」というのはどういう意味だ？』『お前のハリウッドの仕事のことを、彼女は知ってるのか？』俺は言った。『知っている』『きっと大喜びしてるんだろうなあ』俺は言った。『間違いない』あいつは言った。『お前はまだ「はしゃぎ合った」という表現で何を言おうとしていたか説明していない』『いや、何でもないんだ』俺は言った。『ただ俺たち二人が一時期とってもなかよしだったってだけだ』『ああそうか？』あいつは言った。『そうか』それで中断だ。状況はわかるな？ 全般的動向は理解してくれたな？ あいつの機嫌はひどく悪い。あいつは疑っている。あいつは憂慮の目もて事態を打ち眺《なが》めている。それでロッテイはシェルブールで乗ってくるんだ」

「もうシェルブールに着いてるぞ」

「そのとおり。もう彼女は乗船したはずだ。それで、旧友よ、肝心の話になるんだが、わかるか？」

「何がだ？」

「たまたま乗客名簿をちらっと見たんだ。そしたら彼女の特等船室が俺の部屋の隣だって気づいてぶっ飛んだ。アンブローズがどんなふうかは知ってるだろう？ もうすでに沸騰寸前で下劣な懐疑で腹の底までいっぱいだ。このことを知ったらあいつは何て言う？」

「ああ」

「まさしくそういうこと――ああ、だ。だからできることは一つしかない。俺はお前と特等船室を交換しなきゃならない。わかってくれたか？ 理解してくれたか？」

「わかった」

「お前は気にしないな？」

「もちろんしない」

「わかってた」感動して、レジーは言った。「お前に頼ればいいってことはわかってたんだ。眉毛の上まで信頼できる男だ。お前がアンブローズのことをどう思ってるかは知らないがな、モンティ、だが子供時代からずっと俺はあいつのことを固ゆで卵だと思ってきた。ガキの頃、興奮すると突然襲いかかってきて俺のズボンのお尻をつかんでくる癖があった。それでたった今俺が別れた時の様子からして、長い年月を経てもあいつはこれっぽっちも穏やかにも丸くもなっちゃいない。特等船室交換におけるお前の寛大な行動によって、俺はおそらくひどく厄介な大怪我をしないで済むはずだ。またこの件を俺が忘れると思うなよ。あのアホのガートルードについては全身全霊で対処するからまかせてくれ。お前の利益は必ず俺が守ってやる。俺が何か言うまで、何もしないことだ」

「僕は図書室へ行って彼女に手紙を書こうと思ってたんだ」

レジーはこれを考量した。

「よし。害はなしと見た。だが卑屈な態度はとるなよ」

「卑屈な態度はとらない」モンティは憤慨して言った。「知りたきゃ教えてやるが、すごく痛烈で無愛想な手紙にするつもりなんだ」

「たとえば――？」

「うーん、まず最初に『ガートルード』で書き始めようと思う。『親愛なるガートルード』でも『愛するガートルード』でもない。ただの『ガートルード』だ」

「いいぞ」レジーは賛意を示した。「それであいつも少しは考えるはずだ」

『ガートルード』僕はこう書こうと思っていた。『君の行動は奇妙奇天烈だ』

「最高だ」レジーは真心込めて言った。「行ってぶつかってこい。デッキでちょっと歩くのが俺としてはお勧めだ。さっきアンブローズが肩甲骨の間を殴りつけてくるまであそこにいたんだが、海風は俺の頭痛にいいようだった。目玉の間の猛烈な螺旋《らせん》運動の感覚が、ちょっとはましになったようだ」

5. シェルブールの真珠

ガートルード・バターウィックの頬《ほお》を恥辱《ちじょく》に赤く染めさしめ、目に後悔の涙を浮かばしめ、全面的に何が何かを彼女に了解せしむるはずの手紙を書こうと断固たる決意を固め、モンティ・ボドキンが図書室に向かう間、アイヴァー・ルウェリン氏はプロムナードデッキの手すりにもたれ立ち、義理の妹のメイベルを乗せたはしけが近づいてくるのを眺《なが》めていた。

ウォータールー駅にて銀幕に対する彼の見解を拝聴した記者たちの誰一人とて、自分が苦悩する魂にインタビューしているのだとちらとも感じた者はなかった。しかし、耐えがたき真実はまさしくそうであったのだ。ルウェリン氏は陽気で明るい気分ではいなかった。いたと述べることは、大衆を全面的に誤り導くことになるだろう。銀幕の未来の輝かしい明るさについて詳細に述べた際にすら、それが自分の未来とはどれほど違うことかと、彼は考えていたのだった。

夜な夜な彼は不安に落ち着かず枕に寝返りを打ち、自分を待ち受けることどもに思いを馳《は》せ、たじろぎひるんだ。時に彼は、考え直したグレイスが、少しでも正気になってくれてこの無法な計画を捨てようと決心してくれるかもしれないとの希望をそっと胸にはぐくもうとした。それからグレイスが正気を見せるとしたらそれは生まれて初めてのことだと思い、再び底なしの沼に沈むのだった。密輸業者というものは常に、なかなか格好のいい陽気な男たちとして描かれてきた。しかしアイヴァー・ルウェリンは、自分がその法則の例外であることを自ら証明していた。

はしけが到着した。乗客たちは船に乗り移った。そしてルウェリン氏はメイベル・スペンスをその一団から引きはがすと、デッキの人目につかない一角に引っ張り込んだ。取り乱し気味の彼を、彼女はしばしば彼に向けるあの冷静で面白がるような哀れみの目で見つめた。

「あなたって本当、大騒ぎしすぎだわよね、アイキー」

「大騒ぎじゃと？」

「きっとあなたが考えてるのは――」

「シーッ！」ルウェリン氏は舞台の無法者みたいにシューシュー言った。

メイベル・スペンスは我慢ならないというように顎《あご》をぐいと上げた。

「死にかけのアヒルの真似はやめて」彼女は言った。つまり彼女はシューシュー言いながら震える義理の兄を見て、舞台の無法者ではなくそちらを思い出したからだ。「ぜんぶ大丈夫だから」

「大丈夫じゃと？」この映画界の大立者の声には、奇妙で熱狂的な希望の響きがあった。「あれを持ってこなかったということか？」

「もちろん持ってきたわ」

「グレイスはわしにやらなくてもいいと――？」

「もちろんあなたにやってもらいたがってるわ」

「じゃあいったい」切実な熱を込めて、ルウェリン氏は聞きただした。「何が大丈夫なんじゃ」

「ぜんぶ完璧に単純で簡単ってことよ。わたしなら心配しないわ」

「あんたなら、心配はせんじゃろう」ルウェリン氏は言った。

彼は帽子を取り、ハンカチでひたいの汗をぬぐった。

「ジョージが――」

「ああ、わかった」ルウェリン氏は言った。「わかっとる」

これまで気づかなかった何らかの美点がジョージ計画にあったかもしれないというわずかな希望のもと、彼は頭の中でそれをさらってみた。しかし、心の慰めは何ら得られなかった。

「聞くんじゃ」彼は言った。希望の響きの後には、切羽《せっぱ》詰まった、涙のこみ上げてくるような響きの声が続いた。それは大恐慌のためスタジオの人員に給料カットを呑《の》むよう説得する際、彼が使い慣れた声だった。「いいか、聞いてくれ。グレイスはこの件についてそんなにも決意を固めておるのか？」

「そのようよ」

「妻は失望すると思うか？　わしがもし……」彼は言葉を止めた。壁に耳ありである。「……やらなかったら？」彼は言い終えた。

メイベルは考えた。言葉の問題において、彼女は厳密である。彼女はモ・ジュスト、すなわち適語を愛した。この場合、「失望する」が言葉としてふさわしいとは思えなかった。

「失望するかですって？」もの思いに耽《ふけ》るかのように、彼女は言った。「グレイスがどんなふうかはわかってるでしょ。彼女がある事がなされるよう望む時、彼女は事がなされることを望んでいるの。そういうことを訊《き》いてるんだったら……非人道的な精神的虐待を理由に離婚すると、わたしは思うわ」

ルウェリン氏は身震いした。「離婚」という語は常に彼にまとわりついてくる亡霊であった。結婚以来、若く美しい妻に対する彼の態度は、常に断崖絶壁に指先だけでしがみついている男のそれだった。

「じゃが、聞いてくれ……」

「わたしに聞くように言ったって無意味でしょ。わたしはグレイスじゃないもの。彼女がどう考えてるか知りたいなら、あなた宛の手紙を預かってきたわ。バッグに入ってるの。はいどうぞ。わたしがパリに戻ってあなたが何て言ったかを話した直後に書いてたわ。この提案にあなたが手を出さないって言ったことについてね。彼女は『まあ、やってくれないの。そう』って言ったわ。上唇を尖《とが》らせるから歯が見えて、それで声をひそめてささやくようになる時のグレイスの様子は、知ってるでしょ」

「やめてくれ」ルウェリン氏は力なく言った。「ああ、知っとる」

「座ってこの手紙を書き始める時の彼女の様子はそんなふうだったの。彼女は、全計画を簡単な言葉にまとめあげて、あのハットトリックの件であなたがしくじりようがないようにしてあげるって言ってたわ。それでその後インクびんの残りがなくなるまで、あなたが手を引いたらどうなるかを説明してた。全部ここにあるから。読むといいわ」

ルウェリン氏は分厚い封筒を彼女から受け取り、それを開けた。図書室の窓の明かりでその内容を精査するにつれ、彼の下あごはゆっくりと係留地点を離れて漂流開始し、読み終えた時には三重あごの二段目が三段目にめり込んでいた。冷静な思考が介入して発言の趣旨を和らげた気配がないのは明らかだった。彼女は自分が書くと言ったとおりのことを書いていた。

「わかった」ようやく彼はつぶやいた。

彼は手紙をびりびりに引き裂いて船べりから海に捨てた。

「わかった」彼はもういっぺん言った。「了解じゃ」

「では」彼は言った。「この件はよく考えさせてもらおう」

「そうして。よく考えてね」

「わかった」ルウェリン氏は言った。

哀愁をただよわせつつ、彼は図書室へと向かった。片隅にうなだれて座り、一枚の便箋《びんせん》をじっと見つめている一人の青年の他、そこには誰もいなかった。ルウェリン氏はこの孤独を歓迎した。椅子に腰を下ろすと、彼は口に葉巻を放り込み、思考に没入した。

グレイスときたら……

上唇を尖らせるから歯が見えて……

そうだ、そうだ。どれほど幾度も、彼は彼女がそうするのを見てきたことか。そしてどれほど幾度も、彼女を見て、彼が今感じているような不快で心沈む感情を覚えてきたことか。

あの表情を無視することが、自分にできるだろうか？

なんてこった！

だが別の手はあるのか？

もう一つ、なんてこった！　だ。

問題は、もっと別の、もっと緊急の問題を常々考えてきたせいで、この密輸業に伴う苦痛と罰則について彼があまりにも無知であるということだ。

この時点で、パーサーが通りかかり、急いで図書室を横切ろうとした。彼こそまさしくルウェリン氏が求めていた男だった。

「おい君」彼は呼び止めた。「ちょっと時間はあるかな?」

航海開始時のパーサーに、ちょっと時間があったためしはない。しかし発話者は普通以上に重要な上客であったから、彼は立ち止まった。

「何かご用でございますか、ルウェリン様?」

「ちょっと話がしたい。もしあまり忙しすぎるようでなければじゃが」

「かしこまりました。何かお困りの点でもございましたか?」

こう聞いて、ルウェリン氏はもう少しで笑いだすところだった。まるで苦悩する男の同じ質問を何度も聞いてきたみたいではないか。

「いや、違う。ちょっと君の助言が聞きたいんじゃ。君ならば詳しそうじゃからの。税関を素通りして無申告で物品を密輸することについてなんじゃが。いや、わしが自分でしようというわけじゃあないぞ、わかるの。もちろんちがう。そんな真似をするにはわしは有名人すぎるからの、わっはっは!」

「わっはっは」パーサーは律儀に繰り返した。なぜなら彼はロンドンの事務所から、この人物の航海を快適なものにするために、持てる力のすべてを傾注するよう特別に言い聞かされていたからだ。

「いや、いろいろ考えておったら、この密輸商売でいい映画が作れるんじゃあないかと思いついたんじゃ。ついては、細部を正確に知りたい。ニューヨークの税関で無申告でブツを持ち込んで捕まった奴は、どうなるのかな?」

パーサーはくっくと笑った。

「ルウェリン様、それには一言でお答えできます。しこたま、でございます」

「しこたまじゃと?」

「しこたまでございます」パーサーはもう一度くっくと笑いながら言った。彼はごく芳醇《ほうじゅん》で気持ちのよいくっく笑いの持ち主だった。その音色はグラスにとくとく注がれるウイスキーの調べに似ていなくもなかった。いつもならルウェリン氏が愛する音だったが、しかしそれは今、名状しがたい恐怖で彼を凍《こお》りつかせた。

しばらくの間《ま》があった。

「で、どんな?」ようやくルウェリン氏は、か細い声で言った。

パーサーは興味を持ち始めていた。彼は物を知らない者たちを教育することに、楽しみを覚える人物だった。自分が多忙であることを彼は忘れた。

「さようでございますねえ」彼は言った。「その映画に出てくる人物が、何か特別に重要な物を無申告で持ち込もうとして捕まったといたしましょう。たとえば真珠のネックレスですか……どうなさいました?」

「何も言っておらんが」ルウェリン氏はもぐもぐつぶやいた。

「何かおっしゃられたかと」

「いいや」

「さようでございますか。では、どこまでお話しいたしましたか。ああそうでございました。あなた様の映画の登場人物は真珠の首飾りを持ってニューヨークの税関を素通りしようとして捕まったんでした。彼は自分が大変な状況に陥っていることに気づきます。もちろん密輸をおこなった者は刑務所に送られるかもしれませんし、あるいは当局はブツを没収して、時価相当額の罰金を科すだけかもしれません。わたくし個人としてご提案申し上げるなら、映画のストーリーということでしたらば、ブツを没収して時価相当額の罰金を科した上で刑務所送りになされるのがよろしいかと存じます」

ルウェリン氏は痛そうに、息をごくりと呑《の》み込んだ。

「わしは現実に即した内容にしたいんじゃ」

「いえ、十分現実に即しておりますとも」パーサーは励ますように請け合って言った。「さようなことは頻繁《ひんぱん》にございます。よくあることだと申せましょう。かように提案いたしますのは、すると刑務所シーンが撮《と》れることになるかと存じてのことでございます」

「わしは刑務所シーンは嫌いじゃ」ルウェリン氏は言った。

「非常に効果的でございます」パーサーは反論した。

「わしはいやじゃ」ルウェリン氏は言った。「気に食わん」

パーサーは一瞬いささか失望したように見えたが、すぐに情熱を回復した。彼はつねづね映画には強い関心を持っていた。また、ルウェリン氏のような立場にある人物なら、どの角度から主題に接近するのが最善かを決定する前に、あらゆる角度から見てみたいはずだということを彼は承知していた。あるいは、この種の問題に関する職業的な勘から、ルウェリン氏はこの問題をドラマではなく、コメディとして考えているのかもしれないと、彼は思った。彼はこの点を彼に質した。

「もしやこの問題の滑稽《こっけい》な側面の方にご興味がおありでしょうか？　お考えのとおりです。我々はみんな、楽しいお笑いが好きでございますから」パーサーは言った。心の目に浮かび上がる映像に、持ち前の甘美なくっく笑いを湧《わ》き上がらせながらだ。「そいつを捜索するシーンには実に多くの喜劇的要素があることでございましょう。特に彼がデブだとよろしいですね。いい具合いに太った役者を見つけてきて——デブであればあるほど、おかしいでしょうねえ——少なくともサウサンプトンの〈スーパービジュー〉劇場では、観客が大笑いする声がポーツマスまで聞こえるはずだとわたくしが保証いたしましょう」

サウサンプトンの〈スーパービジュー〉劇場の残忍な観客達の嗜好は、アイヴァー・ルウェリン氏と共通するものではなかったようだ。彼の顔は冷たく、退屈そうなままだった。彼はそのどこが面白いのかわからないと言った。

「おわかりいただけませんか?」

「わしにはどこもおかしいとは思えん」

「なんと。連中がそのデブの服をはぎ取って吐きぐすりを飲ませてもでございましょうか?」

「吐きぐすりじゃと?」ルウェリン氏は激しく跳《と》び上がった。「なぜじゃ?」

「他に何も隠していないかを確認するためでございます」

「そんな真似をするのか?」

「ええ、ほとんど日常的にしておりますよ」

ルウェリン氏は彼を冷たく見つめた。彼は多くの脚本家が嫌いだったが、今このパーサーを嫌いなくらい、嫌いだった相手はいなかった。ムカムカするような細部を屈託なく楽しげに語るこの男の態度は、吐き気を催すものと思われた。

「そんなことはまったく知らなかった」

「さようでございますか」

「あまりにも極悪非道じゃ！」ルウェリン氏は言った。「文明社会において！」

「いえ、密輸で脱税などはするべきではないのでございます」パーサーはさも高潔げに言った。

「さような真似は絶望的だとわかるだけの分別があればよろしかったのでございます」

「絶望的なのか？」

「ええ、完全に絶望的です。当局はきわめて有能なスパイシステムを持っておりますから」

ルウェリン氏は唇を舐《な》めた。

「それについて訊こうと思っておった。そういうスパイというのはどういう活動をするものなのかの？」

「ああ、彼らはどこにでもいるのでございます。ロンドンやパリや、大陸中をぶらぶらしているのでございます」

「カンヌのような場所じゃな？」

「どこよりもカンヌは多いですね。ロンドンとパリを除けばでございますが。大勢のアメリカ人が、イタリア船に乗ってこの新しい南回りルートで帰りたがります。太陽は燦々《さんさん》と降り注ぎますし、目新しゅうございますから。税関のスパイはカンヌの大きなホテルでしたらどこにでもいると存じます。ジガンティックに一人いるのを知っておりますし、マニフィークにもう一人――」

「マニフィークじゃと！」

「カンヌにあるホテルの名前でございます」パーサーは説明した。「どちらにもスパイがいるのは間違いございません。合衆国税関としては、そこに連中を置いても元は取れるのでございます。なぜなら遅かれ早かれ、費用をかけただけのことはあったということに、必ずなるのでございます。外国のホテルで人は無分別におしゃべりしがちでございます。すると聞かれているのでございます。どうやってブツを持ち込むか、バーで話し合っている時に、たまたま通り過ぎた身なりの良い青年が怪しいなどとは、誰も想像もしないのでございます。それで同じ男に船で会っても、そいつが理由あってそこにいるとは思いもいたしません。だけど彼は理由があってそこにいて、連中はニューヨークに着いた時にようやく気づくわけなのでございます」

　ルウェリン氏は咳払《せきばら》いをした。

「その、マニフィークにいるスパイに、君は会ったことがあるかね?」

「ございません。ですが友人が会ったと申しておりました。まさかと思うような人物だったそうでございます……なんてこった!」時計を見て、パーサーは言った。「もうこんな時間でございましたか。もう行かねばなりません。わたくしで何かお役に立ちましたならばうれしく存じます、ルウェリン様。もしわたくしなら、絶対にその税関スパイは映画に登場させることでございましょう。実に映画ばえする職業と存じます。さてと、失礼いたします。せねばならぬことが千個もございましてね。シェルブールを出るまではいつもかような具合でございます」

　ルウェリン氏はよろこんで彼を立ち去らせた。彼の話からは何のよろこびも得られなかった。彼は黙考し、上下の歯の間に挟んだ火のついてない葉巻を、歯ぎしりで軋《きし》らせた。この黙考は無期限で続きそうな勢いだったのだが、と、それを中断させることが起こったのだ。

　彼の背後から声がした。

「あのう」それは言った。「すみませんが、『奇妙奇天烈』はどう書くか、ご存じでいらっしゃいませんか？」

ルウェリン氏の体型は、どんな挑発によったとて閃光《せんこう》のごとく即座に振り返ることができるような体型ではない。しかし彼は一九一二年にウエストラインを消滅させてしまった男の権能において可能な限り、閃光のごとく即座に振り返ったのだった。そしてそうした後、彼は力なく、ネズミのごときチューチュー声を発し、目を瞠《みは》った。

それはカンヌのオテルマニフィークのテラスにいた見知らぬ男だった。

この瞬間、ドアが開き、ガートルード・バターウィックが入ってきた。

6. 図書室の和解

ガートルード・バターウィックはそれまでの航海時間を、イングランド・レディース・ホッケーチームのキャプテンであるミス・パッセンジャーの部屋にこもり、帽子を試着して過ごしていた。それゆえ多大な努力にもかかわらず、モンティは彼女を見つけられなかったのだ。彼がプロムナードデッキ、ボートデッキ、応接室、喫煙室、図書室、体育館、その他エンジン室と船長室以外のほぼすべてをゆらめき歩いていた間、彼女はBデッキにあるミス・パッセンジャーの特等船室にて、すでに述べたように、帽子を試着していたのであった。

ミス・パッセンジャーは帽子には豪勢に奮発していた。つまりアメリカ合衆国最初の訪問にあたって、現地民におもてなしをしてやろうというのが彼女の意図するところであったからだ。彼女は青い帽子、ピンクの帽子、ベージュの帽子、緑の帽子、麦わら帽、ストリング帽、フェルト帽を所有しており、ガートルードはそれらすべてを一つずつかぶってみた。その過程が、彼女の心を苛《さいな》む苦痛緩和に役立つことに気づいたのだ。

すなわち、ウォータールー駅で彼女を見た者の誰もが思いもしなかったことであろうが、彼女の心は苦痛に苛まれていたのである。ことが起こった後、彼女のプライドはモンティとの結婚を考えることすら許さなかったが、だからといって彼女が彼のことを猛烈な、ずきずき痛む後悔と共に思わなかったわけではない。彼女が元婚約者をもはやうっとりするくらい魅力的でないと見なしていると推測した点で、レジー・テニスンは大いに誤っていた。彼の致命的な魅力は、依然として強力に作用していたのである。

彼女はなんとかそれを振り払おうとしていた。と、帽子の供給が尽きた。ミス・パッセンジャーはストッキングも持っていたが、ストッキングと帽子は同じではない。よって彼女はその場を辞し、デッキに向かった。そしてたまたま図書室の外にいることに気づき、本でも読もうと思い立ったのである。これから眠れぬ夜が待っているかもしれないのだから。

彼女が入室するまでの状況は以下のとおりである。ルウェリン氏とモンティは一緒ではなかった。映画界の大立者は椅子で背中を丸めていた。モンティは元いた片隅に戻っていた。彼のような精神状態にある者は容易に気を挫《くじ》かれがちであるし、ルウェリン氏に「奇妙奇天烈」という語の綴《つづ》りの件で協力してもらうことに完全に失敗し、手紙を書くのは当面放棄する次第となったのだ。ガートルードが入ってきた時、彼は前方をじっと見つめ、ペンを齧《かじ》っていた。

ガートルードはモンティに気づかなかった。アトランティック号の図書室には鉢植えのシュロの木が趣味良く飾られており、その一つが彼女の視界を遮《さえぎ》っていた。彼女は書架に向かい、それらに鍵が掛かっているのを見、係員が窓口にいないことを知ると、部屋を横切って中央の丸テーブルのところに行き、雑誌を手に取った。

それでモンティから彼女が見えるようになった。その結果、窓際の椅子《いす》に腰を下ろして雑誌を読み始めるやいなや、彼女の頭上に感情的な呼吸音がして、見上げてみると、青ざめ、こわばった顔を目にする次第となった。そのショックで彼女はしゃっくりのような音を出した。手にした雑誌は床に落ちた。彼がロンドンにいないことを彼女が知ったのはこれが初めてだった。ウォータールー駅に彼がいたことが、彼が臨港列車に乗ることを意味するとは、一瞬たりとも思ってもみなかったのだ。

「やあ」モンティは言った。

ガートルード・バターウィックは二つの理由で、立ち上がってこの部屋をさっと出てゆくことができなかった。一つ目の理由は、彼女の座った椅子はとても深く、そこから脱出するには一種のスウェーデン式体操を実行せねばならず、それはこの瞬間の厳粛さにまるで似つかわしくなかったからだ。もう一つの理由は「やあ」と言ったモンティが彼女を厳しく、責めるように見つめる様は、あたかもアーサー王がグィネヴィア女王を見つめるがごとくで、その驚くべき厚顔さは魔法にかかったかのように彼女を魅了した。あんな真似をしておいて、よくも自分を厳しく、責めるように見つめられるものだと、誇り高き彼女の精神は煮えくり返ったのだった。

「やっと会えた！」モンティは言った。

「出てって！」ガートルードは言った。

「だめだ」静かなる威厳をもって、モンティは言った。「僕が話し終えるまでは」

「私、あなたとお話ししたくなんかないの」

モンティはきいきい音を立てる石筆みたいに笑った。

「心配しなくていい。必要な話は全部僕がする」彼は言った——アーサー王がグィネヴィア女王との会談を始める際に言いそうな台詞《せりふ》だ。自らの過ちについて悩み抜いたこと、また彼の足がまだ痛かったという事実と相まって、モンティ・ボドキンはウォータールー駅でこの女性の前に片足立ちしていた言い訳がましい泣き言屋とは、まったく別人になっていた。彼は冷酷で、彼の目は見開かれ、彼は無慈悲だった。

「ガートルード！」彼は言った。「君の行動は奇妙奇天烈だ」

ガートルードは息を呑《の》んだ。驚きと憤慨に、彼女の双眸《そうぼう》はきらりと輝いた。彼女の内なる女性すべてが、この途方もない非難と戦うべく立ち上がった。

「そんなことないわ！」

「そんなことはある」

「そんなことはないわ」

「そんなことないわ――」

「あるんだ。まったく奇妙奇天烈だ。事実の概要を説明させてもらおう」

「事実の概要を」手を振ってモンティは言った。「説明させてもらおう」

「そんなことないの――」

「いったい全体」強い叱責《しっせき》を込め、モンティは叫んだ。「僕に事実の概要を説明させてくれるのか、くれないのか？　君がそんなに邪魔するんじゃ、どうやって事実の概要を説明できるっていうんだ」

どれほど不屈の精神を備えた娘でも、自分が正真正銘の野蛮人と対峙《たいじ》していることに気づいたら、たじろぐものである。ただいまのガートルード・B・バターウィックがそうだった。数ヶ月間の交際の中で、モンタギュー・ボドキンが彼女にこんなふうに話をしたことは一度もなかった。彼が自分に向かってこんな話し方ができるなどと、彼女は知らなかった。そして彼の言葉は――また、言葉以上に、それらが発せられた口調は――「坐骨神経痛」の綴《つづ》りを訊ねられたアイヴァー・ルウェリン氏並みに彼女の口を閉ざした。彼女はウサギに足を嚙《か》み付かれたみたいな気がした。

モンティは横柄な仕草で両の袖口をさっと突き出した。彼の双眸に、敵意を和らげる愛の輝きはなかった。ただあの、厳しい、責めるようなきらめきだけがあった。

「事実は」彼は言った。「以下のとおりだ。僕らはなかよくなった。僕はピクニックの時に君のためにスズメバチを叩きつぶして、それで二週間後に君ははっきりと、僕が好きだと言った。そこまではよしだ。その了解のもと、僕は君の石頭のお父上が僕たちの結婚に先立つこととして定めたキチガイじみた条件を満たそうとがんばる覚悟だった。そいつは困難な課題だったが、僕は身じろぎもせず立ち向かった。旧約聖書に出てきたあいつ――ヤコブだったか、そんな名前だった――だって僕には及ばない。僕は君を勝ち取るために粉骨砕身努力する意欲満々で、むしろそれを熱望したくらいだ。なぜなら僕は君を愛していたし僕を愛していると君が言ってくれたからだ。『娘と結婚する前に、定職に就いて一年続けるんじゃ』と、君のお父上は言った。それで僕は就職した。子供部屋と家庭のための専門誌『タイニー・トッツ』の副編集長になったんだ」

彼は息継ぎのために小休止した。だが彼女を見据える目はあまりにもギラギラと輝いていたから、彼女は口がきけなかった。彼女にホッケーを教えてくれた学校時代の体育教諭も、これとまったく同じ催眠効果を彼女に対して持っていた。

肺が満たされると、モンティは再び話しはじめた。

「それからのことは知っているだろう。ウォグリーおじさんからピヨピヨよい子たちへの手紙を書いて、僕は不幸なヘマをやった。上司のティルベリー卿の逆鱗《げきりん》に触れてクビになったんだ。で、それからどうなった？　僕は落胆しただろうか？　僕は怖気《おじけ》づいただろうか？　そんなことはない。多くの男はここで落胆して怖気づくところだろうが、僕は違った。ヤコブ精神は変わらぬ強さで燃え続けた。僕は両手を唾《つば》で湿《しめ》して、ブランディングズ城のエムズワース卿のところで秘書の仕事を確保したんだ」

ブランディングズ城への訪問によって耐え忍ばねばならぬ仕儀となった苦難の数々に思いを馳《は》せるにつけ、苦い笑いがモンティ・ボドキンの口許から漏《も》れた――今回は石筆のようなきいきい声ではなく、あまりにもハイエナ様の音色であったから、椅子にちぢこまっていたアイヴァー・ルウェリン氏は跳ね上がった拍子に葉巻を目にぶつけてしまった。ルウェリン氏の心には、その笑いは何かきわめて非人間的なものと感じられた。それはブツを持った者を取り押さえた時には、情けも容《よう》赦《しゃ》もない男の笑いに他ならなかった。

「絶え間ない緊張の日々の後、エムズワース卿は僕を放り出した。だが僕はそこであきらめたか？　タオルを投げ入れ降参したか？　いいや！　僕は降参しなかった。僕はあの胡乱《うろん》なピルビームって奴に取り入って、彼の探偵社にポストを得た。そしてそのポストを僕は今でも保持している」

助手として雇ってもらうため彼がパーシー・ピルビームに千ポンド支払ったことはガートルードに一言も言ってなかったし、今もそれには触れなかった。女性というものはそうした技術的な細部には無関心である。彼女たちはだいたいのところが知りたいだけなのだ。

「要するに」彼は繰り返した。「僕はこのポストを今も保持している。大変な労力の要る、僕の性《しょう》には合わないこの任務の性質にもかかわらずだ。ピルビームはいつも僕を大忙しで働かせてるわけじゃない。だが、もっとひ弱な男だったら辞表を差し出すような任務を、少なくとも僕は二度引き受けてきた。一度目は雨の中、二時間半もレストランの外に立っていなきゃならなかった。もう一度はウィンブルドンの結婚パーティーで結婚祝い品を警備する任務に送られた。やったことのない連中には、結婚祝い品を警備するのがどんなバカな気持ちがするものか想像もつかないだろう。だが僕はやり遂げた。僕はやり抜いたんだ。こうすること全部が、ガートルードを僕のもとへと近づけてくれるんだって、自分に言い聞かせたんだ」

またもやあの忌まわしい笑い声が、図書室内に響き渡った。今回はハイエナ成分がいくらか少なめで、苦悩する魂の響きがやや多めだったが、いずれにせよ繊細な感性の持ち主には聞くだに不快な物音であることに変わりはなかったし、ルウェリン氏はまたもやびっくりした馬みたいに跳《と》び上がった。

「ああ、よくもまあ君を僕に近づけてくれたことだ！　当然必要な休暇を求めてカンヌに落ち着いたかどうかってところで、どっかん、僕は目玉のど真ん中に君からの、僕はご返品だって電報を受け取った。ああそうだ」モンティは言った。彼の声は自己憐憫《れんびん》に震えていた。「そうして僕は、心理的、精神的廃人になった。何週間も何週間も休みなく働いてきて、それで突然、僕の出走登録は抹消で、これまでの苦労は全部水の泡だって知らされたんだ」

ガートルード・バターウィックの心はかき乱された。彼女は何か言おうとしたようだった。彼は手を振って彼女を制した。

「僕に想像できるのは、僕が背中を向けてる間に誰か別の男がやってきて君を奪い去ったってことだけだ。君の頭が完全にイカれちゃったんでなければ、君の行動の説明はそれしかないと僕は思う。

だがこれだけは言わせて欲しい。もし君が僕の心をもてあそべると思ってるなら、大間違いだ。やめろ。そんな真似はゆるさない。僕は君の愛情にくねくねのたくり入り込んだその人間へビ野郎を見つけ出して、必要とあらばそいつのいやらしい頭を叩き落としてやる気満々でいる。僕はそいつのところに行って、まず最初に警告してやる。それで駄目なら、僕は……」

ガートルードはようやく言葉を見つけた。彼が彼女に投げかけている催眠性の呪《のろ》いを、やっとのことで払いのけたのだ。彼女の顔は次第に興奮を増し、彼女の双眸《そうぼう》は憤激に燃え立っていた。その結果、彼女を見たルウェリン氏は、また不快の苦痛に苛《さいな》まれる次第となった。彼女は彼に妻のグレイスを思い出させたのである。彼女の弟のジョージにはスペルバ＝ルウェリン社のプロダクション・エキスパートのポストより、もっと適した才能の活かし場所を見つけたらどうかと提案した時の彼女の姿を、である。

「あなたってジテンシャだわ！」

モンティには意味がわからなかった。

「自転車？」

「偽善者って言いたかったの」

「ああ、そうか、そうだったのか」

彼は憤慨して彼女を見つめた。

「いったい全体君は何を言ってるんだ？」

「私が何を言ってるか、わかってるはずよ」

「君が何を言ってるのか、僕にはわからない」

「私が何を言ってるか、あなたは絶対わかってるの」

「僕は本当に君が何を言ってるかわからない。それに君だって自分の言ってることをわかってないと、僕は固く信じるところだ」モンティは言った。「いったい偽善者ってのはどういう意味だ？　どこから偽善者なんて考えを見つけ出してきた？　どうして偽善者なんだ？」

　ガートルードは声を詰まらせた。

「私を愛してる振りなんかして！」

「僕は君を愛している」

「愛してないわ」

「はっきり言っておく。僕は君を愛している。なんてこった。君を愛してるか愛してないか、自分でわからないとでもいうのか？」

「じゃあ、スーって誰？」

「スーって誰だって？」

「スーって誰なの？」

「スーって誰だ？」

「ええそうよ。スーって誰？　スーって誰？　スーって誰なの？」

　モンティの態度が和らいだ。そこに優しさが入り込んできた。彼女は恥知らずな態度で彼を扱ったし、今はカッコー時計みたいな口のきき方をしている。だが彼はこの女性を愛していた。

「ねえ、聞くんだ」彼は言った。またその声には懇願《こんがん》の色があった。「僕らはこんなことを一晩中やってるわけにはいかない。『彼女が海岸で貝殻を買った』って言おうとしてるようなものだ。君が言ってるその訳のわからない話はいったい何なんだい？　話しておくれよ。そしたらぜんぶ誤解は解けるから。君は『スーって誰？　スーって誰？』って言い続けてるし、僕は一人も……」彼の声は次第に小さくなった。不安げな表情が、彼の目に入り込んだ。「まさか君は、スー・ブラウンのことを言ってるんじゃないよね？」

「私は彼女の名前が何かなんて知らないわ。私が知ってるのはあなたは私を愛している振りをしながらカンヌに行って、それで一週間後にはその人の名前をハートで囲んで胸に刺青《いれずみ》してたってことだけ。違うなんて言っても無駄よ。だってあなたは水着姿の写真を送ってきて、引き伸ばしてもらったら、それを見つけたんですもの」

沈黙があった。野蛮人ボドキンは鳴りをひそめ、代わりにウォータールー駅のボドキンが立ちすくんでいた。再びモンティは片足で身体を支えていたし、またあの弱々しい、不安げな笑《え》みが彼の顔に戻ってきていた。

彼は自分を責めた。ハートで囲んだ「スー」が厄介ごとを惹《ひ》き起こしたのはこれが最初のことではない。ほんの数週前ブランディングズ城で、同じ主題についてロニー・フィッシュ相手に困難な説明をしたばかりだった。そして今ガートルードが気まずい質問をしている。大いなる熱情を込め、もし何らかの奇跡によってこの厄介な状況を無事に切り抜けることができたならば、洗濯ソーダでも軽石でも硫酸でも何でもいいから刺青消去に使えるものを手に入れて、あの「スー」とは永遠におさらばするんだとモンティ・ボドキンは自分に言い聞かせた。あれを囲んでいるハートについても同じくだ。

「聞いてくれないか」彼は言った。

「聞かないわ」

「だけど聞かなきゃいけない、コン畜生。君は本当に間違っている」

「間違ってるですって？」

「君はとても重要な点で、大間違いをしているってことだ。決定的に重要な点において、と言ってもいいだろう。あの刺青《いれずみ》が最近形成されたものと考えている点で、君は誤りを犯しているんだ。本件は容易に説明可能だ。僕があれを入れたのは――本当に間抜けだった――いったい全体どうしてあんなバカな真似を思いついたのか、まるでわからない――三年以上前のことなんだ。君に会う、はるか前のことだ」

「そう？」

「『そう？』なんて言わないでくれないか」モンティは優しく懇願《こんがん》した。「いや、もちろん少なくとも言いたい時には言ってかまわないんだけど、でもまるで僕が言ってることを一言も信じてないみたいな、そういういやな響きの声じゃなくってことだ」

「私、あなたが言ってることを一言も信じないわ」

「だけど本当なんだ。三年前、軽率な少年に毛が生えたくらいの時に、僕はスー・ブラウンという名の女性と婚約した。それで彼女の名前をハートで囲んで胸に刺青することが、ただ一つの礼儀正しい態度だってその時には思えたんだ。とてつもなく痛かったし、君が思うよりずっと金がかかった。だけどそいつを入れ終えたかどうかってところで、その婚約はおしまいになった。婚約して二週間くらい経《た》ったら僕らは話し合って、それでもう終わりと決めて、お互いを尊敬しながら別れた。そして彼女は彼女の道を行き、僕は僕の道を行った。これにて話は終了だ」

「そう？」

「君が『そう？』って言う時――もし君の言ってるのが君が言ってると僕が思ってる意味なら――君はまったく間違っている。僕は一度も彼女と会ってない。彼女に目をくれようともしなかった。つい一ヶ月前までは。本当に偶然に、ブランディングズ城で再会したんだ……」

「そう？」

「今回の君の『そう？』は、再会した僕たちの間にまた何かあったみたいな印象を受けてるかのような言い方だった。真実からこんなにも遠い話はない。僕がスー・ブラウンに感じたかもしれない一時の気まぐれの恋は、はるか昔にパンクしてぺしゃんこだし、彼女の方もそうだったんだ。彼女がものすごくいい子だって今も思ってないとは言わない。だが少年じみたのぼせ上がりはもうないんだ。残るは愛の燃えさしばかりさ。それに、コン畜生だ。彼女はロニー・フィッシュに夢中で、今じゃロニー・フィッシュと幸福な結婚をしている――そういうことだ！」

「そう」

繰り返されたこの言葉の中に今回はモンティ・ボドキンの批判精神を刺激するものは皆無《かいむ》だった。それは懐疑的な「そう」でも、人をせせら笑うような「そう」でも、男を画鋲《がびょう》を踏んづけたような心持ちにさせる、愛する女性から発された辛辣《しんらつ》な「そう」の一つでもなかった。そこには安堵《あんど》があり、優しさと自責の念があった。それは誤解が消え去り、不満が忘れ去られたことを物語っていた。実際のところ、それは厳密に言うとまったく「そう」ではなく、より「うう！」に近いものだった。

「モンティ！　本当なの？」

「もちろん本当だとも。シュロップシャー、ブランディングズ城のR・O・フィッシュ夫人宛に電信を送れば事実は確認できるし、僕が言ったとおりだって証明してくれるはずだ」

愛する人の目のうちに見いだされるとき常にきわめて不快であるところの、あの凍てついた表情の最後の痕跡《こんせき》が、ガートルード・バターウィックの目から消え失せた。雪解けがはじまり、そしてハシバミ色の双子の湖は自責の涙に潤《うる》んだ。

「ああ、モンティ！　私、なんてバカだったのかしら」

「そんなことはない、そんなことはないよ」

「バカだったの。だけど私の気持ち、わかってくださるでしょ？」

「ああ、もちろんだとも」

「私、あなたのことを、会った女性なら誰にだって言い寄って回るような男の人だと思ったの。それに我慢がならなかったの。あなた私のことを責めたりなさらないわね。ただ我慢がならなかっただけなんだもの」

「絶対に責めないとも。とっても正しい態度だったよ」

「だって、自分が婚約した男性がただのチョウチョウだったら、全部終わりにしたほうがいいでしょう」

「もちろんだよ。チョウチョウには厳しく当たらなきゃ駄目だ。それがたった一つのやり方だからね」

「たとえそれがどんなにつらくっても」

「まさしくそのとおり」

「それにお父様はあなたのことをいつも、そういう種類の男だっておっしゃるわ」

「そうなのかい？」モンティはあえぎながら言った。「なんてコン畜生野郎――すまない、僕が言おうとしたことは忘れてくれ」

「もちろんよ。私はいつだってお父様にあなたはそんな人じゃないって言うの。でも、だって、あなたって本当に素敵でハンサムだから、モンティ、ダーリン。時々世界中の女の子は全員あなたを追いかけ回すに違いないって思うのよ。私っておバカさんね」

「本当におバカさんだ。僕がハンサムだなんて誰が吹き込んだんだい？」

「でも、あなたってハンサムよ」

「そんなことはない」

「もちろんハンサムだわ」

「わかった、君のお好きなように」その点については譲歩しつつ、モンティは言った。「自分じゃ全然気づかなかった、本当だよ。でも、コン畜生だ、たとえ僕が世界の恋人だとしたって、僕が君以外の女性になんか目もくれないってことがわからないのかい？」

「目もくれないの？」

「もちろん目もくれない。グレタ・ガルボ――ジーン・ハーロウ――メイ・ウェスト――全員連れてきてくれ！　目にもの見せてやる」

「モンティ！　私のだいじな天使さん！」

「ガートルード！　僕の最高のかわい子ちゃん！」

「だめよ、モンティ。今はダメ。太った男の人が見ているわ」

モンティは振り向いた。そして彼女の発言が正しいことを認めた。「太った男の人」というのは正当だった。また「見ている」も正当だった。ルウェリン氏より太った男もそうはいないし、彼が彼らを今見ているほど、何かを熱心に見ている太った男もそうはいなかった。

「なんてこった！」彼は言った。「あいつは映画屋のアイヴァー・ルウェリンだ」

「知ってるわ。ジェーン・パッセンジャーが昼食の時、あの人の隣に座ったの」

モンティは不満げに眉《まゆ》をひそめた。彼は自分の気持ちを表したくてたまらなかった。この和解の聖なる瞬間に、愛する女性を抱擁《ほうよう》したいと彼は切望したが、映画界の大立者に皿のような目で見つめられながら、そんな真似はできない。この聖なる瞬間が何よりも求めるのはプライバシーであるし、アイヴァー・ルウェリン氏立会いのもとでは、プライバシーなどは問題外である。ルウェリン氏はたった一人いただけだったが、しかしモンティにはどういうわけか、オペラグラスを持ったファッショナブルな大観衆がいるかのような錯覚をもたらしていた。

突然モンティは顔を明るく輝かせた。彼は方途を見いだしたのである。

「待っていて！」彼は言った。そして部屋からあわてて飛び出した。

「ほらこれだよ！」一瞬後、戻ってきた彼は言った。

ガートルード・バターウィックは歓喜の悲鳴を放った。ホッケー場にあっては良心の呵責《かしやく》なく敵の向こうずねを強打できるくらいに冷血で容赦《ようしや》なき戦闘機械でありはするが、ホッケー場を離れた彼女は純粋に女性的で、珍しくて美しいものに対する女性らしい愛情に溢《あふ》れている。そして彼女はモンティが自分に差し出したものくらいに珍しく美しいものを見たことがなかった。

それは陸上ではあまり一般的でないが、旅客船の理髪店においては吹き出物のごとく大量発生するもののひとつだった――コーラルピンクの目をした茶色のミッキーマウスのぬいぐるみである。

モンティはそれを黄色のテディベア、えび茶色のラクダ、そして押すと頭を揺らす緑色の張り子のブルドッグの中から選び出した。これがガートルードの好きなものだと、誰かが彼に告げたような気がしたのだ。

彼に誤りなしだった。彼女は小さな歓喜の叫びと笑いとともに、それを胸に抱きしめた。

「まあ、モンティ！　これを私に？」

「もちろんだよ、かわい子ちゃん。他の誰のためだと思うんだい？　今日の昼過ぎに理髪店で見つけて、君が気に入ってくれるってことが僕にはすぐわかったんだ。頭を回すと外れるんだよ。ほら、中にチョコレートとか、物が入れられるんだ」

「まあ、モンティ！　なんて――あら、ハロー、アンブローズ」

この小説家は図書室に入ってきて、誰かを探しているかのように辺りを見回しながら入り口に立っていた。彼は二人が座っているところにやってきた。

「ハロー、ガートルード」彼は言った。彼は上《うわ》の空に見えた。「ああ、ボドキン。お前がこの船に乗ってるとは知らなかった。レジーをどこかで見なかったか？」

「私は見てないわ」ガートルードが言った。

「奴には会ったばかりだ」モンティが言った。「デッキのどこかにいるんじゃないかな」

「ああそうか」アンブローズは言った。

「ねえ見て、モンティがこれをくれたのよ、アンブローズ」

小説家はミッキーマウスに大雑把《おおざっぱ》な一瞥《いちべつ》をくれた。

「いいな」彼は言った。「最高だな。俺はレジーを探してるんだ」

「頭を回すと外れるのよ」

「最高だな」アンブローズ・テニスンは心ここにないふうに言った。「失礼する——レジーを見つけなきゃならないんだ」

ガートルードはミッキーマウスに甘くささやきかけていた。人生を刺激的に彩《いろど》る不思議な偶然によって、それがミス・パッセンジャーに酷似していることに彼女は気づいたばかりだった。

「この子ジェーンみたい」彼女は言った。「彼女が試合前に檄《げき》を飛ばす時に、何百回も見たことのある表情だわ。私、この子をジェーンに見せにいかなきゃ」

「そうするといい」モンティは言った。「きっと大喜びするさ。その間に僕は、バーに上がって一杯飲んでるよ。近頃通り過ぎてきた情緒的緊張のせいで、気付けの飲み物が切実に必要なんだ」

彼女の肩に優しく腕を回し、彼はガートルードをドアまでエスコートした。後に続こうとしたアンブローズは、沼地から脚を引き抜こうとするバッファローのごとき物音を耳にして立ち止まり、自分の雇い主であるルウェリン氏が話をしたがっていることに気づいたのだった。彼はもの問うげに眉《まゆ》を上げ、彼のもとへと向かった。

「何でしょう、ルゥエリンさん?」

アイヴァー・ルウェリン氏の気分はだいぶ改善されていた。彼の憂鬱《ゆううつ》と苦悩の真っ暗闇の真っ只中の、最後の最後に光明が見いだされたのだ。かすかな、弱々しい、うっすらした希望が、彼のうちに兆《きざ》しはじめていた。ニューヨーク税関に雇われたスパイなら、あんな素敵な健康的な娘と親しく交際したりはしないはずだと、彼は自分に言い聞かせていた。もしスパイに女友達がいるなら、それはもっと香水の匂いがしてセクシーで、外国訛《なま》りがあって恐らくはストッキングに短剣を仕込んでいるのではないか。また、アンブローズが入ってきて彼もあの男を知っていることがわかったとき、希望は本当にちょっぴり胸を張りはじめていた。ルウェリン氏はアンブローズになかなか感銘を受けていたから、彼がスパイと付き合うような人物だとは信じられなかったのだ。

「やあ」彼は言った。

「はい？」

「たった今出ていったあの若いやつだ。君はあの男を知っているようだったが」

「ええ。彼なら長年知っています。名前はボドキン。オックスフォードで一緒でした。失礼します――」

「ああそうか？」ルウェリン氏は言った。どうして自分はこんなにも大騒ぎしたのだろうと、不思議に思う寸前だった。

「私は彼より一年か二年上でしたが」

「だが、彼は君の友人なんじゃな？」

「ええ、そうです」

「彼をカンヌで見かけたような気がするんじゃが」

「ああ、そうですか？　失礼します――」

「いや」ルウェリン氏は言った。「彼が何者か、もしやご存じかと思ってな」

「彼が何者かですか？」

「何をしている人物かじゃ。彼のご職業は何かな？」

アンブローズ・テニスンの表情が晴れた。

「ああ、何をおっしゃりたいのかわかりました。それをお聞きになられるとは不思議です。というのは彼を見て誰もそうとは絶対に思わないでしょうからね。でもいとこのガートルードが本当だと請け合ってくれました。彼は、探偵なんですよ」

「探偵じゃと?」

「そうなんです。探偵です。では失礼してよろしいですか? 私は弟のレジーを見つけなければならないんです」

7．スパイ懐柔作戦

話し相手が去ってからおよそ数分間というもの、ルウェリン氏はそこに座ったまま動かず、再び凍《こお》りついていた。それから下級船員たちに伴われて、フラッパーたちの群れがぞろぞろと図書室に乱入してきた。彼はがんばって立ち上がると、部屋を出た。一人きりになりたかったのだ。

アンブローズ・テニスンの言葉は、育ちかかっていた彼の希望を棍棒《こんぼう》で殴りつけ、今や希望は死に果てて道端《みちばた》に横たわっている。それはもはやピクリともしなかった。

身体を引きずるように部屋を出て、階下に向かう彼の感情は、一年ほど前のある朝、主治医に軽い運動を勧められた際に体験したものとごく似通っていた。彼はマリブビーチでメディスンボールを筋肉質の友人に投げ、すると筋肉質の友人は彼の準備ができていないうちにそれを投げ返してきたから、そいつは彼のみぞおちに激突したのだった。あの時、世界は彼の周りで振動していた。そして、今また世界は振動していた。

彼は自分の特等船室に向かった。到着した時、傷を負った動物がねぐらを求める以上に何かしようというはっきりした意図があったわけではない。部屋に入って最初に彼が目にしたのは、妻の妹のメイベルだった。彼女は袖《そで》をたくし上げ、鉛色の顔色のすらりとした青年の座る椅子にかがみ込んでいた。彼女は彼にオステオパシー治療を施術しているようだった。

一人になって考えようと自分の特等船室に戻ってきた男性が、彼の不在中に、一度たりとて好きであったためしのない義理の妹がそこをクリニックに変えてしまったことを知った時に最初に覚える衝撃の感情は、あまりにも強烈すぎて言葉にならない傾向がある。ルウェリン氏もそうだった。彼はぽかんと口を開け、立ち尽くしていた。そしてメイベル・スペンスは肩越しに、落ち着き払った、彼が考えるところ無愛想な仕方で、また彼はそれにいつもひどく気分を害されてきたのだが、彼を見た。スペルバ＝ルウェリンと契約している角ぶちメガネのイギリス人脚本家がいて、そいつが彼を見る時がそんなふうだった。そしてその事実は、アイヴァー・ルウェリンの精神構造の顕著な特徴であるイギリス人脚本家全般に対する全面的な嫌悪の念を抱かせることに大いに与《あずか》って力あった。

「ハロー」メイベルは言った。「お入りになって」

彼女の患者がこの招待を温かく支援した。

「ああ、お入りください」彼は言った。「どなたかは存じませんし、あなたが他人の特等船室で何をしているのかも知りませんが、だけどどうぞお入りください」

「長くはかからないわ。テニスンさんの頭痛を治してあげてるだけだから」

「テニスン弟の頭痛です」

「テニスン弟さんの頭痛をね」

「お間違えなきよう」患者はさらに続けて言った。「テニスン兄の頭痛ではありません。もし彼が頭痛なら——残念ながら、そうではないのですが。どなたかは存じませんが、またあなたが他人の特等船室で何をしてらっしゃるのかも知りませんが、でも僕は言いたいのですが、こちらのお嬢さんが――あなたのことを『こちらのお嬢さん』とお呼びしてもよろしいですか？」

「いいわよ、どうぞ」

「こちらのお嬢さんは」レジーは言った。「救難の天使なんです。顔が青くなるまで探したって、この方のことを表現するそれ以上の言葉はありえません。壁紙みたいにぴたりとあてはまります。この方とはついさっきデッキで出会いまして、僕に鋭い一瞥《いちべつ》をよこすと僕の愁訴《しゅうそ》に一瞬で診断をくだし、ここに連れてきて施術を始めてくださったんです。あとで鏡を見て僕の頭がまだ胴体にくっついてるかどうかを確認しなきゃいけないんですが、まっぷたつにされたかもしれないという不安な心持ちを別にすれば、気分はずっとよくなりました」

「テニスンさんは――」

「テニスン弟です」

「テニスン弟さんは二日酔いでいらしたの」

「そうなんですよ。あなたもあんな目に遭わないよう願ってます――あなたがどなたかも、他人の特等船室で何をしてらっしゃるのかも知りませんが……」

「こちらはわたしの義理の兄のアイヴァー・ルウェリンよ」

「ああ、幻燈のお仕事をされてる方ですね」レジーは感じよく言った。「はじめまして、ルウェリン。お目にかかれて嬉しいです。兄のアンブローズからあなたのことは聞いています。兄はあなたのことをほめてましたよ、ルウェリン。すごくほめてました」

映画界の大立者はこの礼儀正しい称賛に心和らげられはしなかった。彼はこの青年を苦々しく見つめた。

「あんたと話がしたいんじゃ、メイベル」

「いいわ。話して」

「二人でじゃ」

「あらそう？　じゃあすぐに終えるわ」

彼女はレジーの首にしばらく力強く施術し、彼から哀切な「痛たた！」の声を引き出した。

「ベビーちゃん！」彼女は責めるように言った。

『ベビーちゃん！』とか言うのは全然かまわないんですが」レジーは言った。「僕があなたの手の中でバラバラになったら、あなたバカみたいに見えますよ」

「さあて。これでいいはずよ。ご意見はいかが？」

レジーはさしあたり頭をゆっくりと回してみた。

「『ブー！』って言ってみて」

「ブー！」

「もっと大きく」

「ブー！」

「もっと耳の近くで」

「ブー！」

レジーは立ち上がって深く息をついた。彼の顔には畏怖《いふ》の表情があった。

「奇跡だ！　奇跡にちがいない。途轍《とてつ》もない奇跡だ。僕は生まれ変わったような気がする」

「よかった」

「あなたのようなご一族とお目にかかれたことを光栄と考えているとお伝えしなきゃなりません。こんな甘美と光明振りまき一族には、会ったことがない。あなたは、ミス……」

「スペンスって名前よ」

「スペンスさん、あなたは死体に命をもたらした。ルウェリン、あなたは兄のアンブローズの手の届くところに生まれて初めて本当の金《かね》を置いてくださった。ここで得たご知遇は、ここで終わらせてはいけません。僕はあなたにもっと会わなきゃならない、スペンスさん。そしてあなたにも、ルウェリン。まったく」レジーは言った。「誰かが半時間前に僕に、お前は飢え死にしそうなサナダムシみたいに今夜の夕食を楽しみにできることになるだろうなんて言っても、信じられなかったはずです。さようなら、いやオ・ルヴォアールと言った方がいいかな、スペンスさん。そしてルウェリン、あなたにも。そしてありがとう、ありがとうスペンスさん、そしてルウェルン、あなたに。ありがとうを千回ですよ。あなたのお名前は？」

「メイベルよ」

「よしきた」レジーは言った。

ドアが閉まった。メイベル・スペンスはにっこり笑った。ルウェリン氏はそうしなかった。

「さあて」メイベルは言った。「これで今日の善行は済ませたっと。あの子がどこで大騒ぎしたのかは知らないけど、全力で戦い抜いたに違いないわ。今のあの子を見たってそうは思わないでしょうけど、きっととてもハンサムなはずよ。わたし、ああいう細身の脚長タイプはいつも大好きなの」

ルウェリン氏はレジー・テニスンの見た目に関するご高論を傾聴する気分ではなかった。そしてその趣旨を、怪我をしたアヒルのような、かなり感情的な態度で特等船室中を踊り回ることによって表現した。

「いいから聞くんじゃ！　聞いてくれ！」

「いいわ、どうぞ。何？」

「この船に誰が乗っとるか、わかるか？」

「えーと、はっきりしてるのはテニスン兄とテニスン弟がいるってこと。それとロータス・ブロッサムに、はしけの上で会ったわ。だけどその他は――」

「この船に誰が乗っとるか教えてやろう。あのカンヌの男じゃ。カンヌのホテルのテラスにいた男じゃ。『坐骨神経痛』の書き方を知りたがってたやつじゃ」

「ナンセンスね」

「ナンセンスじゃと？」

「脳みそがおかしくなってるんじゃない。あなた妄想《もうそう》をたくましくしてるのよ」

「そうかの？　ふん、こう言ったらどうじゃ。あんたと別れた後、わしは図書室で座っておった。するとあいつがどこからともなく現れて、『奇妙奇天烈』はどう書くのかと知りたがったんじゃ」

「そうなの？」

「そのとおりじゃ」

「まあ、あの子ったらよく勉強をがんばってるってことじゃない。それだけがんばったら、語彙《ごい》だってずいぶん増えるはずよ。あなた、教えてあげたの？」

ルウェリン氏はもう一、二ステップ、ダンスを踊った。

「もちろん教えとらん。『奇妙奇天烈』なんてわしが知っとるわけがなかろうが？　もし知っとったとしても、わしが人に字の書き方を教えてやれるような心境にあったと思うのか？　わしはただ座って、奴を見つめ、息を抑えようとするばかりじゃった」

「だけどどうして彼が航海しちゃいけないの？　たくさんの人が海を渡っているわ。彼がこの船に乗ってることが、そんな例外的に重大な意味をもつとは思えないわ。それと――」ついでに、メイベル・スペンスは言った。「お暇があったら、この二つの語を書いてごらんなさいな」

「あんたには重大とは思えんと、そうか？」

「ええ、そうよ」

「ふむ、これではどうかな」ルウェリン氏はせき立てるように言った。「アンブローズ・テニスンがやってきて、その男と知り合いのようじゃったから、彼にあやつの職業は何かと訊《き》いた。するとテニスンは、奴は探偵だと答えたんじゃ」

「探偵？」

「探偵じゃ。手へんにかんむり……探偵じゃ」ルウェリン氏は言った。

これは確かにメイベルに強い印象を与えた。彼女は考え込むように唇を噛《か》んだ。

「そうなの？」

「そうだと言っておる」

「あの人だってことは確かなのね？」

「あの男なのは確かじゃ」

「変ね」

「何が変じゃ？　あの朝カンヌで奴は税関のスパイじゃとわしはあんたに言った。あんたがわしの話を信用しないとしても、パーサーの話なら信じることじゃろう。パーサーなら自分が何を言っとるかはわかるはずじゃ、そうじゃろう。パーサーが言うには、カンヌのホテルで石を投げればどこでだってスパイに当たるんだそうじゃ。連中はそこらをぶらついて、会話に聞き耳を立て、それで遅かれ早かれどこかの間抜けな女が何かを密輸する話をして、すると連中は大忙しになるんだそうじゃ。あの男はわしを見張るために船に乗った。それが連中のやり口なんじゃ。パーサーが言っとった。連中はネタをつかんだら、決して離さない、と。さあこれでどうじゃ？」ルウェリン氏はこれだけ言い終えると、ベッドに座り込み、大きないびきのような音を立てて息をついた。

メイベル・スペンスは義兄の崇拝者ではまったくなかったが、しかし女性らしい同情心を持ち合わせていないわけではなかった。ルウェリン氏の血圧や厳格なダイエット法について、言えることも言いたいこともたくさんあったが、言葉にはしないでおいた。彼女は実際的な女性の目で、しばらくこの問題について考えを巡《めぐ》らせた。ほどなく賢明な彼女の頭脳は、この状況の明るい側面を指摘することができた。

「心配しないで」彼女は言った。

ルウェリン氏の神経の状態がこんな状態でなければ、彼女はもっと幸福そうな言葉を選んで発言していたかもしれない。すでに藤色だったこの映画界の大立者の顔色は、深紫色へと変化した。

「心配するなじゃと？　そりゃあ結構」

「心配することなんて何もないわ」

「心配することなど何もないじゃと？　すばらしい」

「そうよ、何もないわ。最初はあなたが何でもないことを妄想《もうそう》して大騒ぎしてるって思ってたけど、だけどもしその男が探偵だとしたら、きっとあなたの言うとおりあの日に聞いたことのせいでこの船に乗ったんでしょう。だけど、どうしてそんなに心配するの？　全部ごく簡単な話だわ。あの人もきっと他のみんなと同じよ——ちゃんとお金を出せば、手を打ってくれるはずだわ」

「ごく簡単」の言葉をキューの合図に話しだそうとしていたルウェリン氏は飛び上がった。彼は何かを呑《の》み込み終えたかのようで、顔色は顕著に改善され、元の藤色に戻っていた。

「そのとおりじゃ」

「そうよ」

「そうじゃ、おそらくそういうことじゃ。きっとそうするはずじゃ」

彼女の言葉に、彼は泥沼をさまよい歩いた果てに、突然固い地面に足が触れたような心持ちになった。人々に手を打たせることにおける自らの実力を、彼は知っていた。

それから、人々に手を打たせる問題が生じた際にこの映画界の大立者の目が常に帯びる「魂のめざめ」的な表情が、ゆっくりと消えていった。

「だがどうやってやったらいい？　あの男のところに歩いていって料金を訊ねるわけにはいかんじゃろう」

「そんなこと、しなくていいの」メイベルの声には、動きの鈍い男性の知性への軽蔑《けいべつ》があった。

「彼のことをしっかり見た？」

「あいつをしっかり見たかじゃと！」ルウェリン氏は言った。「一時間ばかりの間、他には何もしなかったくらいじゃ。もしあいつがニキビ面なら、一個一個、数を数えられたことだろうよ」

「ニキビなんて一つもなかったわ。大事なのはそこなの。あの人、ものすごくハンサムだったわ」

「わしはそうは思わんが」

「ハンサムだったの。ロバート・モンゴメリー［美男スター俳優。原作刊行時、ウッドハウス原作映画『ピカデリー・ジム』に主演］みたいな感じね。で、自分でそのことをわかってると思うの。ヒゲをあたる年齢になってからずっと、なんとかして映画界に潜《もぐ》り込みたいって思ってきたはずよ。あの人をどこかの隅っこに連れ込んで、ルウェリン・シティでの就職を提示したら、絶対飛びつくにちがいないわ。そしたら――」

「そうしたら、税関のサメ連中に告げ口はもうできん！」

「もちろんそうよ。そんなこと絶対にできなくなるわ。映画の仕事を回してあげられる、あなたみたいな立場にいる人だったら、誰とだって手を打てるの。あの人、あなたが話を持ちかけた瞬間に、コロッと落ちるはずよ」

「そのとおりじゃ」ルウェリン氏は言った。

彼の声から、突如明るさが消えた。彼の顔には悲しげな表情が宿った。彼は考え込んでいた。

絶対そうせざるを得ないのでなければ、アイヴァー・ルウェリンは、すでに食い物にされ尽くしてきた彼の会社の給与支払い者名簿に新たな吸血寄生虫を追加したくはなかった。毎週土曜日の朝、彼は結構な金額を、妻の弟のジョージ、妻のウィルモット叔父さん、妻のいとこのエグバート、妻のいとこのエグバートの妹のジェネヴィーヴに支払っていた――彼女については、そもそも識字力があるかどうかも疑わしいと彼は思っていたが、しかし彼女はスペルバ＝ルウェリンのリーディング部門に週給三五〇ドルで在籍しているのである。無論、どうしても必要なら、彼はそこにモンティ・ボドキンを、この冷血人間ブラッドハウンド犬が要求に見合うと考える途方もない額の給料で加えることができる。だが彼はそれが本当にどうしても必要なのかと考えていた。

そして彼は、それが唯一の方法であることを理解した。知りすぎた男の口をふさぐ昔ながらの健全な原理にしくはない。それはこれまでも何度も彼のために役立ってきてくれたし、今回も役立ってくれることだろう。

「そうしよう」彼は言った。「アンブローズ・テニスンが奴の友人じゃ。あいつに話をつけさせよう。わしが直接接近するよりその方がいいじゃろう。より威厳がある。あんたの言うとおりだ。奴はコロッと落ちるじゃろうて」

「確実にね。落ちないわけがあって？　探偵の給料なんて大した額じゃないはずよ。ルウェリン・シティでたっぷりお給料がもらえるなんて、夢みたいな話のはずだわ。ね、心配することなんて何もないって言ったでしょ」

「確かに言った」

「わたしの言ったとおりだったでしょ？」

「あんたの言ったとおりじゃった」ルウェリン氏は言った。

彼は義理の妹を、どうして自分は彼女のことを好きでないなどと思えたのだろうと訝《いぶか》しみつつ、肯定的な慈愛の目で見つめた。一瞬、彼女にキスしようとすら思ったくらいである。

よくよく考え直して、彼は煙草《たばこ》入れに手を伸ばし、葉巻を取り出すと、それを嚙《か》み始めた。

8. 怒れるスチュアード

一杯飲み終えたモンティ・ボドキンは、喫煙室に長居はしなかった。ただいまの有頂天な気分の時に、共に楽しくあい集《つど》えたであろう気持ちのいい人たちでそこはいっぱいであったのだが。彼は特等船室を検分しに降りていってみた。そこは元レジナルド・テニスンのもので、これから先の五日間、彼の居宅となるべき部屋であった。かくして彼はCデッキ区スチュアードの任にあるアルバート・ユースタス・ピースマーチと初めて出会う光栄に浴したのである。彼が部屋に入った時、この職務熱心の人物の姿は実際には目に見えず、浴室より発する低く太い呼吸音としてのみ存在を示していたが、一瞬後には姿を現し、モンティは彼の全体像をしかと目にすることができる次第となった。

それによってただちに彼が得た印象は、眼福《がんぷく》という意味では、この人物との出会いは遅きに失したというものだった。時の経過が彼の容貌《ようぼう》を害する以前、十年そこらか前のアルバート・ピースマーチと出会うべきだった。ただいまこのスチュアードは齢《よわい》四十半ば、時は彼からほぼ全ての毛髪を奪い去り、ケチくさい代償として、鼻の横にピンク色のイボを授けていた。また時はさらに彼の体型より流線型の効果を撤去してもいた。近頃アイヴァー・ルウェリンの姿を目《ま》の当たりにした者なら誰もこの人物のことを肥満呼ばわりはすまいが、しかし対身長比からすると、確かに彼は体重過多であった。彼は月のようにまん丸い顔をしており、そこにスエットダンプリングの中の干しぶどうのような、二つの小さい茶色い目が埋ずまっていた。そしてこの二つの目は、それを見たモンテイに、彼が室内に持ち込んだ浮き足立った陽気さをいささか減じる思いにさせたのだった。

アルバート・ピースマーチの目が小さいことが気に障ったのではない。彼の親友の中には目の小さい者もあった。彼の気分を下降させたのは、その目のうちに、ある種の非難、この人物は僕の顔が好きでないのだ、と感じ取らせるような表情があったという事実であった。また、ガートルード・バターウィックとたった今和解したばかりのこの瞬間に、誰かが自分の顔を好きでないと思うことは、ナイフのごとくモンテイを切りつけたのである。

彼はこの非難を排斥《はいせき》し、アルバート・ピースマーチを笑顔にし、もしなんらかの不幸な偶然によって彼、すなわちモンティが、彼、すなわちアルバートの考える身体的美の基準を満たさないとしても、内なる本質的ボドキンは十分基準に達しているのだということをアルバート・ピースマーチに詳細に示す、という任務に立ち向かうべく決意を固めた。

「厳密に言って古典様式のハンサムではない」批評家たる資格が彼にあるものかどうかはともかく、アルバートは戻って仲間に言うのだろう。「だが実に気持ちのいい青年紳士だ。彼を敬遠することはない。横柄《おうへい》でもない。きわめて愉快な会話の名手だ」――とかなんとか、何であれ客室担当スチュアードたちが「愉快な会話の名手」と言いたい時にそれを表す言葉で言うことだろう。

結果がこうなることを意図し、彼は気楽で陽気で、よく響き渡る「こんばんは」を言った。

「こんばんは、旦那様《だんなさま》」アルバート・ピースマーチは冷たく言った。

この人物が自分のことを非難しているというモンティの印象は強まった。この人物の態度物腰は、疑問の余地なく厳格であった。大西洋航路の航海はこれが初めてであったから、過去の経験と引き比べてスチュアードの愛想のよさの平均値や規準がどんなかを推測する術《すべ》は彼にはなかった。しかし、自分にはもっと親愛の情を期待する資格があるはずだと彼は思った。

彼は執事との比較で考えてみた。もし彼がカントリーハウスに到着し、執事がこれほど冷淡であったとしたら、この人物は彼の招待主がディナーテーブルにて何か自分のことでごく名誉毀損《きそん》的な談話をしているのを漏《も》れ聞いたに違いないという、深刻な疑念を抱いただろう。どういうわけか、何らかの理由で、アルバート・ピースマーチは自分に対して偏見を抱いているのだと、彼は感じずにはいられなかった。

それでもなお、彼は愉快な会話の名手たらんと固く決意していた。そして愉快な会話の名手たらんと試みたのだった。

「こんばんは」彼はまた言った。「君は、上から下に字を読むと、この特等船室のスチュアードだろう、どうだい?」

「こちらとご隣室のスチュアードでございます、旦那様」

「大忙しで動き回っているんだな。正直に骨折って働き、週給袋を稼いでいることだろう」

「わたくしは、あなた様のお身の回り品を整えておりました」

「結構」

「あなた様のカミソリ、カミソリ研ぎ、歯ブラシ、歯磨き粉、マウスウォッシュ、スポンジ、スポンジ入れ、ひげ剃り用ブラシをただいま浴室に配置してまいったところでございます、旦那様」

「太っ腹な男だなあ。いやつまり」モンティは、この状況でこのフレーズにはいささか配慮に欠けたところが感じられ、誤解の余地があったと思い、こう言った。「ありがとう、ってことだ」

「滅相《めっそう》もないことでございます、旦那様」

そこでしばらく間《ま》があった。依然として、このスチュアードの目に陽光の差し入る気配はない。実のところ、陽気さという点においてはむしろやや後退したように見えた。だが、モンティは屈しなかった。

「たくさんの人が乗っているんだなあ」

「はい、旦那様」

「これまでも、もっと多くの人々が乗ってきたことだろうなあ」

「はい、旦那様」

「間違いなく、素敵な航海になることだろうな」

「はい、旦那様」

「無論、凪《なぎ》が続けばだが」

「はい、旦那様」

「いい船だな」

「はい、旦那様」

「昔とはだいぶ違うんじゃないか？　つまり、こんな船を見たらコロンブスは目を丸くして驚いたことだろうなあ」

「はい、旦那様」アルバート・ピースマーチは言った。相変わらず、抑制された態度にてだ。

モンティはあきらめた。なすべきことはすべてし終えた。太陽の下、デッキをそぞろ歩きにガートルードを連れ出せるという時に、こんなところで胸襟《きょうきん》を開いてなかよしになることを断固拒否するクソいまいましいスチュアードのご機嫌取りを続けてるだなんて、とんでもなくバカバカしいことに思えたのだ。また、気持ちよく妥協することにやぶさかではないものの、ボドキン家の者には誇りがあるのだと彼は思った。もしこの人物が自分を正当に評価しないにせよ、世の中にはしてくれる者はたくさんいるのだと彼は言いたかった。いささかよそよそしい態度にて、彼はドアに身体を向けた。と、指先がドアノブに触れるか触れぬかのところで、厳《おごそ》かな咳払《せきばら》いに行く手を阻《はば》まれたのだった。

「ご寛恕《かんじょ》を願います、旦那様」

「はぁ?」

「ああしたことは、なされるべきではございませんでした、旦那様。まことに」

このピースマーチが今や自分を静かなる非難の目もて見つめていることに、モンティは驚いた。その光景は彼を驚愕《きょうがく》させた。彼の冷淡さには、もう慣れた。だがなぜ、ピースマーチは自分を非難するのだろう。

「はぁ?」彼はまた言った。「はぁ?」としか言いようのない状況というものは存在する。

「どうしてあのようなことをなされたものか、わたくしには理解いたしかねます、旦那様」

「どんなことだ?」

スチュアードは威厳のある身振りをしたが、最後の瞬間に左耳を掻《か》いてしまったことでその効果を台なしにした。

「かようなことを申し上げますことは無礼にすぎるとお思いやもしれませぬが――」

「いや、そんなことはない」

「いいえ、旦那様」どうやら痒《かゆ》いらしき耳を再び掻きながら、アルバート・ピースマーチは強く主張した。「また、専門的に申し上げますと、かような物言いは無礼なのでございます。本航海船がニューヨーク港に接岸いたしますまで、わたくしどもの関係はご主人様と従者のそれでございます。うちの小屋にやってきた連中――いいえ、わたくしの担当いたします特等船室に居住あそばされる紳士様がたとの交際におきまして、わたくしは常に、航海中は自分は家臣であり、紳士様は――一時的にはでございますが――わたくしがお仕え申し上げる封建君主様であると、この身に申し聞かせておるところでございます」

「すごいな！」感銘を受け、モンティは言った。「なかなかうまい言い方だ」

「ありがとうございます、旦那様」

「いや本当にものすごくうまく言ったものだ。こういう言い方をして、君の気に障らないといいんだが」

「わたくしは良質の教育を受けております、旦那様」

「もしかして、イートン校か？」

「いいえ、旦那様」

「ふむ、いずれにしてもうまく言ったものだ。だが、君の話の腰を折っちゃいけなかったな」

「さようなことはございません、旦那様。わたくしはただ、わたくしどもの関係は封建君主と家臣のごときものであり、それゆえわたくしがあなた様にかような申しようをいたすことは正当ではないと、かように申し上げておるだけでございます。本来ならば、わたくしはジミー・ザ・ワンのところに行っておるべきでございました――」

「誰のところだって？」

「スチュアード長でございます、旦那様。本来ならばわたくしはスチュアード長のもとに向かい、本件を報告し、対処を委ねるべきでございます。しかしながらわたくしは不快事を引き起こし、よってあなた様のような若紳士様を窮境《きゅうきょう》に陥れることはいたしたくないのでございます――」

「はぁ？」

「なぜならわたくしは、これが精神の高揚ゆえの振舞い以外の何物でもないことをよくよく承知しておるからでございます。したがいましてあなた様におかれましては、かようなことはなさるべきではないとわたくしが申し上げましても、どうかご立腹あそばされぬようにと願うところでございます。わたくしはすでにあなた様の父親と申してもよいような年齢でございます……」

ここで必要不可欠なのは、この摩訶《まか》不思議なスチュアードにいったい全体何の話をしているのか洗いざらい説明させる取調・捜査システムを策定することだと、モンティは考えていた。だが彼の口をついて出たのは以下のような脱線した発言だった。

「僕の父親くらいの年齢だって？」彼は驚いて言った。「君はいくつなんだ？」

「四十六歳でございます、旦那様」

「うーん、なんてこった。それじゃあ無理だ。僕は二十八歳だ」

「あなた様はもっとお若くお見えでいらっしゃいます、旦那様」

「僕がいくつに見えるかなんてことはどうだっていい。僕は二十八歳だ。君はえーと、――十七歳で結婚してなきゃならないことになる」眉間《みけん》に寄せたシワを緩め、指をあれこれ動かすのをやめると、モンティは言った。

「十七歳で結婚する男はおります、旦那様」

「名前を挙げよ」

「ジンジャー・パーキンス――フラットン方面にて船内荷役業を営んでおります赤毛の男でございます」アルバート・ピースマーチは驚いたように言った。「したがいまして、わたくしがあなた様の父親と申してよい年齢であると申しましたのは、正当でございます」

「だが君は僕の父親じゃあない」

「はい、旦那様」

「僕が知る限り、僕たちは親類縁者じゃあない」

「はい、旦那様」

「まあいい、続けてくれ」モンティは言った。「だが、僕の方でも率直に言わせてもらうが、君の言うことを聞いていると僕は頭がくらくらする。君は僕がすべきでなかった何事かについて何かしら言わんとしているようだが」

「はい、旦那様。重ねて申し上げます。あなた様はかようなことをなされるべきではなかったのでございます」

「僕が何をしたんだ？」

「あなた様の血潮は若き血潮やもしれませぬが――」

「他にどうありようがあるものか僕にはわからない」

「しかしながら、だからと申して許されることではないと愚考いたすところでございます。「ああ青春よ！」アルバート・ピースマーチは言った。「古《いにしえ》より申すところでございます。ジューネス・サヴィー、若者に知恵があったならば」

「いったい君は何をバブバブ言ってるんだ？」

「わたくしはバブバブ申してなどおりませぬ、旦那様。わたくしは浴室のことをお話し申し上げておるのでございます」

「浴室だって？」

「浴室にございますもののことでございます、旦那様」

「僕の洗面用具入れのことか？」

「いいえ、旦那様。あなた様の洗面用具入れのことではございません。壁にございますもののことでございます」

「僕のカミソリ研ぎか？」

「わたくしが申し上げておりますもののことを、あなた様はよくよくご承知のはずと存じます、旦那様。赤いペンキにて書かれました文字でございます。あれを消去いたしますには、大変な手間と、余計な労力が要ることでございましょう。しかしながらわたくしが推量いたしますところ、あなた様はその点をお考えではなかった。無思慮とは、若気の至りでございます。無思慮でございます。先のことは決して考えないのでございます」

モンティは目を瞠《みは》り、当惑していた。彼の弁舌はきわめて明晰《めいせき》で、彼の言葉はごくごく丁寧に選ばれていた――「ジューネス・サヴィー」のギャグときたら大したものである――という事実がなかったら、彼の眼前に立つこれなるスチュアードは、八杯以上飲んだ酔っ払いだと言っていたはずである。

「赤いペンキだって?」途方に暮れ、彼は言った。

彼は浴室に向かい、中を見た。次の瞬間、首を閉められたような悲鳴をあげ、彼はよろめき出てきた。

アルバート・ピースマーチが言ったとおりだった。壁には文字が書かれていた。

9. 壁に書かれた赤い文字

揮《ふる》われた筆の運びの大胆さ、勢いがゆえに、最初それを見た者はモンティのように、そこに実際よりも多くが書かれているかのように一瞬錯覚したことであろう。その壁は、文字の書かれた壁というよりは、背景のどこかしらに壁がある大量の文字の書き込み群に見えた。実際の事実は、その作品群、と言ってよければだが、は、一つは鏡の上に、もう一つはその左隣に書かれた二つの文章より成っていた。

一つ目はこうあった。

《やあ、ベイビー！》

二つ目はこうだ。

《こんにちは、かわい子ちゃん！》

書道の達人ならばおそらく、この書き手は熱き心の、衝動的な性格の人物であると推論したことであろう。

壁に書かれた文字に関するもう一つの歴史的事例、すなわち名高きベルシャザールの饗宴《きょうえん》の折に出来《しゅったい》し、ベルシャザールがその折に述べたようにパーティーを台なしにした事例の際には、すべての不快を引き起こしてこのバビロニアの王をひどく動顚《どうてん》させたのは、「メネ、メネ、テケル、ウパルシン（神はあなたの治世を数えてそれを終わりに至らしめた）」の伝説であった。興味深いことだが、もし誰かがこの言葉をモンティの浴室の壁に書いたとしても、彼はびくともしなかったことだろうし、他方、ベルシャザールが今回書かれたこの文字を読んで面白がる様を想像することも容易である。趣味とはかくも異なるものなのである。

モンティは端的にあっけにとられていた。「こんにちは、かわい子ちゃん！」という言葉について言えば、本質的に何一つ憂慮すべきところはないし、「やあ、ベイビー！」についても同様である。しかし、ただいまそれを見るモンティは、ルウェリン氏が筋骨たくましき友人にメディスンボールでみぞおちを強打された際に覚えたのと同様の衝撃を覚えていた。浴室は彼の周りをぐるぐると回り、また一瞬アルバート・ピースマーチが二人、両名ともシミーダンスを踊りながら揺れている様が見えたような気がした。

やがて彼の両の目は正常に戻り、そして彼はさかんな憶測《おくそく》にてこのスチュアードを見やった。

「誰がこんなことを！」

「おやおや、旦那様《だんなさま》」

「この唐変木《とうへんぼく》」モンティは叫んだ。「まさか僕がやったと思ってるんじゃないだろうな。いったい全体どうして僕がこんなことをしなきゃならない。これは女性の字だ」

モンタギュー・ボドキンの胸に強烈な昂揚《こうよう》を生じさせたのは、この発見であった。また彼に心かき乱される理由などないと断言できる者が果たしてあるだろうか？　婚約者と同じ船にて航海中の婚約中の青年で、自分の特等船室が女性の筆跡と思われる愛情の込められたメッセージで濃厚に彩《いろど》られていると知って喜ぶ者はあるまい。しかしそれを最もきらう婚約中の青年とは、ハートで囲んだ女性の名が胸に刺青《いれずみ》されているという問題について、ついさっき婚約者と仲直りしたばかりの青年であろう。モンティは「やあ、ベイビー！」の周りがハートで囲まれていることに気づき、自分は窮地に置かれているという不快な感覚を意識した。

この件すべてのうちで唯一明るい側面は、これは女性の筆跡であるという驚くべき新発見が、アルバート・ピースマーチに与えた途轍《とてつ》もないほどに清々《すがすが》しい効果であった。旧約聖書の小予言者じみた厳格さは消失し、彼は実に楽しげに、喜んでいるふうに見えはじめた。

「すべてわかりました、旦那様。これはお隣のご令嬢様の仕業でございます」

「へぇ？」

アルバート・ピースマーチは盛大にくっくと笑った。

「たいそうご陽気なご令嬢様でございます、旦那様。まさしくかような悪戯をいかにもなさりそうなお方でいらっしゃいます。さてさて、わたくしの例を申し上げましょう。半時間ほど前のことでございましたでしょうか、あの方のお部屋にてベルが鳴りましたものでわたくしが伺いますと、あの方は鏡の前にて赤く口紅を塗っておいでてございました。『こんばんは』と、あの方はおおせられ、わたくしも『こんばんは、お嬢様』と申し上げました。『あなたがスチュアード？』と、あの方はおおせられ、わたくしは『さようでございます、お嬢様』と申し上げました。『わたくしがスチュアードでございます。何かわたくしでお役に立てますことがございますでしょうか？』と。

『ええ、あるわ、スチュアード』とあの方はおおせになられました。『申し訳ないけど床に置いてあるその小さい籐《とう》編みのバスケットを開けて、わたしの気付け薬をこっちに渡してくださらない？』『かしこまりました、お嬢様。よろこんで』とわたくしは申し上げたのでございます。そしてわたくしがバスケットのところに参りまして蓋《ふた》を開けましたところ、たちまち後ろ向きにとんぼ返りを切る寸前となったのでございます。するとご令嬢様は、『あら、どうしたの、スチュアード』とおおせでございました。『まあ、どうしたの？　あなたの様子、とっても変よ。二、三杯飲んできたの？』と。わたくしは申し上げました。『お気づきであらせられましょうか、お嬢様。バスケットの中に有機生命体がおりますことに。蓋を開けますと噛《か》みついてまいりまして、わたくしの注意に怠りあらば親指の先を噛み切っていたであろう有機生命体でございます』と。するとあの方は、『そうそう、言い忘れてたわ。それ、あたしの子ワニなの』とおおせられたのでございました。要するに、旦那様、ご隣室のご令嬢様とは、さようなお方なのでございます」

アルバート・ピースマーチは息つぎのため言葉を止めた。我が封建君主様が依然として言葉を失っているのを目にすると、彼は再び話し始めた。

「あのお方が映画女優でおいであそばされ、広報担当者の助言の下、当該生物を保有しておいでであるとの旨《むね》がつまびらかにされたところでございました。ご隣室のご令嬢様とは、さようなお方でございます。また、再び無礼を申し上げてかように率直な申しようをいたしますことをお許しいただきますならば、あなた様はお間違いをされておいでございます。すなわち、きわめて重大なお間違いを、でございます」

依然、モンティは気を取り直してしゃんとする過程の初期段階にあった。彼は目を閉じて開け、また息を二、三度呑《の》み込んだ。それからゆっくりと、話し相手が自分の何かが間違っていると言った、ということが彼の意識に浸透してきた。

「間違いだって？」

「はい、旦那様」

「誰が間違えただって？」

「わたくしはあなた様がお間違いをされておいでだと申し上げました」

「僕が？」

「はい、旦那様」

「どういうふうに？」

「わたくしの申し上げる意味はおわかりと存じます、旦那様」

「わからないぞ」

アルバート・ピースマーチは態度を硬直させたように見えた。

「たいへん結構でございます、旦那様」彼は冷ややかに言った。「お心のままに。もしあなた様がわたくしは黙って分をわきまえていた方がよいとお思いでいらっしゃるならば、わたくしは黙って分をわきまえておりましょう。専門的に申しますと、わたくしにさようにせよとお考えあそばされることはご正当でございます。しかしながらわたくしは、これまでの一件が言うなればわたくしども二人を親密に結びつけたということを考慮いたしますならば――かような申しようをお許しいただきますならばでございますが――あなた様におかれましては君主と家臣というわたくしどもの関係性、すなわち、連中、いえ、ご乗客とスチュアードという関係をご放念あそばされて、わたくしの率直な申しようをお許しいただけることと期待しておりました」

　この演説のどこにも、モンティの啓蒙に与《あずか》って力あるところはなかった。しかし彼が何らかのかたちでこの人物の感情を傷つけたことは明らかだった。アルバート・ピースマーチの言葉は謎《なぞ》めいていたが、彼の顔はそうではなかった。彼は謹《つつし》んで怒りを表明しているように見えた。

「いや、言ってくれ」傷口を止血すべく、あわてて彼は言った。「もちろんだとも。是非ともだ」

「率直な申しようをお許しいただけますのでございましょうか？」アルバート・ピースマーチは顔をぱっと明るくして言った。

「もちろんだ、もちろんだ」

　スチュアードの目に、優しげな色が忍び入った。もし彼がモンティの母親と十七歳で結婚していたら――無論すでにご承知のとおり事実は異なるのだが――この青年の父親になっていたかもしれない人物には当然の、大甘な愛情満載の表情である。

「ありがとうございます、旦那様。さようでございますれば、あなた様はきわめて重大なお間違いを犯しておいでであると、再び申し上げたく存じます。わたくしが申し上げたきこととは、ご隣室のご令嬢様のごとき、目にはノックアウトな麗《うるわ》しさではございますものの、ご性格につきましてはかくもご冗談が過ぎるご令嬢様と、あなた様がお心の巻き込まれるままにおいであそばされることについてでございます」

「はぁ？」

「ご隣室のご令嬢様は」アルバート・ピースマーチはさらに続けて言った。「女優でいらっしゃいます――ブロッサム様というお名前でございます――また、わたくしの愛する母はわたくしに常々

『女優には近づいちゃいけないよ、アルバート』と申し聞かせてくれたものでございました。また母の申しようは正当でございました。母の戒《いまし》めを破り、ポーツマス・パントにて端役《はやく》を演じておりました女優と恋に落ちました折、わたくしはそのことを理解したのでございます。女優とわたくしのような通常人とは住む世界が違うのでございまして、物事に対して同一の見解を共有することはまったくないのだということをわたくしが理解するまでに、長くはかからなかったものでございます。そもそも彼女には時間を守るという観念がございませんでした。タウンホールの時計台の下にて一時間近く待ちぼうけを食わされた挙げ句の果てに彼女がごく平然と歩いてまいりまして、『あーら、あなたもう来てらしたの？　お待たせしてなかったわよね？』と申しましたことは、数限りなくございました」

彼は言葉を止め、咳払《せきばら》いをした。物語に迫真性を加えんがため、彼はその女優の台詞《せりふ》を自嘲的な裏声で発声したから、声帯に負担がかかったのである。咳発作より回復すると、彼は再び話し始めた。

「そして、彼女には時間を守ろうという観念がなかっただけではないのでございます。すべてにおいてさような具合でございました。率直に申しまして、わたくしは彼女と一緒におりました際、何をどうしてよいか皆目《かいもく》見当がつかなかったものでございます。彼女のお茶に砂糖を入れるという、ごく単純な例をとるといたしましょう。わたくしが砂糖を入れますと、彼女は『わたしの体型を台なしにするつもり、ねえどういうおつもりなの？』と申します、そしてその次にわたくしが砂糖を入れずにおりますと『ねえ、あの砂糖をとってちょうだいな』と、そしておそらくその後には名誉毀《き》損《そん》的な修飾語が追加されたわけでございます」

彼は強烈な笑い声を放った。つまりこれらの回想は彼の胸を痛みうずかせたのである。然《しか》る後に、話し相手がいかにも発言したそうな雰囲気を発散させていることに気づくと、あわてて彼は話を続けた。

「気質、と呼ぶのであったと存じます――芸術家気質、でございます。そしてやがてわたくしは、自分はそれとは相入れぬのだと理解いたしたのでございます。終始かような調子でございました。彼女と仲間の芸術家連中との関係を例にとるといたしましょう。わたくしは公演日には楽屋口まで彼女を送って参ったものでございました。すると彼女は一緒に着替えをする意地悪女のモードとかグラディスのこと以外、一切しゃべらぬのでございます。それで公演終了後に迎えに参りまして、ひとえに関係者一同に快適にすごしてもらおうと願うばかりに『今夜は意地悪女のモードだったかグラディスだったかに、嫌な思いをさせられてなかったらいいんだがな』とわたくしが申しますと、彼女は冷たく横柄《おうへい》な態度ですっくりと身を起こしまして、かように答えたものでございました。『よろしかったら、わたしの一番大事なお友達を意地悪女呼ばわりしないでいただけたら、大変感謝いたしますことよ』と。それで翌日の午後に『君の友達のモードだったかグラディスだったかは元気だったかい?』と申しますと、彼女は『あなたが「友達」という言葉をどういう意味で使ってるのかはわからないけど、わたしあの女のこと、見るのもいやだわ』と答えるのでございます。まことに疲労困憊《こんぱい》はなはだしきかぎりでございました。それゆえわたくしはあなた様に、経験者として、どれほど麗《うるわ》しかろうと、女優なるものとは一切関わり合いになることなかれと申し上げるのでございます。ご隣室のご令嬢様とは、頭を冷やしてお別れあそばされよと申しますのが、わたくしよりあなた様への助言でございます。また最終的には、それにてあなた様はより一層ご幸福となられることでございましょう」

　モンティの呼吸は切迫していた。彼のうちにふんだんに溢《あふ》れ返っていた普遍的慈愛に衝《つ》き動かされ、彼がアルバート・ピースマーチを好きであった時代もありはした。しかし、そうした状況はもはや存在しなかった。

「ありがとう」彼は言った。

「滅相《めっそう》もないことでございます、旦那様」

「ありがとう」モンティは繰り返し言った。「(a)スチュアード、君のクソいまいましい人生の物語を語りきかせてくれたことに――」

「どういたしまして、旦那様」

「そして、(b)スチュアード、僕に君の途轍《とてつ》もなく有益な助言をくれたことに対してだ。お返しに、スチュアード、隣室のご令嬢と恋愛関係に陥るも何も、僕は彼女に会ったこともないという事実を君に報せたい。また」モンティは言った。彼の声は音量を増していた。「浴室を意味ありげな目で見たってダメだ。なぜなら――」

　アルバート・ピースマーチの顔は、すでに述べたように、誰にとっても読み取りやすい、開かれた書物である。今そこにモンティは、驚愕《きょうがく》と信じがたいという感情を読み取っていた。

「あなた様はご隣室のご令嬢と、お会いになられたこともないのでございますか?」

「一度もない」

「それはそれは」アルバートは疑わしげに言った。「ならば謝罪いたさねばなりません。わたくしは誤解申し上げておりました。Bデッキの友人よりあなた様がご友人を説得して特等船室をご交換あそばされたとの話を聞き、またご隣室のご令嬢様を一目見て何たる瞠目《どうもく》すべきご麗人であることかを知り、また愛情に満ちたメッセージが壁面に記されておりますのを拝見し、当然ながらわたくしは、あなた様がBデッキのご友人の紳士様と特等船室をご交換あそばされたご動機は、ご隣室のご令嬢様と密接に接触せんがためと想定したのでございます」

モンティの呼吸はますます切迫した。

「僕がBデッキの友人紳士と特等船室を交換したんじゃない。彼が僕と交換したんだ」

「同じことでございます、旦那様」

「まったく違う」

「そしてあなた様はご隣室のご令嬢様と一度も会われたことはない、と」

「言ったとおりだ。隣室の令嬢とは一度も会ったことはない」

スチュアードの顔が突然明るくなった。彼はクロスワードパズルを解《と》いていて、「大型のオーストラリアの鳥」が何であり得るものか途方に暮れ、そして突如予期せぬひらめきで答えを思いついた人物のように見えた。その人物が全身をうち震わせて「エミュー！」と叫ぶように、またアルキメデスがよく知られた一件の際に全身をうち震わせて「エウレカ！」と叫んだように、ただいまアルバート・ピースマーチは全身をうち震わせて「クー！」と叫んだのであった。

「クー、でございます、旦那様！」アルバート・ピースマーチは叫んだ。「今やわたくしはすべてを理解いたしました。ご隣室のご令嬢様が壁にあの文字を書かれたのは、愛ゆえではなく、ただの悪ふざけだったのでございましたか。あの方がどれほどふざけたお方かにつきましては、お話し申し上げておりましたでしょう？　さようなことが以前もございましたのを存じております。わたくしがローレンティック号の荒くれ男でございました折、ドゥーザーがご乗船中の演劇関係の女性客がたとパーティーを開催いたしたのでございます――」

「いったい全体、ドゥーザーってのは誰のことだ?」

「第二スチュアードでございます、旦那様。常にドゥーザーとして知られておるところでございます。さてわたくしが申し上げておりましたのは、そのドゥーザーがそれなるパーティーを開催いたしまして、その進行は深夜まで及んだとのことでございました。そしてドゥーザーは、翌日の任務に備えて体力回復がためいくらか睡眠を取らねばと、ご令嬢がたの許を辞し、スカッパーガッツと共に就寝したのでございます」

「いったい全体、スカッパーガッツってのは誰だ? 英語で話してもらいたいな」

「ウェイター頭《がしら》でございます、旦那様。常にスカッパーガッツとの呼称にて呼びならわされております。さてと、旦那様、申し上げましたとおり、ドゥーザーはスカッパーガッツと眠りについておりました。そして翌朝自分のキャビンに戻りましたところ、彼はご令嬢がたのお一人が、きわめてふざけた内容のことどもを部屋の壁に口紅にて落書きしてゆかれたことを知ったのでございます。その際のその者の取り乱しようときたら、それこそ百聞は一見にしかずといったものであったと、その感情の昂《たかぶ》りを目撃した者どもより報されております。つまり、彼はいつ何時《なんどき》キャプテンが、船内総点検を思い立つことかと恐怖したのでございます」

「何もかも実に興味深い話だった――」

「まことにさようでございます、旦那様。さようにお考えいただけることと存じております。また彼にはそれを、すなわちドゥーザーにはその文字をということでございますが、を消すことができなかったのでございます。なぜならば、口紅は消去不能なのでございます」

「消去不能？」

「科学用語でございます、旦那様。適切な化学薬品等のなかりせば消し去ること不可能という意味でございます」

「なんと！」

モンティの声には痛烈な苦悩があったから、スチュアードは直ちに彼を見た。この青年の束ねた髪が怒り狂ったポーペンタインのように一筋一筋逆立っている［『ハムレット』一幕五場］のを、彼は見てとった。

「旦那様？」

「スチュアード！」

「はい、旦那様」

「君は、あそこの落書きは口紅で書かれたものだとは思わない、いや思う、いや思わないんだな？」

「あれが口紅で書かれておりますことをわたくしは存じております、旦那様」

「ひゃああ、なんてこった！」

「はい、旦那様。あれは口紅でございますとも、はい」

「うひゃあ、なんてこった！」

アルバート・ピースマーチはこの展開が理解できなかった。彼には過剰な狼狽《ろうばい》と思われるこの反応の理由は、彼にははかり知れなかった。ドゥーザーならわかる。ドゥーザーには堅持しなければならない職業的立場があった。もしドゥーザーのキャビンの落書きが非情にも公然とされたなら、船長から一つ二つお小言をもらうだけでは済むまい。しかし、モンティは気楽な乗客である。

しかしながら、この若者がこの問題をかなり重く心に受け止めていることは明らかだったから、アルバート・ピースマーチは本件の別の側面を指摘することによって、彼を元気づけようとした。

「さようなことどもに直面いたしましたならば、旦那様、すべてはただ宿命なのだと、ご自分に言い聞かせることが肝要でございます。はじめから運命の導くところであったのだと知ることで、かような表現をお許しいただきますならば、どういうわけか、事態はさほど悪くはないと思えて参るものでございます。わたくしはグローリーホールの仲間たちにさように申すのでございますが、しかしながら連中がそこのところを理解しないことときたら、あなた様におかれましてはたいそう驚きあそばされることと存じます。旦那様、大西洋横断船の平均的スチュアードと申しますもののどこがダメかをお知りになりたければ、旦那様、ヴィジョンの広大さというものがないのでございます。わたくしの拝察いたしますところ」自らの提示する主題に興奮を覚えながら、アルバート・ピースマーチは言った。「かような方向にてよくよくお考えいただきますならば――すなわち、はかり知れない運命、あるいは宿命と呼ぶ者もおりますが――の働きを考慮することにお心をご傾注いただけますならば、でございます。ただいまわれわれの眼前にございますこの単純な例につきまして考えてみるといたしましょう。何がございますのでしょうや？　口紅。さようでございます。どなたの口紅でございましょう？　ご隣室のご令嬢様でございます。よろしい。さて、戦前におきましては、ご婦人方は口紅をご使用あそばされなかったものでございます。大戦により、口紅の導入がなされたのでございました。したがいまして、もし大戦のなかりせば、ご隣室のご令嬢様が口紅を以ってあなた様のご浴室の壁に字をお書きあそばされることもなかったことでございましょう」

「スチュアード」モンティは言った。

「はい、しかしながら少々お待ちくださいませ、旦那様。それよりもっと前にさかのぼることも可能でございます。大戦を引き起こしたのは何であったか？　スイスの男がドイツの皇帝を射殺したのでございました［一九一四年、セルビア人青年ガブリロ・プリンツィプがオーストリア皇太子を殺害した］。したがって、もしその男が皇帝を撃たなければ、大戦は起こらず、口紅も存在せず、またご隣室のご令嬢様もあなた様の浴室の壁に文字を書きつらねることはなかったことでございましょう」

「スチュアード」モンティは言った。

「もうしばらくお待ちくださいませ、旦那様。まだ話は終わっておりません。さらに時を遡《さかのぼ》ることといたしましょう。スイスの男をもたらしたのは何でございましょう？　彼の父親と母親がたまたま出逢い、結婚したという事実でございます。おそらく二人は映画か何かで出逢ったのでございましょう。大変結構でございます。さてと、ご自分でご推論いただきたく存じます。その晩が雨で、その娘は出かけず家にいたとご想像ください。その青年がブーツを履いていると、友達が二、三人やってきて彼を誘ってパブにダーツをやりに連れ出したとご想像くださいませ。いかがなりましょうや？　皇帝射殺犯の父親は皇帝射殺犯の母親と出逢うことはなく、よって皇帝射殺犯の男はこの世に存在しなかったのでございます。したがいまして大戦は起こらず、したがいまして口紅も存在せず、したがいましてご隣室のご令嬢もそれを以ってあなた様の浴室の壁に字を書かれることはなかったことでございましょう」

「スチュアード」モンティは言った。

「さて、旦那様？」

「君はわかってないかもしれないが」モンティは発話に困難を覚えつつ、言った。「だが君は僕をだいぶ苦しめている」

「さように伺いまして、たいそう遺憾《いかん》に存じます、旦那様。わたくしはただ、不可思議で驚くべき運命の働きにつきまして指摘いたしておりましただけでござい――」

「わかっている」モンティはひたいに手をやった。「だがやめてくれないか。気に障ったかな？」

「滅相《めっそう》もないことでございます、旦那様」

「僕は少し動揺しているんだ、スチュアード」

「あなた様は確かにご動揺のご様子と拝見いたします」

「ああ。わかるだろう、僕は結婚の約束をしている……」

「ご幸福を祈念いたします、旦那様」

「僕もだ。だが、僕は幸福になれるだろうか？　そこがポイントだ。そこが問題なんだ」

「何が問題だって？」と言いながら、レジー・テニスンが部屋に入ってきた。

10. 汚名

旧友が特等船室にのん気に入ってきたのを見て、モンティ・ボドキンの胸に溢《あふ》れ返った感情は、ラクナウ包囲戦の際に兵士たちがスコットランド高地のバグパイプの音の渦を耳にした時のそれと似通っていたが、それよりさらに強烈であった［一八五七年のインド大反乱の際、孤立したイギリス軍を第九三サザランド・ハイランド歩兵連隊が解放した］。彼こそモンティが会いたかった人物に他ならなかった。この瞬間モンタギュー・ボドキンに世界の機知と美と知性の精華を差し出したとて、彼はレジー・テニスンを選びとったことだろう。

「レジー！」彼は叫んだ。

畏怖《いふ》の表情が他方の顔に入り込んだ。

「びっくり仰天だ」彼は言った。「まさしく奇跡だ。俺はここに入ってきた。この小さな、密閉空間にだ。そしてお前からの距離が二十センチくらいのところまで来たら、お前は肺をふくらませて『レジー！』って、俺の耳元で声を張り上げて怒鳴ってよこした。それなのに俺はビクともしない。一時間前なら、遠くの木にとまった小鳥が、一番のひそひそ声でピーと鳴いたとしたって、俺は全身の皮を脱ぎ捨てて跳《と》び上がり、子供みたいに泣き出してたはずなんだ。それでこの変化は、ひとえに俺の首に取り付いてコルク栓抜きみたいなかたちにねじりあげてくれた、小さな女の子によっ

て達成された。そうだ、それが事実だ。あのほっそりした手で、彼女は俺の頭痛をほんの一瞬で
――」

モンティはルウェリン氏がメイベル・スペンスの前で踊ったくらいに激しくダンスを踊った。

「お前の頭痛のことなんでどうでもいい！」

「俺もだ。もう消えた。今話したとおり――」

「レジー、僕らは特等船室を交換しなきゃならない」

「何を言ってるんだ？」

「船室を交換することについてだ」

「だが、俺たちはもう特等船室を交換した」

「また交換するんだ、つまり」

「なんだって、お前が上へ、俺が下へか？」

「そうだ」

「それで俺をロッティ・ブロッサムの隣の部屋に住まわそうっていうのか？」

レジーは弱々しい、悲しげな笑みを浮かべ、首を横に振った。

「そいつはだめだ」彼は言った。「すまない。だがダメだ。兄貴のアンブローズが船から落っこちたって確実に保証してくれない限りダメだ。お前はわかってないんだ、モンティ」テニスン兄弟の弟は続けて真剣に言った。「あれからアンブローズがどれだけ熱くなったか、お前は文字通り何にもわかっちゃいない。あいつは乗客名簿を見たんだと思う。とにかく、お前と会って、新鮮な空気を吸いにデッキに行って以来、あいつは俺を船中追いかけ回してる。敵意と脅威を振りまきながら

な。時々見えなくなるんだが、必ずまた俺を見つけ出す。それで俺を見つけると鼻からうるさく音を立てて息をしながら、ぎらぎらした目で俺をにらみつけるんだ。また部屋を取り替えるなんてバカをやろうもんなら、恐ろしい破滅が俺を待ちうけることになる。それにしてもどうして部屋を交換しようだなんて思うんだ？　こっちの方が俺の部屋よりずっといい部屋だぞ。比べ物にならん。こっちの方がベッドも柔らかい。家具も上等だ。壁にかかってる昔のイギリス版画も一枚じゃなくて二枚だ。敷物もこっちの方が上等だし、スチュアードもこっちの方がハンサムだ――」

「ありがとうございます、旦那様《だんな》」アルバート・ピースマーチが言った。

「交換しようだなんて夢にも思っちゃダメだ。こっちにいれば栗の中の芋虫《いもむし》みたいに居心地がいいんだぞ。それにこっちの部屋には浴室がある――」

「ハッ！」

「へぇ？」

モンティの顔がゆがんだ。

「お前は『浴室』と言ったな。行って見てくるんだ」

「もう見た」

「もういっぺん見ろ」

レジーは眉を上げた。

「お前今日の午後はずいぶんと摩訶《まか》不思議だなあ、モンティ。言いたいことがよくわからんが。まあそれでお前がよろこぶなら――うひゃあ！」浴室のドアを開けると一歩後じさって、彼は言った。

「わかったか！」

「お前のご友人のロータス・ブロッサムが、口紅で書いたんだ」

「誰がやった？」

レジーは疑問の余地なく感銘を受けていた。彼はモンティを、ずいぶんと見直したというように見た。

「いやあ」彼は畏敬《いけい》の念を込めて言った。「彼女にここまでさせるだなんて、お前、驚くばかりの高速でことを進めたにちがいないな。ロッティはすぐに打《と》ち解けるような子じゃない。ごく慎重だ。俺の首の後ろに氷のかけらを入れてくるまでには何週間もかかった。お前がこんなに仕事の速い男だとは思ってもみなかった。まだ彼女に会ってから三十分も経《た》ってないだろうに」

「僕は彼女を知らない。彼女に会ったこともないんだ」

「会ったことがないだと？」

「そうだ。僕はここに入ってきて壁がご覧のとおりなのを見つけたんだ。彼女はお前宛にあれを書いたんだろう」

レジーはこの説を検討した。

「言いたいことはわかった。ああ、そうかもしれない。なんてこった。うれしいな、俺の心は動かされたぞ！」

「部屋はまだ動いてない」

「いや、動き終えた」

「レジー！」

「すまないな、だがこれで決定だ」

「だけど、なんてこったレジー、聞いてくれ。僕の立場を考えるんだ。僕は婚約してるんだぞ」
「お気の毒様」
「婚約してる！　結婚の約束をしてるんだ。それで僕のフィアンセはいつ何時《なんどき》あの浴室に入ってい
くかしれないいんだ――」
「まことに何と申しましょうか、旦那様」アルバート・ピースマーチが言った。
このスチュアードは彼を最大限に厳しい目で見つめていた。二十年間大洋航路の乗員生活にあっ
ても、幼少のみぎりにヴィクトリア時代の母親から吸収した高邁《こうまい》な原理原則はいささかも弱められ
ることはなかったのだ。
「まことでございましょうか、旦那様！　純粋で可憐《かれん》な英国の乙女《おとめ》が……そのご令嬢様はイギリス
人でいらっしゃいますか？」
「もちろんイギリス人だ」
「かしこまりました、旦那様。それならば、わたくしが申し上げましたとおり」アルバート・ピー
スマーチは静かな叱責《しっせき》を込めて言った。「純粋で可憐な英国の乙女は、独身紳士様のご浴室にお出
入りなどは決してなさらぬものでございます。さようなことは夢にもお考えあそばされますまい。
純粋で可憐な英国の乙女は、決してなされますまい。さようなことを考えるだけで、お顔を赤らめ
るはずでございます！」
「そのとおり」レジーは言った。「よくぞ言った、スチュアード」
「ありがとうございます、旦那様」
「まさしくど真ん中大当たりだ。彼の言うとおりだ、モンティ。お前みたいにちゃんとした男が、

そんな考えを念頭にもてあそぼうだなんて俺には理解できない。知りたきゃ言うが、俺にはちょっとショックだったぞ。いったい全体ガートルードみたいに礼儀作法に厳格な女性が、朝ひとっ風呂浴びにここに来ようってちょっとでも考えるだなんてどうして思える？　大丈夫か、モンティ？」

それはモンティの眼前に拡けた展望上に浮かんだずたずたのちぎれ雲を照らす、初めてのうっすらした希望の曙光《しょこう》だった。彼は断然元気を取り戻した。

「なんと、もちろんそうだ！」彼は言った。

「もちろんそうさ！」レジーが言った。

「もちろんさようでございます！」アルバート・ピースマーチが言った。

「もちろんそうだとも！」モンティは言った。「彼女はそんなことはしない、するもんか」

「もちろんしないさ」

「ああ安心した。君は僕に」我が家臣を感謝の目で見つめながら、モンティは言った。「新たな光《こう》明《みょう》を投げかけてくれた――君の名前は何と言ったかな、スチュアード？」

「ピースマーチでございます、旦那様。アルバート・ピースマーチでございます」

「アルバート、ピースマーチ、君はこの状況に新たな光明を投じてくれた。ありがとう。この状況に新たな光明を投じてくれて。まだ全部おしまいになったわけじゃない」

「さようでございますとも、旦那様」

「とはいえ、念のため、君にはモップを持ってきてあの字を消してもらいたい」

「無駄でございます、旦那様。あれは消去不能でございますゆえ」

「それでもいいんだ。モップを取ってきてかかってくれ」

「かしこまりました、旦那様。お心のままに」

「ありがとう、ピースマーチ。ありがとう、アルバート」

スチュアードは退室した。モンティはベッドに腰を下ろし、興奮した神経をタバコで鎮《しず》める作業を完了しようとしていた。レジーは椅子をとって点検すると、そこに座った。

「聡明な男だ」モンティが言った。

「ああそうだな」

「これで心の重荷が消え失せた」

「そうだな。それに」レジーは言った。「ガートルードが浴室に入ったとしたってそんなにひどいことにはならないだろう」

「バカ言うんじゃない」モンティは言った。「今はだめだ」

「バカなんか言ってないさ。お前とガートルードの問題についてはこのところごくごく真剣に考えてるんだ、モンティ――ごくごく真剣にだ。お前は女性の心理について大してわかっちゃいないと思うが、どうだ?」

「それが何かもわからない」

「そうじゃないかと思った。わかってたらガートルードがどうして婚約解消したか、自力で見つけられてたはずだ。いや待て」手を上げて制しながら、レジーは言った。「俺に話させろ。全部説明してやる。全部お見通しなんだ。さてと、お前とガートルードのつき合いに関する主要事実をおさらいしよう。お前はピクニックにおいて彼女のためにスズメバチをつぶしたことで、関係を開始した。素晴らしい。これよりいい始まりは望みようがない。それはお前にうっとりするような魅力を与え、また女の子はうっとりするような魅力が好きだ。それからおよそ二日後に、彼女がお前との結婚に同意したという事実から、そのことはわかるはずだ」

「二週間後だ」

「二日後でも二週間後でもいい——実際の時間は問題じゃないんだ。要するにお前たちは驚くべき速さでうまく行ったってことだ。そこからお前にうっとりするような魅力があったに違いないということがわかる。その二週間の間、彼女がお前のことを男の中の王者だと思っていたとしても俺は驚かない。さてと、そこまではよしだ。それまでのところ、お前はそよ風のようにうまくやっていた。その点に異論はないな？」

「ない」

「ところが、それからお前はすべてを台なしにしたんだ。致命的な手を打ったんだな。お前は彼女の父親にへいこらした」

「僕はへいこらなんかしてない」

「お前がしたことがへいこらでなかったら、何をそう言ったらいいのかわからないぞ。俺に言わせれば、お前はひれ伏したんだ。親父さんは自分の頭を吹っ飛ばしてバカげた条件を並べた。そしてお前はふざけるなって言ってやる代わりに、そいつに同意した」

「他にどうしようがあった？」

「お前が主導権を取って優位に立つことだってできたんだ。お前はガートルードのところへ行って、最寄りの結婚登録所で結婚しようと言い張って、それでもし断られたら彼女の目をグーでぶん殴ってやることだってできた。そうする代わりに、お前は言われたとおりに丸呑《まるの》みして、その結果がどうだ？　うっとりするようなお前の魅力はポンと消えた。気がつけばガートルードは『このボドキンくんのこと、よくよく考えたら彼ってどう？　スズメバチの件ではよかったけど、スズメバチが全てかしら？』って自分で自分に言ってるんだ。彼女はお前のことを見損なっていたと思う。あのスズメバチは一瞬のきらめきに過ぎなかったんだ。彼女は自分に言う。『もし私の率直な意見が聞きたいなら、私、あの人はダメ男だと思うわ』そこからお前に愛想つかしするまではすぐだ。要するに、そういうことだったんだ」

モンティは静かに笑みを浮かべ、タバコを吹かしていた。彼はこの話を楽しんでいた。過去においてレジー・テニスンに一つ不満があるとしたら、それはこの友人がいつも自分は何だって知っていると思い込んでいる人物だということだった。他の点では頼りになる奴だが、どうすればいいかを得々《とくとく》と語り、あるいは既にしてしまったことについては、それが間違っていたと言いつのる彼の性癖がとてつもなく苛立《いらだ》たしいという事実からは逃れようがない。

レジー・テニスンというのは、他人が〈バターーズ＆バターーズ〉に靴下を買いに行ったと聞いたら、〈マターーズ＆マターーズ〉こそロンドンで唯一完璧な靴下を提供する店舗だってことを知らないのかと不思議がり、それで〈マターーズ＆マターーズ〉に駆け込んで靴下を買い込み、ついでにシャツを二、三枚買ってみると「〈マターーズ＆マターーズ〉でシャツを買っちゃダメだ。シャツは〈スタッターズ＆スタッターーズ〉に限る」と言うような男なのだ。

そろそろ頃合いかと思い、モンティは彼に身の程を思い知らせてやれる稀有《けう》な機会を歓迎した。彼はタバコを吸い終えると、もう一本、もったいぶった態度で火をつけた。

「そうか、そういうことだったのか」

「まあそんなところだ」

「どうしてわかる?」

「おいおい、友よ!」

「今までお前が間違ったことはあるか、レジー?」

「一度だけ、一九三〇年の夏のことだ」

「ふん、今回も間違いだ」

「そう思うのか?」

「ああ、そう思う」

「どうしてそう思う?」

「事実はこうだ」モンティは勝ち誇ったように彼の歩兵中隊の全容を明らかにした。「ガートルードと僕は、ついさっき全面的に和解したところだ。それで問題は、ここでは立ち入らない理由ゆえに、僕が行った先々で出会った女性とたちまち恋に落ちてまわっていると彼女が思い込んでしまったせいだったんだ」

打ち込もうと待ち構えていた強打の与えた衝撃の大きさが、予測過大でなかったと知ることは愉快だった。もはやレジーには自己満足の影も形もなかった。入念に推論を積み重ねた自説が粉砕されたことに、彼はひどい痛手を負っていた。彼は端的に面食《めんく》らっていた。実際、彼の様子はちょっと大げさではないかとモンティには思えた。やり込められたというだけで、こんなにも動揺する理由はないだろう。

「彼女は――お前、何て言った?」

「彼女は僕のことを一種のチョウチョウだって思ったんだ」モンティは言った。「チョウチョウがどんなふうかは知ってるだろう。確固たる品性がないんだ。ひらひら飛んでは蜜《みつ》を吸う。彼女は僕がひらひら飛んで蜜を吸ってまわっていると思い込んだんだ」

レジーは発声に困難を覚えているようだった。彼は椅子《いす》から立ち上がり、部屋中を行ったり来たりして、浴室に入り込んで水道の蛇口を開け、また閉め、また音から察するところモンティの歯ブラシでコップをコンコン叩いているようだった。

「なあ、モンティ」とうとう彼は言った。彼の声は浴室からうつろに聞こえてきた。「お前にどう言ったものかわからないんだが、どうやら俺は、残念ながら――最善の動機からなんだが――ヘマをやっちゃったようだ」

「へっ？」

「そうだ」姿の見えない声は続けて言った。「ヘマをやったと言うのが妥当だと思う。わかるだろ、お前とガートルードの間の問題は、お前が意気地なしのチーズ野郎だって彼女が思ってるってことだと俺は考えていた。それで女の子が男を意気地なしのチーズ野郎だと思ってる時に、その考えを吹っ飛ばす唯一の方法は――つまり、異性間におけるそいつの人気の高さを強調してやって――彼女に、実はそいつは悪魔のように魅力的で、一瞬だって目を離したら安全じゃいられないって思わせることだ――要するに、今お前が言ったように、お前はチョウチョウで、その中じゃ悪い方じゃあないってな」

モンティは笑った。なかなか面白い考えだし、確かに聞くべきところは多い。レジーはいつだってこういう突飛な思いつきでいっぱいの奴だった。

「お前の言いたいことはわかる。なかなか独創的だ。だけど僕に関するそういうご高説を、ガートルードに言ってくれなくて本当によかった」

しばらく浴室には沈黙があった。それからレジーの声がした。自責の念に苛《さいな》まれた腹話術師に似ていなくもない声だ。

「いや、お前は肝心のところがわかってないんだ、友人よ。こう言って気を悪くしないでもらえるといいんだが、お前は俺の言うことがわかっていない。俺は言ったんだ」

「なんだって！」

「まさしくこのとおりのことを俺は彼女に言ったんだ。それで今になってみれば、どうして彼女が別れ際にひどく考え込んでるふうだったかがわかるんだ。一種、哀愁を帯びた顔だった。わかるだろ、お前のためにはどんな努力も惜《お》しむまいって願ったばっかりに、俺はだいぶ大げさに盛って言っちゃったんだ。かなり強烈にまくしたてた。実のところ、俺が彼女に言ったのは、彼女はお前のことを意気地なしのチーズ野郎だと思っている点で完全に間違っている、なぜなら奴はいつだって手持ちの女性が三人以下なんてことは絶対ないし、どの子にも、自分が人生で今まで好きになったただ一人の女性だって信じ込ませてるくらい口のうまい手練《てだ》れだってことだ」

ここで語り手は洗面台にマウスウォッシュの瓶《びん》を落としたようだった。その結果生じたガラガラ音が競合する他の騒音をかき消したから、その音が鎮《しず》まったところでようやく、モンティはもはや自分が特等船室にただ一人ではないことに気づいたのだった。

ご隣室のご令嬢様が目の前にいた。

11. 赤毛は危険

ほぼ伝説上の人物と言ってよいこの女性と実際に初めて出逢った衝撃から、モンティ・ボドキンは友人のレジー・テニスンが賞賛した彼の名声にふさわしき行動をまったくとれずにいたということを、歴史家は認めねばならない。彼の態度物腰立居振舞のどこにも、当代のカサノバの片鱗《へんりん》を示すところはなかった。ひらひら飛んだという事実が彼を当該階級に帰属せしめたと言える気配がなかったら、彼ほどチョウチョウらしくなく振舞えた者もなかったろう。

確かに彼はひらひら飛んだ。彼がすでに根底からぐらぐらぐらついていた瞬間に、この侵入はなされ、またその効果は彼をひどく唐突に後方へとひらひらふっ飛ばしたから、航海中に溺死《できし》したくない人々に救命帯を装着させる科学的方法を説明する、壁に掛けられた額入りの注意書きに頭をぶつけ、もう少しで頭蓋骨《ずがいこつ》にひびを入れてしまうところだった。

また、このことは彼のサヴォアールフェールというか、機知機転の異常なまでの欠如を示す証左として受け取られてはならない。ロータス・ブロッサムを映画の中でのみ見てきた者のほとんどが、生身の本人に出会うと、おおむね同様の反応をしたからである。

主としてその効果は、彼女の髪によって果たされていた。また銀幕上の彼女は切なげで弱々しい小さな生き物に見えるが、銀幕外ではダイナミックという言葉の方がふさわしいという事実のゆえもある。私生活において、ロッティ・ブロッサムはその切なさと弱々しさを、「成人限定」的陽気さにて置き換える傾向があった。またその陽気さは、外向けには輝くばかりの挑発的な笑《え》みに、また内向きというか精神的には籐《とう》のバスケットにワニを飼い、疑いを知らぬ他人に蓋《ふた》を開けてと頼む習慣に表れていた。

しかし、すでに述べたように、見る者の目をぐるぐる回し、不規則にハアハア息を切らせることに主として与《あずか》って力あったのは、彼女の髪だった。銀幕上では上品に青白く見えるが、実際に会ってみると魂を粉砕するがごとき鮮やかな赤なのである。彼女はまるで夕焼けに頭を浸したように見えた。それは輝く大きな目と、多くの映画芸術の姉妹たちと同じように彼女が醸《かも》し出す、絶大なる自信の持ち主であるという雰囲気と相まって、初めて見る者に常に強烈な衝撃を与えた。たとえばモンティだが、彼は目のくらむ眩《まぶ》しいヘッドライトの車に轢《ひ》かれたような心持ちだった。

彼は物言わず口をぽかんと開けて立ち尽くした。そしてミス・ブロッサムは自分が彼の注目を引いていることに気づくと、持ち前の光り輝く笑みで笑い、ただちに会話を開始した。

「リヴィングストン博士でいらっしゃいますか？［一八七一年にヘンリー・モートン・スタンリーがアフリカで遭難したデイヴィッド・リヴィングストンを発見した時に言った言葉。思いがけない所で思いがけない人物に会った時の常套句となった］だけどだいぶお変わりね。それとも違うのかしら」彼女は言った。「あなた、誰？」

モンティはそれには答えられた。精神的に最上の状態ではなかったものの、自分の名前は覚えていたのだ。

「僕の名前はボドキンです」

「あたしはブロッサムよ」

「はじめまして。お元気でいらっしゃいますか?」

「ありがとう、元気よ」このレディは感じよく言った。「イエッサー、まあまあ元気よ。あなたここで何をしてるおつもり?」

「えー」

「アンブローズはどこ?」

「えー」

「ここはアンブローズ・テニスンの特等船室じゃないの?」

「えー、違います」

「それじゃ乗客名簿が間違ってたのね。じゃあこの素敵でモダンな内装のお部屋はどなたのものなのかしら?」

「えー、僕です」

「あなたの?」

「えー、そうです」

彼女は目を瞠《みは》った。

「じゃあここはアンブローズの部屋じゃないってこと?」

「えー、そうです」

ミス・ブロッサムには何かが面白く感じられたようだ。彼女はドレッシングテーブルにしがみつき、心の底から大笑した。

「ねえ聞いて、あなた」彼女は言った。笑いの発作が収まると、彼女は目を拭《ぬぐ》いながら言った。「あなたにサプライズがあるの。たっぷり楽しんでちょうだいな。もうお風呂は使った？　なぜならあたし――」

強烈な戦慄《せんりつ》がモンティを震わせた。

「見ました」

「見たの？」

「はい」

「あたしが浴室の壁に書いたあれを？」

「はい」

「おかしかったでしょ、ねっ？　口紅で書いたのよ」

「知ってます。消去不能です」

「そうなの？」興味を惹《ひ》かれて、ロッティ・ブロッサムは言った。「全然知らなかったわ」

「アルバート・ピースマーチがそう教えてくれました」

「誰それ？」

「地元のスチュアードです」

「あらあの人？　うちの子ワニとケンカしたのよ」

「それについても聞いてます」

ロッティ・ブロッサムはこの新情報に照らし、本件問題を考量した。

「するとあの字は長いことあのままってこと？　あらまあ。お風呂に浸かる度に、あなたあたしのことを思うんだわ」

「そのとおりです」モンティは心からそう言った。

「うれしそうじゃないわね」

「えー、つまりですね――」

「いいわ。わかった。ええ、ごめんなさい」ミス・ブロッサムは優雅に言った。「女の子にそれ以上は言えないものよ。一時の衝動でしたことなの。それ、テニスンくんのために書いたの。と言っても、彼のことは知らないわね」

「いいえ、知っています」

「どうして知ってるの?」

「オックスフォードで一緒でした」

「そうなの。なんて素敵な人なんでしょ、ねえ?」

「ええ、そうですね」

「彼とあたし、婚約してるのよ」

「ええ」

「婚約してるって、どうしてそうせずにいられるものかあたしにはわからない――でも聞いて。このつながりが全然わからないわ。あなたはここにいる。それでアンブローズはいない。乗客名簿にははっきりとA・テニスンって書いてあったのよ」

「R・テニスンです」

「ええ、わかってるわ。でもそれはミスプリントなの。Rな訳はないのよ。レジー・テニスンは乗船していないんだもの」

「乗船してるんです」

「なんですって！」

「ええ、実は――」

モンティは浴室のドアを見た。それは今は閉まっていた。だが、それでもレジーには二人の声が聞こえたはずだし、彼が出てきて仲間に加わらないことに彼は驚いていた。

その説明は実のところ簡単であった。レジーは確かに女性の声を聞いた。だがいとこのガートルードの声だと思ったのだ。自分が彼女に言ったことを思い返すと、ただちに彼女はモンティと意思疎通を確立したがるだろうと想像された。また彼はガートルードに会いたくなかった。会えばまた何らかの考え抜かれた説明をしなければならないと予想されたし、できる限りその瞬間は先に引き延ばしたかったのだ。

今彼が出てきたのは――つまり一瞬後に浴室のドアが開いて、彼が出てきた――彼が乗船しているというモンティの宣言がロッティ・ブロッサムに顔をのけぞらしめ、つんざくような喜びの歓声を上げさしめたからだ。彼女はいつだってレジーに夢中だったし、その報せは彼女を歓喜させたのだ。またロッティ・ブロッサムが喜びの歓声を上げるのを一度でも聞いたことのある者には、その声は聞き分けられた。レジーは出てきたが、彼女を大喜びで歓迎する気分では全くなかった。彼はこれなる旧友にできるだけ早いこと、とっとと出て行くようにと言い聞かせるつもりだった。なぜならアンブローズがミディアンの兵隊のごとく彷徨《さまよ》い［ジョン・ニールによる讃美歌］、うろつき回っているのだから、いつ何時《なんどき》耳障りな不快音がしてこないとも限らないのだ。レジーが一番避けたかったのは、特等船室でロッティと一緒にいるところをアンブローズに見つかることだった。またモンティが一種のお目付役として活動してくれると思われるという事実をもってすら、その展望はまったく好ましいものとはならなかったのだ。

したがってその結果、この会見は主要参加者の見解が一致しない不幸な会見となった。ロッティ・ブロッサムは熱狂的な歓喜でいっぱいだった。レジーは歯槽膿漏《しそうのうろう》の痛みに邪魔されながら暗殺を計画する悪の組織ブラックハンド団のメンバーみたいに見えた。彼の態度は暗く、後ろめたげで、動揺していた。

「レジー！」

「シーッ！」

「レジー！」

「静かにして！」

ロッティ・ブロッサムは顔をツンとさせた。彼女の感情は傷ついていた。

「んまあ、懐かしの同窓生にずいぶんな言い方だこと！　どういうこと？　あたしと会えて嬉しくないの、このうじゃうじゃうごめくワタミハナゾウムシの幼虫さんたら」

「もちろん嬉しいさ。嬉しいとも。ただ」レジーはドアの方に神経質に目をやりながらしきりになだめた。「そんな途轍《とてつ》もなく大きな――」

「あなたここで何してるの？」

「モンティと話があったんだ――」

「バカね。どうしてこの船に乗ってるのかってことよ」

「航海中だ」

「どうして？」

「追い出された」

「そうだ。雪の中に放り出された。家族に」

「何ですって？」

モンティは少々説明したほうがいいと感じた。これなる友人のスタッカート話法は、ミス・ブロッサムにこの状況を思うように明確に伝えてはいない。

「こいつの一族が」彼は言った。「こいつをカナダに送り出したんですよ。お前はカナダでどこかの事務所か何かに勤めるんだったな、レジー？」

「そうだ」レジーは言った。心ここになしといった態度だった。彼はドア方向ににじり歩いて、明らかに外からする彷徨《さまよ》いうろつき回り音に警戒しているようだった。「一族がモントリオールのどこかクソいまいましい会社に職を見つけてくれたんだ」

今やロッティ・ブロッサムはすべてを理解した。この恐ろしい悲劇の全容が荒涼たる恐怖とともにすべて明らかとなり、彼女は深く心動かされていた。

「何、それ、あなた、働かされるってこと？」

「そうだ」

「働く？　あなたが？」聖母のごとき憐《あわ》れみの情が、この女性から放たれた。「レジー、かわいそうな、不幸な子。さあ、ママのところにいらっしゃい！」

「だめ、だめだ」

「ママのところにいらっしゃい、慰めてあげるわ」ミス・ブロッサムはきっぱりと繰り返した。「あなたを働かせるだなんて、そんな残酷な真似をする人がいるだなんて！　ああ野に咲く百合の無差別級チャンピオン。働きもせず、紡ぎもせぬ者の王者〔マタイによる福音書六・二七―二八〕。そんなひどい話聞いたことがないわ。それじゃあ神経衰弱になったって仕方ないじゃない。さあ、ここにいらっしゃいな、レジー」

「行かない」

「キスしたら痛いの痛いのなんて飛んでくわよ」

「そうかもしれないが、しちゃだめだ。この状況の恐ろしい厄介さが君にはわかってない。アンブローズが……」

「アンブローズがどうしたの？」

ドアに到着し、ドアノブに指をかけると、レジーは少し安堵《あんど》した。

「アンブローズがハリウッドに行くって聞いた時」彼は説明した。「俺は君への紹介状を書いてやるって申し出た。君と奴が婚約したってことを知らなかったんだ」

「いつあの人、あなたにそのこと言ったの？」

「ほぼただちにだ」青ざめた声でレジーは言った。「君と俺がどんなに一緒にはしゃぎ合ったものかって言った後にだ」

「彼が嫉妬《しっと》してるってこと？」

「奴は途轍《と・てつ》もなく嫉妬してる。顔に焼きコルクをちょっと塗ってやったら、たちまち舞台に載ってリハーサルなしでオセロがやれるくらいにだ。俺が君と話をしないよう見張ろうって、船中俺をずっと追いかけ回してる」

　レジーは身体を震わせた。激しく刺すように彼を見た兄の目を思い出したのだ。他方、ミス・ブロッサムは、うれしがって喜んでいるようだった。

「愛するアミーったら！　あたしがはにかみながら『イエス』と言ったビアリッツの夜から、彼ずっとあんな調子なの。あそこで彼がスペイン男に何をしたか、いつか話してあげるから覚えててね。その人ただ……だけど話が逸れちゃうわ。女の子は未来の義理の弟にキスしてもいいんじゃないかしら、ねえ？　もちろんいいわ。さあ、威儀を正してちょうだい！　さてとお次は！　どうぞ前にお進みください」

「じゃあ、さよなら」レジーは言った。

　ドアノブを回し、すべるようにドアから出てゆく彼の動きに、いささかのもたつきもなかった。また、姿を消した彼方向にミス・ブロッサムが飛ぶように動いたその姿に、もたつきはもっとなかった。彼女の意図はおさな子を慰撫しようとする母親のものであったかもしれないが、しかしながら全体的効果は仔羊に飛びかかる雌トラに近かった。次の瞬間、モンティは特等船室に一人、ぐったりと壁にもたれていた。この種のことはハリウッドではおそらく毎日ごく普通に起こっているのかもしれないが、だが彼のように、映画界の人々の輪と生まれて初めておつきあいした者には、かなり息呑《の》むような体験であった。彼はまるで二巻ものの教育的な喜劇映画の泡立つ渦の中に投げ込まれたような心持ちだった。

　呆然《ぼうぜん》としつつ、彼は廊下で進行する追跡劇の音を聞いていた。レジーの感情がどんなふうかは憶《おく》測《そく》するしかなかったが、ご婦人の方は明らかに陽気な気分でいた。彼には彼女のうれしげな笑い声が聞こえた。実際、船の反対側にいたとしても聞こえたことだろう。銀幕上では慎ましやかで、もの悲しげですらあるが、銀幕を離れたロッティ・ブロッサムは陽気な性格の持ち主であった。そして彼女の肺は強靭《きょうじん》だった。彼女は笑う時には、大いに笑った。

しかし、突然、劇的な変化が起こった。笑い声が突如消え、混乱したわめき声がそれに続いたが、その全体的傾向はまごうかたなく不吉だった。大声のやり取りが聞こえた。彼はミス・ブロッサムの澄んだソプラノと、レジーのライトバリトンと、それらと重なるもっと低い声を聞き取った。その声は動物園に連れられていってライオンのえさやりを見た少年時代の思い出へと、彼を引き戻した。

それから沈黙があり、それからしばらくすると部屋の外に足音がした。ミス・ブロッサムが入ってきて、ベッドに腰掛けた。彼女の顔は紅潮していた。彼女は息を切らしていた。彼女がなんらかの強烈な情緒《じょうちょ》的体験を通り過ぎてきたのは明らかだった。

「全部聞こえた?」彼女は訊《き》いた。

「聞こえました」モンティは言った。

「あれは」ミス・ブロッサムは言った。「アンブローズだったの」

モンティもそうだと思っていた。そして少なからぬ興味をもってさらなる詳細を待ち受けた。それらがすぐに語られることはなかった。なぜなら彼の話し相手は、考えるのとおしろいのパフを使うのに大忙しだったからだ。しかし、ただいま彼女は話し出した。

「角を曲がったところで彼がやってきたの」

「そうですか？」

「そうなの。ちょうどあたし、レジーを捕まえてキスしたところだったの」

「そうですか」

「そしたらタイヤが破裂するような音が聞こえて、アンブローズがいたの」

「ああ」

ミス・ブロッサムは鼻の頭に最後のひとはたきをして、パフをしまった。

「アンブローズは大げさに受け止めたの」

「彼がかなり盛大に受け止めたような音がしたと思います」

「彼、あたしのこと、すごくひどい言葉で罵《ののし》ったのよ。その件については、後で彼とちゃんと話をしなきゃ。愛は愛だけど」ミス・ブロッサムは気概を込めて言った。「だけどあたし、たまたま古い友達にキスしたからって、あたしに対して冷硬鋼の男になんてなって欲しくないの。あなただってそうでしょ？」

「僕が何ですって？」

「あなただってそうでしょって言ったの」

「何がそうなんです？」

「アンブローズがそんな大バカだったら、怒鳴りつけてやるでしょ？」

「あ、そうですか」

「何が、あ、そうですかなの？」

もし避けられるものなら、明らかに純粋に個人的な誤解に巻き込まれないでいたいということを一般的な仕方で伝えたいという以上に、モンティには自分がどういう意味でそうですかと言ったのかわからなかった。幸い、彼が言明と定義を余儀なくされるより前に、彼女は続けて言った。

「作家っていうものの問題は、頭がおかしいところなの。『壁に差す影』の台詞《せりふ》を書いた人のことを思い出すんだけど、リハーサルを止めて、あたしに向かって、船室トランクに死体を見つけて『まあ!』って言う時には、言葉が洋梨の形にゆっくり出てくるようにしなきゃいけないって言うのよ。もう、何言ってるんだか！　それでアンブローズはもっと頭がおかしいの」

「そうなんですか？」

「そうですとも。ビアリッツでの彼の様子を見せたかったわ」

「奴はビアリッツで何をしたんです？」

「彼がビアリッツで何をしなかったかだわ！　あの人があたしの脚をつねったからってだけで」

「アンブローズがあなたの脚をつねったんですか？」

「ちがうわ。あたしがカジノで会ったスペイン男よ。それでアンブローズがやり終えた時には、あの人、自分は闘牛に出場してきたに違いないって思ったと思うわ。彼がまだ逃げてたとしてもあたし驚かない。それがほんの二ヶ月前のことよ」

この小説家の恐るべき側面の暴露は、モンティには驚きではなかった。

「アンブローズはいつも強面《こわもて》だったってレジーが言ってました」

「そうなの。そこまでは結構なの。いつだって女の子は、ちょっかい出してきたスペイン男に向かってつかつか歩いていって、いったい全体どういう了見だって訊ける人と一緒にいるって思うのは嬉しいものなの――それに、スペイン男ってのはちょっかいを出してくるものなのよね。だけど彼の弟のレジーにあたしが『ハロー』って言ったからってだけでキングコングみたいな真似を始めたら、それはもうダメよ。あたし、絶対アンブローズに言ってやらなきゃ。絶対にそういうことには我慢できないって。あたしって奴隷《どれい》?」

モンティは、いいえ、あなたは奴隷ではありませんと言った。

「そうね、あなたの言うとおりだわ。あたしは奴隷じゃない」ミス・ブロッサムは同意した。「ちがうわ!」

女性とは急速かつ突然に気分を変化させるものである。この時点まで、傷を負ったこの女性くらいに断固として毅然《きぜん》とした人物もないくらいだった。彼女の唇は固く結ばれ、彼女の目は輝いていた。しかし今、唐突《とうとつ》に、その唇はわなわなと震えはじめ、その目は涙で曇り、そして激しい当惑とともにモンティは、彼女側の主張が陳述された後、今や彼女が盛大に泣き出す寸前であることに気づいたのだった。

「あのう」彼は心配して言った。「あの!」

「うっう」彼女はぐすぐす泣きだした。「うっ」

自分の特等船室で「うっうっうっ」とうめいている女性に言ってやれることは、ほとんどない。いかに美麗な語彙《ごい》といえども、これなる男の役には立たない。優しいなでさすりが肝要であり、優しいなでさすりだけが肝要である。優しいなでさすりは頭ないし肩に施術可能であるが、いずれにしろどこかしらに施術せねばならない。モンティは頭を選んだ。なぜならそこが最も近かったからである。顔は両手に埋められていたから、頭部は輝かしくなでさすられを差し招いていた。

「よしよし」彼は言った。

彼女はうめき続けた。彼はなでさすりを続けた。そしてしばらくの間、その線でことは続いた。

しかし、このなでさすり業務には困った陥穽《かんせい》が一つある。いつの日かそうしなければならない状況に陥るやもしれぬ人々の便宜がため、その点を指摘しておくべきだろう。ごく注意していないと、しばらくしてあなたはその手を離すことを忘れてしまう。あなたは対象者の頭部に手を置いたまま、ただそこにつっ立っている。そしてその姿は、あなたを見た人々の唇をすぼめさせるのである。

ガートルード・バターウィックがそうだった。彼女はモンティがまさしくこの誤謬《ごびゅう》に陥った瞬間に、部屋に入ってきたのである。おそらくは一分十五秒ほど頭をなでさすった後、彼はそこに上述の姿勢で立っていた。と、魚の骨を咽喉《のど》につかえたねこのような甲高い声がして、振り返ってみると、入り口にはガートルード・バターウィックが口をすぼめていたのであった。

12. モンティ危機一髪

　それは困惑に満ちた瞬間であったし、モンティはそう認識した。彼が最初にとった行動は、あたかもそれがその赤き色のごとく灼熱《しゃくねつ》であるかのように、ミス・ブロッサムの髪から速やかに手を放すことだった。彼の第二の行動は、無頓着《むとんちゃく》な笑い声を発することだった。しかし、それが自分の意図した陽気なバカ笑いというよりは、いまわの際《きわ》の喘鳴《ぜんめい》により近いものとして発声されたことに気づくと、彼はスイッチを切って初期設定に戻したから特等船室には沈黙が訪れた。彼はガートルードを見た。ガートルードは彼を見た。それから彼女はミス・ブロッサムを見て、それから彼をもう一度見た。その後、彼女は抱えていたミッキーマウスをソファに置いた。それを行う彼女の姿は、旧友の墓に花輪を捧げる様に似ていた。

　モンティは口がきけるようになった。

「ああ、君、いたのか！」彼は言った。

「ええ」ガートルードは言った。「私、いたわ」

「残念だなあ」これから写真を撮《と》ってもらう時のように、舌先で唇を少し湿《しめ》らせながら、モンティは言った。「もう少し早く来れば、レジーに会えたのに」

「そう?」

このお気に入りの言葉を発する彼女の話し方は、ミス・ブロッサムのご友人の『壁に差す影』の台詞《せりふ》作家の気には入らなかったことだろう。それは洋梨の形のようにゆっくりと、というよりはゾッとするようなぶっきらぼうなかたちで発声された。そしてモンティは再び、唇を舌先で湿すことを余儀なくされたのだった。

「そうだとも」彼は言った。「君はレジーに会いそこなった。彼がここにいたんだ。ついさっき出ていったばかりだ。それとアンブローズだ。彼もここにいた。ついさっき出ていったばかりなんだ。それとスチュアード——彼もついさっき出ていった——彼もここにいたんだ。実に愉快な、物知りな、ピースマーチって名前の男だ。それとアンブローズだ。それとレジー。それとそのピースマーチ。ここはずいぶん混雑してたんだ」

「そう?」

「そうなんだ。ここは大混雑だった。ところで、君たちは知り合いじゃあなかったね? こちらは映画スターのロータス・ブロッサムさん」

「そう?」

「一緒に見たあの映画に出ていたのは覚えてるよね!」

「ええ、覚えてるわ」ガートルードは言った。「あなたミス・ブロッサムをとても称賛していらしたわ」

ロッティ・ブロッサムは戦闘ラッパの音を聞いた軍馬みたいに跳《と》び上がった。

「どの映画?」

「『ブルックリンの恋人』です」

「『平原の大嵐』のあたしを見てくれてたらよかったのに」

「『平原の大嵐』の話をぜひ聞かせてください」モンティは言った。

「私、『平原の大嵐』のお話は聞きたくないわ」ガートルードが言った。

間《ま》の悪い沈黙が再びこれに続いた。その醜悪な影は依然として特等船室C25に立ち込めていた。

と、巨大なモップが入ってきて、それにはアルバート・ピースマーチが付属していた。

「モップをお持ちいたしました、旦那《だんな》様」アルバートが言った。

「持ち帰ってくれ」

「モップをご所望との印象をわたくしは得ておりましたが、旦那様」

「いや、いいんだ」

「かしこまりました、旦那様」アルバート・ピースマーチは堅苦しい態度で言った。「これを入手いたしますにはたいそうな手間を要したところではございましたが、あなた様が今やわたくしにこれを持ち帰るようご指示あそばされますならば、大変結構でございます」

辛辣《しんらつ》な態度でモンティを無視すると、彼はロッティ・ブロッサムの方に向き直った。

「一言申し上げてよろしゅうございましょうか、お嬢様」

ロッティ・ブロッサムはうんざりしたふうに彼を見た。彼女はこの人物とアン・ラポールという か、関わり合いになりたい気分ではなかった。この世界に必要なのは、より少量の、より優れたピースマーチであると彼女は感じた。

「よろしくないわ」この想いを言葉に込め、彼女は言った。「とっとと出ていってくださるかしら、スチュアード？」

「ただいま申し上げた件につきまして一言申し上げましたらば、出てまいりましょう、お嬢様。あなた様のワニに関する件でございます。あなた様におかれましては、あの爬虫類《はちゆうるい》が廊下を時速数ノットにて進行中であり、いつ何時《なんどき》、神経過敏な人々ならびに病弱な者どもの人生より陽光を奪い去りかねないということにお気づきであらせられましょうや？」

ロッティ・ブロッサムは悲嘆の悲鳴を放った。

「あなた、あの子のバスケットの蓋《ふた》を閉めなかったの？」

「はい、お嬢様。ご質問とあらばお答えいたしますが、わたくしはあのバスケットの蓋を閉めてはおりません。ご婦人がわたくしに籐《とう》のバスケットを開けよとご指示あそばされ、その中に幼きワニを見いだし、それがあと半インチ左を目がけておりましたならわたくしの親指の先を取り去っていたであろうと申します時に、わたくしはもたもた蓋を閉めたりはいたしません。同生物はそろそろ主階段に差し掛からんとする頃かと存じますし、もしわたくしの意見をご所望でいらっしゃいますならば、わたくしは責任当事者の手によって追尾捕獲されるべきであると思料《しりよう》いたすところでございます」

かくしてミス・ブロッサムを追い払える展望が開けたことに、モンティは歓喜した。ガートルードと二人きりで取り残されることを、本当の意味で楽しみにしていたわけではなかったが、あの赤毛の髪が愛する女性の見えないところに行ってくれるだけで、この状況がだいぶ緩和されるのは間違いない。

「彼の言うとおりですよ」モンティは言った。「すぐに追いかけた方がいいですよ。船内をワニが歩き回るのは禁止じゃないかなあ？　スカッパーガッツが気を悪くするんじゃないかな、どうだい、ピースマーチ？」

「本件は」アルバート・ピースマーチは冷たく言った。「スカッパーガッツの職権の範囲内ではございません」

「うーん、じゃあドゥーザーだ」

「ドゥーザーの職域内でもございません。むしろジミー・ザ・ワンの職権に係属するところと存じます」

「みんな、ジミー・ザ・ワンを心配させたくはないですよね」モンティは力を込めて言った。「僕なら今すぐ追いかけます」

ロッティ・ブロッサムは奇妙なビヴァリーヒルズ流の罵詈雑言《ばりぞうごん》を、声をひそめてつぶやきながら、ドアのところまで移動した。

「蓋を閉めないなんてびっくりだわ」彼女は不満げに言った。

「わたくしの立場をご理解されておいでないと存じます、お嬢様」部屋を出てゆく彼女の後に続きながら、アルバート・ピースマーチは力説した。「かような申しようをあえてさせていただきますならば、あなた様はわたくしの立場をご理解されておいでではございません。あの蓋を閉めますことは、あの爬虫類の鉄のあごに、わたくしが望むよりもはるか近くまで手を近づけることを意味するのでございます。知性を使いたまえ、お嬢様、でございます」

彼の声は次第に遠ざかり、消えていった。緻密《ちみつ》な推論によれば、また、モンティの側のごくりと息を呑《の》む音からしても、彼とガートルードよりなる二人委員会が、これより議事を開始しようとしていることは明らかだった。

彼は男らしく振舞うべく、覚悟を決めた。事態がだいぶ膠着《こうちゃく》していることは、否定できなかった。偉大なる十字軍兵士ファラモン・ド・ボドキン殿はイングランドの荒くれ島の物語において己《おの》がなすべきことをし、その際には保険会社の人たちが決して認めないようなリスクを冒したものであったが、しかし家系図上に記されたどのボドキンといえども、その二十世紀の後継者がただいま直面しているほどの難局に置かれた者はあるまい。異教徒の槍の一突きにせよ、フォントノワの戦い［一七四五年オーストリア継承戦争中のベルギーでの戦闘］にて脚を弾丸が貫通したにせよ、人生の幸福が破滅に瀕《ひん》するのと比べたら何ごとであろうか？

ガートルードの目は冷たく、唇はこわばっていた。彼女の表情全体は、チョウチョウについて真剣に考え抜いてきた女性のそれであった。

「それで？」彼女は言った。

モンティは咳払《せきばら》いをし、そして口腔《こうこう》内の乾燥を調整すべく舌を動かした。

「今のは」彼は言った。「ブロッサムさんだ」

「そうね。あなたが紹介してくださったわ」

「そうだった。ああそうだ。彼女ってちょっとがっかりだと思わないかい？」

「どういう意味で？」

「スクリーンから出てみるとってことだ。思ってたほど美人じゃないなあ」

「あなた、彼女が美人じゃないと思ったの？」

「ああ、そうだ。まったく美人じゃない。全然まったくだ。正反対だ」

「そう?」この語を、彼がまったく好きでないかたちに上向きの抑揚をつけて発声し、ガートルードは言った。

彼はもういっぺん口蓋《こうがい》に救急治療を施した。

「君はもちろん驚いたことだろうね」彼は言った。「ここに彼女がいて」

「ええ」

「もちろん君は、彼女がここで何をしてるんだろうと思ったことだろうね?」

「彼女がここで何をしているかは見ればわかったわ。彼女はあなたに頭をなでさせていたわ」

「そのとおり、そのとおりだ」モンティは慌てて言った。「いや、そのとおりじゃあない。君は僕が言いたいことをわかってくれてない。つまり君は、彼女がこの部屋にやってくる動機は何かって、もちろん不思議に思ったことだろうね。説明しよう。それに僕は彼女の頭をなでていたんじゃない。軽く叩いてたんだ。彼女がこの部屋に来た動機は、アンブローズに会うためだ」

「アンブローズ?」

「アンブローズだ。君のいとこのアンブローズだ。それが彼女がこの部屋に入ってきた動機だったんだ。彼に会いにきた。彼女はアンブローズに会いにきた。わかるかな。彼女はここを彼の特等船室だと思ったんだ」

「そう?」

「乗客名簿に混乱があったらしい」

「そう?」

「ああ、何らかの混乱だ」

「それで彼女はアンブローズとどんな関係があるの？」

「あの二人は婚約しているんだ」

「婚約してるですって？」

「そうだ。君は知らなかったのかい？　彼らも僕たちみたいに、そのことを秘密にしてるのかな。僕らの婚約のことは」モンティは彼女に想起をうながした。「ほとんど誰も知らないからね」

「誰も知らないも何も、私たち二人が婚約してるのかどうか、私にはよくわからないわ」

「ガートルード！」

「私、心を決めなきゃって思っているの。私はあなたがここで、あの女性の頭をなでているのを見た――」

「なでてたんじゃない。軽く叩いていた。心ある男なら誰だってそうしたはずだ。彼女は困っていた、かわいそうに。たった今アンブローズと喧嘩《けんか》したばかりなんだ。全部あのバカのレジーのせいだ」

「レジーですって？」

何かがモンティの中でバネのように弾《はじ》けたかのようだった。彼の耳の中で音が鳴り響き、特等船室は彼の周りでチラチラ揺れた。この感覚は彼にはまったく新しいものだった。あたかもレジーの名前への言及が、光の洪水を解《と》き放ち、彼が恐る恐る歩んでいたきわめて危険な道を照射したかのようであった。

彼女がこの部屋に入ってきてから初めて、自分がこの状況に高揚した思いで立ち向かっていることに彼は気づいた。話し始めた彼の声には、奇妙な、自信の響きがあった。

「レジーは」毅然《きぜん》として、彼は言った。「ひどい真似をしている。その話をしたくて、ちょうど君を探そうとしていたところだ。僕はレジーのことで、君と話がしたい」

「私もレジーのことで、あなたとお話をしにきたの」

「君もかい？　それじゃあ聞いてるかなあ？　奴とアンブローズとミス・ブロッサムのことを」

「何のこと？」

モンティの顔はほとんどピースマーチ的な、否認の表情をまとった。彼は、おばさんの塊《かたまり》みたいに見えた。

「僕が思うに」さらに毅然として、彼は言った。「君はレジーと話をすべきだ。というか誰かがしなきゃならない。つまり、ああいうことは奴にしてみれば面白いのかもしれないし、僕も奴に言ってやったところなんだが、公明正大じゃない。僕はこういう悪ふざけは大嫌いだ。どこが面白いのかわからない」

「あなた、何の話をしているの？」

「レジーが何をしたかについて話をしている。奴がわかってないのは――もちろん、ただ思慮が足りないだけなんだが、だが奴にわかってないのは――」

「だけど、レジーが何をしたの？」

「その話をしている。君はあいつが、ロンドン一の嘘つきだってことは知ってるかい――」

「そんなことないわ」

「ごめんね、でもそうなんだ。それに加えて奴にはこういういびつなユーモア感覚がある。そしたらどうなる？　あのバカはミス・ブロッサムのところに行って、アンブローズがどんな悪魔かって散々吹き込んで、あいつのことを一ミリでも信じる君は間抜けだとか、そういうことを言ったんだ。どうだい、ひどい話じゃないか。僕は奴に対して、だいぶ冷たい態度を取った。僕はそういうことは嫌いだし、嫌いだってことは奴に伝えた。僕が奴に言ったように、この種のジョークは簡単にもめごとや不快事の元になるんだ。たとえば、ミス・ブロッサムは彼、つまりアンブローズと、ってことだ、話をしようとしない。彼女は奴の言うことを全部信じて、それでにっちもさっちも行かなくなった。たった今、彼女がどんなに泣いてたかは見たろう」

ガートルードは魔法にかかったようだった。

「レジーがそんなことを？」

「そうだ」

「だけど――だけどどうして？」

「その話もしよう。なぜなら奴はこういういびつに歪《ゆが》んだユーモア感覚を持っているからだ。笑いのためなら何でもありなんだ」

「だけど、どこが面白いの？」

「僕に訊《き》かないでくれ。だが奴はそういうことをよくやるんだって言った。つまり、女の子のところに行っては、君の婚約者は地獄の番犬だって言いふらすんだ。びっくりするのを見るためだけにさ」

「でも、そんなのレジーらしくないわ」

「僕もそう思った。だが、そうなんだ」

「まあ、あの人ったら悪魔だわ！」

「人間の形のね。絶対的にだ」

「ひどい野蛮人よ！」

「そうだ」

「かわいそうなアンブローズ！」

「そうだ」

「私、もう二度とレジーとお話しないわ」

ガートルードの目が炎のように煌《きら》めいた。と、突然その炎が消えた。涙が彼女の頰《ほお》をつたい落ちた。

「モンティ」深く後悔するように、彼女は言った。

「ハロー？」

「だめだわ。私、あなたになんて言っていいかわからない」

「話してくれるかい？」

ガートルード・バターウィックの胸の内には、葛藤が生じているようだった。

「そうね、話すわ。話さなきゃいけない。モンティ、私がどうしてここに来たかわかる？」

「僕を夕食に誘ってくれるためかい？　そろそろ食事の時間だね。君は誰のテーブルに着くの？」

「船長よ。でも、そのことはいいの――」

「僕はジミー・ザ・ワンのテーブルだ。君と一緒じゃなくて残念だなあ」

「そうね。でもそのことはいいの。私はあなたに言わなきゃ。私ったらひどいケダモノなの」

「へっ？」

ガートルードは息を呑《の》んだ。彼女はうつむいた。彼女の頬は恥辱《ちじょく》に赤く染まった。

「私、あなたがくださったミッキーマウスをお返しするためにここに来たのよ」

「何だって!」

「そうなの。モンティ、私の言うことなんて信じてくださらないでしょうけど――」

「何を信じるんだって?」

「夕方、レジーが私の部屋に来て、彼がミス・ブロッサムにアンブローズのことで言ったって、まさにあなたが言ったとおりのことを、あなたについて私に言ったの」

モンティは目を瞠《みは》った。

「奴が?」

「そうなの。あの人、あなたが女の子三人と同時につき合ってない時はないって言ったわ――」

「なんてこった!」

「――それで、あなたはとっても巧妙で、どの子にも、あなたが愛するただ一人の女性は自分だって思い込ませられるんですって」

「うーん、なんてこった!」

もういっぺん、ごくりと息を呑む音がガートルードから発された。

「それでね、愛するモンティ、私、彼の言うことを信じてしまったの!」

張りつめた沈黙があった。モンティは驚愕《きょうがく》、苦痛、不信、そして憤慨を表明した。

「うーん、そうなのか!」彼は言った。

「わかってるわ、わかってる!」

「うーん、本当に」モンティは言った。「それはひどい。誓って言う、コン畜生だ。ガートルード、君がそんな女性だとは思わなかった。君は言いようがないくらい、僕を傷つけたんだよ。どうしたらそんなマトン頭のおばかさんでいられるん……」

「わかってる。わかってるわ。でもわかるでしょ、あなたの胸のあの刺青《いれずみ》の件にかてて加えて――」

「それについては説明した。完全に説明した」

「わかってるわ。でも、そんなふうに思ったことで、私を責めたりはできないでしょう」

「できるとも。純粋で優しい英国の乙女《おとめ》は、そんなふうに思ったりしないんだよ」

「でも、もうそんなこと信じてないわ。あなたが私を愛してることはわかってる。ね、そうでしょう？」

「君を愛しているかって？　君を勝ち取るために、僕が子供部屋と家庭のための専門誌『タイニー・トッツ』誌の副編集長になって、それからエムズワース卿の秘書になって――あれが何とまあ、大変な仕事だったことか！――それからパーシー・ピルビームの腕利き連中の一人になったってことを思い返してもらえれば、そろそろもう僕が君を愛してるってことを、わかってくれていい頃だと思ったっていいんじゃないかなあ。もし君がその間抜け頭に、どうしてもそのことをわからせられないっていうなら――」

「そうね、間抜け頭よね」自責の念にかられながら、ガートルードは言った。

「本当に間抜けだよ」モンティはきっぱりと同意した。「僕がミス・ブロッサムと一緒のところを見つけた時の君みたいな態度は、間抜けじゃなきゃあできない態度だろう？　君の態度に少なからず傷ついたと言うのに僕はやぶさかじゃあない。君はものすごくいやな目で僕を見た」

「だって、あなたがあの人の頭をなでてらっしゃるのが、とってもおかしいって思ったんですもの」

「なでてたんじゃない。軽く叩いてたんだ。またそれも可能な限り一番軽い仕方で叩いたんだ。僕の動機は最後の一滴まで純粋だった。その点は明確にしたと思う。女性が困っている。そして僕は、お腹を痛がってるブルドッグの仔犬をトントン叩いてやるのと同じ――それ以上でもそれ以下でもない――精神で彼女の頭を叩いたんだ」

「もちろんよ」

「女性の頭をトントン叩くのは僕には全然楽しくも何ともない」

「そうよ、そうよ、わかるわ」

通路の彼方《かなた》からかすかに、ラッパの音が聞こえてきた。

「夕食だ！」満足のため息とともに、モンティは言った。彼はそれを必要としていた。

彼はガートルードにキスした。

「おいでよ」彼は言った。「さあ急げ、お嬢さん。夕食がすんだらデッキを散歩して、あれやらこれやらおしゃべりしよう」

「ええ、素敵だわ。ああ、モンティ、私、あなたがこの船に乗ってくださって本当に嬉しいわ。二人ならどんなに楽しいことでしょう」

「そうだとも！」

「夜はダンスができるのかしら」

「きっとそうだ。アルバート・ピースマーチに聞いておくよ」

「誰、その人?」

「あのスチュアードだよ」

「ああ、あのスチュアードね。なんだか変わった人みたい」

「なんだか変わった人物だ」

「あのモップは何だったの?」

モンティは身を震わせた。彼の目は少し生気を失った。

「モップだって?」

「どうしてあの人、モップを持ってきたの?」

モンティは唇を湿らせた。

「彼はモップを持ってきたっけ?」

「そうよ。覚えてらっしゃらないの?」

モンティは身体をしゃんとさせた。

「もちろんそうだ。持ってきていた。だけどなぜかは全くわからない。あの時不思議に思ったんだった。僕が言ったことを何か誤解したんだろう、きっと。こういう客船のスチュアードの半分はほとんど頭がおかしいんだからな。いったい全体、僕がモップを何に使うっていうんだ? モップだぜ? まったくバカバカしい。さあ、でかけて夕食をいただこう」

「わかったわ。私のミッキーマウスはどこ?」

「ほら、ここだよ」

ガートルードはミッキーマウスを優しげな自責の目で見やった。

「考えてもみて、モンティ。私、この子をあなたにお返ししようと思って連れてきたのよ。私たちのことは全部終わりって思ったんですもの」

「はっはっは！」モンティは陽気に笑った。「なんてバカなことを考えたんだ！」

「私、自分がとっても恥ずかしいわ」

「ぜんぶ大丈夫だよ、まったく大丈夫。さあとっとと行って飯にありつこう」

「ちょっと待って。浴室でちょっとだけ目を洗いたいの」

モンティはドアの取っ手をぎゅっとつかんだ。彼には何かしら強力な支えが必要だった。すべてが真っ暗になったかのようだった。

「ダメだ！」とてつもない熱情を込めて、彼は叫んだ。「絶対に目を洗ったりしちゃダメだ」

「赤くなってないかしら？」

「もちろん赤くなんかないさ。とても素敵だよ。君の目はいつだって素敵だ。君の目は最高に美しい」

「そう思ってくださる？」

「誰だってそう思ってる。ロンドン中が知ってるさ。双子の星のようだって」

このやり方で正しかった。浴室に入る件についてはそれきりになった。彼女は彼に手をとらせ、ドアを通過して廊下へと誘導することを許した。二人は並んで廊下を歩きだした。彼女の手は彼の手の中にあり、また彼女は彼の隣であれこれ話しかけた。

モンティはあれこれしゃべらなかった。彼は静かに振動していた。巨大な危難からたった今逃れたばかりの男がそうするように。彼は力なく、うつろな気分だった。

すべては順調だった。ボドキン家の強運は尽きることなく、危難は去った。しかし、彼が絶好調を回復するには、もうしばらく時間が要ることだろう。

先に言及した十字軍戦士であった彼の先祖、ファラモン・ド・ボドキン殿が妻宛の手紙に、ジョッパの戦いにて自分がどのように落馬したかを書き送った際に記したように――「そは危機一髪の出来事にて候《さぶら》わば、未来永劫再び体験これいたしかねがたきことにて候《そうろう》。今なお総身《そうみ》の毛穴より汗の噴きいで候わば、某《それがし》頭より着地したるか踵《かかと》より着地したるか未だ得知らず候」

13. 大あらし

アイヴァー・ルウェリン氏が、その黒き影にて彼の人生より陽光を奪い去った税関スパイの毒牙《どくが》を引き抜かんがため、義妹メイベル・スペンスが概説した計略を行動に移したのは、航海三日目の朝になってようやくのことであった。正確に言うと、航海三日目の朝十時十四分である。

このアイディアが提案された際の彼の熱狂的歓迎に鑑《かんが》みれば、読者諸賢におかれては、この遅滞を奇妙と思われるやもしれない。幼少のみぎりより、映画会社社長たるもの地面に足をつけ物事を考え、ただちに実行する男たるべしという信条の下に生きてきたがゆえに、彼はこれをいつものルウェリン流儀ではないぞとひとりごち、かの偉大なる経営者的頭脳が少しばかり処理能力を失っている可能性について考慮したかもしれない。しかしながら事実は、モンティ・ボドキンであれば言ったであろうように、容易に説明可能であった。行動に移ろうとすると、彼のうちで強烈な感情が爆発し、放心状態に陥ってしまうのである。

シェルブールを発った直後の数時間は、海原《うなばら》ほどにのどかでうららかなものもなかった。船はその碧《あお》さと穏和さにおいて地中海に比肩《ひけん》すべくがんばっているらしき海の上を快調に音立てて航行していた。人々はデッキテニスをし、シャッフルボードが流行し、また一同は皆最高に充実した食事をいただいた。要するに、「若者は舳先《へさき》に、舵《かじ》にはよろこび」［トマス・グレイの詩「エドワードの呪い」］というのが、船内の状況をおぼろげに表す言葉であった。

それから二日目の朝、まったく突然、第一シャイデッキ担当スチュアードたちがスープのカップを持ってそっと抜け出し、シャッフルボード依存症者の甲高い叫び声が眠たげな静寂の中に響いていたちょうどその時、空は青から灰色に変わり、水平線は不健康な雲と共に暗黒に転じ、風は北に向きを変えて次第に勢いを増し、ただいまは網や錨《いかり》を貫通してけたたましい、ものがなしいむせび泣きの声をあげて咆哮《ほうこう》し、R・M・S・アトランティック号をしてご立派な船というよりはロシアのダンサーみたいな行動を取らしめていた。アイヴァー・ルウェリンは寝台にうつ伏せになって木枠につかまり、この船が空中に跳び上がって着地するまでに脚をくるくる回すニジンスキーの記録を破るのを少なくとも五回までは数えることができた。

丸一日とその夜の一部の間、アトランティック号はハリケーン――というか、航海記録を執筆したやる気も想像力もない船員が記したところでは「爽《さわ》やかな北東の微風」に揺さぶられ、よろめき進んだ。それから風が止み、海は凪《な》ぎ、航海三日目には再び太陽がほほえむこととなった。

それに最初にほほえみ返したのは――もし「ほほえみ返す」という言葉を、情熱的に眠りを愛するにもかかわらず、五時に夜警にベッドから引きずり出された人物に対して用いるのが適当であるならば、アルバート・ピースマーチであった。グローリーホールの四十九人の仲間たちと共に、彼は起き上がり、大ざっぱに服を着て、パンとジャムと紅茶をいただくと、彼の担当するCデッキ通路へと仕事に出た。八時五十分にベルが鳴り、彼の存在がC31特等船室にて求められていることが報らされた。彼は入室し、ルウェリン氏が枕に身をもたれ、青白い、興味深い顔つきでいるのを視認した。

「おはようございます、旦那様《だんな》」アルバート・ピースマーチは言った。スチュアードたるもの、いかに朝早く起こされようともどういうわけか常に衣装のように身にまとう、あの明るいうやうやしい態度にてでだ。「ご朝食をご希望でいらっしゃいますか？　何をお持ちいたしましょう？　ゆで卵でございましょうか？　エッグス・アンド・ベーコンでございましょうか？　燻製《くんせい》ニシンでございましょうか？　タラ、ソーセージ、それともカレーでございましょうか？　多くの紳士様が、一日をカレーで始められることをお好みでいらっしゃいます」

荒波を航行する際のR・M・S・アトランティック号に酷似した激しい振動がルウェリン氏を揺さぶり、強打を食らったかのように彼の目はちらちら揺れた。モップ掛けならびに床磨きの完了とこの封建君主様よりの召喚の間に、アルバート・ピースマーチはグローリーホールに戻って、もっと入念に身支度をしたから、今や彼はいつもの身ぎれいで愛想のよいピースマーチになっていた。それでもなお、C31特等船室のお殿様は彼を不機嫌な嫌悪の目で見つめている。ルウェリン氏の顔を見たら、妻の弟のジョージ、あるいはリーディング部にて週給三五〇ドルで雇用されている妻のいとこのエグバートの妹のジェネヴィーヴを見ているのだと人は思うやもしれない。

「コーヒー！」感情を抑え、彼は言った。

「コーヒーでございますか？　かしこまりました。コーヒーとご一緒に何をお持ちいたしましょう？」

「コーヒーだけだ」

「コーヒーだけでございますか。かしこまりました。奇妙なものでございますな」アルバート・ピースマーチは言った。彼は朝には無口な男たちの仲間であったためしはない。「一日の最初のお食事に関しまして紳士様がたのお好みがいかに多様であるかということでございます。容易にご想像いただけますように、わたくしのような立場にございます者は、ありとあらゆる種類の方々にお目にかかるものでございます。かつてローレンティック号の小部屋にて同室であった者は、生のスペイン玉ねぎほどに好きなものはないと申しておりました。またカキを一ダース入手しようと、いつもわたくしにつきまとった者もおりました。はい、旦那様?」

「コーヒーを持ってこい」ルウェリン氏はかすれた声で言った。

「かしこまりました、旦那様。遭遇いたしましたあのささやかな風の後で、おそらくいささかふらついたご気分でいらっしゃるのでございましょう。昨日は一日ベッドにてお休みあそばされたことと理解いたしております。またわたくしはかように独り言を申したものでございました。『やられた奴がいるぞ』わたくしはかように申しました。『担当の食堂スチュアードがてんてこ舞いしなくて済む紳士様がいるぞ』と。あなた様のご不在につきましては様々なご発言があったところであると申し上げましょう。アンブローズ・テニスン様は今朝、あなた様についてお訊ねでございました。また、ミス・パッセンジャー、筋骨たくましきご令嬢でございますが、わたくしの理解いたしますところ、あの方はアメリカ行きのホッケーチームのリーダーでいらっしゃる方でございます。まったく、あなた様やわたくしの若かりし頃にはなかなか見かけることのなかったことでございますなあ。当時、うら若きご令嬢様がたが競技場をマレットを持って走り回るなどということはございませんでした。さてと、いつまでもここに立っておしゃべりをしておるわけにはまいりません。コーヒーをご所望でいらっしゃるとの由《よし》にございました。あなた様がその他に何をご要望でいらしたかを失念いたしましたが――」

ルウェリン氏は目を見開いた。

アルバート・ピースマーチの物分かりのいい頭脳は、本状況を把握《はあく》した。こちらの紳士様はコーヒーをご所望である。スペイン玉ねぎではない。カキでもない。コーヒーだ。

「**コーヒーだ！**」彼は言った。

「コーヒーでございますか。かしこまりました。ただちにお持ちいたします。丸窓のカーテンを開けてまいりましょう。気持ちのいい、よく晴れた朝でございます」

彼は彫刻の除幕式を行うもったいぶった小役人のような仕草でそれを行い、金色の輝きが特等船室を満たした。それはルウェリン氏によい方向に顕著な効果をもたらした。もはやアルバート・ピースマーチから解放されたという事実とあいまって、それは確実に緊張を緩和してくれた。今ですら、彼のことを陽気にはしゃいでいるとは言えないが、しかし死体安置台上の死体のような気分は確実に減じていた。彼はそこに寝そべり、太陽の光を見ながら考えた。そしてほどなく彼の思考は、モンティ・ボドキン方向へとさまよいはじめたのであった。

これまで彼がモンティのことを考えるとき、そこにはイタチのことを考えるウサギの不快な警戒心がともなっていた。彼の目の前にたち現れたモンティの顔は、彼の気分をだいぶ悪化させた。しかし今、天候状態の改善によってもたらされた楽観主義はかくも顕著であったから、あの男の脅威に必要以上に心かき乱されていたように、彼には思われてきた。メイベルの言ったことは完全に正しかった、と彼は感じた。あの男にスペルバ＝ルウェリン社との契約を持ちかければ済む話なのだ。そしたら奴は言うことを聞きたがってきゃんきゃん言うだろう。とりわけイギリス人脚本家との打ち合わせの際など、映画会社の社長になってしまったことをルウェリン氏が後悔したことは度々あったが、しかし彼は今、これが人生における理想的な道であったことを理解した。映画会社の社長であれば、どこの誰だって買収できるのである。

彼のコーヒーは数分後に到着し、彼の福利感覚の修復を完了させた。あまりにも修復が完了したため、十五分後には再びベルを鳴らしてマッシュルーム・オムレツを注文し、さらに十五分後にはタバコを吸い、またさらに三十分後にはもう一度ベルを鳴らしてアルバート・ピースマーチにアンブローズ・テニスンを呼ぶよう命じたくらいである。

そしてそれまでプロムナードデッキで戦列艦ベレロフォン号［ナポレオンが投降し三週間在船した］上のナポレオンみたいに行ったり来たりしていたアンブローズは、ただいま彼の御前に招じ入れられ、指示を受けると、モンティの特等船室に公式大使として派遣された。

ルウェリン氏と同じく、モンティは先の嵐においてたちまち犠牲者となった。これは彼にとって初めての、あまりご機嫌のよくない気分でいる時の大西洋上航海であったし、実のところ船が真の意味で踊りを始める前にちょっと脚をもぞもぞ動かし出した段階ですでに倒れ伏していた。昨日は一日中ベッド内に留まり、暗黒の谷を通り抜けてなんとかかんとか無事向こう側によじ登ったような気分で今朝は目覚めた。いっときは、こんな気分を二度と享受できようとは思いもよらないほどであった。彼はまだベッドより起き出してはいなかったが、すでに素晴らしい朝食をいただいた後で、アンブローズが到着した瞬間には、タバコをもらいにきたレジーとおしゃべりしていたところだった。

アンブローズの登場により、それまで二人の旧友の楽しき集《つど》いであったものに、一定の抑制が生じた。レジーについては、それは廊下でのロッティ・ブロッサム・エピソードの終了時に彼の兄が彼に向けて言った最後のセリフが、ピン二本と引き換えるくらいの二つ返事で俺はお前の首をねじ切ってやるという発言であったという事実ゆえであり、またこれほど設備の整った船ならば、手の空いた時間に兄がその二本のピンを入手していないとも限らないと彼は思ったのだ。

モンティがこれなる小説家の登場を不快に感じた理由は、後者がこの部屋に破滅、荒廃、絶望といった雰囲気、すなわち納骨堂や経帷子《きょうかたびら》、風にむせび泣く亡霊の声といった気配を運んできたからである。アンブローズ・テニスンの相貌には、週刊誌で悪い報せを読んだばかりであるかのごとき、陰気な憂鬱《ゆううつ》さがあった。モンティは彼を見て、ミス・ブロッサムがかくも情熱的に語ったとおり、自分は彼と話をつけてやるという約束を履行《りこう》したにちがいないとの結論に、的確にも達したのである。

彼に誤りなしであった。かの令嬢は太陽を怒りのうちに沈めてはならないとする思想の学派に属しており、当該対談は同日中の就寝時刻直前に行われた。その結果、アンブローズはめった打ちの悲観主義状態で就寝する次第となり、またその悲観主義は新品同様の強烈さで今なお進行中であった。赤毛と従順さとは、めったに両立することなき天稟《てんぴん》であり、ロッティ・ブロッサムは前者の方の専門家であった。その場面は上部デッキ上にて開始され、終了した。アンブローズが喫煙室の時計で十分以内に一言も発せない方に二ドル賭けた聴衆は、そうでない方に二ドル賭けた聴衆からあともうちょっとで賭け金を勝ち取れるところだった。ミュージカル・コメディでの訓練と、続くハリウッドスタジオの研究科コースでの経験から、ミス・ブロッサムは、先に話し、早口で話し、そして話し続けることを学んでいた。彼女が言い分を言い終えた頃には、かつては精悍《せいかん》で前途有望な若き婚約者であったもののバラバラの断片が残るばかりであった。

こういうことはその人に痕跡《こんせき》を留めるものである。兄の姿を一目見ると、モンティ、また会おうとかなんとかつぶやいて、レジーはそっと部屋を出ていってしまった。かくしてアンブローズはモンティの集中的な注目を一身に確保できる次第となった。彼はベッドに近づくと、シェークスピア劇から飛び出してきた愛しようのない第一の殺人者［『マクベス』三幕四場］の空気を身にまといつつ、ベッド内占拠者をしばし見下ろしていた。

アンブローズ・テニスンがこんな様子だった理由は、失恋の傷心という事実のせいばかりではない。彼の陰気さには別の事情も貢献していた。ルウェリン氏にメッセンジャーボーイ扱いされたことに、彼は腹を立てていた。たとえ一瞬であれ、弟のレジナルドの存在によって汚染された空気を吸わざるを得ないことに彼は怒っていた。また彼は、モンティが映画に出演するなどというのは、これまで聞いた中で最もバカバカしい考えだと思っていた。

したがってメッセージを伝える彼の態度は、無愛想で、ぶっきらぼうですらあった。彼は前置きなしに要点を伝え、この件はこれで済んだことにしたいと切望していた。そうすればプロムナードデッキに戻って、船腹からランニングジャンプしてやる白日夢を再開できるのだから。その行動方針はミス・ブロッサムをものすごくバカみたいな気分にさせてやれることだろうと、おそらくは正当にも、彼は考えたのである。

「お前、ルウェリンは知ってるな?」彼は言った。

モンティはルウェリン氏のことは知っていると認めた。とはいえごくわずかで、もしアンブローズが自分の言う意味を理解してくれるなら、ちょっと字の書き方を訊《き》いたことがあるくらいだと説明した。彼が伝えた印象は、もしポケット版辞書がたまたま手許になかったら、アイヴァー・ルウェリンを使おうかな、くらいのものだった。

「彼がお前に映画に来て欲しいと言ってる」ひどく顔をしかめながら、アンブローズは言った。

ここでわずかながら混乱が起こった。モンティはこの言明を、スペルバ＝ルウェリン社社長からの、船内で開催される何らかの映画上演に一緒に来て欲しいという招待だと解釈したのだ。それで彼はしばらくの間、現代の大洋航海の驚異を賞賛する言葉をつらねた。こういう客船は舞踏室やら水泳プールやら映画館やら色々を備えているのだなあ、と。贅沢《ぜいたく》だなあと、モンティは率直に言った。絶対的に贅沢だ。彼は、サウサンプトンからニューヨークを往復する客船が、ポロ競技場、フルサイズのゴルフコース、数百エーカーの射撃場を提供する日は、そう遠い未来のことではあるまいと予測した。

このことはアンブローズを少しばかり歯ぎしりさせた。こうした賛辞は彼の貴重な時間に無駄に食い込んでいる。この特等室内で空費される毎分毎秒は、彼がプロムナードデッキで自殺することを考えて有効に費やすべき貴重な時間なのである。

「映画に『来る』んじゃない」彼は言った。自分がオックスフォードのバンプサパー［エイツウィークと呼ばれるカレッジ対抗ボート競技の最終夜に開催される祝宴］の晩に噴水に落っこちたモンティを引き上げてやるようなバカだったことを呪《のろ》いながらだ。「映画に『出る』んだ。彼はお前に、彼のところで演技をして欲しいと言っている」

モンティは何が何だかわからなかった。彼は困惑して目を瞠《みは》った。

「演技するだって？」

「演技するんだ」

「何だって、演技する?」

「そうだ、演技するんだ」

「お前はまさか」彼の対話の相手が言わんとしていることに一種うすらぼんやりした手がかりを提供してくれているように思われる語を何とか理解しようとして、モンティは言った。「演技する、って言ってるんじゃないだろう?」

アンブローズ・テニスンは拳《こぶし》を握りしめ、声にならないうめき声を発した。彼よりもっと精神的に安定した人物であったとて、まん丸く目を見開き気分とでも呼ぶべき状態にあるモンティ・ボドキンを、いささか耐え難く感じたはずである。

「いい加減にしろ! お前は最低にクソいまいましい真似をしてるぞ」彼は言った。「人が本当に単純なことを言ってる時に、下あごをだらりと落っことして柵の向こうを見つめる間抜けなヒツジみたいな顔をしてくるその習性だ。そいつはやめろ。今俺は、あんまり本調子じゃないから、そいつをやられるとお前を何かしらでぶちのめしたくなる。いいか聞くんだ。アイヴァー・ルウェリンは、南カリフォルニア、ルウェリン・シティのスペルバ゠ルウェリン映画社社長の権限において、映画を製作している。こういう映画を製作するために、彼はそこで演技する俳優を必要としている。彼はお前がそういう俳優の一人になりたいかどうかを知りたがってるんだ」

モンティの顔は明るくなった。陽光が見えたのだ。

「彼は僕に演技してもらいたがってるってことだな?」

「そうだ――演技だ。彼は俺に、お前が契約を受け入れるかどうか聞いてくるよう言いつけた。彼には何て伝えたらいい？」

「わかった。うーん、ああ、うん。うん」モンティは恥じらいがちに言った。「うん」

「それでいったい全体、正確に言って、そいつはどういう意味だ？」アンブローズは詰問《きつもん》した。

彼は自分に、強くあらねばならぬと言い聞かせていた。自制心を持ち、感情を抑制せねばと。陪審員たちは、たとえベッドの中の間抜けですら、そいつを絞殺した者のことは非難の目で見るものだということを、彼は知っていた。

モンティの恥じらいっぷりは、今やだいぶ目には苦痛になってきていた。

「だが僕は、生まれてから一度だって演技したことなんかないんだ。幼稚園時代に一度やった以外はだが」

「ふん、それじゃあ今から始める気はあるか？　それともないのか？　頼むから俺に何かはっきりした答えを言ってくれ。彼は俺の報告を待ってるんだ」

「僕にできるかどうかわからない」

「よし。俺が知りたかったのはそれだけだ」

「どうして彼が僕にそんなことをさせたいのか、僕にはわからない」

「俺にもだ。だが、どうやら彼はそうしたがってる。それじゃあ俺は彼のところに行って、お前は彼の申し出に感謝してはいるが、別の見解を持っていると伝えよう」

「そうだな、それがいい。別の見解。それがいい」

「よし」

ドアがバタンと閉じた。一人になったモンティは遅滞なくベッドを離れ、急ぎ鏡に向かうと、不思議そうな、いったい全体ご主人様はこの顔のどこがお好きでいらっしゃるのだろうという表情でそれを覗《のぞ》き込んだ。彼は自分の容貌《ようぼう》のどこが、おそらく顔に関しては喜ばせ難《がた》い人物と思われるアイヴァー・ルウェリンをして、群衆の中から彼を見いだしこんなにも途轍《とてつ》もない申し出をさせるに至ったのであろうかという好奇心に圧倒されていた。

彼はエビデンスを徹底して精査した——顔全体、横顔、四分の三顔、左肩から上を検討し、そして愛想よく、優しげに、皮肉げに、苦々しく、そして最後はしかめっ面で、脅迫するように、それから非難するげにほほ笑んでみた。彼はまた驚嘆、狼狽《ろうばい》、歓喜、嫌悪、そして拒否を表現してみた。

しかし、結果が全て揃《そろ》ったところで、彼は依然として困惑していることを告白せざるを得なかった。どれほどほほ笑んだりしかめっ面をしてみたところで、彼にはルウェリン氏が見たものが何かを見いだし得なかったのだ。スペルバ＝ルウェリン社の社長は、どうやらこれらの表情のいずれかに千艘《そう》の船を出航させるものを見たようだが［トロイア戦争でヘレネーの美貌が千艘の船を出航させたとするクリストファー・マーロウの詩への言及］、彼が検知できたのは、いつもと同じ、平凡でありふれた顔かたち、長年ロンドンのウエストエンドじゅうを掲げ歩き、確かに敵意や集団暴行を引き起こしたりはしなかったものの、いかなる意味でも一般大衆を気絶させるようなことはなかった顔であった。

この件は解決不能な謎《なぞ》の一つということにしてあきらめ、今やもうベッドを出たのだから、このままちゃんと起きて服を着ようかなとモンティは思いはじめていた。と、大きな叫び声がしてドアが乱暴に開き、わたしには都市の自由が授けられて当然よといった自信に満ちた態度で、ミス・ロッティ・ブロッサムが敷居をまたいで入ってきた。

モンティが前日の船内生活において不在であったことに、ロッティ・ブロッサムは気づいていた。

また彼女は、今朝起きたらただちに彼のもとを訪ない、様子を訊《き》くのがご近所づきあいだと決めていた。彼女にとってそれはつまり、でかけていって彼の部屋のドアをどんどこ叩き、鍵穴ごしに「出てらっしゃいな、この死人さん!」と叫ぶ、ということである。彼女は心やさしき女性であった。

彼女がもっと早くにそうしなかったのは、洋上航海中の彼女はのんびり遅起きだという事実のゆえである。ハリウッドでは、芸術の要請とあらば朝六時に仕度万全でセット入りすることもできた。しかし航海中の彼女はベッドで朝食を、ゆっくり時間をかけていただくのを好んだ。したがって懸案の訪問が可能となったのは、ただ今ようやくだったのである。

洗面を終え、ワニに餌をやると――彼は人間の指が入手不能な際には朝食の固ゆで卵の白身を好んだ――彼女は白と緑のスポーツスーツを着てヒョウ柄のケープを羽織り、真紅のフェルトのコールヒーヴァー帽をかぶった。それからワニの首にピンクのリボンを結び、それを小脇に抱えて救難の使いへと出発した。

彼女が自分の特等船室を出ると、ちょうどアンブローズがモンティの部屋から出てきたところだった。

「あらまあ」彼女は叫んだ。「ハロー、アンブローズ」

「おはようございます」小説家は言った。彼の声は冷たく硬く誇り高く尊大だった。そこで彼女を見て彼は動揺したが、しかし弱々しい作り笑いで自らの感情を漏《も》らすことはなかった。彼は己《おの》が魂から全ての弱さを追放した男のように振る舞った。

「おはようございます」彼は言った。そして一言も発することなく、ルウェリン氏の部屋に向かって悠然と立ち去った。男の立ち去り方としてはいまだかつてこれほど威厳に満ちた立ち去り方はなかったのではないかと、彼は自分で自分を賞賛した。こう言い、またこう立ち去ることで、自分はミス・ブロッサムに対し、これなる男の鉄の胸のうちには後悔も自責の念も何一つ存在しないことを、ごく明確に示したのだと、彼は考えていた。

ロッティはと言うと、優しい笑《え》みが顔に遊んでいた。癇癪《かんしゃく》持ちの我が子を見守る母親のほほ笑みである。彼の姿が見えなくなるまで、彼女は愛のまなざしもて見送り、それからモンティのドアに向かうと力強くそれを強打して、死体への呼びかけを発すると、中へ入ったのだった。

彼女の姿を見て、銃で撃たれたかのごとくモンティはシーツの間に再び飛び込んだ。水浴中を驚かされたどんなニンフとて、これほどすばやく身を隠すことはできなかったろう。

ロッティ・ブロッサムは彼のつつましい当惑を共有しなかった。

「ハロー、美青年くん」彼女は言った。「朝の体操の最中だった?」

「いや、僕は、あー」

モンティはホスト役を務めることに困難を覚えていた。礼儀作法を要請するなど無理な話だ。この訪問者が航海中ずっと彼の特等船室を自分の部屋の別館のようなものとして取り扱う計画でいることはあまりにも明白だったし、その展望は彼を震えと警戒で満たした。アルバート・ピースマーチが指摘したように、純粋で優しい英国の乙女《おとめ》が彼の寝室にさまよい込んでくることなどほぼあり得ないとはいえ、しかしそれが起こる忌まわしい可能性は常に存在する。この客人がベッドの足側にごく自然な優雅さで腰掛けるのを見るにつけ、ガートルードのことが彼の心のうちできわめて大きく膨《ふく》らんできた。

彼はまた、ミス・ブロッサムが彼のプライバシーを侵害することを必要と考えるのであれば、ワニは連れてこないで欲しかったと思った。

ロッティ・ブロッサムは上機嫌と愛想のよさであふれ返っていた。二日前にこの特等船室内で彼女を「ぐすんぐすん」と泣かせた陰気な気分はほんの一瞬のものだったようだ。今や彼女は最高に絶好調だった――徹底的に意気高揚させられる突然で思いがけない出来事の後に、感情的な喧嘩《けんか》を楽しんでいる赤毛の女性だけがかくありうるような、輝くばかりの幸福に満ちあふれていた。人生が彼女にとって真に人生であるためには、破滅的な喧嘩と最高の和解の連続ででき上がっていなければならない。それより穏やかなものは何であれ、無味乾燥と思われた。ロータス・ブロッサムはホボーケンのマーフィー家の一員として生まれた。そしてホボーケンのマーフィー家の者たちは、そういうふうにできているのである。

「おい、青年」彼女は言った。「元気でやっとるか？」彼女は愛情込めてワニをベッドカバー上に置き、少年時代の家に帰ってきて家中を見回している亡命者みたいに自分の周りをじろじろ見まわした。「前にここに来た時から何年も経《た》ったような気がするわ。だけど、この懐かしき場所のすべてが思い出されてくることだわ。『浴室の恐怖』はどうなってて？　まだあるかしら？」

「まだあります」モンティは彼女に請け合った。

彼女の発言は哲学的な色彩を帯びた。

「シンクレア・ルイス［アメリカの小説家。アメリカ人初のノーベル文学賞受賞者］みたいな人がもしあれを書いてたら、一語につき一ドルはゲットしてたはずよ。だのにあたしには何もなしだわ。まあ、人生なんてそんなものよね」

モンティは黙ってうなずき、同意を表明した。彼のうなずきは、それはそういうものだと言っていた。

「あのー」主題を変更し、彼のハートのごく近くにあるものに話題を移して、彼は言った。「その生き物は安全なんですか?」

「あたしの子ワニちゃんのこと?」

「そうです」

ミス・ブロッサムは驚いたようだった。

「ええ、もちろんよ。誰がこの子を傷つけるっていうの?」

「いえ僕は」彼女が趣旨を取り違えていることに気づき、モンティは言った。「そいつは骨まで届けと人に噛《か》みつくんじゃないですか?」

「大丈夫よ」ミス・ブロッサムは言った。「この子をいじめたりしない限りはね。あたしがあなただったら、つま先をぴくぴくさせたりはしないわ。この子、動くものに噛みつく傾向があるの」

モンティのつま先に偉大なる平穏が訪れた。

「さてと」ミス・ブロッサムは、本来のテーマに立ち戻って言った。「元気でやっとるかい? 昨日は具合が悪かったんでしょう? あなた、大西洋航海は初めて?」

モンティはうなずこうとしたが、やめておいた。その動きが、このワニが噛みつきがちな動きかもしれないと思ったのだ。

「そうです」彼は言った。

「それじゃあ嵐にびっくりしたってしょうがないわね。個人的には、あたしは楽しかったわ。嵐が来ないんじゃ、お金を払った甲斐《かい》がないじゃないっていつも思ってるの。そうそう、嵐と言えばだけど、表でアンブローズと会ったわ」

「ええ、彼はここにいました」

「どんな様子だったと思う?」

「ちょっと嫌な感じでしたね、どうです?」

「あたしもそう思ったわ」ミス・ブロッサムは優しくほほ笑んだ。「かわいそうな人」愛に震える声で、彼女は言った。「あたし、婚約を破棄したのよ」

「そうなんですか?」

「イエッサー。嵐って言ったのはそういう意味なの。一日目の晩、トップデッキで、あたし、束縛から自由になったの。まあちょっとしたゴタゴタだわね!」

「そうなんですか?」

「イエッサー。そうなんですとも。あたしたちすごく激しく口論したの」

「それで婚約は破棄になったと?」

「うーん、ひびが入ったくらいに言っておいてくれない? あたし、今日は仲直りするつもりなんだから」

「それはよかった。彼はだいぶ考え込んでるようでしたよ」

「ええ、彼、とっても重たく受け止めてるわ。だけど、全部あの人のためなの。長い目で見れば、ちょっと動揺したくらいで毎回あたしにジェームズ・キャグニー【冷酷非情なギャング役で知られる映画スター】の真似をして見せるわけにはいかないってこと、あの人が自分の頭に叩き込んでくれさえしたら、今後はもっとずっと幸せでいられるはずよ。ちょっと考えてもみて。あの人の弟のレジーにキスしたくらいで、あんなにカッとなったりして！　どうしてあたしがレジーにキスしちゃいけないの？」

「そうですね」

「女の子にはね、愛する人の下にダイナマイトの筒をときどき一本押し込んであげる権利があると思うの。彼がいい気になりすぎた時はってことだけど、ねえそうじゃなくって？」

「ええ、そうですね」

「女性の尊厳がそれを要求するの」

「もちろんです」

「これで三回目になるわ。婚約を破棄したのはってことよ。一回目はあの人と結婚するって言った四十三秒後のことだったわ」

「四十三秒後ですか？」

「四十三秒後よ。最短記録じゃないかしら。ヨーロッパではってことだけど。イエッサー！　あたしが彼にあなたと結婚しますって言ってから四十三秒後に、彼がウィルフレッドを叩き落としたから婚約を破棄したの」

「あなたの弟さんですか？」

「あたしの子ワニちゃんよ。あたし、ウィルフレッドを持ち上げて彼の顔にくっつけて、『パパにキスしてあげて』って言ったの。そしたらアンブローズがすごくいやなガラガラうがいみたいな声を出して、あたしの手からこの子を叩き落としたの。想像してもみて！　骨が折れてたかもしれないのよ」

彼女は憤慨しながら話した。あたかも聴衆の同情を得られることを確信しているかのように。しかしモンティは完全にアンブローズ支持だった。鮮やかに活写された当該場面において、かの小説家は偉大なる勇気と胆力をもって行動したと彼は考えたし、ウィルフレッドが彼の右足に心地よく寄り添ってあくびをしている様を見るにつけ、自分も同じように行動できる男でありたいと願った。疑問の余地なく、このワニはこの客人のような職業の者には重大な価値があるのだろうが、こんなふうにこいつと社交的面会をするのは、彼の精神にはだいぶ堪《こた》えたのだ。

彼はまた、ミス・ブロッサムはあとどれくらいここにいるつもりだろうかとも考えた。

「あの時は仲直りするまで一週間かかったわ。もう一回はもっと深刻で、なぜってもう本当におしまいみたいに思えたんだもの。あたしたちが結婚したらどうするかって話をしていた時のことだったわ。彼はロンドンに住みたがったの。あたしの仕事は太平洋岸の頭のイカれた街でやってるんだから、当然あたしはあっちに住みたいわ。さてとそれでね、ああ言ったり言い返したりしてるだけで、結論が出なかったの。アンブローズくらいに強情な人もいないし、いったんこうと決めたら、あたしから頑固の勉強ができないラバはいないわ。そんなわけで、最後はあたしが怒って『もういい！　全部おしまいにしましょ』って言って、それであたしたちおしまいになったの。そしたら突然アイキー・ルウェリンからオファーがあって、それで何もかもがめでたしめでたしになったってわけ」

ミス・ブロッサムは座って鼻の頭におしろいをはたいた。モンティは咳払《せきばら》いをした。彼は彼女を、晩餐会《ばんさんかい》の終わりに注目を要請する女主人を見るかのように見つめた。彼女の話を楽しく聞くだけの問題だったら、彼はこの会談の延長に十分満足したことだろう。しかし、彼の恐怖は鎮《しず》まってはいなかった。すなわち、アルバート・ピースマーチは純粋で心優しい英国の乙女《おとめ》に関する限り、あてにならない予想屋だったのではないかという、彼の脳裡《のうり》に常につきまとう恐怖である。

「えー、あのー」彼は言った。

「あの時は」鏡で鼻をよく確認し、仕上げのひとはたきをすると、ミス・ブロッサムは話を再開した。「問題は本当に深刻だと思ったの。イエッサー、そうですとも。だけど、今回のことなんてなんでもないわ。あと三十分かそこらで、彼はあたしを抱きしめて、俺を許してはくれないのかって言うんだわ。そしたらあたし『ああん、アンブローズ！』って言って、そしたら彼は、彼があたしのことを傷つけたんじゃないかって思いは、彼自身を大いに傷つけはしたけど、だけどそれだけじゃなくて、彼が本当に傷ついたのはあたしのことを傷つけることで彼が本当に傷ついたと思ってあたしが本当に傷つくってことが、彼にはわかってたからだって言うんだわ。たった今廊下で会った時の、この部屋から出てきた彼のことを考えるとあたしもう笑えてしょうがないの。彼って本当におかしいのよ、もう本当に。あたし、彼のことが好きでたまらないわ。とにかくあんな尊大な姿って見たことなかったわ。『おはようございます』って言ったのよ。それでふんってふんぞり返ってあたしを見て、そして立ち去ったわ。男ってなんてバカなんでしょ！　法律で規制すべきよね」

モンティはもう一度咳払いをした。

「おっしゃるとおりです」彼は言った。「それじゃあ、今朝は他に色々とご用事もおありでしょうから――」

「あら、大丈夫よ」

「あちこちでお約束があることでしょうし――」

「いいえ、全然ないわ」

やむを得ず、モンティはもっと趣旨を明確にせざるを得なかった。

「どうでしょう」モンティはうやうやしい態度で言った。「そろそろお引き取りいただくことをお考えいただけませんか？」

「お引き取りいただくって？」

「とっとと出ていくということです」モンティは説明した。

ロッティ・ブロッサムは驚いて彼を見た。こういう態度は彼女には新鮮だった。男性には総じて彼女との交際を、その剝奪《はくだつ》よりも熱心に求める傾向がある。実際、ビアリッツのスペイン男の事例では、連中を棒きれで追っ払う必要があると、彼女ですら思ったくらいだった。

「だけど、あたしたちやっと打ち解《と》けて楽しいゴシップのやり取りを始めたばかりじゃない。あたしの話、退屈かしら？　隣室のボドキンくん？」

「い、いえ」

「じゃあ何カリカリしてるの？」

モンティはベッドカバーを引っ張った。

「えー、つまりこういうことなんです。思うんですが……ちょっと考えついたんですが……つまり、可能性としてですね……えー、ガートルードが――」

「ガートルードって誰？」

「僕の婚約者です……ガートルードがもしかして、僕が起きてるかなってここを覗《のぞ》いてみようって思うかもしれないし……そうなると――」

「あなたが婚約してるだなんて、あたし知らなかったわ」

「してるんです。ごく率直に言って、僕は婚約中なんです」

「最初の日にここで会った女の子？」

「そうです」

「いい子みたいだったわ」

「ええ、もちろん、いい子です」

「あなた、ガートルードって言った？」

「そうです。ガートルードです」

ミス・ブロッサムの眉《まゆ》は思慮深げにひそめられた。

「ガートルード？　あたし、ガートルードって名前がすごく好きかどうか微妙だわ。もちろん、ガートルード・ローレンス［イギリス出身のミュージカル女優。ウッドハウス脚本『Oh,Kay!』（一九二六）に主演］はいるけど――」

「そうですね」モンティは言った。「でも現時点で僕が強調したいのは、こう言っておわかりいただければですけど、ガートルード・ローレンスじゃなくってガートルード・バターウィックの方なんです」

ミス・ブロッサムは持ち前の騒々しい笑い声を発した。

「あの子ってそういう名前なの？　バターウィックって？」

「そうです」

「何ておかしな名前！」

「僕もそんなには好きじゃないんです」モンティは同意して言った。「いつも彼女の父親のバターウィック＝プライス＆マンデルバウム社のＪ・Ｇ・バターウィックを思い出してしまうもので。でも問題はそこじゃないんです。つまりですねえ――」

「あたしがここにいるのを見たら、彼女が怒ると思うのね」

「彼女が大よろこびするとは思えません。前回もそうでした。はっきり言わせてもらいますが、あなたのことを説明するのは、そりゃあもう大変だったんですから」

ミス・ブロッサムは唇をすぼめた。彼女は非難しているようだった。

「低級な精神の持ち主みたいだわね、そのミス・バタースプロッシュは」

「まったくそんなことはありません」モンティは熱を込めて言った。「とんでもない。彼女は持ちうる限り最も高級な精神の持ち主です。また、彼女の名前はバタースプロッシュではありません。バターウィックです」

「どっちにしたって変な名前よ」ミス・ブロッサムは批判するげに言った。

「そっちの方が倍以上変です。比べ物になりません。それに、今は彼女の名前の話をしているんじゃないんです。あなたがここの、ほぼ僕のつま先の上に座ってらっしゃるのを見たら、彼女がどう思うかという話をしているんです。彼女卒倒しちゃいますよ。いいですか、歯車が入り組んでるんです。レジー・テニスンがバカみたいに彼女のところに行って、僕がただのチョウチョウ野郎だって吹き込んだんです。僕の胸の刺青《いれずみ》の話の上にそれが来ちゃったものだから――」

「何その刺青って？」

「ああ、長い話なんです。手短かに言っちゃうと、僕はかつてスー・ブラウンって名前の女の子と婚約していて、僕は胸に彼女の名前をハートで囲んだ刺青を入れてしまって――」

「んっまあ！」強く興味を惹《ひ》かれ、ミス・ブロッサムは言った。「ねえ、見せて」

モンティはベッドの背に身をもたれて座っていたから、あまり後じさりはできなかった。だが彼は可能な限り遠くまで後じさった。

「だめです。なんてこった！」

「ねえ、いいじゃない」

「絶対にだめです」

「何がいけないの？　胸なんて友達同士なら何でもないでしょ。あたし、ショックなんて受けないわ。あたし『類猿人ボゾ』で恋人女性役をやったことがあるのよ」

「いや、言わせていただきますが――」

「ねえいいじゃない」

「だめです。そんな真似をしたら身の破滅です」

「そう、じゃあいいわ。大事なお胸をしまっときなさいな」

傷つき、落胆し、ミス・ブロッサムはワニを回収すると、ワニの首のピンクのリボンをちょっと直し、部屋を出ていった。彼女がモンティの部屋のドアを閉め、ウィルフレッドを籐《とう》のカゴに戻そうと自室に入ろうとしたちょうどその時、ガートルードが廊下をやってきた。

ガートルードはモンティの部屋のドアをノックして、起き上がって素敵な陽光を楽しみましょうと誘うつもりだった。彼女はその計画を放棄した。しばらくの間ドアをじっと見つめた後、彼女はくるりと回れ右して、再びデッキに上がっていった。

青い空と優しいそよ風のその日一日、時々モンティは、愛する女性の態度はちょっと変だなあと思っていた。正確にどこがどうと指摘できるわけではないのだが、でも変だ。彼女は突然黙り込んだ。時々、さっと目を上げると、彼女がもの思わしげに彼の顔をじいっと見つめているのに気づきもした。あるいはおそらくそんなにもの思わしげではないのだろうが……だが、変だった。そのことは少々彼を悩ませた。

しかし夜になると、この変な様子によって引き起こされたやや憂鬱《ゆううつ》な気分は彼のもとを去った。生来立ち直りの早い彼は、今夜のメニューを作成した権威者たちによって提供された素晴らしい晩餐《ばんさん》の影響の下、それがたちどころに消え去るのを感じた。

この親切な人物らは、男を元気づけるのに食事に勝るものなしとの確信のもと、五種類のスープ、六種類の魚料理、そしてこれら前菜に付け加えて、チキン・ホットポット、仔牛のロースト、オックステール、ポークカツレツ、マトンチョップ、各種ソーセージ、ステーキ、鹿のもも肉、ビーフサーロイン、リッソール、仔牛のレバー、ヘッドチーズ、ヨークのハム、ヴァージニアのハム、ブラデンハムのハム、鴨《かも》のサラミとイノシシの頭といった魅力あふれる品々を取り揃《そろ》え、さらに八種類のプディング、チーズ、アイスクリームとフルーツ各種を続けてご提供した。モンティはこれらすべてを食べたわけではないが、大いに英気を回復し、またきわめて感傷的な気分になってボートデッキに向かうのに十分くらいはいただいた。

ボートデッキの雰囲気はというと、こうした感情を促進する性質のものであった。風のない暖かい、星と月光の夜で、手持ちのタバコさえなくならなかったら、モンティは今いる場所にいつまでも留まり、詩を拵《こしら》えようとするところまでいったかもしれない。

しかし、一時間かそこらしてシガレットケースを開けてみて、それが空っぽであるのを知ると、彼は特等船室に戻ってタバコを補充することに決めた。ガートルードがボートデッキで一緒だったら、無論タバコなどは不要であったろう。しかしガートルードはジェーン・パッセンジャーと何人かのチームメイトと一緒にブリッジをする約束があると主張した。だからモンティは階下に降りて、自分の特等船室のドアを開けようとした。と、その時、ショックと非難の叫び声によって制止され、くるりと身をひるがえした彼は、アルバート・ピースマーチの姿を視認したのであった。

このスチュアードは、彼の力でもって可能な限り最大限にヴィクトリア朝的に見えていた。

「お入りいただくわけにはまいりません、旦那様」彼は言った。

モンティは目を瞠《みは》って彼を見た。彼は途方に暮れていた。二人あい見《まみ》える時は毎回、この家臣は何かしら新奇で不可解なことを彼に投げかけてくる。

「どういう意味だ?」

アルバート・ピースマーチはこの質問に驚いたようだった。

「お嬢様はあなた様にお伝えではなかったのでございましょうか?」

「何を伝えるって?」

「起こりましたことをあなた様にお知らせではなかったのでございましょうか? わたくしが申し上げておりますのは、ご隣室のご令嬢様のことではございません。別のご令嬢様、バターウィックお嬢様でございます。あの方はあなた様と特等船室をご交換あそばされ、あなた様は今やB36にご滞在するお身の上となられたとは、ご存じではなかったのでございましょうか?」

モンティは弱々しく壁にもたれた。前回と同じく、このスチュアードは二人のスチュアードとなって端っこがちらちら揺らめいていた。

「さようでございます。あの方がなさいましたのはさようなことでございます。あなた様と特等船室をご交換あそばされたのでございます。本航海におけるあなた様のお立場は実に多岐に渡るものでございますなあ」アルバート・ピースマーチは同情するように言った。「この調子でまいりますとあなた様は、歌に申しますように、どこに行くのかわからないといったこととなりましょうか。最初はあなた様のご友人の紳士様により移動させられ、今度はご令嬢様によって移動させられ、と。いずれあなた様は今日のお宿がどこかを覚えておくために、毎日メモを持ち歩かないといけなくなることでございましょう」

彼はこの風変わりな思いつきにくっくと笑い、それについてしばらく考え、今のは一度しか言わないのはもったいないくらいに上出来だったと感じ、もういっぺん繰り返して言った。

「いずれあなた様は今日のお宿がどこか覚えておくために、毎日メモを持ち歩かないといけなくなることでございましょう。しかしながら」厳粛な口調で、アルバート・ピースマーチは言った。つまり彼は機知に富んでいるばかりでなく、真面目でもいられる人物であったのだから。「わたくしがかような気まぐれや変更に賛成であるとは、お考えいただきたくなく存じます。かようなことはきわめて変則的であり、パーサーの承認ならびに許可を得た上でなされるべきである旨《むね》をわたくしはご令嬢様にあえてお伝えしたのでございますが、しかしご令嬢様は『何バカ言ってるの、スチュアード。あなたは私の言ったことをしていればいいの。口ごたえはけっこうよ』といった趣旨のご返答をなされるのみでございましたので、わたくしはご要望のとおり、あなた様のお部屋をご移動申し上げたのでございます。しかしながら、当然ながらお嬢様はあなた様にその件をご通告済みのことと存じておりました」

「スチュアード」低いしわがれ声で、モンティは言った。

「はい、旦那様」

「ピースマーチ……君はバターウィック嬢が、あー、浴室にもう入ったかどうかを知ってはいないな、ピースマーチ」

「ええ、はい、旦那様」アルバート・ピースマーチは明るく言った。「まず第一番の最初にお入りでございました」

「それで――?」

「ええ、はい。お嬢様はあの消去不能な文字をご覧になられました。ええ、お見逃しようはございますまい。きわめて強くご興味を持たれたご様子でございました。お嬢様はしばらくそれを見つめて立ち尽くされ、それからわたくしに向き直られてかようにおおせられました。『きゃー、スチュアード! これはいったい何?』わたくしは『こちらは口紅にて書かれました文字でございます、お嬢様』と申し上げました。するとあの方は『そう!』とおおせでございました」

モンティは壁にすがりついた。ばらばらに崩壊した世界で、それだけが唯一確かなものと思われたのだ。

「そう! だと?」

「はい、旦那様。お嬢様はさようにおおせでございました。『そう!』と。然《しか》る後にわたくしを退出させ、ドアをお閉めあそばされたのでございます。それよりほどなく、お嬢様はベルを押し、スチュアーデスをお呼びになられました。そしてあなた様宛のメモをあなた様のお部屋に持ってゆくようその者にお渡しになられました――B36でございます。あなた様がお忘れでいらっしゃいますといけませんので申し上げますが――同室はこちらのお部屋の真上、こちらはCデッキでございますので――そちらにて間違いなくお部屋を見つけていただけることと存じます」

　モンティは彼のもとを辞去した。アルバート・ピースマーチといるのはもう十分だった。このスチュアードには、これらすべてははかり知れない運命の仕業の一つの例にすぎないのだと、まさに言おうとしている男の気配があった。間違いなくそうなのだろう。つまり、モンティが理解したように、もしガートルード・バターウィックが生まれていなかったら――もし彼女が両腕なしで生まれていたら、あるいは片方の脚がもう片方よりも短かったら、彼女はアメリカに向かうイングランド・レディース・ホッケーチームの一員に選出されることはなかったろうし、その場合アトランティック号に乗船してはおらず、また物事を考え直して、ミス・ロッティ・ブロッサムの隣室にいるモンティ・ボドキンはBデッキに配置された方がずっと幸福なモンティ・ボドキンであるとの結論に達することはなかったろう。

　これ以上の真理はあり得まい。しかしモンティはそこにつっ立ってアルバート・ピースマーチがその件を延々と講釈するのを聞いていたくはなかったのだ。

　鉛《なまり》と化した足を引きずりながら、彼はB36特等船室によろめき入った。部屋の空気には依然、ガートルード・バターウィックが身にまとった彼のお気に入りの香水の匂いがかすかに立ち込めていた。しかし、彼が感傷的にその匂いを嗅《か》ぐことはなかった。彼の注目はすべて、鏡台上に置かれた二つの物体に集中したからである。

　一つは彼のよく知る手で彼の名前の書かれた封筒であった。もう一つはコーラルピンクの目をした茶色のミッキーマウスのぬいぐるみであった。

それはにっこり満載のほがらかさで彼にほほえみかけており、本状況においてそれは悪趣味で我慢ならないと、彼は感じた。

14. 偽テニスン事件

モンティの心に全面的に悪趣味で我慢ならないと感じられたのは、この大変動の翌朝、大自然全体がほほえんでいたことであった。翌日の天気くらいに素晴らしく明るいものもあり得ないほどだった。雨もなく、霧もなく、爽《さわ》やかな北東の風すらなかった。そこに人生がもはや何の意味も持ち得ない青年がいるという事実には無頓着に、太陽はB36特等船室に降り注ぎ、天井で陽気に踊った。あたかも何もかもがすべての可能的世界の中で最善であるかのように。

九時数分すぎ、廊下のカーペット上で足を引きずり歩く音がして、レジー・テニスンが入ってきた。

旧友の姿を見ても、モンティの憂鬱《ゆううつ》に何ら減ずるところはなかった。気心の知れた友人とこの瞬間に一緒にいることに関する彼の見解は、ジュリアス・シーザーによって表明されたものとは正反対だった。太って、頭はきっちりなでつけて、夜はしっかり眠るような［シェークスピア『ジュリアス・シーザー』一幕二場］男にそばにいて欲しくなかった。また、レジーは太ってはいなかったが明らかに最高の夜の休息を享受し、最高に元気いっぱいだった。部屋に入ってきた彼は、ミッキーマウスと同じくらいにっこりほほえんでいた。また、モンティは目覚めた時からずっと、この動物の不断の陽気さを気障《きざわ》りに感じていた。

　したがって彼の「ヤッホー」には自発性と熱意が欠けていた。彼は朝食に集中しようとしていたところで、己《おの》が悲しみとキッパーとに一人きりで向き合いたいと願っていた。また、もし孤独が許されぬならば、アンブローズのような訪問者の方がまだましだと思っていた。アンブローズは痩せて餓えた顔をしていたが〔『ジュリアス・シーザー』同上〕、今朝のモンティが必要としていたのはそうしたものだった。彼はレジーの相手ができるような気分では全くなかった。

　しかし、人は礼儀正しくあらねばならない。彼は会話をすべく身構えた。

「早起きなんだな」彼は不機嫌に言った。

　レジーはガウンを優美にまとい、ベッドの脚に身をもたれた。

「もちろん早起きだとも」彼はボーイスカウト度満載の元気みなぎる姿で答え、その様はモンティの口中でキッパーを灰に変えた。「こんな朝にはベッドでくすぶってるより他にすることがあるんだ。何て朝だろうなあ！　こんな朝をこれまで迎えたことがあったかどうかわからない。太陽は輝き――」

「わかった、わかった」モンティは怒ったように言った。「それなら見た」

　レジーの快活さはいささか減じた。彼は傷ついたように見えた。一瞬彼は傷ついた時のアルバート・ピースマーチみたいに見えた。

「いや、いいんだ」彼は言った。「ムッとされるようなことなんか何もない。太陽が輝いてるからって俺のせいじゃないだろ？　俺に相談があったわけじゃない。俺はただ、なぜ俺がこんなとんでもない時間に起き、いかなる運命にも立ち向かおうっていう心持ちで動き回っているかってことを説明する事実を伝えただけだ。俺はメイベル・スペンスを見つけて彼女とシャッフルボードをする。お前はメイベルに会ったか、モンティ？」

「ちょっと話しただけだ」

「なんて女性だろう！」

「そうかもな」

「そうかもなってのはどういう意味だ？」熱くなってレジーは言った。「言わせてもらう。彼女はこの世で一番かわいらしい女性だ。コン畜生だ、俺がアンブローズだったらよかったのに」

「どうして？」

「なぜって奴はハリウッドに行く。そこに彼女は住んでる。だのに俺はモントリオールに向かって――コン畜生だ、あんな所。あそこのカエデの木を毛虫が襲いますように――それできっと、航海が終わったら二度と彼女に会うことはないんだ。つまり集められる時にバラの蕾《つぼみ》を集めなきゃならないってことだ〔ロバート・ヘリックの詩「乙女らへ、時を大切にせよ」〕。それで、バラの蕾の話をすればだが、わが友よ、バーリントン・アーケードでお前が買って、ある日ドローンズにしてきたネクタイのことを憶《おぼ》えているか？　二千ギニーステークスの一週間くらい前だったと思う。思い出してくれ。鳩灰色の地にピンクのバラみたいな印象のやつだ。で、それこそまさに、今朝俺がメイベルに見せつけようとしている服装に最後の仕上げを付け加えるために俺が必要としているものなんだ。ひょっとしてお前、あれを持ってきてないよな？　持ってきてたら、貸してもらいたい」

「左側の一番上の抽斗《ひきだし》を見ろ」モンティは弱々しく言った。彼はキッパーを陰気なスプーン一杯呑《の》み込んだ。彼はネクタイの話向きの気分ではなかった。

「あった」そこを見たレジーは言った。

彼はベッドの足元に戻った。メイベル・スペンスと離れ離れになると思うことでもたらされた一瞬の憂鬱《ゆううつ》は消滅した。彼は何か楽しいことを考えているか思い出しているかのように、再びほほえんでいた
「教えてくれないか、モンティ」彼は言った。「いったい全体お前はここで何をしてる？　お前がこの船の中をビュンビュン移動することときたら、頭がくらくらするくらいだ。友人として言わせてもらうが、お前が部屋を移ったたってことは言っといてもらいたかった。たった今、お前の部屋だと思い込んでたところに飛び込んで、ベッドで寝てた人物を力一杯ぶっ叩いちまったんだ――」

モンティは闇雲な悲鳴を発した。

「――それで、つけ髭《ひげ》を引き剝《は》がしてみたらばそいつはガートルードだった。関係者一同にとっちゃあ、気恥ずかしい瞬間だったな」

「まさかお前、そんな真似を？」

「いややったさ。何を考えてる？　なぜ部屋を変えた？」

「彼女は言わなかったのか？」

「俺は何か言われるまで待っちゃいなかった。顔を赤くして、失礼したんだ」

モンティはうめき声を発した。

「ガートルードは昨夜のディナーの後、突然特等船室を交換するって決めたんだ。彼女はどうしてそうしたかを説明するメモをここに僕宛に残していった。あのクソ忌々《いまいま》しいブロッサム嬢が昨日の朝、お前が出ていった後に僕の部屋に入ってきて、それでどうやらガートルードは廊下を通りがか

りに彼女が僕の部屋を出て自分の部屋に入るところを見たんだ。そこから彼女は二つの結論を引き出したようだ。一、ブロッサム嬢と僕はごく親密な関係にある、二、僕たちの部屋は隣同士だ。それで彼女は部屋を交換しようと決めたんだ。彼女は僕に一言も相談しなかった。だから僕としては止めようがなかった。アルバート・ピースマーチの助力のもと、彼女はただそうしたんだ」

レジーはこの語りを、困っている友人に対する寛大な友人の当然の関心をもって聞いた。彼の俊敏な頭脳は、この悲劇の核心に躊躇《ちゅうちょ》なく到達した。

「だけど、なんてこった！　ガートルードがあの部屋にいるんじゃ、あの壁の字が見られちまうじゃないか」

モンティは再びうめき声を発した。

「もう見られたんだ。当然ながら、彼女が部屋に入って最初に目に留めたのがあれだ」

「その件について、彼女はメモで触れてるのか？」

モンティは陰気なフォークを鏡台に向けた。

「見ろ。あのミッキーマウスだ。航海初日に僕が彼女にプレゼントしたやつだ。昨日の晩ここに来ると、そいつがここにあった」

「返されたってことか？」

「返されたんだ」

「うひゃー！　百パーセントのあっかんべーだ」

「そうだ」

「なんてこった」考え込んで、レジーは言った。

言葉が途切れた。モンティはキッパーを食べ終えた。

「彼女はロッティがお前の部屋から出てくるところを見たんだな？」

「そうだ。そうメモに書いてあった。だけど、コン畜生《ちくしょう》だ。昨日の午後から夜までずっと一緒にいたのに、その間何も言わなかった。もし言ってくれてたら、ブロッサム嬢はただ座ってアンブローズのことと、あいつがなんて間抜けかって話と、どれだけ自分が奴を愛してるかって話をしてただけで、二人の間にＢＢＣのこどもの時間に放送できないような言葉は一言だってなかったって説明できたんだ。それで今、説明しようったってもちろん手遅れだ。だってガートルードはあの文字を見ちゃったわけで、僕のことをモルモン教徒の秘密の長老みたいな奴だって思ってるんだからな」

レジーはわかったというようにうなずいた。

「そうだな。ガートルードの心理過程はよくわかる。第一に、彼女はお前の胸の刺青《いれずみ》を見つけた。その件についてお前は説明し、納得させたものの、彼女はちょっと動揺した。それから――俺がバカだったとは認める。だが最善の動機からしたことだ――俺が彼女に話をした――ところで、どうやってその件は説明したんだ？　お前がプレイボーイだって俺が吹聴《ふいちょう》した話をさ」

「お前はロンドン一の大嘘つきだって彼女に話した」

「よし」

「お前の言うことなんか信じる奴はいないって」

「たいへん結構」

「それでお前はいつだってそういうことをやってる。なぜならお前はそういうことを面白いと思う人間だからだ。お前は歪《ゆが》んだ精神の持ち主だって言った」

「素晴らしい」レジーは言った。「実に賢明だ。打てる限りの最善手だった。俺に対するガートルードの態度がこのところちょっと冷たいのはなぜかがわかった」

「冷たかったのか？」

「とっても冷たかった。実際、初日以来彼女の態度がいくらか本当の意味で温かくなってきたのは唯一、たった今、彼女の特等船室でのことだ。ベッドの中に一種のハンモックがあって」彼の記憶の中で今だに青々としている場面を思い起こしながら、レジーは言った。「それで俺は自分にこう言った。『さあここでモンティを驚かせて笑ってやるぞ』そして俺は手をつばで湿しておおきく振りかぶってぶん殴ったんだ。言ったとおり、ものすごく気まずかった。さてと、お前が話してくれたことで、これからの手順はバカバカしいくらいに簡単になった。彼女の誤解は一瞬で晴らしてやる。今すぐ彼女のところに行って、壁にあの文字を書いたのは俺だって言ってやるよ」

モンティの膝の上のトレイが持ち上がってがたがた言った。天井に踊る陽光が、黙って入り込んだ失礼な奴以外のものに初めて見えはじめてきた。彼は顔をしかめることなく、ミッキーマウスの笑っている目を見られるようになってきた。

「レジー！　お前、やってくれるのか？」

「もちろんだ。それしかない」

「だが、彼女はお前の言うことを信じるかなあ？」

「もちろん信じるとも。すべてが完璧《かんぺき》に符合する。俺のことをとんでもない最低野郎ってことにしてくれたようだから、俺の不面目不名誉だったらガートルードは何だってすぐに信じるさ」

「悪かったよ」

「あやまらなくていい。実に戦略的だった」

「だがどこで口紅を手に入れたことにするんだ？」

「口紅は借りればいい」

この計画の実行可能性に対するモンティの疑問はことごとく消滅した。彼は感動したようにレジーを見つめた。彼が部屋に入ってきた時に拙速にも迷惑な余計者と思い込んだ自分が、どれほど間違っていたかがわかった。彼にとって今のレジーは現代のシドニー・カートン［ディケンズ『二都物語』に登場する弁護士。愛する人のため、身替わりに死刑となる］に見えた。

しかしながら、彼の友人が彼のためにしようとしていることを考えるにつけ、彼は良心に一抹《いちまつ》の呵責《かしやく》を覚えずにはいられなかった。

「彼女はお前のことをずいぶん怒ると思うんだ」

「怒るだって？　ガートルードが？　俺のいとこだぞ。乳母にヘアブラシで叩かれるのを見てきた女の子だぞ。パイ顔のガートルードなんぞが俺のことをどう思うかなんて、俺が構うとでも思うのか？　とんでもない、構うわけがない。軽く笑いとばして指をパチンって鳴らすだけさ。俺の心配はしなくていい」

モンティの胸のうちでは強烈な感情が錯綜し葛藤していた。安堵《あんど》に加え、自分の愛する女性が「パイ顔のガートルードなんぞ」呼ばわりされる激しい苦痛、彼女の良い評価に価値を見いだせない男がこの世に存在するという事実への途轍《とてつ》もない驚き、そして詳述されたような恐るべき残虐行為を犯すことのできた乳母に対する燃えるがごとき敵意である。しかしそれらの中では安堵が一番強烈だった。

「ありがとう」彼は言った。

彼はこんな単純な言葉を発するのにさえ、困難を覚えていた。

「さてと」レジーは言った。「これで壁の字に関する限りお前は大丈夫だろう。お前が部屋でロッティ・ブロッサムと輪になってキスゲームをしてた件についちゃあ――」

「僕たちは輪になってキスゲームなんてしてない！」

「ふーん、郵便屋さんのノックゲームであれ、何であれだ」

「僕たちはアンブローズのことを話してただけだと言ったはずだ」

「俺には作り話くさく思えるんだ」レジーは批判的に言った。「とはいえ、それがお前の説明なら、そう言い張るのが賢明だ。俺が言ってるのは、ロッティについてちゃんと説明するには自分で努力しなきゃダメだってことだ。だがあの字のことは俺にまかせてくれて大丈夫だし、遅滞なく実行してやろう。ただちにガートルードに会い、その後でメイベル・スペンスに対する捜索網を張ることにする。それに関連してだが、スエードの靴、白フランネルのズボン、あのネクタイとトリニティホール・ブレザーで行くのと、それともスエードの靴、白フランネルのズボン、あのネクタイとしゃれた青ジャケットだったら、お前どっちがいいと思う？」

モンティは熟考した。

「僕ならしゃれた青ジャケットの方だな」

「わかった」レジーは言った。

ところ変わって、メイベル・スペンスは彼女を待ち受けるおもてなしのことは知る由もなく、アイヴァー・ルウェリンの特等船室で、この動揺した男の口から昨日の交渉失敗の顚末《てんまつ》を聞いていた。ルウェリン氏はまだベッドの中にいて、彼のパジャマのサーモンピンクは、その上の恐怖で蒼白《そうはく》になった顔と対比すると、一層濃い色調に見えた。

「あの男は自分には別の考えがあると言いおった！」

この忌まわしい言葉を発する映画界の大立者の声は震えていた。またメイベル・スペンスもそれを不吉だと感じているようだった。彼女はちょっと口笛を吹くと、唇の周りをもの思うげにすぼめてベッド脇の箱からタバコを取った。この一連の単純な行動にはどういうわけかルウェリン氏を刺激して極端に苛立《いらだ》たせる効果があったようだった。

「わしのタバコを吸わんでもらいたい。自分のは持っとらんのか？」

「わかったわ。昔ながらの南部のおもてなしの心ってやつじゃない。あとで返しとけばいいんでしょ……他の考えですって？」

「あいつはそう言いおった」

「いやね」

「わしもいやじゃ」

「あの人には取引をする気がないように思えるの。何があったか正確に言って」

ルウェリン氏は身を起こして枕にもたれた。

「テニスンに白紙契約書を持たせて奴のところに送った。わしの言っとる意味がわかるか？　金は問題じゃないってことじゃ。わしはＳＬ社に来てうちの会社のために演技をしてもらいたいと望んだだけじゃ。そうすれば奴の好きなだけの数字を書き込んでもらえるんじゃからな。するとテニスンが戻ってきて、あの男はわしに感謝しているが別の考えがあると言っていると言いおった」

メイベル・スペンスは首を横に振った。

「いやね」

この発言は先ほど彼女が勝手にタバコを取った時と同じくらい、義理の兄を激怒させた。

「そこに突っ立っていやねなんて言い続けて何になる？　もちろんいやに決まっとる。わしもいやだ。わしが手を叩きながら大喜びで踊って回っとらんのは、見ればわかるじゃろう。わしは歌を歌っておるか、どうじゃ？　万歳三唱しておるか、どうじゃ？」

メイベルは考え続けていた。彼女は完全に困惑していた。もし彼女がモンティ・ボドキンだったら、この一件は奇妙奇天烈だと言ったことだろう。彼女が実際に言った言葉は、驚いた、だった。

「まったくじゃ。わしも驚いた」ルウェリン氏は言った。「テニスンが続けて別のことを教えてくれるまではじゃ。あいつがわしに何と言ったと思う？　あのボドキンって男はほとんど百万長者なんじゃと言った。それがどういう意味かわかるか？　あいつはこのスパイの仕事を、スリルのためだけにやっておるということじゃ。墓場荒らしの屍食鬼《グール》か何かみたいにな。金の問題はあいつにとって何も意味はせん。人が苦しむのを見て喜びたいだけなんじゃ。そんな男をどう丸め込めというんじゃ？」

彼はしばらく考え込んだ。自分が問題を起こしたただ一人の税関スパイが、悪魔的性格と巨大な私的収入を併せて持ち合わせている人物であるとは、自分の運のなせる技だと感じ入っているようだった。

「ふむ、ならばわしは抜けさせてもらう。わしは自分の負けはわかる男じゃ。グレイスのネックレスは申告して関税を支払うことにする」

「わたしならそんなことしないわ」

「あんたがどうするかなんかはどうだっていい。わしはそうする」

「あら、じゃあお好きになさって」

「そのとおり。好きにさせてもらう」

「でもわたし、考えてたのだけど」メイベルはもの思うげに言った。「昨日の晩にグレイスから来た電信のことね」

ルウェリン氏の断固たる決意が、何かしら揺らいだ。彼の顔色は、その感情ゆえにサーモンピンクのパジャマとほぼ一致していたのだが、色味をいささか失った。モンティ・ボドキンが別の折にそうしたように、彼は舌先で唇を濡《ぬ》らした。

「電信じゃと？　グレイスから？」

「そうよ」

「見せてくれ」

「わたしの部屋にあるの」

「何と言っておった？」

「正確な言葉は思い出せないわ。何か『あなたが税関を素通りしなかったら、自分がどうすればいいかはわかってるとあなたに伝えて』みたいなことだったわ」

「妻はわかっておると」ルウェリン氏は茫然《ぼうぜん》自失でつぶやいた。「自分がどうすればいいかは」

メイベル・スペンスはある程度の同情を込めて彼を見た。

「正直言うとね、アイキー」彼女は言った。「わたしだったらブツを持って素通りしちゃうわ。グレイスに対して冒険はできない。姉がどんなふうかはわかってるでしょ。衝動的なの。それに姉がパリにいるってことは忘れないで。だからパリ流の離婚をしようと思ったら、帽子をかぶってタクシーを呼ぶだけの話なんだから」

ルウェリン氏はそのことを忘れてはいなかった。

「それにこのボドキン君が交渉に応じなかったとして、どうして心配することがあって？　あなたが何か持ち込もうと計画してるって彼が知ってるとしてもよ。彼があちら側のお友達に、あなたが税関小屋に現れたら目を見開いてるようにって伝えたとしてもよ。だから何？　あなたの荷物を検査し始めるまでは何もできないし、その時にはジョージはブツを持って何マイルも先におさらばしてるのよ」

ルウェリン氏は安心することを拒んだ。彼の妻の弟のジョージがその件の主役を務めるという事実が、彼の頭の中で帽子シークエンスと名付けられるに至った一件に彼が偏見を抱く理由であるのだろうが、いずれにせよ彼の偏見は揺るがなかった。幸福なほほえみの代わりに、メイベルの楽観主義は苦い嘲笑《ちようしよう》をもたらしただけだった。

「あんたは、そんな頭のいい奴が、ジョージとわしがボードヴィルの芸人みたいに頭を突き合わせて帽子を取り落として取り替えるのを見て、何も考えないと思っとるのか？　見た瞬間に、おかしな真似が進行中だと見抜くに決まっとる」

「見抜かないの。あの人はそこにいないんだから」

「そこにいないじゃと？　上陸した瞬間に奴はわしの後ろ一メートルにぴたりとつけとるはずじ

や」

「そんなことはないの。あなたが下船してジョージと会うまで、わたしたちが彼を引き止めるわ」

「そうか？　じゃあどうやってそうするんじゃ？」

「簡単よ。レジー・テニスンが何とか彼を引き止めてくれるわ。あの二人は友達なの。レジーが何かについて話すために彼をどこかに連れていってくれるわ。わたしにまかせてちょうだい。何とかしてあげる」

すでに見たように、ルウェリン氏が本当の意味でこの義理の妹を好きであったためしはなかったが、しかし彼女の人柄のどこかに、人を信用させずにおかれぬところがあるとは認めずにはいられなかった。彼の呼吸は少し楽になった。

「もちろんレジーには、どうしてそうしなきゃいけないかは言わないわ。ただそうして欲しいって言うだけよ」

「それで十分なのか？」

「もちろん」

「ふん、あんたら二人はずいぶん仲良くやっとるようじゃな」

「ええ、わたしレジーが好きよ。それにあの子のことかわいそうだと思ってるわ。かわいそうに、ご家族が彼のこと、モントリオールの会社で働くようにって送り出したの。それで彼、やけになってるのね。あの子言うんだけど、そもそも本当に働かなきゃいけないなら、男が男でいられて、女が女でいられるような、偉大な荒野で働きたいんですって――ハリウッドみたいな」

ルウェリン氏の目が用心深げに細められた。彼の双眸《そうぼう》に疑いの色が入り込んだ。彼は陰謀の匂いを嗅ぎつけていた。彼にはそれがわかるのだ。

「ああ?」彼は言った。「そうか、彼がの」

「そうよ。それでわたし考えたのだけど」メイベルは言った。「できたらあの人に、ルウェリン・シティで何かすることを探してくれない?」

ベッドカヴァー上のアイヴァー・ルウェリンの可視的箇所の全てが、麻痺《まひ》したように揺れた。また毛布の下のさざ波が、彼の不可視的箇所の全ても揺れていることを示していた。しばしば彼はこの種の話し合いを経験してきたが、それがもちかけられた際に彼が平静でいられたことは一度もなかった。親戚や親戚の友人、あるいは姻戚や姻戚の友人がルウェリン・シティで何かする機会のことが彼にもちかけられる時、彼は内臓を竿《さお》でかき回されたような気分になった。こうした際には魚を要求するアシカみたいに吠えるのが彼の常の習いであったし、今回も彼はそうした。

「はっ!」彼は叫んだ。「いつ来ることかと思っとったわい。来ると思っておった」

「レジーはすごく役に立つはずよ」

「どう役立つんじゃ?　もう十分わしのオフィスは一杯じゃわ」

「あなた、映画の中でよく英国シークエンスを使うじゃない。あの人、あなたが間違えないようにしてくれるわ。ねえ、そうじゃなくって、レジー?」メイベルは言った。ルウェリン氏が不愉快にも気づいたように、ノックもせずゆったりと部屋に入り込んできた、輝くばかりのフランネルのズボンとしゃれた青ジャケット姿の人物に呼びかけながらだ。SL社でアイヴァー・ルウェリンの面前に進み出ようとする人々は、時には控えの間《ま》で一時間から二時間、待たされねばならない。また、船内に横溢《おういつ》する形式ばらない雰囲気にこの映画界の大立者が腹をたてるのは、これが初めてではなかった。

「ヤッホー！」レジーは陽気に言った。「ヤッホヤッホー、もひとつヤッホー。おはよう、メイベル。そしてルウェリン。二人とものすごく元気で魅力的に見えますよ。そのピンクのパジャマ、いいですねえ、ルウェリン。誰にだって日没はあります。M・スペンス嬢、あなたのことを船じゅう捜し回ったんですよ。あなたはここだと伺ってきたんです。シャッフルボードをちょっとやろうと思うんですが、ご一緒にいかがですか？」

「素敵ね」

「僕も素敵だと思うんです。素晴らしい。僕らの趣味がどれほど似てるか、お気づきですか？　二人合わせて対《つい》なす魂、ってことになりませんか。おや、タバコですね？」ベッド脇の箱を見て、レジーは言った。彼は勝手にそれを取り、それを讃えてうなずきながら、それを吸い始めた。「いいタバコを買ってますねえ、ルウェリン」彼は愛想よく言った。「気に入りましたよ。僕が入ってくる時に」彼は続けて言った。「何かお訊ねでしたか？『そうじゃなくって、レジー？』という言葉が記憶に残ってるようなんですが。僕が何ですって？」

「アイキーを助けてあげられる？」

「僕はいつだってアイキーを喜んで助けますよ。できる時は、できる限りね。どう助けるんです？」

「わたしたち、あなたがスペルバ＝ルウェリンで働く可能性について話し合っていたの。あなたがモントリオールの仕事のこと、どんなにいやがってるかわかってるから」

「僕は本当にいやなんですよ。金ピカの鳥かごに入れられた小鳥になったような気分です［一九〇〇年の流行歌「金の鳥籠の鳥」」。ああなんて素敵なことでしょう！」ルウェリン氏に満足げなほほえみで報いながら、レジーは言った。「本当に第一級の思いつきだ。親愛なるルウェリン、僕は喜んでスペルバ＝ルウエリンで働きますとも。そんなお申し出をいただいて、本当にご親切なことです。どういった身分でとお考えですか？」

「わたしは、英国シークエンス部門をまかせたらどうかって言っていたの。あなたはイギリスの社交界のことなら全部ご存じでしょう？」

「僕がそいつを発明したんですよ」

「ねえ、聞いた、アイキー？　これでもう七月に狐狩《きつねが》りをさせなくてもよくなるわ」

「もちろんダメですよ。ダメと言うべきですね。七月に狩りですって？　だめだめ、チッチですよ。今日からそういうことはなしです、親愛なるルウェリン。英国シークエンスについてはもうご安心いただいて大丈夫です。全部僕におまかせください。それで」もう一本タバコを取りながら、レジーは言った。「契約条件ですが、兄のアンブローズはあなたが週給一五〇〇ドル支払うと言ってました。僕もそれで十分満足です。もちろん、ご都合のよい時に書面で契約を取り交わしましょう。あわてないで大丈夫です。いつでもご都合のいい時にどうぞ、親愛なるルウェリン」

　ルウェリン氏はようやく口がきけるようになった。この瞬間まで、七月の狐狩りに言及がなされると常にもたらされる感情の昂《たかぶ》りが、彼に口をきけなくさせていたのだ。それは彼にとってつらい話題だった。彼の超大作『素晴らしきデヴォン』は英国の報道関係者の憤慨を惹《ひ》き起こし、さらに各小村の赤ら顔のマスター・オヴ・ハウンドたちの喉《のど》を詰まらせ咳込《せきこ》ませ、怒りの何だあれはを卒中の大流行を引き起こすくらいの勢いで惹き起こした。その件についてはルウェリン氏は不屈の精神で耐え忍べた。しかし結局この映画はこの島国王国じゅうで完全なる興行的失敗となり、そのことは彼をひどく傷つけたのである。

「出ていけ！」彼は叫んだ。

レジーは驚いた。こういう態度はおかしいと、彼は考えたのだ。

「出ていけですって？」

「そうじゃ。出ていけ。英国シークエンスと一緒に出ていけ！」

「アイキー！」

「それとあんたじゃ」砲列を義理の妹へと転じ、ルウェリン氏は声を轟《とどろ》かせた。『アイキー！』というのはやめてくれんか。あんたはわしから金をくすね取るのらくら者をもっと雇わせたいんじゃろうが？　弟のジョージとウィルモット叔父さんといとこのエグバートとジェネヴィーヴだけじゃあ、まだ足らんのじゃろう？」

ここでルウェリン氏は消えゆく自制心の裾《すそ》をつかむために、一瞬言葉を止めねばならなかった。彼はただいまの締めくくりの言葉に大いに心動かされていた。妻のいとこのエグバートの妹のジェネヴィーヴに支払われる週給三五〇ドルには常に、何らかの不可思議な理由で、彼の他の苦悩をすべて足し合わせたより大きな苦痛を彼に与える何かがあった。郵便受けみたいにぱっくり開いた口をしたあのメガネの小娘は、いかなる雇用主にとっても、明らかに年棒三〇セント以下の値打ちしか持たなかったのである。

「まさかあんたは」猛烈な努力でこのアデノイド持ちの小娘の姿を念頭から追い払うと、彼は再び話しはじめた。「お宅様のクソ忌々《いまいま》しい一族をわしに養わせようってだけじゃなく、一族の供給が切れたら、出かけていってわしの金をくれてやろうっていう赤の他人を見つけ出せと、でないと二、三ドルはわしのものだと言い張れる金が出てきかねないからと、そう言っとるんじゃああるまいの？　プロムナードデッキでわしの妻の妹の手を握る以外、食って寝る他に人生において何もしたことのないイギリス野郎で、わしはルウェリン・シティを立錐《りっすい》の余地ないまでに一杯にせにゃあいかんのか？」

「ボートデッキよ」メイベルが修正して言った。

「ブラッドハウンド犬の群れを買ってな、それでブラッドハウンド犬のなかりせば、うっかり見過ごしていたやもしれん生きのいい若い男の臭いを嗅《か》ぎ出せと、そういうことか？　セントバーナード犬の群れを買ってな、それで連中を訓練して、さあ出ていってそういう若い男を引きずり出せと言えと、そういうことか？」

レジーは眉を上げ、振り返ってメイベルを見た。彼は多大なる興味をもってルウェリン氏の言葉を聞いていたが、それが示す結論はただ一つと思われた。

「取引終了ってことですね」彼は言った。

「フォックスハウンド犬の群れを買ってな、それで――」

レジーは彼を身ぶりで制止した。

「親愛なるルウェリン、すまないが」少々きつい調子で、彼は言った。「俺たちはあんたの愛犬計画に関心はない。あんたは俺に英国シークエンスの手助けをしてもらいたがってはいないと、そう理解していいのかな？」

「この人が言ってるのはそういうことだと思うわ」メイベルが言った。

レジーは残念そうに舌をちっと鳴らした。

「あんたは大損するところなんだぞ、ルウェリン。考え直した方がいい」

ルウェリン氏は再び、別の方向に想像力を羽ばたかせた。

「わしはアメリカ合衆国財務省か、それでこいつみたいなのらくら者にどっさり金を無駄に使えと、そういうことか？」

これはメイベルには不当な差別と感じられた。

「あなた、ジョージに千ドル支払ってるじゃない」彼女は主張した。

ルウェリン氏は身を震わせた。

「わしにジョージの話はするな」

「それにジェネヴィーヴにだって――」

ルウェリン氏は再び身震いした。もっと目に見えるかたちでだ。

「たのむ」彼は懇願《こんがん》した。「ジェネヴィーヴの話はやめてくれ」

「それにレジーのお兄さんのアンブローズには一五〇〇ドルよ。レジーのお兄さんのアンブローズに週給一五〇〇ドル払えるなら、あなたがそんなにお金に細かいこと言うだなんて思わないじゃない」

心底驚愕《きょうがく》し、ルウェリン氏は目を瞠《みは》った。彼は義理の妹に、もしやあなたは自分のことをロックフェラー、ピアポント・モルガン、デスバレー・スコッティ、あるいはインドのマハラジャかどなた様とお間違えではいらっしゃいませんかと訊《き》こうとしたところだった。だがこの発言は彼の気を逸らした。

「アンブローズ・テニスンじゃと？　どういう意味じゃ？　奴は週給一五〇〇ドルじゃあ安いぞ」

「あなたそう思うの？」

「無論そう思っとる」

「彼が何をしたって言うの？」

「彼は偉大な作家じゃ」

「彼の本、読んだことあるの？」

「いいや。わしに本を読んどる時間があるわけがなかろう。じゃが、他の誰も彼もが読んどる。あんたの弟のジョージですらじゃ。実を言うと、SL社が彼を獲得するべきだと言ったのはジョージじゃった」

「ジョージ、頭がおかしいに違いないわ」

レジーはここで口を挟むべきだと感じた。アンブローズが彼のことを廊下中追いかけて、首をねじ切ってやると脅《おど》してこない限り、彼はアンブローズが好きだった。またこの種の発言は、彼の選んだ職業において彼を傷つけるものだと感じたのだ。危険分子だ。

「僕はそうは思いません」彼は主張した。「アンブローズはなかなか立派な作家ですよ」

「なかなか立派とはどういう意味じゃ？」ルウェリン氏は憤慨した様子で言った。「彼は有名じゃ。彼は大物じゃ」

メイベルは鼻をフンと鳴らした。

「誰がそう言ったの？」

「あんただってそう言っとった」ルウェリン氏は勝ち誇ったように言った。彼はこの、義理の妹を困惑に沈める稀有《けう》な体験を楽しんでいた。

「わたしが?」

「そう、あんたじゃ。ある晩、うちのディナーの時、わしが雇ったイギリス人劇作家が本やら何やらのことで大花火を打ち上げておった時のことじゃった。あの角ブチのメガネの奴じゃ。あやつは、テニスンはまるでダメだと言っとった。するとあんたが反撃して、テニスンは素晴らしいと言い、そうじゃないと言ったお利口さん連中はごくわずかじゃった。あんたは、そのメガネ男が電話帳の番号にもならない時にも、人々はテニスンを読み続けるだろうと言った。するとあやつはくすくす笑い、『ああ、お嬢さん、参りましたよ!』と言って、バナナを食べたんじゃ。それでたまたま翌日わしはジョージと話をしたから、そのテニスンというのは本当にそんなにホットな野郎なのかと訊ねた。するとジョージはそいつは最高で、ロンドンに行ったら絶対に捕まえるべきだと言ったんじゃ」

咽喉《のど》を詰まらせたような声がメイベル・スペンスから発された。

「アイキー!」彼女はうめき声をあげた。

彼女は彼を、一種の畏敬《いけい》の念のこもった目で見つめていた。この世にただ一つしかない物を見る時に覚えるような畏敬の念である。

「アイキー!　そんなことないって言って!」

「なんじゃ?」

「そんなことあり得ないでしょう。あまりにも面白すぎるわ。あなた出かけていってレジーのお兄さんと、彼がテニスンだと思って契約したわけじゃないでしょ?」

ルウェリン氏はばちばちと瞬《まばた》きした。彼は不安になり始めていた。今現在彼には理解できないなんらかのかたちで、自分は騙《だま》されたのではなかろうかという疑念がふくらみ始めていた。それから、こうした不安に加えて心慰められる思いが湧《わ》きあがってきた。アンブローズとの契約は、まだ署名されてはいない。

「違うのか?」

「かわいそうな人。テニスンはもう亡くなって四十年になるわ」

「死んだじゃと?」

「もちろんよ。ジョージはあなたのことからかってたのよ。あの子がどんないたずら者かって、いい加減わからなきゃダメ。あの子があなたにダンテと契約しろって助言しなかったのが驚きだわ」

「ダンテとは誰じゃ?」ルウェリン氏は訊いた。

「彼も死んでるわ」

すでに述べたように、ルウェリン氏はこの発言のすべてを理解できたわけではない。しかし彼にとって一つはっきりしたことがあった。つまり彼の義理の弟のジョージは、彼の会社の金庫から、彼の値打ちより週に千ドルも余計に引っ張り出しているのみならず、スペルバ＝ルウェリンの撮影所を死体で埋め尽くそうとしているのである。死体は彼に雇われた生きた作家たちのほとんどと同じくらい題材の処理や台詞《せりふ》をうまくやってくれるだろうという事実を無視し、彼はジョージの名高いユーモア感覚への耽溺《たんでき》ぶりに反発を覚え、その趣旨のことを数個の選び抜かれた言葉で表明した。

それから、狼狽《ろうばい》が戻ってきた。

「ふん、ではこのアンブローズ・テニスンとは誰じゃ?」

「レジーのお兄さんよ」

「それだけか？」

「ええ、それでだいたい全部ね」

「奴は作家ではないのか？」

「まあそうね」

「最高の作家ではない、と？」

「そうね、最高の作家ではないわね」

ルウェリン氏はベルに手を伸ばし、そこに親指を置いた。

「ご用でございますか？」アルバート・ピースマーチが言った。

「テニスンを呼んでこい」

「テニスン様は既にこちらにおいでございます」アルバート・ピースマーチは寛大なほほえみを浮かべて言った。

「アンブローズ・テニスン氏じゃ」

「はあ、アンブローズ・テニスン様でございますか？　はい、かしこまりました。失礼をいたしました。はい、かしこまりました」アルバート・ピースマーチは言った。

数分後に特等船室に入ってきたアンブローズ・テニスンは、その態度物腰立居振舞いで過去二日間R・M・S・アトランティック号の乗客たちを憂鬱《ゆううつ》にさせてきた不機嫌な女性嫌悪主義者とはまったく異なった人物だった。昨日午後、ボートデッキにおいてなされたロータス・ブロッサムとの熱烈な和解は、彼を常の楽天的で快活な性格に立ち戻らせていた。彼は今、陽気さと親切心を撒《ま》き散らしながら、一昔前のコミックオペラでどんちゃん騒ぎする連中の行進を一人でやっているような勢いで入ってきた。

無論実際にルールがあるわけではないし、プログラムはあらかじめ予告なしに変更されるものではあるが、しかし大自然は若き英国作家を全世界に供給するにあたり、彼らが明確に二種類に分類されるのを好んだようだ。すなわち、カクテル＝冷笑派と熱烈＝ビール派である。レジーの兄のアンブローズが属したのは後者の部類であった。彼は大柄で筋骨隆々として、鋭い目と突き出たあご、赤ら顔とハムのごとき太い腕を持ち、また休日に出かけてはピレネー山脈に登り――そればかりか、その際には歌を歌う、そうした人物であった。

彼は今、ほんの少し促《うなが》したらたちまち歌い出しそうな勢いに見えた。そしてメイベル・スペンスは彼を見て、後悔の激痛に貫かれたのであった。彼女はテニスン事情に関する内幕に義理の兄の目を開かせてしまった自分の衝動的な率直さを悔いていた。

レジーもまた、動揺していた。彼は物事の進展する速さに茫然《ぼうぜん》としたまま、これまでのやり取りを黙って聞いていた。彼の目の前にいるこの浮かれた男が、窮地に入り込んでいることを彼は知っていた。彼は兄を同情のまなざしで見つめ、誰かが――何と言っていいものかわかりさえすれば彼自身が――この哀れな男にこれから起こることへの心の準備をさせるべきだと感じていた。

しかし、アンブローズ・テニスンの心の準備をさせる機会は誰にもなかった。彼が部屋に入ってきた瞬間から、ルウェリン氏は話し始めたからである。

「おい、お前！」彼は吠《ほ》えるように言った。

どんなに心やさしき批評家とて、彼の態度が無愛想以外の何物かであるようなふりはできなかったろうし、アンブローズも大いに面食らった。実際、彼は一瞬、街灯にぶつかった男みたいに見えた。しかし彼はあまねく人類全体に対する明るい慈悲の心にあふれていたから、この無愛想な態度には目をつぶろうと決意した。

「おはようございます、ルウェリンさん」彼は陽気に言った。「僕に会いたいとおっしゃっておいでと伺いました。またボドキンのことですか？　ルウェリンさんは」彼はレジーに笑顔を向けると、困り顔の弟に説明した。「何らかの理由で、モンティ・ボドキンがいい映画俳優になると思い込んでいらっしゃるんだ」

この驚くべき発言は兄に対する心配からレジーの思いを転じることに成功した。

「何だって！」彼は叫んだ。「モンティを？」

「ああ」大声で笑いながら、アンブローズは言った。「想像できるか？　こちらのお方は哀れなモンティの奴をスターにしようと考えていらっしゃるんだ」

「うーん、何てこった！」

「モンティは生まれてこの方、一度だって演技なんかしたことはないんじゃないか？」

「俺の知る限りない」

「いや、あった。思い出した。幼稚園の時に一度あるって話してくれた」

「ド下手だったに違いないな」

「俺もそう思う。とんでもない話だ、なあ？」

「奇妙奇天烈だ」

ルウェリン氏はこの兄弟の対話に割って入った。もっと早くそうしたかったのだが、声帯にいささか不具合が生じていたのだ。アンブローズのあふれんばかりの陽気さは、ある種の皮膚疾患のように彼を蝕《むしば》み、全身をひりひりさせた。

「べらべら喋《しゃべ》るのはやめんか！」彼は叫んだ。「ボドキンとは何の関係もない。聞くんじゃ。閉める方がわかるならその口を閉じてわしの話を聞け」

アンブローズは目を見開いて彼を見た。驚愕《きょうがく》していた。これまでの対話で彼の取ってきた態度はこうではなかった。これまでアンブローズは、スペルバ＝ルウェリン社社長とは物静かで礼儀正しい人物だと思ってきたのだ。

「お前は本物のテニスンではないと聞いた」

アンブローズの困惑は増大した。こんな立場に身を置こうなどと誰に想像がつくだろうかと訝《いぶか》しんでいるかのように、彼はレジーを見た。

「すみません、何をおっしゃってらっしゃるのか理解できないんですが」

「わしは英語を話しとる、違うか？」

アンブローズの態度から陽気な気さくさが消えた。彼の口調は少々きつみを帯びた。

「一種の英語をお話しです。ですがやはり、あなたのおっしゃっていることは私にはわかりません」

「どうしてお前は自分が本物のテニスンでないことを、ずっと隠してきたんじゃ？」

「奇妙な表現をされておいでですね。『本物のテニスン』という言葉であなたが何を言おうとされていらっしゃるのか、ご親切にご説明をいただけたら、私もお答えできるかもしれません」

「わしの言っとる意味はわかるはずじゃ。本を書くテニスンのことじゃ」

アンブローズはルウェリン氏を氷のような目で見つめた。彼の態度は今や完全に硬直していた。海軍省に戻り、ヴェール姿の女冒険家が海軍計画書を盗むことをむざむざ許した部下を強く叱責《しっせき》していたらばかくやといった風情《ふぜい》だった。

「私の印象が正しければ」彼は言った。オックスフォード流の冷たさが、彼の声に入り込んでいた。「私は本を書くテニスンです。この名前で文筆活動をしている者を私は他に存じません。無論、テニスンという名のごく高名な詩人はおりますが、しかしまさかあなたはその――」

報せるべき時は来たれりとレジーは感じた。

「そうなんだ、兄さん。彼はまさしくそのまさかだと思ってたんだ。義理の弟のジョージって奴、おそらくハリウッドじゃあ笑いの火の玉で人気者なんだろうが、そいつに騙《だま》されて混乱させられたんだ。こちらの方はお前を本当に、半リーグ、半リーグ、また半リーグと進み行く［アルフレッド・テニスンの詩「軽騎兵隊の突撃」］の奴だと思い込んでたんだ」

「本気で言ってるんじゃないだろう?」

「言ってる」

「本当か?」

「本当だ」

アンブローズの快活さは完全に回復した。アイヴァー・ルウェリンの態度物腰の不可思議さに彼が感じた一時的な不快は消滅した。彼は頭をのけ反らせると陽気な大笑を発し、その声は特等船室内に雷鳴のごとく轟《とどろ》き渡った。

その効果はルウェリン氏の最後の抑制を取り去った。ピンクのパジャマ上の顔は紫色になった。

ルウェリン氏の目は実際に眼窩《がんか》から外れて飛び出したわけではないが、かなりそれに近いところまでいった。彼はしゃがれた、くぐもった声で言った。

「お前はそれを面白いと思うのか？」

アンブローズはくすくす笑いを止めようとしていた。笑うのは失礼だと感じたのだ。

「いささか、そうだとはお認めいただかないと」彼は申し訳なさそうに、咽喉をゴボゴボ鳴らした。

「ＯＫ」ルウェリン氏は言った。「ふん、くっくと笑うがいい。お前はクビじゃ。ニューヨークに着いたらすぐ、イギリス行きの次の船に乗るか、埠頭《ふとう》から飛び降りて溺《おぼ》れ死ぬか、どちらでも好きにするがいい。ルウェリン・シティに来て、わしの金でいい思いをすることは金輪際《こんりんざい》ないと思え」

アンブローズはくすくす笑いをやめた。彼の顔から笑《え》みが消えてゆくのを見て、レジーは何か兄弟らしい同情を見せられることがあったらいいのにと願ったが、何も思いつかなかった。悲しげに、彼はルウェリン氏のタバコをもう一本手にとった。

「何ですって！」

「そういうことじゃ」

「だが――あなたは私と契約した」

「いつじゃ？」

「私たちの契約では――」

「いつわしが契約に署名した？」

「ですが、なんてこった――」

「結構、結構」

「こんなふうに私を裏切るなんて、誰にもできませんよ」

「わしを見るんじゃな」

「訴訟を提起します」

「結構」ルウェリン氏は言った。「できるものならわしを訴えるがいい」

アンブローズの紅潮した顔が、色を失った。彼は目を見開いて見つめていた。レジーも大いに動揺していた。

「いやはや、アイキー」彼は感情を込めて言った。「あまりにもひどいじゃないか」

ルウェリン氏は闘牛士に立ち向かう牛のように振り返った。

「誰がお前に口を挟めと頼んだ?」

「誰が俺に口を挟むよう頼んだかなんて問題じゃない」レジーは静かなる威厳をもって言った。

「そんなのは論点じゃない。自分の意見を言いたいときに、それを言うのに正式な招待が必要だなんて思う必要はない……何を言おうとしてたか、忘れちゃったじゃないか」

「結構」ルウェリン氏は言った。

アンブローズは咽喉を詰まらせた。

「だがあなたはわかってらっしゃらない、ルウェリンさん」

「はあ?」

「シナリオ執筆のために私を雇うというあなたの約束のせいで、私は海軍省を辞めたんですよ」

「ふん、海軍省に戻ればいい」

「ですが……できません」

レジーがこれほど動揺したのは、まさしくこの事実のゆえだった。一番の最初から彼はこの問題に気づいていたし、これを第一級の大問題だと認識していた。

仕事に関するレジーの見解は奇妙だが、明確なものだった。世の中には仕事を必要としない者が存在する――彼自身もその一人だ。競馬新聞に関するまあまあの知識と生まれ持ったブリッジとポーカーの才能、人なつこい魅力で金を借り、その行為が被害者にとって積極的な喜びとなるような能力。そうした資質こそ彼のような男が必要とすることのすべてであり、であればこそ愛する肉親たちがクソいまいましい営利事業に自分を向かわせるのを許してしまったことに、彼は深く傷ついているのである。一族連中に少しだけ我慢強さがあったら、思いやりの精神がほんの少しあったら、彼が不運を乗り越えるのを助けるためにいっとき財布の紐《ひも》を緩めてくれさえしたなら、彼は完璧《かんぺき》に快適な暮らしを続けていられたはずなのである。なぜならレジー・テニスンとは、カラスが養う［『列王紀上』一七］青年の一人であるのだから。

しかし――ここのところが肝心なのだが――カラスたちはこの世のアンブローズたちは養わないのである。アンブローズたちは安定した仕事を必要とする。そして、もしそれを失ってしまったら、次の仕事を見つけるのはものすごく困難なことなのだ。

「考えるんだ、ルウェリン！」レジーは言った。「よく考えろ！　こんな真似はできない」

メイベル・スペンスがアリーナに足を踏み入れた。彼女は今、義理の兄の自尊心を貶《おとし》めようという義理の妹の自然な感情ゆえに発された自らの不注意な発言により、こんなにも恐ろしい大惨事が招かれてしまったことに愕然《がくぜん》としていた。アンブローズ・テニスンのやつれた顔は、物言わぬ非難だった。彼女は海軍省がどんなものかはっきりとは知らなかったが、しかしそれがアンブローズが生計の手段を得ている源であることは理解していたし、その生計の手段を、彼女のせいで彼が失ったのは明らかだった。

「レジーの言うとおりよ、アイキー」

「ふん、今度はあんたか」ルウェリン氏は言った。

「こんなことはできないわ」

「そうかい？」

「契約書に署名してなくたって口頭の合意があったことは、あなただって完璧にわかってるはずよ」

「口頭の合意なんぞ屁じゃ」

「それにどうしてこんなこと、しなきゃならないの？　テニスンさんをこんなふうに見捨てる意味がどこにあって？　彼はシェークスピアじゃないかもしれないけど、スペルバ＝ルウェリンのために立派に働くには十分なはずよ」

「よくぞ言った、お嬢さん」レジーが満足げに言った。「アンブローズはスペルバ＝ルウェリンの自慢になるさ」

「スペルバ＝ルウェリンの自慢にはならん」同社社長が訂正した。「わしはこいつなんぞ、これっぽっちもいらんのじゃ」

「でも彼はこれからどうするの？」

「わしに聞かんでくれ。興味はない」

「せめて試用してみればいいじゃない？」

「試用はせん」

「彼はあなたがまさに必要としている人物かもしれないのよ」

「そんなことはない」

レジーはタバコをもみ消すともう一本とった。彼の顔は冷たく厳しかった。

「ルウェリン」彼は言った。「お前の行動は奇妙奇天烈だ」

「首を突っ込むのはやめてもらえんか！」

「だめだ、ルウェリン。首を突っ込むのはやめない。お前の行動は奇妙奇天烈だ。事業をどう経営していくかについて、初歩もわかってないようだ」

「そうかな？」

「口を挟むな、ルウェリン。もう一度言う。あんたは事業経営の初歩もわかってないようだ。あんたはモンティ・ボドキンみたいな奴の就職を確保しようとジタバタする。あいつはその他の点では最高にいい奴だが、一度も演技の経験はないし、『ピナフォーレ』のピンだってやれやしない。それでおんなじ口で、アンブローズ・テニスンの就職はお断りするって言うんだ。彼は物書きの世界じゃあ前途有望と目された人物だ。俺自身については何も言わない。英国シークエンスを絶対に間違いなしで決めてくれる本当に見識ある人物を手に入れられるチャンスを提示されたのに、あんたはバスに乗り遅れたって所見を述べさせてもらう以外はな。これであんたはアスコット競馬が真冬に開催されて、ダービーが十月終わりにプラムステッド・マーシュズで開催されるグレイハウンド・レースとして描かれる映画を世界中に氾濫《はんらん》させようって立場に身を置くことになるわけだ。そうだ、そういう立場にあんたは置かれるんだ、ルウェリン」レジーは言った。「バカ間抜けだ」すべてを約言し、彼は付け加えた。

「そうよ」メイベルがまた声をあげた。「わたしの話を聞いて、アイキー――」

最も偉大な将軍とは、戦略的退去をいつ行うかを弁《わきま》え、またそれを行うことを恥じない人物である。レジー一人なら、ルウェリン氏は我慢したかもしれない。メイベル一人でもめげずにいられたことだろう。しかし、レジーにかてて加えてメイベル追加となっては彼の精神はくじけた。ベッドカバーの下で一種の地震が起こり、空飛ぶピンクパジャマ物体の跳躍と疾走があり、次の瞬間、彼は浴室内でドアをロックしていた。蛇口から勢いよく流れる水の音で、彼が更なる攻撃から耳を守っていることがわかった。

メイベルは最善を尽くした。レジーは最善を尽くした。

「アイキー！」浴室のドアをどんどん叩きながら、メイベルは叫んだ。

「アイキー！」同じようにしながら、レジーは叫んだ。

始めたのと同様に突然、二人は叫ぶのをやめた。ルウェリン氏が二人の手の届かないところに安全を確保したことはあまりにも明白だった。レジーは苦悩する兄に同情の意を示そうと、回れ右をした。

「アンブローズ、なあ兄貴――」

彼は言葉を止めた。アンブローズ・テニスンはもはやご参集のご一同の中にはいなかったのだ。

15. 交渉決裂

レジー・テニスンとメイベル・スペンスのどちらもアンブローズが部屋を出ていったのに気づかなかったということは、ルウェリン氏の注目を確保しようという仕事に、二人が全身全霊を傾けたことの証左である。つまり辺りはひっそり閑《かん》の真逆《まぎゃく》であったわけだから。

この小説家が特等船室を辞去しようとした瞬間、アルバート・ピースマーチはドアにゆったりと身を預け、大きな赤い耳をドア木質部に密着させて、その内側で進行中のドラマに夢中になっていた。大洋航路定期客船のドアは内側に開く。また特等船室C31のドアが突然開けられた時、彼は準備なしの状態でいた。突如支えを奪われた彼は、ミステリ劇で戸棚から転げ出す死体方式で室内に転げ入り、アンブローズと正面衝突して彼を固く抱きしめたから、その結果、一瞬その姿は、古き良き時代のパリの遊び人二人が長い別離の後に再会した様を想起させた。

それからアンブローズは「ガルルル！」の声をあげてアルバート・ピースマーチをほうり投げ、そしてアルバートは「クー！」の声をあげて廊下をよろめき後じさりし、ひどくいやな具合に尻もちをついた。アンブローズは動揺した様子で大股に急ぎ去り、そしてアルバートは白い短上衣直下の敏感箇所を撫《な》でさすりながら、置き去りにされたのだった。

ただいま彼が身体機能を調整しつつ佇《たたず》んでいると、レジーとメイベルが出てきて、アンブローズ同様、廊下を急ぎ去っていった。そして彼は、幕が降り、お楽しみが終了したことを理解したのだった。

次第に痛みが消え去るとともに、彼の冷静沈着さは回復した。彼は自分が掛け値なしのヒューマンインタレストの興行に耳を傾ける特権に浴していたことを理解し、またこの驚くべき出来事の物語を伝えられる腹心の友を見つけたいという執拗な欲求の囚《とら》われになっていることに気づいた。

Cデッキで彼と仕事をともにしているスチュアードのノビー・クラークが自然な選択であったが、しかしただいま彼は不幸にもクラーク氏とは友好関係になかった。後者は今朝グローリーホールで髭剃《ひげそ》り中に彼に肘《ひじ》で突かれたことに立腹し、また彼がそれをはかり知れない運命の仕業にしようとしたことにもさらに立腹し、またその旨《むね》をアルバート・ピースマーチの傷つきやすい性格を深く傷つけるような仕方で表明し、そのことはたやすく看過しうるものではなかったのだ。

頭の中で彼の代わりとなる人物をあれこれ品定めし、アルバートはまだロータス・ブロッサム嬢の部屋から朝食のトレイを片付けてなかったことを思い出したのだった。

「まことに大変な舌戦《ぜっせん》がただいま31号室にて繰り広げられたところでございました、お嬢様」数秒後に入室した彼はにこやかに言った。「驚愕《きょうがく》したものだと告白いたさねばなりません。白熱したご発言。張り上げられたお声。またわたくしがたまたまその場に居合わせましたのは、かような次第でございました。わたくしが任務を遂行いたしておりますと、ベルが鳴り――」

ロッティ・ブロッサムは衣装を着終え、鏡の前に座って化粧の最後の仕上げをしていた。ここのところで仕上がりがまったく変わるのである。彼女は最高の姿でいたかった。なぜならこれからデッキに出てアンブローズと会うのだから。彼女はアルバート・ピースマーチの話をさえぎった。

「その話は長くなるかしら?」彼女は礼儀正しく訊ねたが、そこにはいささかのイラつきがあった。

「いえ、さようなことはございません、お嬢様。いずれにせよあなた様にはきわめて興味深きお話と存じます。アンブローズ・テニスン様に関するお話でございますし、あなた様はあの方とご婚約あそばされておいででございますゆえ」

「あなた、そのこと誰から聞いたの?」

「おやおや、お嬢様」アルバート・ピースマーチは父親のように言った。「船じゅうの評判でございますとも。具体的に誰が情報提供者であったかと申しますと、さてとそこまででございます。おそらくは同僚のクラークと申す者であったかと思料いたしますが、その者はあなた様とテニスン様がボートデッキにてご会話あそばされておいでの折にたまたま通りかかったどなた様かと会われたどなた様かから聞いたとの由にございます」

「スチュアードってのは、知りたがり屋ね」

「常にわたくしどもは進行中の事情には通じておるよう努めております」ただいまの賛辞に会釈を返しつつ、アルバートは言った。「高慢な貴族様がたのお振舞いに関心を持つこと、中世の城の農《のう》奴《ど》や台所の下働きのごとしと、わたくしは常々申しておるところでございます。なぜならばわたくしはあなた様に対して、またあなた様でなく他のどなた様に対してもでございますが、航海中のスチュアードとは自らを封建家臣と見なさねばならぬと信じておるからでございます。この情報をわたくしにもたらしましたのはクラークと申す者であったと存じますが、わたくしは同推定の真実性を現実の質疑によってあなた様に保証申し上げることができないのでございます。なぜなら今朝方グローリーホールにて彼《か》の者がわたくしに挨拶《あいさつ》した際の態度がございました後、わたくしはノビー・クラークとは、もはや会話を交わす関係にないからでございます」

ミス・ブロッサムの表情に、この幸運の寵児《ちようじ》への嫉妬《しつと》の色が走った。

「運のいい人だこと！」彼女は言った。「いいわ、続けてちょうだい。でも手短かにお願い。なぜってあたし、早く出かけたいの。テニスン氏がどうしたんですって？」

「あの方が複雑な諍《いさか》いの大元でございました」

「何ですって？」

「専門用語でございます」寛容にも、アルバート・ピースマーチは説明した。「言い争いのことでございます。テニスン様はルウェリン様のお部屋で起こりました本騒動の原因だったのでございます」

「まあ、ルウェリン氏もこの話に関わってくるの？」

「もちろんでございます、お嬢様」

「何が起こったの？　テニスン氏はルウェリン氏と何か問題を起こしたの？」

「さような申しようは諸事実につきまして誤った理解をもたらすものと拝察いたします、お嬢様。テニスン様がルウェリン様と問題を起こされたと申しますよりは、ルウェリン様がテニスン様と問題を起こされたという側面が強うございます。ルウェリン様はテニスン様が本物のテニスン様ではないことにご立腹あそばされてご叱責《しつせき》なさったと申します方が適切でございましょう。またご同席であらせられたテニスン弟様とスペンスお嬢様がご参入され――」

「本物のテニスンって、どういうことよ？」

「偉大なる詩人、テニスンでございます、お嬢様。テニスンの作品をご存じではいらっしゃいませんか？　『燃えさかるデッキに立つ少年』［フェリシア・ヒーマンズの詩「カサビアンカ」］を書いた詩人でございます」

　ロッティは目を瞠《みは》った。

「まさかアイキーはアンブローズがあのテニスンだと思ったっていうんじゃないでしょうね？」

「さようでございます、お嬢様。義理の弟君のジョージ氏によって誤導されたとの由に存じます」

「まあ、間抜けな話ね。アンブローズは大笑いしたことでしょうね」

「はい、お嬢様。あの方がご大笑あそばされるお声が聞こえました」

「あなた、この一部始終の時どこにいたの？」

「えー、たまたま通りかかりまして――」

「わかったわ。それでアンブローズは笑ったのね」

「はい、お嬢様。たいそう豪快にお笑いあそばされました。またルウェリン様はそれを快く思われなかったのでございます。大いにご動揺されたご様子であられたと拝察いたしました。あの方は、テニスン氏は笑うのか、ああそうかとおおせられました。ホー！　そうかテニスン氏にはこれが笑えるのかとおおせられ、それからテニスン氏はルウェリン・シティに来てわしの金でいい思いをすることは金輪際《こんりんざい》ないとおおせられました」

「何ですって？」

「はい、お嬢様。まさしくさようにおおせられたのでございます。『お前はクビだ』と、おおせでございました。それから白熱した舌戦《ぜっせん》が繰り広げられ、またドアの向こう側にて人々は『アイキー！』と叫び、それからドアがバタンと開き、わたくしをなぎ倒しまして――」

アルバート・ピースマーチは言葉を止めた。自分が空っぽの椅子《いす》に向かって話していることに気づいたのだ。何か虹色をしたものが彼の脇を勢いよく通り過ぎ、彼は特等船室にただ一人残された。聞く術《すべ》をわきまえた女性はいないのかと悲しく思いつつ、彼は朝食のトレイを手に取り、そこにあった冷たいベーコンを一枚たいらげると、退室した。

ロッティ・ブロッサムがプロムナードデッキに到着してみると、そこは晴れた日の朝のプロムナードデッキに横溢《おういつ》する、無気力と活動性の入り混じった状態にあった。椅子に座ってひざ掛けにくるまれ、まな板に置かれた魚みたいに見える半醒半睡《はんせいはんすい》の人々の長い列があり、そしてこの人々がどんよりした目で見つめる先には、行ったり来たり行進し、男らしさを称え、互いに「なんて素敵な朝だろうなあ！」と叫び合い、もう二回往復したら一マイル歩いたことになると報告する体育会系の人々がいる。

ここそこに、どちらの部類にも属さない集団がいた。魚部隊に属するには少々活動的すぎ、体育会系向けには少々軟弱すぎる彼らは手すりにもたれて海を眺めるか、ただ立って自分の時計を見て、あとどれくらいでスープの時間になるかを確かめている。

アンブローズの姿はなかった。しかしただいまロッティの鋭い目はレジーを発見した。彼は一人で考え込んでいた。彼の唇にはルウェリン氏の特等船室を去る前にケース一杯に詰め込んできたタバコの一本が挟まれていた。先の顚末《てんまつ》は醜悪ではあったが、一つ明るい出来事もあった。おかげでレジーはタバコを仕入れられたのである。

「聞いて」正式の挨拶《あいさつ》に一言も無駄にすることなく、ロッティは言った。「アンブローズとアイキーのこと、どうなってるの？」

レジーは唇からタバコを取った。その単純な仕草に、ロッティの不安を確証する厳《おごそ》かな悲しみを込めようと意図しながら。彼女はアルバート・ピースマーチが話を面白くするために事実を誇張して言ったのではないかと思おうとして手放さずにいた、わずかばかりの希望を捨てた。

「ひどく面倒な状況だ」レジーは陰気に言った。「奴が君に話したのかい？」

「ちがうわ。あの雄弁家っていうか、スチュアードに聞いたの。あの人リングサイドシートにずっといたみたい。アイキーがアンブローズをクビにしたってあの人が言ってたのは本当？」

「本当だ」

「だけど彼、契約を盾《たて》に取れないの？」

「契約なんてないんだ」

「何それ？」

「ないんだ。ニューヨークのオフィスで署名することになってたんだ」

「うーん、手紙とか何かあるはずでしょ？」

「ないそうだ」

「つまり、アンブローズは書面で一行も書いてもらってないってこと？」

「一言もだ」

一瞬、ロッティ・ブロッサムは驚愕《きようがく》のあまり言葉を失った。それから彼女は破れかぶれに怒りを露《あら》わにした。

「男って何てバカなの！　かわいそうなあの人はどうしてあたしに相談してくれなかったの？　教

えてあげられたのに。アイキー・ルウェリンの言葉を頼りに農場を売り払ってハリウッドに向かうだなんて考えてもみて！　アイキーの言葉をよ！　お笑いもいいとこだわ。もしアイキーに一人娘がいて誕生日にはお人形さんを買ってあげようって約束したとして、もしその子に分別があったら最初にするのは弁護士のところに行って違約条項付きの契約書を書きあげて署名することよ。もう、まったく、本当に、まったく！」ミス・ブロッサムは言った。ひどく動揺していたのだ。「これがどういうことかわかって、レジー？」

「どういうことかって？」

「あたしにとってってこと。アンブローズとあたしは、もう結婚できないわ」

「何言ってるんだ」レジーは言った。つまりデッキでしばらく黙想した彼は、この状況は厄介《やっかい》だが、当初想定したほど厄介ではないと了解したからだ。「奴は海軍省の仕事をあきらめたら一文無しかもしれないけど、だけど君は二人暮らすのに十分なくらい金持ちだろう？」

「二十人で暮らせるくらい十分あるわ。だけどそれが何になって？　アンブローズはあたしのお金で生活したりなんかしない。あの人、もうあたしと結婚してくれないわ」

「だけど、なんてこった。そんなのは女相続人と結婚するのと違わないじゃないか」

「あの人、女相続人となんか結婚しないわ」

「なんと！」レジーは言った。彼は法律が許すなら一ダースの女相続人と結婚したかった。「どうして？」

「なぜってあの人は、バカみたいに頭の固い間抜け頭の頑固な軍用ラバの息子だからよ」ミス・ブロッサムは叫んだ。ホボーケンのマーフィー家の熱き血汐《ちしお》が彼女の血管内で煮えたぎっていた。

「なぜならあの人、人間じゃないの。片目で客の数を数えてもう片方の目で天井桟敷を見ながら高潔なことをしちゃうお芝居の俳優みたいなのよ。いいえ、違うわ」彼女は続けて言った。その変化の素早さは彼女の性格をきわめて興味深いものにし、またスペルバ＝ルウェリン社の敷地内にあっては、緊張で縮み上がった監督たちをかくも頻繁《ひんぱん》に気付けのフロスティッド・モルテッド・ミルクを求めて手探りで購買に向かわせてきたものであった。「ちがう。彼は全然そんなんじゃない。あたし、彼の高潔な原理原則は賞賛するのよ。すごいって思ってるの。あの人みたいに素晴らしい名誉の観念と自尊心を持ってる男がもっといないのは残念だわ。あたし、あなたにアンブローズの悪口は言ってもらいたくないの。世界で一番素敵な男性なんだから。だからあなた、あの人があたしのお金で生活するのを拒むからって冷笑したり嘲《あざけ》り笑ったりしたいなら、とっととどこかへ行ってちょうだい。だけどその時にはあなたの耳はカリフラワーみたいになってるだろうってことだけは承知してちょうだいね」

「わかった」いささかあっけにとられながら、レジーは言った。「ああ、はっきりわかった」

しばらく間《ま》が空いて、その間に鼻をすすりながらあごのない娘が近づいてきてミス・ブロッサムに、サイン帳にお名前と何か一言お願いしますと言った。恐怖政治時代に死刑執行命令に署名する公共安全委員会の女性委員の雰囲気を身にまといつつ、彼女はそれを行った。この中断は彼女の思考の流れを断ち切るのに役立った。再びレジーと二人きりになると、彼女は眠りから醒《さ》めた夢遊病者のように当惑した目で彼を見た。

「何の話をしてたのかしら？」

レジーは咳払《せきばら》いをした。

「俺たちはアンブローズの話をしていた。そして俺は、奴が君と結婚して君の金で生活することを拒否しようというのは、端的に素晴らしいことだって言っていた」

「そうなの？」

「そうだ」レジーは激しく強調して言った。彼はこの点についてはー切誤認が生じて欲しくなかったのだ。「最高だ。素晴らしい。偉大だ。誇りと感動を感じる」

「そうなの」ロッティは疑わしげに言った。「あの人はきっと正しいんだわ。でもあたしはどうしたらいい？」

「もちろんそこが問題だ」

「これってあたしにはつらすぎるわ」

「まったくだ」

「あたしたち本当に幸せだったのに」

「そうだ。だけどそういうことだ」

「あたしに言わせてもらえば」突然重苦しい沈黙から抜け出すと、ロッティは言った。「あの人頭がおかしいわ。頭を検査してもらうべきよ。どうしてあたしのお金で暮らしちゃいけないの？　あの人は自分の本を書いていられるんだし」

レジーは、依然自らの身の安全を気にかけてはいたが、アンブローズの本の問題については物事をはっきりさせておくべきだと感じた。

「親愛なる船旅の仲間よ」彼は言った。「アンブローズは、そりゃあ最高の男だ。高潔な信念と名誉と自尊心でいっぱいいっぱいの男だ。だが、作家としては途轍《とてつ》もなくホットって訳じゃない。小説じゃあ、小人ひとりにドーナッツを一週間やれるほども稼げるとは思えない。あまり元気じゃない小人ひとりでもだ」

「何ですって！　破産するってこと？」

「ペンで生きてくならね、そのとおりだ。だが」レジーは慎重に付け加えた。「名誉と自尊心に満ち満ちている。奴の信念もとても高潔だ。本当に高潔なんだ。俺はいつもそう言ってきた」

ロッティ・ブロッサムは悲しみに暮れ、海原《うなばら》を見つめた。

「ふん、それで？」彼女は冷たく言った。

「困ったことになった」レジーは同意した。「ただ一つ、俺に言える慰めの言葉は――」

「何？」

「うむ、君は俺よりルウェリンのことをよく知ってるだろう。もしかして奴は、一瞬カッとなって色々言って、後になって後悔するような人物なんじゃないか？　奴の吠《ほ》え声は嚙《か》みつく力と比べてどうなんだい？　つまり、突然後悔がほとばしるなんて可能性はどれくらいある？　入浴中に静かにこの一件を考え直して――俺が部屋を出るとき、あいつはこれから入浴しようとしてるところだった――奴の心がとろける可能性はあるとは思わないかい？」

「あの人に心はないの」

「そうか」

「あたし、あの男の首を絞めてやりたい」

「でもあいつには首もないだろう」

二人は再び陰気に黙り込み、アイヴァー・ルウェリンに思いをめぐらせた。この人物は、あらゆる点で完全武装済みであるように思われた。

「ふん、それじゃあ」レジーは言った。「一つしかないな。可能性はごくわずかだと言われるかもしれないが……」

「何？　何なの？」

「何ともならないかもしれないが……」

「いいから言って。何？」

「うん、今ちょっと考えてたら突然思い出したことがあった。つまり、このルウェリンの野郎は奴にしかわからない何らかのねじくれた理由で、モンティ・ボドキンを雇って自分のところで演技をさせたいと熱望してるんだ」

「ボドキン？　あたしの部屋のお隣さん？」

「もう君の隣じゃあない。今はB36にいる。だけどそいつだ」

ロッティ・ブロッサムは頬《ほお》をこすった。彼女は困惑しているようだった。

「ボドキン？　ボドキン？　うーん、あたし、うちの役者はベイビー・リロイ［一九三〇年代に活躍した子役スター。十六ヶ月でスタジオと長期契約を結んだ］以下全員知ってると思うんだけど、俳優として彼のことは聞いたことないわ」

「奴は俳優じゃない。だのにルウェリンは奴を俳優にしたがってるんだ。このことはアンブローズから聞いたし、メイベル・スペンスもそのとおりだと言った。モンティがいいと言いさえすれば、いつだってルウェリンは契約にサインするんだ。察するところあの親爺《おやじ》の頭の中にゃあ、アリがわいてるんだろう」

ロッティの洞察力はもっと深かった。彼女の困惑が消えた。

「ちがうわ。何があったかわかったわ。アイキーは時々そういうふうになるの。ああいうハリウッドの大立者はしょっちゅうそんなよ。自分は誰も考えもしないようなところに才能を見つけ出せるワンダーマンだって思い込んでるの。それでいい気分になってるんだわ。だけどそれがどうしたっていうの?」

「うーん、どうやらモンティはその話を断ったらしい。それで奴に考え直させることができたら、アンブローズも何かしらの資格で雇用されるべしってのを契約に署名する条件にできるんじゃないかと思うんだ。俺が知った限り、ルウェリンはモンティを手に入れたくて仕方がないようだから、何にだって合意するだろう。だからモンティに働きかけるべきだと俺は思う」

ロッティ・ブロッサムの両の目は新たな希望に輝いた。

「あなたの言うとおりよ。彼はどこにいるって言った?」

「B36だ。奴と歩いてる俺のいとこのガートルードが、奴が君の部屋の隣にいるのがいやみたいで、それで奴を引っ越しさせたんだ」

「彼女はあたしのことを危険人物だって疑ってるのね?」

「ある程度そうだと思う」

「そうだったわ。思い出した。二人で会ってた時、ボドキンお兄ちゃんがそう言ってた」

「それじゃあよし」レジーは言った。「俺が出かけていってモンティに会って、俳優業を始める件について説得してみるべきかな?」

ロッティ・ブロッサムは首を横に振った。

「あなたじゃだめ。この件はあたしが担当すべきよ。このボドキンとあたし、すっごく仲良しなんだから。もう二人きりで二度会ってるし、ワーナーブラザーズくらいにうまくやってるわ。あの人もう起きてるかしら」

「俺の知る限り、まだだろうな」

「じゃああたしが彼の部屋に行ってみるわ。こういうことに必要なのは」ミス・ブロッサムは言った。「女性的タッチなんだから」

数分後に彼の部屋のドアに活発な握りこぶしにて投与された女性的タッチを、モンティはバスローブに身を包み、レジーが救難の使いを終えて去った直後にガートルード・バターウィックから受け取ったメモを七回目に読み返しながら聞いた。B36特等船室に浴室はなく、彼は浴槽を求めて廊下へと出ていこうとしていたところだった。しかしそうする前に、そのメモをもう一度読みたいという衝動に抗《あらが》えなかったのだ。

読むにつけ、レジーに対する思いは温かくなった。真の友達だ、と彼は思った。これだけの手紙をガートルードから引き出すとは、レジーはアクセル踏みまくりでやってくれたに違いない。なぜならその手紙の一行一行には、愛、そして不当であったことを今や書き手が明確に認識している猜《さい》疑《ぎ》への後悔が息づいていたからである。その手紙はモンティがもし十二時くらいに図書室にいられるようであれば、熱い歓迎を受けることであろうという言明で結ばれていた。

彼が骨まで届くくらい念入りに髭《ひげ》をあたり、細い青縞の入ったグレーのスーツを用意して、そしてただいま浴室に向かおうとしているのは、この再会にふさわしい姿に身を整えるためであった。唯一彼の幸福に影差す雲は、ピンクのバラ模様のネクタイをレジーに貸してしまったのを思い出したことであった。それこそこれなる至高の瞬間にこのグレーのスーツに合わせていたはずのネクタイに他ならなかったのだ。

ミス・ブロッサムに会って彼が喜んだと述べたらば誇張が過ぎよう。しかし彼は、失望をあらわにすることなく彼女の侵入を耐え忍んだ。いつ何時《なんどき》なりとも彼女の横を走り去って会談を中断し、浴室に逃げ込むことができるとの思いは、彼の精神的支えとなった。つまり、いかに望まぬ時に乱入することにかけては専門家のロッティ・ブロッサムといえども、施錠した浴室内の男性のところにやってきて仲良しづきあいするのは途轍《とてつ》もなく困難に感じることだろうと彼は考えたのである。

したがって彼はにこやかに近いような状態でハローハローハローをやった。彼は彼女に会えて嬉しくはなかったが、しかし戦略的退路が己《おの》が背後に準備万端であることを彼は知っていた。

「どなたかをお探しですか？」彼は礼儀正しく言った。

「あなたを探してたのよ」ミス・ブロッサムは言った。そしてさらに話し続けようとした、と、鏡台の上からほほえみかけてきたミッキーマウスに目をとめた。その威力はあまりに強烈であったから、彼女は感情を衝《つ》き動かされて鋭くはっと息を呑《の》み、任務を一瞬忘れた。彼女は胸の裡《うち》の最善かつ最深の部分に、これほど直截《ちょくせつ》訴えてくるものを見たことがなかった。

「なんて、なんてかわいい……」彼女は言葉に詰まった。彼女は目を瞠《みは》り、口を開けて呆然《ぼうぜん》と立ち尽くした。時折ルーヴル美術館の『翼のはえた勝利の女神ニケ』を見ながら人々がこんなふうな様子でいるのを目にすることがある。「ねえ、それ頂戴！」彼女はガツガツと飢えたように叫んだ。

モンティは厳しい態度はとるまいと最善を尽くしていた。なぜなら彼はこの女性にすまなく思ったからである。彼女がこのミッキーマウスを愛しているのは見て取れた。またガートルードのメモが到着して以来、彼自身もこの動物を愛してきた。しかし、彼はきわめて断固とした態度をとった。

「だめです」

「ねえ、いいじゃない」

「すみません。だめです。あのミッキーマウスは僕のフィアンセのものなんです」

「ガートルード・ワッハッハ・バターウィックのものってこと?」

モンティは態度を硬直化させた。

「僕のフィアンセの名前に言及する際には」彼は冷たく言った。「『バターウィック』の前に、汚らわしい『ワッハッハ』を投入するのをやめていただけませんか。不要ですし、侮辱的ですし、また――」

「いくら欲しいの?」

「何が欲しいかですって?」モンティはむかっとして言った。つまり、これから堂々たる非難の核心に入ろうというところで中断されて喜ぶ男はいない。

「そのミッキーマウスよ。そっちの条件を言って? そのミッキーマウス、いくらなの?」

モンティはこんなバカげた真似はおしまいにしないといけないと決意した。

「すでにご通告申し上げましたとおり」アルバート・ピースマーチの言葉遣いに依拠し、彼は言った。「このミッキーマウスは僕の婚約者、ミス・ガートルード・バターウィックの所有にかかるものです……ミス・ガートルード・ワッハッハ・バターウィックではなく、純粋で飾り気なしのミス・バターウィックです。もし僕が彼女のミッキーマウスを、それもよりによってあなたに贈り物にしたり売り渡したりしてこの界隈《かいわい》をほっつき回っていたら、そりゃあ大変なことでしょう」

「どうしてよりにもよってあたしなの？」

「なぜなら」モンティは言った。絶対的な虚心坦懐《たんかい》さが求められる時の来たれりと、そしてまた今こそこれなる我が幸福への朱色の髪の脅威に向かってきっぱりと立ち入り禁止を言いわたすべき一世一代のチャンスだと思いながらだ。「一族の幽霊みたいに僕の特等船室に出入りする、あなたのその習癖がガートルードに大変な警戒と失望をもたらしているということを、あえてお話ししなければならないからです。あのかわいそうなお嬢さんは、あなたが僕の部屋のドアから出てくる姿を見ずにここを通り過ぎることができないんですよ。その事実は彼女の気分を泥んこみたいに害しているんです。彼女はイライラしていますし、イライラしていることについて僕は彼女を責められません。僕は礼儀正しくありたいと願ってますし、あなたを叱《しか》りつけようだなんて気は毛頭ありません。ですがあなたには、それが女の子が喜ぶことじゃないってことをご理解いただかないといけません。あなたがそのミッキーマウスを手に入れて見せびらかして歩いているのを見たら、僕が彼女と祭壇に向かって歩ける可能性はどんなにはかなくなることでしょう。そいつを手に入れようだなんて考えは、絶対に捨ててください。お譲りできません」

ミス・ブロッサムはこの雄弁に感銘を受けたようだった。彼女は断念する旨《むね》を表明し、また彼女がそうしている間に、モンティは彼の脳裡《のうり》に潜在し、彼女が登場した瞬間から発声されることを待ち構えていたセリフを突然思い出した。彼女が突然脇道にそれてこのミッキーマウスの話を始めたせいで、その時即座に言い損なってしまっていたのだ。

「一体どのようなご用件で」彼は言った。「僕はご来駕《らいが》の光栄に与《あずか》ったんでしょう？」

夢から醒《さ》めたように、ロッティ・ブロッサムは心奪われたかのようなまなざしをミッキーマウスより転じ、ちょっぴり肩を揺すってそれを彼女の思考から追い払おうとした。彼女は目下の大切な仕事をうっかり忘れた自分を責めていた。

「あたし、協議をしに来たの」彼女は言った。

「きょ――?」

「協議よ。ハリウッドじゃあ協議が大切なの。向こうじゃ誰も彼も協議するのよ。あたし、前にアイキーに電話しようとしたんだけど、あの人の秘書には取りつく島もなくって、『申し訳ありませんが、ブロッサム様、不可能でございます。ルウェリン社長はただいま大切なご協議の最中でいらっしゃいます』って言われたのを思い出したわ。アイキーの話が出てちょうどよかった。その件で来たの。わかるでしょ」

「わかりません」

「彼がアンブローズをあなたのところによこした件よ。あなたがスペルバ゠ルウェリンのために演技する契約に署名するってこと」

この対談中に笑いを洩《も》らすくらいに、モンティの意図するところから遠いこともなかった。彼は最大限の厳格さをもってこの対談を遂行し、ミス・ブロッサムが「大まじめな」と呼び、彼自身は凍《い》てついた表情と内心レッテルを貼《は》った顔で終始通すつもりだった。しかしこの言葉を聞いて彼はかすかな、うれしげなニヤニヤ笑いを抑制することができなかった。あるいはおそらく、にたにた笑いと言ったほうがいいかもしれない。彼の唇は不随意に開き、一瞬彼はにたりと笑った。

つまりだ、このしつこさというのは、確かにとてつもなく嬉しいものだった。彼は鏡を横目でちらりと覗《のぞ》いてみたが、それは以前彼に告げたこと以上には何も告げなかった。自分が見る限りおなじみのボドキン顔だ。いつもの調子で元気にやっている。そこに隠された魔法を感知することは、彼にはまるでできなかった。だがしかしこのアイヴァー・ルウェリンが、毎日毎日何百もの人々と会いながら彼らを二度見することなどない人物が、この顔を確保したがっているのみならず、この顔を求めてわめき散らしているのである。

モンティ・ボドキンのうちに、アイヴァー・ルウェリンの直感に対する確固たる尊敬が芽生《めば》えはじめていた。こういう映画界の大立者を笑い者にするのが当世の流行だが――誰もが彼らを笑い者にし、冷笑的である――しかし、このことからは逃れようがない。すなわち彼らには持って生まれた才能があるのだ。彼らはわかっている。

「えー、ああ、わかりました」彼は言った。

「そのこと、どうなの?」

「つまり僕が契約に署名するかってことですか?」

「そうよ」

「しません。徹底的にノーです」

「ねえ、いいじゃない」

「いや、できません」

「どうして?」

「とにかく僕にはできないんです」

ロッティ・ブロッサムは訴えるように手を差し伸ばした。彼のバスローブの襟《えり》に手を触れ、魅力たっぷりにそれをつまもうという彼女の意図はあまりにも明白だったから、モンティは一歩後じさった。彼は女性に衣服の襟をつままれた経験が以前何度かあり、常にその結果は不幸なものだったのだ。

「とにかく僕にはできません」彼は繰り返して言った。

「どうして？　あなたには誇りがあって、ボドキン家の者がそんなところに身を落とすわけにはいかないとかそういうこと？　お母さんが子供連れでブラウンダービーを歩いてたら、メイキャップをした連中がわらわら出てきてって話、聞いたことある？　子供が指をさして『ママ見て。映画俳優だ！』って言って、そしたら母親は『シーッ、いい子だから黙ってなさい。あなただっていつかはああなるかもしれないのよ』って言ったって話。そういうこと？」

「ちがう、違いますよ」

「じゃあ何？」

「僕には演技なんかできないってことです。バカみたいな気がすると思います」

「今はバカみたいな気はしてないの？」

「してますよ。だがそういう種類のバカじゃない」

「演技はしたことないの？」

「一度だけですね。幼稚園の時に野外パーティーみたいなのがあって、僕が五歳くらいの時でした。僕は近代学問の精をやったんです。白いお下がりの服を着て、たいまつを掲げて出てきて『わたしは近代学問の精です』って言ったのを覚えてます。少なくとも台詞《せりふ》をとちりはしなかったけど。でもそれだけでした」

　この自伝的箇所はミス・ブロッサムをいささか落胆させたようだった。

「それだけ？」

「そうです」

「それがあなたの経験ぜんぶ？」

「そうです」

「そう。うーん」ミス・ブロッサムは考え込むように言った。「あたしの知ってる人たちはもっといい芸歴を持って映画界に来てるってことは認めるわ。例えばジョージ・アーリス［イギリス出身の俳優。長く舞台で活躍し、五十代で映画界に転身した］ね。でも、映画の世界じゃ誰にもわからないの。結局のところ、カメラ写りのいい顔があって、いいカメラマンと監督がいるってだけのことだから。あたしだって、ここに来た時はサラ・ベルナール［フランス・ベルエポックを象徴する大女優。晩年は無声映画に出演した］じゃあなかったし。ミュージカル・コメディの経験があっただけだったわ」

「あれ、あなたはミュージカル・コメディに出てらしたんですか？」

「そうよ。あたし、コーラスで歌ってたの。あの騒音はどこから出てるんだって見つかっちゃうまでの話だけど。それからハリウッドに来て、カメラテストを受けて、素晴らしいってことになったの。あなただっておんなじかもしれないわ。挑戦してみない？　ハリウッドはきっと気に入るわ。みんなそうだもの。どこまでも続く丘に囲まれ、いつも変わらず陽を浴びているわ。正直言って、あなたを虜《とりこ》にするわよ。つまりね、いつだってあそこでは何かが起こっている。マリブ。カタリーナ。アクア・カリエンテ。それにもしあなたが自分で離婚してなかったとしても、友達の誰かはいつだって必ずしてるから、長い夜をおしゃべりして過ごすネタにはまるで困らないの。そんなこと、あの場所がどんなにクレイジーかって話の半分にもならないのよ。あたし、ハリウッドの人で少しはまともって人を二人か三人は知ってるわ」

「ああ、きっと楽しいでしょうね」

「そうよ。いらっしゃいよ青年。チャンスがあなたを待ってるわ。あなた、大スターになるかもしれないのよ。誰にもわからないわ。てっぺんにはどっさり空きがあるの。それにもしてっぺんに行き着かないとしたって、いつだってどん底で言い訳を言ってればいいだけじゃない。それにお金のことを考えてもみて。あなた、お金は好きじゃなくて？」

「ええ、お金は好きです」

「あたしも大好き。なんて素敵なモノなのかしらね。お金がカサカサいう音を聞くのって好きじゃない？　あたしね、今でもストッキングにお札を何枚かたくし込んでるの。昔やってたみたいにね。毎週三〇ドル肌にくっつける感触が好きで、今でもそうしてるの。なんだかほっとするのよね。イエッサー！　今この瞬間だって、あたしのストッキングには五ドル札が六枚入ってるのよ。信じてくれないなら、ねえ見てちょうだい」ミス・ブロッサムはそう言い、裾《すそ》をめくって形のいい脚をあらわにしようとした。

　これこそモンティがまさに抑制したい言動に他ならなかった。いかに貞淑《ていしゅく》な娘とて、月に素肌を晒《さら》せばふしだらと言われよう［『ハムレット』一幕三場］、と彼は感じた。大あわてで彼は、あなたの言葉それだけで真実を確信するには十分だと請け合った。

「ふん、じゃあ、話を戻すけど、あなたお金が好きなら——」

「だけど、僕はもう金なら恐ろしく大量に持ってるんですよ」

「そうなの？」

「そうなんです。何十万ポンドもあります」

ロッティ・ブロッサムの生気が消え失せた。

「そう?」がっかりして彼女は言った。「それじゃあ話は違ってくるわね。もうお金は持ってるの。知らなかった。あなたはレジーの友達だって知ってたから、あたし、あなたたちご立派なロンドンの若いクラブマンってのは、あの人みたいに最後の一銭まで使い尽くしてるんだって思ってたの。もしあなたが裕福な百万長者のお一人なら、ハリウッドに来たくない訳もわかるわ。そりゃまあいい所だけど、誰かがアメリカ造幣局をくれるっていうなら、あたしだってあの辺をうろついてやしないもの。わかったわ。この件はダメってことね」

「すみません、残念です」

「あたしの半分も残念がってないはずだわ。あたし、あなたがアンブローズのために状況を変えてくれるって期待してたのに」

「どういうことです?」

「だって、かわいそうなアンブローズが困っているの。彼のスペルバ＝ルウェリンとの契約がポシャっちゃったんだもの」

「なんてこった! まさかそんな」

「ほんとなの。アイキーが、『燃えさかるデッキに立つ少年』を書いたのが彼じゃないって気づいちゃったのよ」

「だけどどうして奴がそんなものを書いてなきゃいけないんです?」当惑して、モンティは訊《き》いた。

「なぜってそのテニスンが、アイキーが採用したと思ってたテニスンだったからよ。有名な、どこでだって名前の知れた大物よ」

「テニスンは『燃えさかるデッキに立つ少年』を書いてないですよ」

「アンブローズもよ」

「僕たちが学校でラテン語の詩に翻訳してた、あのテニスンのことですか？」

「あなたが学校で彼をどうしてたかは知らないけど、確かなのは、その人がアンブローズじゃないってことで、そこがアイキーが文句を言ってるところなの」

「『燃えさかるデッキに立つ少年』を書いたのはシェークスピアですよ」

「彼じゃないわ。テニスンよ。どっちにしたって、そんなことどうだっていいの。問題は本物のテニスンと偽物のテニスンがいて、アンブローズが偽物の方だってわかっちゃったってことなの。だからアイキーはあの契約を破棄しようとしていて、それであの週給一五〇〇ドルの件はどこかへ消えちゃったの」

「うーん、なんてこった！」

「ほんとよ。だからあなたがご親切に来てくださってアイキーのためにお芝居の仕事をしてくれたらって願ってたの。そしたらあなたがハリウッドに行くならアンブローズも来るんじゃなきゃダメって条項を入れられるでしょ。それにあたし、どうしてあなたが来ないのかわからない。そんなにお金があるとしたってよ。ハリウッドですごく楽しく過ごせるのに」

　モンティは身震いした。

「飢え死にしそうだとしても、演技なんてするもんかですよ。考えるだけで僕は木の葉のように震えてきます」

「まあ、あたしはあなたのせいで枯草熱が出そう……あなた、何の用?」

その発言はアルバート・ピースマーチに向けられたものだった。彼はたった今部屋に入ってきた。R・M・S・アトランティック号での航海の魅力の一つは、アルバート・ピースマーチとの交際が出し惜しまれることは、いかなる時でも決してないことである。

「わたくしはボドキン様にスポンジをお届けに上がったものでございます。昨夜特等船室を移られた際にうっかり置き忘れられたものでございます」スチュアードは言った。「スポンジをお探しでございましょう?」

「ありがとう。ああ。スポンジが一個足りないと思っていた」

「ねえ、聞いて」ミス・ブロッサムが言った。「あなた、テニスンが『燃えさかるデッキに立つ少年』を書いたってあたしに言わなかった?」

「おおせのとおりでございます、お嬢様」

「ボドキンさんは違うとおっしゃるのよ」

アルバート・ピースマーチは憐《あわ》れむように笑った。

「引き出しにございましたネクタイより理解いたしましたところ、ボドキン様はイートン校にてご教育をお受けでございます。かような問題についてボドキン様が不利を負っておられるのはその点でございます。イートン校と申しますのは、おそらくお聞き及びのとおり、英国パブリックスクールの一つでございますが、また英国パブリックスクール制度と申しますものは」大いに考えぬいてきた主題に興奮し、彼は言った。「教育制度のかくあるべき姿ではないのでございます。そこには実用性と想像力とが欠落しております。管見いたしますところ、そこにてガキどもは何も学んではおりません。英国パブリックスクール制度の本質は、因習にとらわれ固執し――」

「もういいわ」

「お嬢様?」

「もうおしまいにして」

「かしこまりました、お嬢様」アルバート・ピースマーチは言った。心傷ついてはいたが、封建精神に満ちた態度であった。

「あのね、聞いて」カナリアのカゴに緑色のベーズ地の布を見事に掛けてみせた人物の雰囲気をまとってモンティに向き直ると、ロッティは言った。「もしあなたがアイキーとの契約に署名しないとしても、少なくとも契約すると思わせてアンブローズをまた雇うように仕向けることはできるでしょ。お風呂に入ったらアイキーのところに行って話をしてあげて」

アルバート・ピースマーチはその点について一言すべきことがあった。

「だめでございます、旦那様《だんな》」厳粛ではあるものの、親しみ易い口調で彼は助言した。「ただいまの時点で、ルウェリン様のもとにいらっしゃってお話しされることは、どなた様にもお勧めいたしかねます」

「そうなのか?」

「さようでございます、旦那様。ご自分の頭を吹き飛ばしたくない方ならどなた様にてもでございます。わたくしのささやかな体験をお話しいたしましょう。先ほどわたくしはあの方のお部屋に参りまして、たまたま意図せずついうっかりと『ヨーマンの婚礼の歌』を一節歌ってしまったのでございます。ただそれだけの理由で――」

「へっ?」

「同曲は今宵二等船客のコンサートにて、わたくしが演奏いたす曲でございます」アルバート・ピースマーチは説明した。「かような船旅におきましては、しばしばプログラムを埋めるボランティア人材が不足いたしますと、パーサーがジミー・ザ・ワンに申しまして、スチュアード部隊より演奏者を募るのでございます。通常それはわたくしでございまして、曲は『ヨーマンの婚礼の歌』なのでございます。本船乗客の全員がお好きで、よく知られた曲でございますゆえ。したがいましてこの二等船客コンサートがため『ヨーマンの婚礼の歌』に磨きをかけんといたしまして、また、フランス人の申しますようにいささか取り乱しておりましたがために、わたくしは〈ディンドン、ディンドン、ディンドン、われ急ぐ〉のところを、ルウェリン様ご客室内におきまして朝食トレイを片付けます際、ついうっかりと朗唱してしまったのでございます。旦那様、あの方はわたくしにジャングルの虎のごとき形相にて立ち向かっておいでございました。かように申し上げてよろしければ、きわめて動物的なうなり声をお発しあそばされたのでございます。わたくしはこれより長期間にわたり、ルウェリン様と何であれ社会的交流と申しますような性質の事柄を、どなた様にもご推奨《すいしょう》申し上げるところではございません」

「お聞きでしたか?」大いによろこび、モンティは言った。

ミス・ブロッサムは不機嫌な目でこのスチュアードを見つめた。

「あなた、余計な口出しはやめてくださるかしら?」

アルバート・ピースマーチは女主人に不当な叱責《しっせき》を受けた感受性の繊細な奴隷《どれい》のように、あごをツンと上げた。

「わたくしはただこちらのボドキン様に、ルウェリン様のご激昂《げっこう》がある程度鎮静いたしてからと、お勧め申し上げておりますだけでございます――」

「ありとあらゆる厄介《やっかい》者の中で、あなたって人は――」

「いいですか」モンティは言った。「もしルウェリン氏がそういう気分でいるなら、僕が行って話しかけたってどんな意味がありますか？　どんな効果が期待できます？　つまりこの企画全体が無為無効になるんですよ。それでもし失礼してよろしければ、僕は大急ぎで浴室に行かせてもらいます。もうじき図書室にて、急を要する約束があるんです」

感性の人たる男の精神が異性との痛ましい場面で大いに消耗したという時、肌刺すがごとき冷たい海水に飛び込むくらい、彼に平静の落ち着きを回復させるために即効力あるものはそうはない。モンティは浴室のドアに入念にかんぬきを掛け、つまり何が起こるかわからないわけだから、有頂天で入浴を楽しんだ。確かに、脚を入れ、最初に背骨に冷たい感触を覚えた時には大きなうなり声を発しはしたものの、その後はまったく陽気で余裕綽々《しゃくしゃく》だった。彼はバシャバシャしぶきを上げてまわりながら、おそらくはアルバート・ピースマーチに礼儀正しく敬意を評する意味で、思い出せる限り『ヨーマンの婚礼の歌』を歌った。

彼は冷淡であったわけではない。彼くらい哀れなアンブローズのことを思いやれる者はあるまい。奴のまわりの物事がこんな風に急降下するだなんて、クソいまいましいくらいにとんでもないことだと彼は思った。しかし、ガートルードのメモに書かれていたことどもを思い出し、また、もうすぐ図書室で彼女の目を見つめることができるのだと思うと、彼は幸福にならずにはいられなかった。

特等船室に戻った時、彼にはいささか警戒があった。安堵《あんど》したことに、ミス・ブロッサムは部屋を去った後だった。ひとりアルバート・ピースマーチの姿だけがそこにあった。スチュアードは大洋航路客船が毎朝乗客に配布するニュースシートを読んでいた。

「わたくしは」モンティが入ってくると礼儀正しく立ち上がり、彼は言った。「ロンドンの街路のいずれかで出来《しゅったい》いたしました死者四名のガス爆発のことを読んでおりました」

「ああ、そうか」ズボンに手を伸ばし、陽気にそこに脚をすべり込ませながら、モンティは言った。この不幸な四人組のことをもっと嘆き悲しまなければいけないのはわかっていたのだが、しかし彼にはちゃんと関心を奮《ふる》い起こすことができなかった。彼は若く、太陽は輝き、そして正午にはガートルードが図書室にいることだろう。ロンドンで四百名が殺害されたとしても、彼の朝を台なしにすることはできなかったろう。

「また、身なりのよいご婦人が、シカゴの路面電車の中でかわいらしい赤ちゃんをうっかり産み落とした。あ、いえ、そうではなく」アルバート・ピースマーチは詳細に本文を検討した後に、発言を訂正した。「うっかり置き去った、でございました。よくよく考えてみますれば、これまたおかしなことでございます、旦那様。女性とはいかなるものかが現れております」

「そうだな」モンティは同意して言った。図書室でこれから起こる逢瀬《おうせ》に、世界中で唯一ふさわしいシャツを身に纏《まと》いながらだ。

「実のところ、女性は男のような頭脳を持ち合わせてはおりません。骨格の構造に起因するところであるとわたくしは考えております」

「そうだな」モンティは言った。彼はネクタイを調節し、鏡の中のそれを注意深く見た。小さなため息が漏《も》れた。このタイは悪くない。いや、とてもいいタイだと言っていい。だがそれは鳩灰色の地にピンクの薔薇柄のネクタイではなかった。

「わたくしの母を例にとるといたしましょう」アルバート・ピースマーチは話を続けた。異性の欠点について熟考する際に思慮深い男が醸《かも》しだす、愛情に満ちた、ささやかな非難を込めつつだ。「いつも物をなくしたり忘れたりしておりました。二分と続けてメガネを身の回りに置いておくことができなかったものでございます。わたくしも若かりし頃は幾度となく、メガネを探し出してやったものでございました。もし氷山上に一人ぼっちでいたならば、必ずやメガネをなくしておりましたことでございましょう」

「へっ?」

「わたくしの母でございます、旦那様」

「氷山の上にか?」

「さようでございます」

「君の母上はいつ氷山の上に乗ったんだ?」

アルバート・ピースマーチは自分の発言が、わがお殿様の全神経を集中した注目を確保していないことに気づいた。

「わたくしの母は氷山に乗ったことはございません、旦那様。わたくしはただ、もし乗っていましたらば、メガネをなくしてしまっていたことだろうと申しておりましただけでございます。またかようなことは、頭部骨格の構造ゆえすべての女性に共通いたすのでございます。すなわち、女性とは常に物をなくし、物事を忘れ続けるものなのでございます」

「君の言うとおりなんだろうな」

「さようと存じております。なぜかと申しますに、ただいまこちらにいらっしゃいました若いご婦人、あなた様のブロッサム様は――」

「彼女のことを僕のブロッサム様と呼んで欲しくないな」

「はい、旦那様。かしこまりました。しかしながらわたくしが申し上げようとしておりましたのは、あの方はご自分のおもちゃを持たずに、廊下を半分行ってしまわれるところであったということでございます。わたくしはあの方の後を走って追いかけ、それをお渡しせねばならなかったものでございます。『お嬢様、こちらのミッキーマウスをお忘れでございます』とわたくしは申し上げたのでございます。するとあの方は、『あら、ありがとうスチュアード、忘れていたわ』とおっしゃいまして……旦那様?」


モンティは口をきかなかった。彼の唇から発せられたのは、たんなる動物的な甲高い物音に過ぎなかった。彼は鏡台に驚愕《きょうがく》の目を振り向けた。この話し手の言葉を、万が一にも自分が聞き間違えたのではないかと願いながら。

しかし、間違えようはなかった。あの満面の、人なつっこい笑みはそこで彼を迎えてはくれなかった。鏡台の上には荒廃があった。ミッキーマウスは、姿を消していた。

16・消えたネズミ

モンティは鏡台に手を置いて身体を支え、アルバート・ピースマーチを見つめた。彼のあごは落ち、彼の顔は魚の裏側の色くらいに色を失っていた。彼の態度物腰はこのスチュアードにいささか不安を覚えさせた。彼はしばしば乗客がこんなふうに見える様を目にしてきたが、それはただいまのように船が安定走行中の時では決してなかった。外見に関する限り、モンティはロンドン街路のガス大爆発の被害者の一人でもあり得たくらいだった。かくも弱々しく、かくも生気を失い、かくも死に絶え、かくも覇気を欠き、かくも悲嘆に暮れた男ですら、真夜中にプリアモス王のカーテンを引き、彼のトロイアの半分が焼け落ちたと告げたことだろう［シェークスピア『ヘンリー四世　第二部』］――と、アルバート・ピースマーチには思われた。

「旦那《だんな》様？」当惑して、彼は言った。

モンティは自分が口がきけることに気がついた。というのは、この数秒間、彼はただある種の低いごぼごぼ音を発するばかりだったからだ。この音はスチュアードに、吐きそうになるといつもこんなふうにごぼごぼ音を発していた母親の飼い猫を思い出させた。

「お前は、あぁっ？」

「旦那様?·」

「お前は、あぁっ?·」

「旦那様?·」

「お前は、あぁっ、あげてしまった——?·」

「はい、旦那様。わたくしはブロッサム様にあの方のミッキーマウスをお渡しいたしました」

再びアルバート・ピースマーチの周りにもの言わぬ凝視が、殺人光線のように照射された。それからモンティはネクタイから靴下の先まで瘧《おこり》のごとく震え、一瞬彼の内側から溶岩のごとき言葉が噴出しそうに見えた。しかしそれらの言葉は語られずに終わった。彼の語彙《ごい》は豊富でなく、またアルバートに対する自分の感情を正当に言い表す言葉を見いだせなかったのだ。シェークスピアだったらなんとかしたかもしれない。ラブレー然《しか》りである。モンティにはできなかった。思い浮かび検討したありとあらゆる名詞と形容詞のどれをとっても、意を尽くせず不適切と感じられぬものはなかった。次善の言葉を受け入れられる気分にはなれなかったから、彼は黙っていた。黙ったまま、彼は上着を着、髪をとかし、話し相手の当惑のまなざしのもと、部屋をよろめき出ていった。

足を引きずり廊下をよろめき歩きながら、彼はアルバート・ピースマーチならびにアルバート・ピースマーチのような連中が社会にもたらす深刻な問題についてじっと考え続けていた。彼らを殺《さつ》戮《りく》することはできない。収容所に閉じ込めることすらできない。しかし、野放しにしたらばどれほど国家全体の道徳的退廃がもたらされることであろうか。彼はこの世界を巨大なスープの大釜として思い描いていた。彼のような善良な人々は常にその縁に立ち、絶えずアルバート・ピースマーチたちにスープ中へと落とし込まれ続けているのである。

そして航海の終わりには、あの男にチップを渡さねばならない……

こうした陰気な思考に深く沈んでいると、彼はレジー・テニスンと出会った。

「ああ、そこにいたのか」レジーは言った。

モンティは、アルバート・ピースマーチが自分にした仕打ちの後となっては、レジーの目の前にいるのは彼の知るボドキンではなく、そのボドキンのぬけがらに過ぎないのだと応えることもできた。しかし彼は形而上学的想像力の飛翔に耐えられる状態ではなかった。彼はそうだここにいたと言った。

「ちょうどお前に会いに行くところだったんだ」

「そうか？」

「お前にハリウッド行きの計画を吞《の》ませようって、ロッティの説得がうまくいったかどうか聞きたかった。彼女には会ったか？」

「会った」

「それで説得されたのか？」

「いいや」

レジーはうなずいた。

「彼女じゃだめだろうと思ってた。ハリウッド行きの話ってのはおかしなもんだ。あそこに行かれるなら俺は何をしたっていい。アンブローズだってそうだ。ところがお前ときたら、誰も彼もがお前にひざまずいて試してみないかって乞《こ》い願ってるのに、まったく聞こうとしない。皮肉だ。とはいえ、そういうもんだ。ガートルードと会ったか？」

「まだだ」

「俺がうまいこととりなしておいた」

「知ってる。彼女からメモをもらった」

「もうすべて順調ってことだな?」

「ああ、そうだ」

レジーは少しばかり腹を立てていた。感謝の言葉が欲しいわけじゃあないし、喜んでしたことだと人は言うかもしれない。しかし、この親切な行為に対して少しは感謝が欲しかった。

「お前、あんまり喜んでないようだな」彼は冷たく言った。

「レジー」モンティは言った。「とてつもなく恐ろしいことが起こった。あのブロッサムがガートルードのネズミを持っていっちゃったんだ」

「ネズミだって?」

「そうだ」

「白ネズミか?」

「ミッキーマウスだ。僕が彼女に贈って、送り返されてきたミッキーマウスのことは覚えてるだろ……」

「ああ、覚えてる」レジーはやや批難めいて首を横に振った。「ガートルードのミッキーマウスを、ロッティにやるべきじゃあなかったな」

モンティは、こんなにも追い詰めないでくれと天に祈るがごとく、目を天井に向けた。

「僕がやったんじゃない」

「だが彼女は持ってたぞ?」

「ああ」

「お前の言葉で説明してくれ」レジーは言った。「どうやら面白い話みたいじゃないか」

しかし話が語り終えられてみると、彼には慰めの言葉もなかった。わが友人は窮地《きゅうち》に陥っていると思われたし、また彼はそう言った。

「一番いいのはあのミッキーマウスを取り返すことだ」彼は提案した。

「ああ」モンティは言った。彼も独力でその点に思い至っていた。

「もしガートルードが、ロッティがあれを持っているのを見たら……」

「ああ」モンティは言った。

「彼女は――」

「ああ」モンティは言った。

我慢ならないというふうに、レジーは舌打ちをした。

「カエルみたいな顔でうろつき回って『ああ』って言い続けてるより、何かもっとマシなことをしなきゃダメだ。俺ならただちに彼女と連絡をとる」

「だが僕はこれからガートルードと図書室で会わなきゃいけないんだ」

「うーん、はっきり言って、お前はガートルードを侮辱したんだ。もし彼女があれを返して欲しいって言ったら、何て言うつもりだ?」

「わからない」

「お前はたいていのことはわからないんだ。いいか、聞くんだ。こう言えばいい。あー、だめだ」

一瞬考えて、レジーは言った。「これじゃだめだ。これはどうだ？　いや、これもだめだ。どうすればいいか教えてやる。どこかの隅に行って、何か考えだすことだ」

この有用な言葉を置いて、レジー・テニスンは去っていった。彼は突然、あれやらこれやらでメイベル・スペンスとシャッフルボード・ゲームをしてなかったことを思い出したのだ。

モンティは図書室によろめき向かった。

図書室は空っぽだった。ガートルードはまだ約束の場所に到着しておらず、またどんなに頑固な室内派の編み物好きも絵はがき書きも、この偉大なる太陽の下では屋外に出ずにはいられないような日であったのだ。椅子《いす》に沈み込み、思考の助けとするため両手で頭を抱え、モンティは活動計画を策定しようという至高の努力に全身全霊を傾注した。

あのミッキーマウスを――どうやって取り返すか？

それは容易な仕事ではあるまい。そこまでは確かだ。一目惚《ぼ》れというものを見たことがあるとすれば、それはロータス・ブロッサムが彼の特等船室に入ってきてあのミッキーマウスに関心を集中させた時のことだ。彼女は間違いなくあのミッキーマウスに憧《あこが》れ焦がれている。そして今、運命が、けしからん仲間のアルバート・ピースマーチの助けを得て、彼女にそれを確保させた。彼女がやすやすとあれを手放すだろうか？

無理だろうとモンティは思った。彼女の態度物腰全体からは、いったん手に入れたら、その手から当該ミッキーマウスをもぎ取るのがきわめて困難なことは明らかだった。しかし……

そうだ、できるかもしれない。あの女性にだっておそらく良心があるだろうし、母親の膝の上かどこかで、人倫体系の根本を教えられたはずである。もし彼が彼女と連絡を取り、アルバート・ピースマーチの手から、彼にそれを授与する権能が全くないことを完璧《かんぺき》に認識していたにもかかわらずミッキーマウスを受け取ったことで、彼女が重窃盗罪《じゅうせつとうざい》にほぼ相当する何かしらの罪を犯したことになると指摘すれば、贓物《ぞうぶつ》返還にしぶしぶ合意するやもしれない。無論、多くはハリウッド生活が彼女の理非善悪の判断能力をどれだけゆがめきったか、その程度にかかっているのだが。他方、もしそれがハリウッド生活によってそれほどゆがめられていなければ、彼女の良心に訴えれば……。

声がして、彼の思考は、ちょうどどこかにたどり着きそうだったところで中断された。

「ハロー、モンティ」

彼は心ここになく、目を上げた。

「やあ、ハロー」彼は言った。

もし誰かがモンティ・ボドキンに――例えば今朝ひげをあたっていた最中に、あの日が沈むまでに、汝《なれ》がガートルード・バターウィックに出会ってもうれしくない時が来るであろうと告げたなら、彼はそう述べた者をアルバート・ピースマーチと同じ精神階級に分類したことだろう。しかし今、彼女と目と目が合った時、彼はすぐには感動を覚えなかった。彼女はただ自分と目の前の任務、すなわちロッティ・ブロッサムを捕まえてなんとかしてあのミッキーマウスを取り返す仕事、との間に立ちはだかる障害物を表していた。彼は考えたかった。女性のうち最も神聖な人とすら、話をしている場合ではなかったのだ。

ガートルードのまなざしは優しかった。後悔が彼女の心を和らげていた。子供ですら、彼女からホッケーボールを奪い取れたことだろう。

「なんて素敵な朝なんでしょ！」

「そうだね」

「私の手紙は受け取っていただけた?」

「ああ」

ガートルードの輝く双眸《そうぼう》に、不安の色が差し入った。夢の中で彼女が夢見たこの恋人たちの逢瀬《おうせ》は、厳粛なモンティ、笑顔なしのモンティ、まるで腕利きの剝製《はくせい》師に剝製にされたような顔のモンティの入り込む余地のないものであった。彼女はにこにこ笑い、ぺちゃくちゃしゃべくり、ちょっと跳《は》ね回っているくらいの何かしらを期待していた。つまり、ボドキン家の者は決して許さないと、そういうことなのだろうかと彼女は自問した。

「モンティ」彼女は口ごもりながら言った。「おこってらっしゃるの?」

「おこってるだって?」

「とっても変よ?」

モンティはびくっとして夢想から目覚めた。彼は全身をしゃんとさせた。思考に没入するあまり、もう少しで黄金の時をふいにしてしまうところだったことに彼は気づいた。これから何が起こるにせよ、今は今だ。

「本当にごめん」彼は言った。「考え事があったんだ。考え込んでいた」

「おこってないの?」

「うん、おこってなんかいないさ」

「おこってるように見えたわ」

「いや、おこってなんかいなかった」

「私があなたのことあんなに恐ろしいふうに思ったから、あなたがおこったんだと思ったの。私のこと、許してくださる、ダーリン？」

「君を許すだって？」

「私、バカなことばっかりしてたみたい」

「ちがう、ちがうよ」

「でも、あなたがおこってなくてよかった」

「全然おこってなんていないさ」

「モンティ！」

「ガートルード！」

もしこの界隈《かいわい》にノートを持った記者がいたとしても、記録に値する会話を聞き取れないような時間がしばし続いた。このシーンの各当事者は直感的に、ここでは台詞《せりふ》ではなく演技が必要だと感じ取ったようだった。しかしただいま、はじまりの有頂天の時は終了し、モンティはネクタイをまっすぐにし、ガートルードは髪をなでつけ、会話が再開された。

ガートルードが口火を切ってレジナルド・テニスンのことを話し始め、彼は皮を剝《は》がれるべきだとの意見を明らかにした。生きたままで皮を剝がれるべきであると、彼女は特に指定した。そして、半ペニー分のタールを惜しんで船を台なしにしてはならないし、やるべき時には徹底してやるべきとの考えから、彼を煮えたぎった油に落とし込んでやるのだと付け加えた。彼にはいい教訓になるだろうというのが、彼女の見解だった。

モンティは心の痛みを意識していた。実際、彼のハートは友人のために痛みうずいていた。ガートルードの良い評価など重視してはいないと軽く言ってはいたが、レジーが本当にそんなふうに考えているなどとは信じられなかった。モンティにとって、ガートルード・バターウィックが自分のことを生きたまま皮を剝がされ煮えたぎる油に放り込まれるべきだと言ってまわっている世界とは、砂漠であったし、そう考えない者が存在しうるだなんて想像できなかった。

「いや、レジーはいい奴だよ」彼はぎこちなく言った。

「いい奴ですって？」ガートルードの声は雷に打たれた人物のようだった。「あんなことをした後でも？」

「あー、うん」

「『あー、うん』ってどういう意味？」

「つまりさ、ジューネス・サヴィー、若者に知恵があれば、ああ若き血潮ってことなんだ」モンティは言った。ふたたびアルバート・ピースマーチの版権不取得の素材を利用しつつだ。「つまりさ、あいつはバカだけど、若き血潮なんだ。言ってることがわかってもらえればだけど」

「あなたのおっしゃってること、わからないわ。何であれ弁解のしようはないでしょう。あの人、私たち二人の人生を台なしにしたかもしれないのよ。あんなにバカな人って想像もつかない。彼が私のところに来て、あの壁の落書きは自分が書いたんだって言った時、私なかなか彼の言うことを信じられなかったのよ。ジェーン・パッセンジャーは、あれは女性の字だって確信していたし」

モンティはカラーの周りに指を走らせた。ロンドン最高の洋品店で採寸した完璧《かんぺき》なフィットが、きつすぎるように感じられた。

「ジェーン・パッセンジャーの言うことなんか、聞いちゃ駄目だよ」

「でも、私だってあれは女性の字だって思ったもの。それから思い出したの」

「へっ？」

「子供の頃、レジーが壁によく落書きをしてたのを突然思い出したの。たとえば――」

「そうだ、そうだね」モンティは慌てて言った。「君の言いたいことはわかるよ」

「たとえば『死ね、ブレンキンソップ』とか」

モンティは目をぱちぱちさせた。

「『死ね？』」

「あの頃うちにはブレンキンソップっていう執事がいたの。それで彼、レジーがジャムを盗んだってお父様に報告して、お父様はレジーをぶって、それでレジーは出ていって壁じゅうに白いチョークで『死ね、ハロルド・ブレンキンソップ』って書いて回ったの。ブレンキンソップはそのことでとっても怒ってたわ。そういうことをすると、家内使用人内での彼の権威が弱まるって言って。特に彼は自分の名前がハロルドだって知られないように、いつも細心の注意を払ってたんですって。それでそのことを思い出した時、レジーが今朝言ってたことは本当だったんだってわかったの」

H・ブレンキンソップが、どんな穏やかな天国にて人生の黄昏《たそがれ》を過ごしているにせよ、彼に対する感謝の一票がモンティの魂から投じられた。ジャムを盗んだことに対するすぐれた執事のすばらしく厳格な態度のなかりせば……

「私、思うのだけど」もっと寛大になってガートルードは言った。「彼、頭がおかしいに違いないの。だけど、レジーの話なんかして時間を無駄にするのはもうよしましょ。私、ほんのちょっとしかここにいられないの。ジェーンが、昼食前にチーム全員体育室に集合って言ってるの。彼女、うちのインサイドレフトのアンジェラ・プロッサーが昨夜のディナーでプディングを三杯もおかわりしたのを見て、私たちが航海中に体調を崩すんじゃないかって恐れてるの。ねえ、いつ私のミッキーマウスを返してくださる?」

　おそらくダモクレスにも頭上に吊り下げられた剣のことを忘れる瞬間があったことだろう［シチリア王が自らの玉座に臣下ダモクレスを座らせた際、頭上に一本の剣を吊るした故事］。確かに、この有頂天のひとときの間、彼に迫りくる脅威のことはモンティの脳裡《のうり》から完全に追い払われていた。それは今、完全なかたちで戻ってき、嵐に翻弄《ほんろう》される船のごとく、彼は船首から船尾まで打ち震えたのだった。

「ミ、ミッキーマウスだって」低く、しゃがれた声で、彼は言った。

「私のミッキーマウスよ。船室に行って今取ってきてほしいの。あの子が戻ってこないと、何もかもぜんぶ大丈夫って思えないんだもの」

「あ、ああ」モンティは言った。「ああ、わかった」

「いいのね」彼女は言った。

「いや、あのね」彼は言った。

　それから四日間で二度目のひらめきを彼は得た。またそれによってボドキン一族に関する限り、独自の地位に自らを置くことになった——彼と最も近い競争相手はアン女王時代のサー・ヒラリー・ボドキンで、父親から息子へと代々受け継がれてきた一族の伝承によれば、ブレンハイムの戦い［一七〇四年、スペイン継承戦争において英墺同盟軍が勝利した］の直前に彼にひらめきがあり、翌年春にもう一度ひらめいたと伝えられる。

「いや、あのね」彼は言った。「本当に申し訳ないんだけど、実を言うとあのミッキーマウスは現在現役リスト外なんだ」

「失くしてしまったってことじゃないわね?」

「失くしちゃあいない。だけど、実を言うと君があれを送り返してきた時、僕はあまりにもイライラしたから、ちょっと蹴《け》りを入れてしまって……それで実を言うと部屋の端までけとばして、それで……実を言うとね、脚が片方取れてしまったんだ」

「私が縫い付けてあげるわ」

「もう縫い付けられてるところなんだ。スチュアーデスがやってくれてる。仕事が遅いんだ。とても仕事が遅くてね。しばらく戻ってこないんじゃないかと思う……しばらくの間はだ……実を言うとね——」

「まあ、そうなの。でもどこにいるかあなたがご存じなら」

「どこにいるかは僕が知ってる」モンティは言った。


ガートルードは立ち去りたくはなかったが、義務の要請に対して従順であったから、全英ホッケーチームの同志たちと屈伸をしに行ってしまった。そしてモンティは椅子《いす》に座ったまま、聖ヴィトゥスの舞踏病の発作に時折襲われる以外は、動けずにいた。

ゆうに二十分くらい、彼はそうして座っていた。それから突然、初めて釘のベッドを使った敏感肌のヒンドゥー教の若い苦行僧のように跳《と》び上がった。彼は自分が貴重な時間を無駄にしていることに気づいたのだ。一瞬一秒が重要だった。ロッティ・ブロッサムとの会見のごくわずかな遅延が致命的でありうるのだ。彼は図書室を急いで飛び出し、彼女がいそうな場所を探しはじめた。十分後、彼は彼女をボートデッキで見つけだした。彼女は船医とクィーツ輪投げ遊びに興じていた。

船医が常に船内で最高の美人を捕まえては、一緒に輪投げやデッキテニスに興じる習わしというのは、船旅における最も不快な現象である。またそのことは多くの青年たちに下唇を噛《か》み締めさせ、眉《まゆ》をしかめて睨《にら》みつけさせてきた。しかし、モンティほどの憎悪を込めて下唇を噛み締め、睨みつけた青年はほぼあるまい。うろうろと旋回し、ただいまはこちらの脚で片足立ちし、このたびはあちらの脚で立ちながら、彼はこの女性との会見を邪魔する軽薄な薬売りに対する敵意が、刻一刻と強烈さを増してゆくのを感じていた。

こいつがしているべきことはいくらだってあった。人々の舌を診《み》る、人々の盲腸を切除する、これまでどおりに調合薬を瓶詰《びんづ》めする、あるいは船室に座って専門書を読み、医学知識に磨きをかけていたっていいのだ。そうする代わりに、彼はそこに立ち、丸顔に満面の笑みを浮かべ、ロッティ・ブロッサムと一緒に木製の掛け釘に輪っかを放りつけているのである。

まったく結構なことだ、と、正当にもモンティは苦々しく思った。

彼に思いついた唯一の方策は、彼らの横を素早く通り過ぎながら、大きな咳払《せきばら》いと意味ありげな一瞥《いちべつ》を送り、それから戻ってきて彼らの横を素早く通り過ぎ、もう一度大きな咳払いと意味ありげな一瞥を送ることだった。そしておそらくこれを半ダースくらい繰り返したところで、ようやくこの処置が効果を上げてきたことを彼は感じ取った。七度目のラップ半ばで、彼はロッティが少し驚いたように身動きするのを見た。八度目に彼女は明らかに浮き足立っていた。そして彼が九度目のラップに入ろうと回れ右をした時、彼女は彼をあからさまに興味津々《しんしん》で見つめた。

船医も同様だった。輪っかを手に、彼はモンティを鋭く見やり、また観察力の鋭い者ならば、彼の顔に浮かんだ職業的関心に気づいたことだろう。常に担当する船客たちの重大症状に気を配る彼は、この青年に顕著な偏執狂的素質の兆候を見てとったのである。

そして、確かな結果が得られそうになったまさにその時、体育室の方向から、健康的な運動に顔を紅潮させてガートルード・バターウィックがやってきたのだった。

「モンティ」彼女は呼びかけ、モンティはその言葉があたかも彼の身体に突き刺された錐《きり》であるかのごとく、くるりと旋回した。彼は体育室がボートデッキにあることを忘れていたのだ。

「やあ、ハロー、ダーリン」彼は言った。「もう終わったの?」

「もうですって?」ガートルードは言った。「もうお昼の時間よ。一緒に歩きましょ。さっき図書室で時間がなくて言えなかったことがあるの」

ミス・ブロッサムに冷たい一瞥を投げかけると、彼女は彼を連れ去り、プロムナードデッキの階段のところまできた。

「モンティ」ガートルードは言った。

「ハロー?」

彼女は躊躇《ちゅうちょ》しているようだった。

「モンティ、こんなお願いをしたら、私のことひどいバカだって思う?」

「そんなことはないよ」

「でもまだ私が何を言うか聞いてないでしょ。私、あなたが約束をしてくれるかどうかお願いしたいの」

「何なりと」

「うーん、あのブロッサムさんのことなの。わかってるのよ」モンティが空に向かって腕を振り立て始めると、ガートルードは言った。「あなたたちの間に完全に何もないってことは。でも、ああ愛するモンティ、もう二度と彼女とお話ししないって約束してくださる？」

モンティは手すりのところに移動し、そこにぐったりともたれかかった。彼はこういう複雑な事態を予測していなかった。

「何と！」

「そうなの」

「彼女と話をしないだって？」

「そうよ」

「だけど――」

ガートルードの態度に、ごくごくわずかな冷淡さが忍び入った。

「どうして」彼女は言った。「そんなに嫌がるの？」

「いや、いや。まったく嫌がってない。ただ――」

「ただ何？」

「いや、彼女がどんなふうかはわかってるだろう？」

「ええ、わかってるわ。だからあなたに彼女とお話ししていただきたくないの」

モンティはひたいを押さえた。

「つまりさ、彼女は何ていうか人に交際を押しつけてくる傾向があるんだ。言ってる意味がわかってもらえればだけど。僕が言いたいのは、彼女が僕に話しかけてきたらどうするんだい？」

「その時は、あなたはただお辞儀をして、静かに『ブロッサムさん、僕はあなたといかなる意思疎通も取りたくないのです』って言うのよ」

「誰が、僕がかい？」仰天して、モンティは言った。

「そして歩き去るの。あの人、とても危険な女性だわ」

「だけど、彼女はアンブローズと婚約してるんだ」

「そう彼女は言ってるわね」

「本当にそうなんだ。有名な事実だ」

「でも、もしそうだとして、どんな違いがあって？　ああいう女性は一人の男性じゃ満足しないの。この船内の男性の半分と浮名《うきな》を流してるはずよ。あそこでドクターと一緒にいる様子を見て」

モンティはこの発言に反論せねばと感じた。

「そんなことはない、なんてこった！　彼女はあの船医と輪投げをしてただけだ。まったく非難の余地のない行為だと僕は思った」

ガートルードの態度の冷淡さがさらに増大した。

「あら、あなたはお友達の肩を持つのね」

モンティは再び空中で手を振った。

「彼女は友達じゃない。ただの知り合いだ――知り合いかもしれないくらいだ」

「ふうん、私もあの人にそういうふうでいて欲しいの」ガートルードは言った。「かもしれないくらいなら、ますます結構よ。じゃああなた、彼女とはもうお話ししないって約束してくださるわね？」

モンティはすぐには答えなかった。答えた時、彼の声にはおかしな、軋《きし》み音があった。

「よしきたホーだ」

「大変よろしい」

ラッパの音が大気を揺らした。

「昼食よ！」ガートルードは幸福げに言った。「行きましょ」


ある若い女性と意思疎通《そつう》することを願いながら彼女とはもう話をしないと婚約者に約束した青年にとって、われわれの近代文明は、それについて不快なことがまま言われはするものの、それ以前の時代にはなかった利便を提供してくれるということは否定できない。

モンティ・ボドキンが太古の泥土の中で転げ回る三葉虫だったら、そもそもロッティ・ブロッサムと交友関係を確立することからして不可能であったろう。彼がクロマニヨン人だったら、彼は洞《どう》窟《くつ》の壁に旧石器時代のバイソンの絵を描いて自己表現することを余儀なくされたろうし、誰だってそれがどんなに不満足かは承知している。二十世紀に生きる彼は、鉛筆、封筒、便箋《びんせん》を好きなだけ使えるのであるし、またそれらを大いに活用するつもりでいた。

昼食が終わるとすぐ、ガートルードとの遭遇をおそれ船内の共有室を避け、大量の文具とともに彼は自室に引きこもった。そして夏時間の三時十五分、途方もない敵意とともにボドキン＝ブロッサム往復書簡が開始されたのであった。

この種の状況において常に、最も書くのが難しいのは最初の手紙である。つまりそいつが議論の論調を決定するからだ。ルウェリン氏が教えてくれなかったため「奇妙奇天烈」は依然として彼には書き方のわからない語であったという事実により、「ミス・ブロッサム、あなたの行動は奇妙奇天烈だ」で始めることは控え、モンティは賢明にも三人称を利用した。

《ボドキン氏はミス・ブロッサムに敬意を表し、また、ボドキン氏はアホのアルバート・ピースマーチにより手交されたボドキン氏のミッキーマウスをミス・ブロッサムが直ちに返還されるならばまことに欣快《きんかい》とするところである》

彼はこれを読み返し、内容に満足した。それは明快で品位あるものと彼には思えた。大国の外交官がとり交わす外交文書というものを彼は見たことがなかったが、しかしそうした文書はこれとごく似通った形式——すなわち、礼儀正しく、抑制が効いているが、きっぱり核心に踏み込んでいる——で記されるものであろうと彼は想像した。

彼はベルを押し、寝室担当のスチュアードに、アルバート・ピースマーチを呼ぶよう依頼した。あらゆる外交文書においては特使の存在が必要不可欠であるが、この難局に直接責任を負う人物として、アルバート・ピースマーチの起用が理想的選択だとモンティはきわめて強く感じていた。ボートデッキを一瞥《いちべつ》したところ、ロッティ・ブロッサムは再びクィーツ輪投げに興じていることが判明した。それゆえ仲介者には大汗をかいて階段を上ってもらうことになる。アルバート・ピースマーチに大汗をかいて階段を上ってもらうとの思いは、彼に強烈な魅力を覚えさせた。

ただいまどこからともなく『ヨーマンの婚礼の歌』が聞こえてきて、アルバートが姿を現した。

「ヤッホー、ピースマーチ」

「こんにちは、旦那様《だんなさま》」

「君にこの手紙を」モンティは言った。「ミス・ブロッサムのところに持っていって、返事を受け取ってきてもらいたい。彼女はボートデッキにいる」

スチュアードの顔にはすでに不満の表情があった。というのはモンティの呼び出しは、彼が静かに寝そべってパイプを楽しもうとしていたまさしくその瞬間を邪魔したからだ。この言葉を聞き、不満の表情はさらに強さを増し、モンティにはもはやお馴染《なじ》みとなった女お目付役みたいな具合に、ピースマーチは唇を尖《とが》らせた。本件の道徳的側面が彼を不快にさせていることは明らかだった。

「ご賢明でございましょうや、旦那様?」彼は厳《おごそ》かに言った。

「へっ?」

「無論わたくしは」いかにも彼らしい威厳に満ちた謙遜な態度で、ピースマーチは言った。「批判や非難を申し上げることは身の程をわきまえぬ仕儀であるとはじゅうじゅう承知いたしております。しかしながらかように申し上げる僭越《せんえつ》をお許しいただきますならば、本航海中、わたくしはあなた様に敬意をもってお仕えさせていただいておりますし、あなた様の最善のご利益を心底より願っております。なればこそわたくしは申し上げるのでございます。『ご賢明でございましょうや?』と。わたくしはあなた様のお言葉には常によろこんで従う所存でおりますゆえ、この文書をブロッサム様のもとにどうしても届けよとご主張あそばされますならば、無論さようにいたすところではございますが、わたくしはもう一度申し上げるのでございます。『ご賢明でございましょうや?』、と」

「ピースマーチ」モンティは言った。「君はアホだ」

「いいえ、ご寛恕《かんじょ》を願います、旦那様。わたくしはさようなものではございません。わたくしはあなた様よりも人生をより広く見聞いたしておりますし、かような申しようをお許しいただけますならば、わたくしは自分が何を申しておるかを理解いたしております。わたくしのシドニー伯父はポーツマスの会社にセールスマンとして勤務しておりましたが、わたくしにかように申したものでございました。『アルバート、絶対に文書で何か残すんじゃないぞ』、と。また人生にこれ以上のルールは存在しないとは、おわかりいただけましょう。これがシドニー伯父よりわたくしが得ました救済でございました。あなた様のご事情は理解しております。わたくしが理解しておらぬとはどうぞお思いあそばされますな。ブロッサム様はいわゆるファム・ファタールでいらっしゃいます。そしてあなた様は、純粋で可憐《かれん》な英国娘とご婚約中ではいらっしゃいますものの、かような申しようをご寛恕いただきますならば、あの方の魅力の虜《とりこ》となられたのでございましょう――」

「聞くんだ」モンティは言った。「君はただ僕の言うとおり、この手紙を持ってとっとと出ていくことだ」

「かしこまりました、旦那様」アルバート・ピースマーチはため息をつき、言った。「お言葉のままに」

当該スチュアードの出発と帰還の間を隔てるいささか長い時間を、モンティは室内を行ったり来たりして過ごした。空間的制約ゆえ、旅客船特等船室内は行ったり来たりするのに最良の場ではない。しかし彼は可能な限り最善を尽くし、ドアが開いた時には依然大いに行ったり来たりしている最中であった。

「ブロッサム様よりお手紙をお預かりしてまいりました、旦那様」アルバート・ピースマーチは言った。非難とその日の熱暑、そして慣れない運動が、彼の声をしゃがれて非音楽的なものにしていた。

「彼女は何か言っていたか?」

「いいえ、旦那様。お笑いあそばされました」

そう聞いてモンティは気に入らなかった。彼にはその笑いが想像できた。おそらくあざ笑うような、リンリンと鈴を鳴らすがごとき笑いで、一定状況下ではたまご泡立て器が五臓六腑に挿入されたみたいに、男を激しく動揺させるものだろう。封筒を開ける彼の心は楽観的ではなかったし、また楽観的でなかったのも道理だった。なぜならその手紙は、いかなる意味でも勇気づけられるような内容ではなかったからだ。

《拝啓　ミス・ブロッサムはボドキン氏へのミッキーマウス返還を謹《つつし》んでご辞退申し上げる。但《ただ》し一定条件を満たした場合はその限りではない。ミス・ブロッサムは以下のように申し向けるところである。すなわち、「あたしの部屋に来て話し合いましょ」と》

アルバート・ピースマーチは熱を帯びたひたいを拭《ぬぐ》った。

「ご用はお済みでございましょうか、旦那様?」

「お済みかだって?」モンティは彼をにらみつけて言った。「まだ始まったばかりだ」

「あなた様はわたくしに、もう一度あの階段をはるばる上がってゆけとおおせなのでございましょうか?」

「もちろんだとも」

「わたくしは『ヨーマンの婚礼の歌』の練習をいたさねばならぬのでございます」

「階段を上りながら練習すればいい」

スチュアードはまだ何か言いたそうだったが、文筆活動に没頭中であったモンティは、尊大に手を振って彼を黙らせた。顔をしかめ、彼は自分の書いたものを読んだ。これ以上改善のしようはないように思われた。ただし……彼の鉛筆は紙の上で動きを止めた。

「『奇妙奇天烈』ってどう書くか、君にはわからないな？」彼は訊ねた。

「はい、旦那様」

モンティはそれまで熟考していた文章は付け加えないことに決めた。

彼はもういっぺん読み直しをして、「条件」の字の「午」を牛に変えた。

《拝啓　ボドキン氏はミス・ブロッサムに、彼が婚約者と、ミス・ブロッサムとは二度と話さないことを約束している時に、いったい全体どうしたら部屋に伺って話し合いのしようがあるものかとお報せしたい。この往復書簡は、ボドキン氏がミス・ブロッサムと話すことを許されぬがゆえに進行中であることにご留意されたい。
ボドキン氏はミス・ブロッサムが条件という言葉で何事を言わんとされておいでか理解できずに当惑中である。ボドキン氏はミス・ブロッサムに、本件はミス・バターウィックの所有物であり、いかなる意味においてもミス・ブロッサムには帰属しないミッキーマウスをミス・バターウィックに返還するという、明確かつ理路整然とした問題であることを指摘したい》

今度はもっとずっと長い間《ま》があったが、やがてハアハア息を切らす音がしてアルバート・ピースマーチの帰還が知らされた。彼はモンティに封筒を手渡すと、丁重な謝罪の言葉とともにベッド上に腰掛け、痛み始めていたうおの目をさすりだした。

モンティは封筒を開けて中身を一読すると、まるで魔法にかけられたように立ち尽くした。女性というものが沈みうる底の底のはかり知れないどん底の深さを目《ま》の当たりにすることは、常に衝撃的な驚きであった。

《拝啓　ミス・ブロッサムがボドキン氏に条件という言葉で何を言わんとするものかを、彼はよくよく承知しているところである。彼のミッキーマウスを返還されたくば、彼はアイキー・ルウエリンの許に向かい、彼との契約に署名し、またかわいそうなアンブローズが「燃えさかるデッキに立つ少年」を執筆していないという事実を無視して彼と契約するよう彼に同意させねばならない。

ミス・ブロッサムはボドキン氏に、右記彼は、彼の、彼と、ならびに彼に、を整理判別の上、彼女の意図を正しく理解するよう要請し、結論として、もしボドキン氏が協力を拒むなら、彼女は明日プロムナードデッキにて本件ミッキーマウスを見せびらかして歩き、ミス・バターウィック（ワッハッハ）がやってきて「いったい全体そのミッキーマウスをどこからもらったの？」と述べたならば、ミス・ブロッサムは「まあ、うふふ、ボドキンさんが熱い好意を込めてあたしにくださったのよ」と申し向けるであろうと通告するものである。またそれによってミス・バタースプロッシュがボドキン氏のあばら骨をけとばして愛想尽かしをしないとしたら、ミス・ブロッサムは大いに驚くであろう。

追伸　さあすぐに返答なさいな、青年！》

モンティは茫然《ぼうぜん》自失状態から意識を回復した。彼の息は激しく乱れていた。彼はこれ以上のナンセンスには我慢しないことを決意した。異性に対する騎士道精神を忘れ、率直にものを言わねばならぬ時はある。彼の先祖ファラモン殿は、予定より少しばかり早く十字軍から帰宅したところ、妻が私室で三人の吟遊詩人《トロバドール》たちとごくごくご親密に歌を歌っているのを目にした時、この点を理解したところであった。

こういう洗練された三人称でのやり取りはここまでにしなければならないことが、彼にはわかった。この状況で要求されるのは、ドスが効いて力強く率直な、五臓六腑にまっすぐ届く言葉である。彼は短く痛烈なセリフを繰り出し、それをアルバート・ピースマーチに手渡した。

そこにはこうあった。

《君は自分を何様だと思ってるんだ?・》

ミス・ブロッサムは返事にこう記した。

《そうね。あたしはミッキーマウスを持ってる女の子よ》

この軽薄な態度に業を煮やし、モンティはさらに手厳しい言葉を発した。

《泥棒!》

五分後、アルバート・ピースマーチはぐったり足を引きずりながら、以下のメモを持ってGHQに帰還した。

《何それ! ちがうわ?》

モンティは罪責の重大性をいささかも引き下げるつもりはなかった。

《ちがわない。とんでもない大泥棒だ》

これに対しミス・ブロッサムは達観の境地にてこう返答した。

《ふん、結構よ。楽しませてもらうわ》

かくしてモンティは最後通牒《つうちょう》を突きつけるに至った。

《ミッキーマウスをこの手紙の持参人に返還せよ。さもなくば、僕はパーサーに訴え出る》

しかし、アルバート・ピースマーチが追っ手に追われ疲れ果てた雄ジカのごとくあえぎつつ戻ってきた時、その手のうちにミッキーマウスはなかった。彼は口汚い言葉が一言記された紙片一枚の他に、何も帯びてはいなかった。モンティはそれを一読し、昏《くら》く眉《まゆ》をひそめた。

「わかった」歯を食いしばり、彼は言った。「よくわかった！」

17. ご成約

船内の時計が四時を示し、二時半以降食べ物にありついていない腹をすかせた乗客たちがためケーキとお茶を用意しようと、スチュアードたちが忙しくじたばた動きまわっていた頃、モンティを探して船内をきょろきょろさまよい歩いていたレジー・テニスンは、彼がパーサー室から出てくる姿を認めた。

レジーの性格は非同情的なわけではない。確かに彼はモンティが彼の助言と慰めを喜びとしたであろう時、いささか唐突《とうとつ》に彼のもとを去りはした。だがそれはひとえに彼がメイベル・スペンスとシャッフルボードに興じることを強く望んだがゆえのことであった。彼は友人の窮境《きゅうきょう》について大いに思考を投じていなかったわけではないし、また昼食を済ませ、その後でもう一遍シャッフルボードをした後になって、事態はいかなる様相を呈していることかと大いに気になり、モンティを探しに出たわけである。

ずいぶん長い間、彼の探求は実ることなく過ぎたが、四時になって彼の努力は実を結んだ。前述のとおりたまたまパーサー室前を通りかかったところ、彼はそこより現れ出るモンティの姿を視認したのである。

モンティは一人ではなかった。船医が一緒だった。船医は彼の肩に腕を置いており、また彼の顔には親切で心配げな表情があった。

「心配することは何もありませんよ」彼は言っていた。「船室で横になってください。二時間おきにスチュアードに水少々と飲むものを持っていかせましょう」

こう告げると船医は陽気に軽く肩をポンと叩いて行ってしまった。彼の態度物腰にはまぎれもなく、乗客中で一番かわいらしい女性と輪投げ遊びにうち興じに戻るときに、船医たちが常に帯びる気配があった。

レジーはモンティを親しげな「ホーイ！」で呼び止め、すると後者は目をぱちぱちさせながら振り返った。彼は少し呆然《ぼうぜん》としているように見えた。

「どうした」レジーは訊《き》いた。「今のは何だ？　業病にでも罹《かか》ったか？」

「喫煙室に行こう」モンティは熱にうなされたように言った。「酒が要る」

「だけど医者は船室に戻って寝てろって言ってたぞ」

「医者なんてコン畜生《ちくしょう》だし、船室なんてクソくらえだ」変わらぬ熱っぽさで、モンティは言った。

レジーは友人を理詰めで説得するのを延期することに決めた。どんな天罰が彼に降り下ったにせよ、横になって二時間ごとに少量の水と一緒に薬を飲む気が彼にないのは明らかだったからだ。彼の全精神は喫煙室に入って一杯飲むことを明白に意図している。またこの日の午後の熱波は、レジーにもちょっと気つけの飲み物をやってもいいなという気分にさせていたから、彼は発言を見合わせ、あれこれ思案しながらも黙って彼に従った。

急ぎの一杯といくらかゆっくり飲み終えた二杯目の後になってようやく、モンティは、その魂がさまよっていたどこかしらの茫漠《ぼうばく》たる天空の彼方《かなた》より、この世界に帰還したように見えた。彼は生まれて初めて見るかのようにレジーを見つめ、また彼の目は今や曇りなく澄み、かつての知性を回復したように見えたから、レジーは前の話の続きを始めてよしと考えた。

「あれはいったい何だったんだ?」彼は訊いた。

モンティは全身を震わせた。

「レジー」彼は言った。「ちょっと間抜けな真似をしちゃったんだ」

「どうしたんだ?」

「これから話す。あのスチュアードはどこだ?」

「スチュアードを呼んでどうするつもりだ?」

「どうして僕がスチュアードを呼びたがってるだなんて思う?」

再び満たされたグラスを脇に置くと、モンティは落ち着いてきた。彼の顔には依然としてあの動揺した表情があったし、また彼が何かしら究極の試練を通り経てきたことは誰の目にも明らかだった。しかし彼の声は、張りはなかったものの、落ち着いていた。

「レジー、心の友よ、僕は途轍《とてつ》もない目に遭ってきたんだ」

「ロッティ・ブロッサムとか?」

「パーサーと船医とこの船の探偵とだ。船に探偵がいるだなんて知ってたか？　僕は知らなかった。だがいるんだ。口髭《くちひげ》の、ガタイのでかい男だ。お前、特務曹長は見たことあるか？　大体あんな感じだった」

彼は再び茫然自失の沈黙に陥った。そしてその手の甲に火のついたタバコの先をそっと近づけることによってようやく、レジーは彼の注意力を確保することができたのだった。

「あちち！」モンティは叫んだ。

「話を続けてくれ」レジーは言った。「全部聞いてやる。お前はパーサーと船医と船内探偵について話していた」

「そうだった。ああそうだ。もちろん今ならわかるんだ」モンティは言った。「僕は行くべきじゃなかった」

「どこに行くべきじゃなかったんだ？」

「パーサーのところだ。だがブロッサムがああいう態度をとったから、他に方法はないように思えたんだ」

「どういう態度だ？」

「これから話す。残忍で、卑劣で、冷笑的で、罵倒的で――」

「じゃあ彼女と話したんだな？」

「いや、話してない。ピースマーチを使って手紙のやり取りをした」

「そうか、お前は彼女に手紙を書いたのか？」

「そして彼女が僕に手紙を書いた。ピースマーチが『ヨーマンの婚礼の歌』を歌いながら行ったり来たりした」

「何をしながらだって？」

「何でもない。いいんだ。僕が言おうとしてるのは、僕は彼女にミッキーマウスの即時返還を要求する手紙を書き、彼女は――さっき言ったようにピースマーチ経由で――返事をよこした。僕がルウェリン親爺《おやじ》のところに行って契約にサインしてアンブローズとも契約するって説得しない限り、彼女はミッキーマウスを見せびらかして歩いてガートルードに、これは僕が彼女に贈ったって言いつけてやるっていう手紙だ」

レジーの表情は深刻だった。

「それは考えてなかった。ああ、わかる。いかにも彼女がやりそうなことだ。お前を脅《おど》してるんだな？　疑問の余地なく戦略的だが、もちろん途轍《とてつ》もなく汚い手だ。とはいえ、女なんてみんなそんなもんだ」

「ちがう、そうじゃない。みんなそうなんてことはない」

「おそらくお前の言うとおりなんだろう」レジーは平和的に言った。「それでお前はどうしたんだ？」

「僕は彼女にはっきり言った。パーサーのところに行くって」モンティはちょっとぶるっと震えた。「今行ってきたところだ」彼は言った。

「何があった？」

モンティはグラスをひと啜《すす》りして落ち着きを取り戻そうとした。起こったことを思い出すのがひどく苦痛なのは明らかだった。

「不幸な判断だった。ことは全部単純明快だって僕は思った。だがそうじゃなかった」

「何があった？」

「これから話す。僕はパーサー室に行って『お話があります』と言い、パーサーははい、お話を伺いましょうと言った。それで僕は椅子《いす》に腰掛けて言った。『この件は一切内密にお願いしなければなりません』すると彼は言った。『何の件を一切内密にするのでしょう?』僕は言った。『これからお話しすることです。僕がこれからお話しすることは一切内密にするようお願いしなければなりません』すると彼は言った。『よしきたホー』とか何とか、そんなような意味の言葉だった。僕は言った。『僕は、ある物を奪い取られたんです!』」

「それでそいつは動揺したのか?」

「かなりだ。彼はベルを押した。動転した様子だった。実のところ、そいつをつかんだんだ」

「ベルをか?」

「髪の毛をだ。いいから聞いててくれないか。彼は髪の毛をつかんだ。彼は船じゅうに貼《は》ってある、知らない人とトランプをしてはいけませんってお願いするお知らせの紙について何か言った。にもかかわらず誰か乗客が彼のところにやってきてペテン師にはめられたって苦情を言い立てることなしに航海を終えられたためしがないって。それで僕はペテン師にはめられたんじゃありません、物盗りにあったんですって言った。すると彼は髪の毛をもう一回つかんで、つまりあなたは貴重品を強奪されたと言っているのかと訊いてきた。そして僕は言った。『そうです。絶対的にです』そしてこの時点で、セイウチのウィリアムの奴が部屋に入ってきた――間違いなくベルに応えてだ」

「そのセイウチのウィリアムってのは誰だ?」

「僕も一瞬誰だろうって思ったんだ。だがパーサーが言った。『こちらが船内探偵です』って。そして彼に話を聞かせるよう言った。それと『まったく、こういうことは航海船にはよろしくない。お客様がご乗船された途端に物盗りにあうとは』とかそんなことだ。それで僕は言った。『こんにちは、探偵さん。僕は物を盗られました』探偵は言った。『本当ですか?』僕は言った。『バカ言うんじゃない。盗られたって言ってるじゃないか』あの時、僕はちょっとピリピリしてたんだ。わかってくれるな?」

「わかるとも」

モンティはもう一口啜《すす》り、話を続けた。

「えーと、それでパーサーとセイウチは二人で話し合いを始めた。パーサーはセイウチに、船にギャングが乗り込んでるのには気づいたかと訊いた。セイウチは言った。『いいえ、いわゆるギャングというようなものは乗り込んでいません』するとパーサーは、それはおかしいなあ、なぜならこういう大型の物盗りは国際的な犯罪組織のギャングの仕業なのが普通だからだと言った。それから二人はまたもうちょっと話し合いを始めた。それからセイウチが、まず最初に盗まれた貴重品すべての詳細を知らなければと言い、手帳を取り出すとこう言った。『それではボドキンさん、盗まれた装身具の完全な一覧をお知らせいただけますか』その瞬間、自分がちょっと間抜けな真似をしたってことがわかり始めてきたんだ。どんな具合かはわかるだろう、親友よ」

レジーはうなずいた。どんな具合だったか、彼にはわかったのだ。

「茶色いミッキーマウスのぬいぐるみを失くしたからって大の男がSOSを叫んで船内探偵を呼び出すのは、ちょっとおかしな真似に見えるだろうなってことに、その段になって突然気づいたんだ。またその二人もやっぱりおかしいって思ったんだな。つまり僕がその話をするや否や、パーサーはハッと息を呑《の》み、セイウチもハッと息を呑み、互いに目と目を見合わせたんだ。そしてパーサーは出ていって一、二分で船医を連れて戻ってきた。そして船医は僕に、『めまいはしませんか?』とか『目の前に点々が飛んで見えませんか?』とか『声が聞こえたり、人々があなたについて何か言って回っていると想像することはありませんか?』とか色んな質問をどっさり訊いてきた。それで最終的に奴は僕のことをイヤったらしい父親みたいな具合に連れ出して——ものすごくご親切で思いやりある態度でってことだ——横になって暑い日差しは避けて、何かしらをスチュアードに持たせるから、そいつを少々の水と一緒に二時間おきに飲めって、そう言ったんだ」

レジー・テニスンは明晰《めいせき》で鋭敏な思考者である。彼には行間が読めた。

「連中はお前の頭がパーになったって思ったんだな」

「僕もそう考えてる」

「うーむ……子供の時分に、頭から落っこちたことはあるか?」

「僕の知る限り、ない」

「いやちょっと考えてたんだ」

レジーは思考をめぐらせた。

「実に不快だ」彼は言った。

「実にだ」モンティも同意した。

「それで、すべての煙が晴れてみれば、お前はまだ一ミッキーマウス不足のままだってことだな」

「そうだ」

「それでロッティはただのハッタリで物を言ってるんじゃないんだな? 言ったことはやる気なんだな?」

「そうだ」

レジーは再び思考をめぐらせた。

「俺は、お前にできる唯一のことは、彼女の条件を呑《の》むことだと思う」

「なんと！　映画俳優になれっていうのか？」

「それで一件落着だろう」

熱を帯びた痙攣《けいれん》がモンティを震わせた。

「僕は絶対に映画俳優になんかならない。そんなことを考えるだけで、倒れそうになる。演技が嫌いなんだ。アマチュア演劇ですら、逃げ切ってきた。どこかの屋敷に二、三週間招かれて、突然土壇場になってパントマイムのリハーサルとか、地元の教会のオルガン基金のために連中が何かやるとか知ったらその瞬間にウサギみたいにとっとと逃げ出してきたんだ。それが僕のなんとかかんとかなんだ」

「お前のなんとかかんとかってのは何のことだ？」

「言葉は思い出せない。強で始まる」

「強迫観念か？」

「それだ。いつもの強迫観念なんだ」

「おかしなもんだなあ」レジーはつぶやいた。「俺は演技は好きなんだ。この話はしたかな？　前に俺が……」

「した」

「いつ？」

「あー、いつかどこかでだ。とにかく僕はミッキーマウスの話をしているんだ」

「そうだった」我に返って、レジーは言った。「そのとおりだ。その話をしてたんだった。さあて、お前が映画俳優にならないんじゃ、元の問題に逆戻りだ。どうやってミッキーマウスを取り戻すか？」

「何か提案はあるのか？」

「いや、ちょっと思い浮かんだんだが……いや、ダメだ」

「何て言おうとしてたんだ？」

レジーは首を横に振った。

「いや、忘れてくれ」

「いったい全体どうやったら」モンティは理詰めで言った。「何だか知らないものを忘れられるんだ？　何が思い浮かんだ？」

「うーん、ちょっと思い浮かんだんだが、お前の欲しいものを誰かが握ってるって時は、大抵、そいつは買い戻せるものなんだ。それで考えたんだが、このミッキーマウス騒動は商業ベースで考えられないものかって」

モンティは跳《と》び上がった。

「なんてこった！」

「だが今回は、残念ながら……お前がいつも言ってた、ものすごく気の利いた言い方は何だっけか？」

モンティには何ともいたしかねた。その言葉探しの領域は、あまりにも広大にすぎると彼の態度は語っていた。

「思い出した。歯車が入り組んでるんだった。本件の場合、残念ながら歯車が入り組んでる。ロッティに金を出すって申し出たって無意味だ。彼女はアンブローズに仕事を持たせたい。なぜってあいつの原理原則はあまりにも高邁《こうまい》だから、無職でいる限り彼女と結婚しないんだからな。お前が金銀財宝を差し出したって、はねつけるだけさ」

モンティはたやすく諦《あきら》める男ではなかった。これはいいアイディアだと彼は思った。この件に現金のやり取りで始末をつけるという考えは、彼の心に訴えたのだ。それまで彼の考えはそこのところに及んでいなかった。

「金銀財宝いくらなら、彼女ははねつけるだろう?」彼は心配げに訊いた。「二千ポンドか?」

レジーは跳び上がった。こんなふうにさも当たり前のようにこれほどの金額が口にされるのを聞いて、ショックだったのだ。彼はモンティのことをあまりにも長いこと知っていて、あまりにも親しかったから、彼の驚くべき金満さのことを、ついうっかり忘れがちだったのだ。

「二千ポンドだって? まさかそんなに払うつもりじゃないだろう?」

「もちろん払うさ。それでもきっと、お前の言うとおり」当初の情熱の噴出は衰え去り、モンティは言った。「そんな話をしたって、しょうがないんだろうな。コン畜生だ」

レジナルド・テニスンの双眸《そうぼう》に奇妙な光が入り込んだ。彼の鼻はピクピク動いた。彼は興奮を隠そうともせず、タバコを一本借りた。

「あー、だが待て」彼は言った。「待つんだ! この状況は進展し始めているぞ。可能性が見えてきた。ここのところをはっきりさせてくれ。お前は真剣に、あのミッキーマウスはお前にとって二千ポンドの価値があるって言うんだな?」

「もちろんある」

「お前は本当にそのどでかい金額を、あれを取り戻してくれた人物に支払うって言うんだな？」

「即金にてだ。どうして。僕はパーシー・ピルビームの私立探偵事務所の腕利きの助手として雇ってもらうのに一千ポンド支払ったじゃないか？　今回はもっと生きるか死ぬかって問題なんだ」

レジーは深く息を吸い込んだ。

「よしわかった」彼は言った。「R・テニスン宛に小切手を書いてくれ」

モンティの頭脳は絶好調ではなかった。

「お前、ミッキーマウスを取り返したのか？」

「もちろんまだだ、バカ」

「じゃあどうして取り返したなんて言う？」

「取り返したなんて言ってない。だが取り返してやるって言ってるんだ」

レジーは身体を前かがみにした。すでにこの会話が始まった時点で、彼は周りを見回して、この時間には大抵そうであるように、喫煙室に自分たち二人以外誰もいないことを確認済みだった。それでもなお、彼は声をひそめた。あまりにもひそめたため、モンティにはざわざわした音の中に「メイベル・スペンス」という言葉が聞き取れたような気がしただけだった。

「もっと大きな声で」彼はいささか短気に言った。

レジーの声はもっと聞こえやすくなった。

「こういうことなんだ、親友よ。俺は人生の岐路《きろ》にあるのだと、言わせてもらう。メイベル・スペンスは知ってるな？」

「もちろんだ」

「俺は彼女を愛している」

「うー、まさか」

レジーは少し傷ついた様子だった。しかし、意見を付け加えることなく、彼は話を続けることにした。

「俺はメイベルを愛している。それでこれから四十八時間以内に、彼女はハリウッドに向かい、俺はモントリオールを目指す。それで俺が自問し続けてるのは、『俺は彼女を追ってハリウッドに行くべきだろうか、それとも予定通りモントリオールに行くべきだろうか?』ってことだ。後者の計画の欠点は、おそらく彼女がいなきゃ、俺は恋わずらいで弱り果てるばっかりだってことだ。前者の計画の欠点は、俺はハリウッドにポケットには五ポンド、職の見込みなし、って状態でたどり着くことになるってことだ。それで二分前には」レジーは率直に言った。「俺は金色の西部に行く方に一〇〇対八を付けてた。なぜって、どれほど恋い焦がれようと、人は飯を食わなきゃならない、そうだろ?」

モンティはきっとそうなんだろうと言った。ただいまの動転した状態では、自分に再びものを食べられる日が来るとは想像もつかなかったが、しかし彼は、食べることが好きな人もいるんだろうなあと考えた。

「だが、お前が言ったことで」レジーは言った。「未来設計はすべて変わった。靴下に二千ポンドたくしこんでいられたら、俺は身震いせずに西部へ向かえる。ロッティ・ブロッサムが前に俺に話してくれたところじゃ、ハリウッドじゃあ週八ドルで部屋が借りられるし、中古車だったら五ドルで買える。それで手札をうまくやりくりすれば、他人の家のカクテルパーティーの前菜だけで生きていけるんだ。二千ドルあったら、二十年は保たせられるだろう」

モンティはこの友人の向こう二十年間の生活設計よりは、カリフォルニア訪問に乗り出そうという立場に身を置くために提案しようという方法の方に興味があった。だが彼は問題の肝心要《かんじんかなめ》の点に立ち戻った。

「だけどレジー、あのミッキーマウスを取り返すなんてできないだろう?」

「もちろんできる」

「どうやって?」

「簡単さ。あいつはロッティの船室にいるにちがいない」

「お前が自分で行って探してくれるってことか?」

「もちろんさ。簡単な仕事だ。十分で済む」

自分のために汚れ仕事をしてくれる下っ端《したっぱ》を雇う資本家の立場に身を置くのは、モンティ・ボドキンにとって今回が初めてではなかった。彼がブランディングズ城の喫煙室で、ギャラハッド・スリープウッドの名高き回顧録の草稿を盗み出すためにあのイヤったらしいちんちくりんの私立探偵パーシー・ピルビームを雇ってから、まだ何週間も経《た》ってはいなかった。したがって、彼が下唇を思慮深げに嚙《か》み締めていたのは、その考えが新奇だったからではない。彼がレジーを好きで、後者が虎の穴に入ろうとしているとの意図を知ったら覚えたであろう感情と、同じものを体験中であったからである。

「彼女に見つかったら、どうするんだ?」その言葉が引き起こした心象風景に怖気《おじけ》づきながら、彼は言った。

「ああ」レジーは言った。「そのことは俺も考えた。そこにはちょっと注意しなきゃならない。ロッティは興奮するとだいぶ暴力的になるかもしれないからな。ああそうだな、その点は無視しちゃいけない。こうしよう。俺はこれからデッキに上がって行ったり来たりして、その件について脳みそを絞ってくる」

その日の午後もっと早い時間には、アルバート・ピースマーチの動きの遅さにモンティがいらいらした時があった。だがレジーと比べたら、息を切らし、うおの目の痛みというハンデを背負いながらも、このスチュアードは速きこと稲妻のごとしであった。喫煙室の入り口に見慣れた姿が再び現れるまでに、数時間は経過したにちがいないとモンティは感じた。

しかしレジーは、時間を無駄にしていたとの疑惑を速やかに一掃してのけた。彼が遅くなったのは、白日夢にふけったせいでも、乗客と無駄話に興じたせいでもなかったのだ。

「もう大丈夫だ」彼は言った。「ロッティと話してきた。全部解決だ」

モンティは当惑した。

「彼女といったい何を話したっていうんだ?」

「戦略だよ、モンティ君」レジーは控えめに誇りを込めて言った。「お前の遣いで来たって言ったんだ。お前が全部俺に話してくれて、ミッキーマウス代として彼女に一〇〇ポンド支払う権限を与えられたって言った」

モンティはますます当惑した。友人の満足した様子からは、自分が外交的大手柄を上げたと認識していることがうかがわれ、それが彼を困惑させたのだ。

「だけど、いったい全体それが何になる? どうせ彼女は大笑いしただけなんだろう?」

「確かに彼女は面白がっていたようだ。俺がお前に言ったとおり、金が目的じゃないんだと彼女は説明した。自分が欲しいのは、また絶対に手に入れるつもりなのは、アンブローズの職なんだと彼女は言った。俺は彼女を説得するふりをした。それで、最終的に――俺が巧妙にもそう仕向けてたんだ――俺は言った。『わかった、聞いてくれ。モンティに今夜会って話し合ってくれないか？』彼女はそうすると言った。十時きっかりにだ」

「だけど、なんてこった――」

「だからお前は彼女に会う」

「ああ、だけど、なんてこった――」

レジーは腕を上げた。

「大丈夫だ。お前が何を考えてるかはわかってる。お前とロッティが話してる姿をガートルードに見られるリスクのことを考えている。そうだな？」

モンティはまさしくそうだと言った。

「心配するな。俺がそいつのことを忘れてるとは思わないだろう？　すべてのリスクは排除済みだ。密会の場は二等船プロムナードデッキとした。時間を忘れるなよ。俺たちはスケジュールに従って行動するんだからな」

「二等船プロムナードデッキか」じっと考え込んで、モンティは言った。「確かにそれなら大丈夫なはずだ」

「もちろん大丈夫だとも。ガートルードがお前を見つける可能性がどこにある？　一等の客はわざわざ二等エリアを散歩したりなんかしない。何の問題もありえない。十時にお前はロッティと二等プロムナードデッキで会う。彼女はアンブローズに、頭が痛いから今夜は早く寝《やす》むわと言うことになってる。そこでお前は彼女を十五分かそこら引き留めるんだ。相手が怒って突然立ち去らない程度に、何でもいいから適当なご託を並べてればいい。十五分経つまでには、俺は彼女の特等船室の徹底捜索を終えてミッキーマウスを手に入れてるはずだ。つまりさ、ブツはあそこにあるに違いないし、かなりの大きさのミッキーマウスを入れておける場所なんてそうは多くない。だから大丈夫だ。この流れに欠陥は見つかったか？」

「一つもなしだ」

「俺もだ。なぜなら欠陥は存在しないからだ。お茶の子さいさいだ。もういっぺん言ってくれないか。言葉の響きが好きなんだ。お前は本当に俺に支払ってくれるんだな――？」

「二千ポンドのことか？」

「二千ポンドのことだ」舌の上で音節を転がしながら、レジーはつぶやいた。

「ああ、そいつを支払う」

「『そいつ』なんて言わないでくれ、親友よ。『二千ポンド』って言うんだ。素敵な音楽みたいだな。二千ポンドポケットに入れてハリウッドに到着したら、俺に成し遂げられないことなんて何もないってことが、お前、わかるか？」

「いや？」

「文字どおり何もなしだ。一年もしないうちに家を持ってるはずだ。二千ポンド！　お前、歌ってくれないかな？　歌で聴きたいんだ」

18・舞台裏

特定銘柄のタバコは例外かもしれないが――同製品の広告によると、一服すれば死後一週間の死体もたちまち棺台から跳《と》び上がってキャリオカを踊り出すとの由《よし》である――愛する男性との和解くらい女性の心を元気一杯にするものはない。ガートルード・バターウィックが部屋に忘れたハンカチを取りに夕食後自室に急ぎ戻った際、長年ホッケー及び他の屋外スポーツにより体格を発達させてきたため下着着用時に六十キロある女性に可能な限りにおいて、彼女は空中を浮かんでいるかのような気分だった。熱い塩水浴とたっぷりの食事で締めくくられたバラ色の夢の午後は、彼女をご機嫌にした。彼女の足取りは颯爽《さっそう》としていた。彼女の双眸《そうぼう》はキラキラきらめいていた。彼女はふわふわ弾《はず》んだ気分だった。

これと顕著な対照を示していたのはアルバート・ピースマーチの態度物腰であった。彼女が自室に入ると、彼が夜の片付けをしていた。スチュアードは激しく息を切らしており、また彼の顔には、あたかも舷窓《げんそう》から外をちらりと見たら自分の母親が氷山の上でメガネを探しているのを見つけてしまったかのごとき、不安と心配にやつれた表情があった。

彼の陰気さはあまりにも激しかったので、ガートルードはそれについて訊ねずにはいられない気持ちになった。彼の姿は彼女にはショックだった。これまで彼女が知るこのスチュアードは、陽光のごとくというほどではないにせよ、陽気で、うやうやしいながらも快活だった。あたかも新しい、見知らぬアルバート・ピースマーチが彼女の眼前に立っているかのようだった。魂のうちに鉄の入り込んだピースマーチである。

「どうしたの?」彼女は訊ねた。

アルバート・ピースマーチは深いため息を発した。

「あなた様にお世話いただけるようなことは何もございません」床から靴を拾い上げ、ため息を一つつきながらそれを戸棚に置き、彼は応えて言った。

「あなた、困ってるみたいじゃない」

「はい、わたくしは困っております、お嬢様」

「私にできることは本当に何もなくって?」

「何もございません、お嬢様。すべては運命なのでございます」アルバート・ピースマーチはそう言うと、タオルをたたむため陰気に浴室へと向かった。

ガートルードは不安げに入り口にとどまっていた。取りにきたハンカチは確保したものの、このまま立ち去って、苦しんでいる者を一人悲嘆に暮れさせておくのは非人道的だと感じたのだ。アルバート・ピースマーチのひたいを苦痛と苦悩が苛《さいな》んでいることは明らかだったし、学校で詩人スコットの作品を学んだ者で、こうした状況における女性の義務を意識せずにいられる者はあるまい。常に心やさしきガートルード・バターウィックは、今夜は常より増して救難の天使役を果たしたい気分で一杯だったのだ。

彼女が躊躇《ちゅうちょ》しつつ立っていると、スチュアードは突然大声で呻《うめ》き声をあげた。まごうかたなき、激しい苦痛の声であった。ガートルードは部屋にとどまろうと決意した。彼女にできることは何もないと彼は言ったが、少なくとも応急処置くらいはできるだろう。

「何て言ったの？」浴室から出てきた彼に、彼女は訊ねた。

「いつでございますか、お嬢様？」

「あなたが何か言ったように思ったのだけど」

「浴室内にてでございますか？」

「ええ」

「わたしはバンドレッロだと申したのみでございます、お嬢様」依然として色濃い憂鬱《ゆううつ》な様子で、アルバート・ピースマーチは言った。

ガートルードは困惑した。その言葉は聞いたことがあるような気がしたが、彼女には同定できなかった。

「バンドレッロですって？」

「はい、お嬢様」

「バンドレッロって何？」

「お手上げでございます、お嬢様。スペインの山賊か無法者の類であったと記憶いたしております」

啓蒙の奔流がガートルードのもとを訪なった。

「あら、バンドレーロのことね？　あの曲、『ザ・バンドレーロ』を歌ってらしたのね。わからなかったわ。ボドキンさんのお好きな曲なの。私、よく知ってるわ」

制御不能な感情で、アルバート・ピースマーチの顔がゆがんだ。

「歌を歌っていたならばよろしかったのですが」彼は悲しげに言った。「二番の歌詞をいつも忘れてしまうのです」

ガートルードの困惑が戻ってきた。

「そのことで悩んでらっしゃるの？」

「はい、お嬢様」

「だったら、ただハミングすればいいじゃない？」

「ハミングではだめなのでございます、お嬢様。それでは観客の要求は満足いたされません。わたくしは、歌わねばならぬのでございます」

「人前でってこと？」

「はい、お嬢様。今夜、二等船室のお客様がたのコンサートにてでございます。まさしく今夜、おそらくは十時ごろ、わたくしは二等船大広間の舞台に立ち、本曲を歌うのでございます。だと申しますのに、わたくしには二番の歌詞を覚えることはおろか、この語を発音することすらできないというのでは、いったいいかがなることでございましょう？　あなた様は、バンドレッロではないとおおせでございますが……」

「そうよ、バンドレッロでないのは知ってるわ」

「しかし、バンドレーロ、バンドライーロのいずれであるかはいかにしてわかりましょうや？」

「両方試してごらんなさいな」

アルバート・ピースマーチは重たいため息をもう一つ吐き出した。

「あなた様は運命の驚くべき仕業についてお考えになられたことはおありでございましょうか、お嬢様？　人をしていささかもの思わしむるところがございます。なぜわたくしはかような身の上に置かれ、今宵の二等船室のコンサートにて『ザ・バンドール』――あるいは『レーロ』ないし『ライーロ』を歌うに至ったのでございましょうや？　純粋かつ単純に、J・G・ガージスなるお名前の紳士様が本客船にてご旅行をなさろうとご発案あそばされたがゆえに他ならぬのでございます」

「わからないわ」

「複雑怪奇でございます」アルバート・ピースマーチはこれに同意し、ある種の陰気な満足を込めて言った。「また、しかしながら同時に、わたくしの申すところをご理解いただけますならば、何ら複雑怪奇なところはなく、ごく単純なのでございます。もしJ・G・ガージス様がご乗船あそばれることのなかりせば、わたくしはただいま置かれておりますような立場に立つことはなかったのでございます。またただいまこの時にあの方を本客船にご乗船させるに至らしめたありとあらゆる物事すべて――状況の連鎖、と呼ばれるところのことでございますが――を考慮いたしますならば……ああ、我々はなんと無力な小エビであることかに気づかされずにはおられぬのでございます。我々を支配する無慈悲な……」

「ガージス氏というのはどなた？」

「二等船客のお一人でございます、お嬢様。それ以上わたくしは何も存じ上げず、たんなるお名前にすぎませせぬ。しかしここにその方はおいでで、本船二等船室にてご旅行あそばされておいでなのでございます。そしてわたくしがあなた様にご覧いただきたきことは、いかにして運命がこの事態を出来《しゅったい》に至らしめたかでございます、お嬢様。本件のごく単純な側面を例にとるといたしましょう。J・G・ガージスは幼年時代にクループかはしか、何かしらそうしたものにご罹患《りかん》あそばされたにちがいありません……その点はよろしゅうございましょうか、お嬢様？」

「ええ、きっとそうでしょうね」

「はい。それでは、あの方がご闘病の甲斐《かい》なくご逝去されたといたしましょう。さようならばただいまあの方は本船にご乗船されておいででございましょうや？　否《いな》でございます。いかがでございましょう、お嬢様？」

「だったら乗船できるわけがないわね」

「おおせのとおりでございます。あるいは話をもっと単純にいたしましょう。ごく頻繁《ひんぱん》に起こることではございますが、あの方がご生涯のいずれかの時点にて喘息《ぜんそく》あるいは気管支炎その他の疾病にご罹患あそばされたといたしましょう。それならばでございます、あの方は今宵の二等船客のコンサートにて『ヨーマンの婚礼の歌』を歌う立場にお立ちあそばされたでございましょうや？　否でございます。その点もご異論なきことでございましょう、お嬢様？」

「そうね」

「もちろんさような立場にお立ちあそばされることはなかったことでございましょう。それは何ゆえでございましょうや？　なんとならば、あの方には持てる限りの息を吸い込み、最善を願いつつ待ち構えねばならぬあの一節を、引き受けようとすら思いもよらぬことであったからでございます。あなた様は『ヨーマンの婚礼の歌』をご存じでいらっしゃいましょうか？　かような曲でございます」

ガートルードがかつて水族館で見たことのある魚を思い出させるような目で彼女をねめつけ、アルバート・ピースマーチは大量の空気を吸い込むと、胸部を膨張させ、丘にこだまする雷鳴を思わせる奇妙な胴間声《どうまごえ》で、次のように歌った。

《ディンドン、ディンドン
ディンドン、われ急ぐ
今朝は吾輩《わがはい》の婚礼の朝だから
花嫁は華やかな衣装に身を包み
この日のため
美しくかがやあーあーあーあーあーああいーてー》

彼は小休止し、水面に浮上した様子だった。苦悩する強力な水泳選手のように、彼は少し息を切らした。

「わたくしの申し上げた趣旨がご理解いただけましたでしょうか?」
ガートルードは理解した。喘息持ちのガージス氏には、この最後の一節を歌いきれるわけがない。興奮した彼女には、それは十分ほども続いたように感じられた。

「だけどそれでもわからないのだけど」彼女は言った。「どうしてあなたはガージス氏がその歌を歌うことに反対なさるの?」
アルバート・ピースマーチのひたいに暗い翳《かげ》がさした。彼が許しがたい不公正感に苦しんでいるのは明らかだった。

「なぜなら、これはわたくしの十八番だからでございます、お嬢様。わたくしの特別の持ち歌で、わたくしが本船に勤務いたしましてより、三回中二回の船内コンサートにおきましてわたくしが演奏して参ったのでございます。もはや――独唱『ヨーマンの婚礼の歌』…Ａ・Ｅ・ピースマーチ、と申しますのはプログラムの定番なのでございます。一航海が終了するたびに、わたくしがプログラムを見せますのを、母は楽しみにしておるのでございます。母はそれをアルバムに貼《は》っておりま す。いえ、ほかならぬパーサーその人がある日、おそらくは冗談で、誹謗《ひぼう》中傷を意図したものではなく、『お前がもっと仕事を急いでやって、歌の方をもう少し控えてくれたら、ピースマーチ。私はもっと嬉《うれ》しいのだがなあ』とおっしゃられたところでございます。かようなお話しぶりより、わたくしならびにわたくしの歌う『ヨーマンの婚礼の歌』が、ある種のレジェンドとして確立していることがおわかりいただけましょう」

「わかったわ」

「したがいましてジミー・ザ・ワンが今朝わたくしを呼び出しまして、いつものようにボランティアタレントが不足だから、二等船客のコンサートにて一曲披露せよと伝えてまいりました時、わたくしは、了解でございます。かしこまりました。もちろん、いつもの『ヨーマンの婚礼の歌』でよろしゅうございますねと申し上げ、ジミー・ザ・ワンは残念ながらそのとおりだとおっしゃって、すべては快適に落着しておりましたのでございます。ところがその後、四時半頃でございましたが、ジミー・ザ・ワンは再びわたくしを呼び出し、そして羽毛一本にてやすやすと打ちのめされるほどの衝撃でございましたが、『ヨーマンの婚礼の歌』をわたくしが歌うのは中止であると、なんとならばJ・G・ガージスなるお名前のお客様が同曲を歌いたいとの意欲をご表明されているところであるからと、かように申されたのでございました。そして彼はわたくしにこの無茶苦茶な『バンドレーロ』の楽譜を手渡し、『こいつを歌ってくれ、名歌手さん』と、かように申すのでございます。それでわたくしが抗議して、芸術家にかようなかたちで土壇場の曲目変更を依頼できるものではない旨《むね》申しますと、一日分の給料を削るぞと脅迫してまいったのでございます。かくしてわたくしはここにこうしてこの『バンドレーロ』と向かい合い、残る時間はわずか一時間あまりとなっておるのでございます。わたくしが大いに動転しておりますのも、不思議とは思われますまい」

ガートルードのやさしき心は揺さぶられた。彼女のハートは彼のために痛みうずいていた。これまでの彼女の人生は一般英国女性の保護された生活であり、悲劇と接する機会はごく稀《まれ》だったのだ。

「なんてひどい！」

「ありがとうございます、お嬢様。ご同情、まことにお優しきことでございます。ご同情いただけることはまだございます。グローリーホールにてわたくしがこの苦難の種を発声開始いたしましたならば、たちまち誰もがわたくしに物を投げつけてよこすことでございましょう」

「だけど、心配しなくていいわ」ガートルードは力強く言った。「あなたは絶対大成功を収めるわ。『バンドレーロ』は素敵な曲よ。ボドキンさんが歌うの、いつも大好きだもの。とってもスイングがあるのよ」

「確かにスイングはございます」アルバート・ピースマーチは認めて言った。

一瞬、彼のひたいを翳《かげ》らせていた雲が晴れたように見えた。だがそれはほんの一瞬に過ぎなかった。明るく輝く兆《きざ》しを見せていた彼の目が、再びどんよりと淀《よど》んだ。

「しかし、歌詞はどうするのでございます？　その点はご考察あそばされましたでしょうか、お嬢様？　歌詞を忘れたら、どういたしたものでございましょうや？」

「そしたら私はただ『私はバンドレーロ、イエス、私は、バンドレーロ』とかなんとかそんな感じで歌い続けるわ。誰も間違いだなんて気付かないもの。スペイン語の歌に意味があるだなんて誰も思わないでしょ。みんな雰囲気があるなあって思うはずよ」

アルバート・ピースマーチは跳《と》び上がった。この話し相手が新たな思考の地平を切り開いてくれたことは明らかだった。

「私はバンド、私はバンド」彼はとっさにささやくように歌ってみた。

「それでいいの。ボドキンさんはよくそうされるのよ。それともちろん、カランバもね」

「はて、お嬢様？」

「カランバよ。スペイン語なの。他にもマニャーナがあるわ。言葉に詰まったら、これを繰り返せばいいの。ボドキンさんが去年のクリスマスにうちの村のコンサートで『ザ・バンドレーロ』を歌った時、二番はほとんど全部カランバとマニャーナばっかりだったのを覚えているわ」

アルバート・ピースマーチは『ヨーマンの婚礼の歌』を歌うのに十分なくらい深く息を吸い込んだ。

「お嬢様」彼は言った。彼の双眸《そうぼう》は犬のようだった。「あなた様はわたくしに、新しい心臓をお与えくださいました」

「よかった。あなたきっと今夜の大ヒットになるはずよ」

「わたくしは曲を覚えるのは早い方で、メロディはすぐに頭に入るのでございますが、いつも歌詞についてはは自信がないのでございます。いやまったく！『ヨーマンの婚礼の歌』を歌いまして最初の六回ほどは、常に歌詞を間違えておりました。わたくしは『陽気なこの日は陽気な意匠で』と歌っては、まったく歌詞の意味を台無しにしておりました」

彼は言葉を止めた。彼はためらっていた。彼は指先をもじもじさせた。

「お嬢様……かような申しようをお許しいただきたいのですが、ただいまカランバその他すべてをひっくるめれば何事かなりはいたすまいかと思い始めておりまして……しかしながらお嬢様、まことに心苦しくはございますし、あなた様におかれましては何百と、なされるべきことがおありと拝察いたすところではございますが、しかしながら、もしや――」

「私が行って、拍手喝采したらいいってこと？」

「僭越《せんえつ》ながら、さように申し上げたく存じておりました、お嬢様」

「ええ、もちろんいいわ。何時に始まると、おっしゃってらした？」

「わたくしの出番は十時ちょうどでございます、お嬢様」

「伺うわ」

アルバート・ピースマーチは言葉を失った。彼はただただ称賛のまなざしで、彼女を見るばかりであった。

この自己中心的な世界にあって、艱難辛苦《かんなんしんく》に直面した者が、人には人それぞれの困難があると理解することは容易ではない。またもし歌い手としてこの危機に直面しているアルバート・ピースマーチのもとに誰かが近寄ってきて、このR・M・S・アトランティック号船内に、出番前の緊張を自分よりもっと味わっている者がいると告げたとて、彼はただ驚き、信じられないと思うのみであったろう。彼は「クー！」とか「カランバ！」とか言いはしたろうが、その発言を信じなかったことだろう。しかしながら、それはまぎれもない事実であった。

十時を待つ苦痛は、このスチュアードの神経系を著しく責め苛《さいな》んでいはしたが、モンティ・ボドキンほどに苦しめていたわけではない。十時まであと二十分というところで、モンティはとてつもなく慌てふためいていた。喫煙室のテーブルに着席し、彼はもの見えぬ目で前方を見据《みす》えた。時折彼は足をもじもじさせ、また時折ネクタイをぎゅっと引っ張った。彼の前にはウイスキー・アンド・ソーダがあったが、あれやこれやで頭がいっぱいの彼は、それにまったく手をつけずにいた。

モンティを苦しめていたのは、アルバート・ピースマーチを責め苛んだのと同じ恐怖であった。言葉に詰まりはしないかという恐怖に、彼も取り憑《つ》かれていたのである。

レジー・テニスンが彼に言ったのは、自分がロッティ・ブロッサムの船室を徹底的に捜索している間、モンティはプロムナードデッキで彼女と十五分くらいおしゃべりしなければならない、それだけだ、ということであったし、その時にはその任務はごく簡単なものと思われた。彼は身震いひとつすることなく、それを引き受けた。今になってはじめて失敗の可能性を考えてみた段になって、ロッティのような堪《こら》え性のない性格の人物に、風吹きすさぶデッキにたっぷり十五分間滞在してもらえるような魔術的な言葉を、果たして自分は選び出せるのだろうかとモンティは思いはじめていた。この暗い自己不信の時代にあって、どれほど雄弁な弁舌家とてこの任務には心かき乱されずにおられぬはずだと彼は思った。

無論、彼の事例はアルバート・ピースマーチのそれよりはるかに繊細微妙であった。後者は、ガートルードのやさしき導きにより、もし最悪の事態が出来《しゅったい》し、自力でこの状況に対処できないと感じたら、いつだって「マニャーナ」を二、三度挟み込むことが可能だった。モンティの心を明るくしてくれる、そうした快い思いはなかった。要するに彼には「マニャーナ」が欠落していた。彼の言うことはただ意味をなすだけでなく、面白くなければならない。それもただ面白いだけでなく――人を夢中にさせ、心をわしづかみにして、魅了しなければならないのだ。

そこに座って前途の展望におののいている彼の前に、突然重厚な身体が現れ、向かいの椅子《いす》に腰をかけた。そして彼は自分の孤独がアイヴァー・ルウェリン氏によって侵害されたことに気づいたのだった。

「お邪魔してよろしいかな？」ルウェリン氏は言った。

「ええ、よしきたホーですよ」モンティは言った。とはいえまったく本心ではなかった。

「少々お話をいたしたくての」ルウェリン氏は言った。

大映画会社の社長になりたいと望む人物が、他の何より持っていなければならない資質が一つあるとしたら、それは不撓不屈《ふとうふくつ》の精神、すなわち敗北を認めぬ頑強なブルドッグ精神である。これをアイヴァー・ルウェリン氏は大量に所有していた。

ルウェリン氏の立場に置かれた者の多くは、自らの意に沿った行動をとるようにとの誘いをきっぱり断った頑迷固陋《がんめいころう》な税関スパイを前にしたら、完全に意気沮喪《そそう》したことであろう。彼らの態度は、無慈悲な運命の罠《わな》のとらわれとなったアルバート・ピースマーチと同じく――立腹、憤慨、そして無気力であったろう。彼らはこれ以上じたばたあがいても無意味だと、自らに言い聞かせたことだろう。

そしてそれが、午後いっぱいと夕刻じゅう、アイヴァー・ルウェリン氏が自らに言い聞かせていた事柄だった。

しかし夕食が彼の態度に驚くべき変化をもたらした。それは彼を、本来の押しの強い姿へと戻してくれた。彼はバーミセリスープ、カレイと茹《ゆ》でジャガイモ、チキンホットポットを二杯、イノシシの頭肉を一枚、特別注文のスフレ、スコットランド産のヤマシギとアイスクリームほぼ一パイントをいただき、ラウンジにてコーヒーとブランデーでもって締めくくった。気概ある人物がこんなふうに腹を一杯にしたら、何事か起こらずにはいられぬものだ。ルウェリン氏においては、起こったのは希望の曙光《しょこう》であった。腹いっぱい一杯でラウンジに座る彼に、モンティがスペルバ＝ルウェリン入りを拒んだ理由は、自分が送り込んだ外交官が交渉をしくじったからだという可能性も十分あるのではないかとの思いが湧《わ》き起こってきたのである。

よくよく検討してみればみるほどに、この説はますますもっともらしく見えてきた。偽物のテニスンであるばかりか、アンブローズには魅力が欠けていると彼は考えた。スペルバ＝ルウェリンの申し出をモンティに伝えるべく送り出された際、アンブローズが不快で気難しい、考え込むような顔をしていたことを今彼は思い出していた。モンティとの和平交渉に向かった際、彼はあまりにもぶっきらぼうだったり、言うことが曖昧《あいまい》だったりしたに違いないのだ。よくある話だとルウェリン氏は思った――協力意識の欠如である。必要なのは彼自身の人間的魅力だ。それですべてはうまくいくだろう。彼は今、そうしようとやってきたのだった。

彼が選んだタイミングは最悪だった。すでに動揺していたモンティは、彼に邪魔されたことにイラつき、ひどく立腹していた。アンブローズに言ったとおり、字の書き方を訊ねた他、彼はルウェリン氏をほとんど知らなかったし、こんな時にはどんな親友にだって邪魔して欲しくなかった。彼は一人でいたかった。ロッティ・ブロッサムを十五分間その場に釘付けにするようなどんなことを言ったものか、一人きりで熟考したかったのだ。

イライラしながら、彼はタバコに火をつけた。

「美しい！」ルウェリン氏は言った。

「はぁ？」

「美しい」誰かが彼にモナリザを見せてくれたかのように、歓喜にうち震え、うなずきながら、ルウェリン氏は繰り返した。「優美で……気楽で……小粋《こいき》で……、レスリー・ハワード［イギリス出身のスター俳優。ウッドハウスと同じくダリッジ校出身］のようですなあ」

これから雇い入れようとする人物をおだて上げるのはアイヴァー・ルウェリンの常のやり方ではない。契約条件の話になった時に有利にことを運ばせてくれる劣等コンプレックスを生み出すべく熱心に試みるのが、彼のいつもの手続き様式だった。しかし今回は特殊事情である。明らかにこれなるは、おだてとお世辞を惜しみなく最大量つぎ込む以外どうにもならない稀少《きしょう》事例なのである。

「言わせていただきたい」おべっかつぎ込み方式を継続し、彼は言った。「歌って踊って囃《はや》し立てるようなことではないとお思いでしょうが――そのタバコに火を点けるというだけのことです。しかしながらそうした小さな事柄から、その人物が本当にスクリーン映《ば》えするかどうかが見て取れるのですよ。貴君にはそれがおありじゃ。まさしくさよう！」ルウェリン氏は新たな熱狂を爆発させ、こう叫んだ。「そのウイスキーの飲み方。最高ですぞ！　ロナルド・コールマン［コールマンひげで知られるスター俳優。ウッドハウスと同時期にハリウッド・クリケットクラブの副会長を務めた］のようじゃ」

始まりはこれでよしと満足し、この調子でさらに盛り上げてゆこうと、彼は言葉を止め、これらの賛辞が相手の胸に落ちるのを待った。彼はこの才能に満ちた若者をテーブル越しに称賛の目で見つめた。そして他の男だったらぐったり倒れ伏したであろう怒りのまなざしにてにらみつけられていることに気づいた時にも、決して狼狽《ろうばい》することはなかった。彼はそれを楽しんでいるかのようだった。この気難しい怒りのまなざしにすら、彼は賛辞を惜しまなかった。

「クラーク・ゲーブル［アメリカ出身のスター俳優。『或る夜の出来事』（一九三四）でアカデミー賞主演男優賞］もそういう目をするのですが」彼は言った。「あなたほど上手くはない」

モンティは恥ずかしがり屋の金魚が感じるような感情を覚えはじめていた。彼のどんな単純な行為も、批評を喚起《かんき》せずにはいられないようだ。これまでのところその批評が一貫して好意的であるという事実も、何の慰めにもならない。鼻がムズムズしてきていたが、彼はもっと幸福な状態であったらそうしていたように、鼻の頭を掻《か》いたりはしなかった。そんなことをしたらルウェリン氏はたちまち、彼の技術をデカッ鼻のデュランテ［ジミー・デュランテ。デカッ鼻のデュランテのあだ名で人気を博したコメディアン俳優］か、彼の旺盛《おうせい》な想像力の喚起した誰か他のアーティストと比較するだろうから。

彼のうちでは猛烈な怒りが湧《わ》き起こりはじめていた。こんなたわ言はもう十分だと彼は胸のうちで言った。最初はアンブローズ、次はロータス・ブロッサム、そして今やアイヴァー・ルウェリンだ……絶対的に、途轍《とてつ》もなく執拗《しつよう》な嫌がらせである。

「いいですか」彼は激昂《げっこう》して言った。「そういう話に、クソいまいましい映画俳優になれってお願いが続くんでしたら、直ちにやめたほうがいいですよ。僕はやりません」

ルウェリン氏の心はいささか沈んだが、それでも彼はあきらめなかった。この強情さを前にしてすら、スペルバ゠ルウェリンで仕事をするチャンスをはねつけられる人物が存在しようなどとは、彼にはどうしても信じられなかったのである。

「いいからお聞きください」彼は話しはじめた。

「聞きません」モンティは甲高い声で叫んだ。「僕はこういう真似にうんざりしてるんです。朝から晩まで、僕を映画俳優にさせたがる人たちを追い払ってるばっかりで日が暮れてるんです。アンブローズ・テニスンに、僕はやらないって言いました。ロータス・ブロッサムに、僕はやらないって言いました。それで今度は、僕が全神経を集中して考え事をしなきゃいけないって時に、あなたがやってきて、それで僕は考え事を中断して、やらないってあなたに言わなきゃならない。僕はもううんざりです」

「貴君は」そう訊ねるルウェリン氏の声には震えがあった。「銀幕上で自分の名前を見たくないのですか？」

「見たくありません」

「百万人の娘たちが貴君のサインを欲しがることを、望まないのですか？」

「望みません」

チキンホットポットはルウェリン氏を楽天家にしていたが、もはや自分が成功を収めていないことを認めぬわけにはいかなくなっていた。

「ルエラ・パーソンズ〔「女王」と呼ばれハリウッドに君臨した有名映画コラムニスト〕に会いたくないのですか？」

「ないです」

「ジーン・ハーロウ〔一九三〇年代のセックスシンボルとして活躍した映画女優〕の相手役を務めたくはないのですか？」

「ないんです。僕はクレオパトラの相手役だって務めたくありません」

突然ルウェリン氏の脳裡《のうり》にアイディアがひらめいた。問題がどこにあるかわかったと彼は思った。

「わかりましたぞ」彼は叫んだ。「すべてわかりました。つまり、演技をするのが嫌だとおっしゃるのですな。でしたらうちで何か別のことをなさってください。プロダクション・エキスパートになったら、どんな気がしますか?」

「僕にプロダクション・エキスパートになれなんて訊《き》いて、どんな意味があるんですか? 僕には十分な知識もないんですよ」

「プロダクション・エキスパートになるのに十分な知識がないなどということは、あり得んのです」ルウェリン氏は言った。そして自分の妻の弟のジョージもその一人だと付け加えてその主張の完全な真理性をしっかり叩き込もうとしたのだが、と、その時、腕時計を見たモンティが鋭い悲鳴を発すると座席から跳《と》び上がった。相手の話があまりにも興味深かったせいで、時間の経過に気づかなかったのだ。時計の針はもう十時を指そうとしていた。

「急がなきゃ!」彼は言った。「失礼します」

「おい、待ってくだされ」

「待てないんです」

「じゃあ聞いてくだされ」この野生生物を止められる言葉はないと了解したルウェリン氏は言った。「よくよく考えていただけますな? お時間のある時にお考えいただきたい。それでわしとボールを投げ合おうというお気持ちになられたらお知らせくだされば、またお会いしますぞ」

動揺していたにもかかわらず、モンティはいささか感動せずにはいられなかった。なかなかチャーミングだと、彼は感じた。この世事に通じたタフな人物、情け容赦《ようしゃ》ない競争相手との長年の死闘の果てに、頑固で無感動になっていて当然の人物が、人とボール遊びをしたいと願い焦がれるような童心を持ち続けているとは。彼は立ち止まってルウェリン氏を、もっと優しい目で見つめた。

「ああ、いいですよ」彼は言った。「そうしましょう」

「そりゃあよかった」

「いつかボールを投げ合わなかったとしたら、ちょっと驚きですよ」

「よかった」ルウェリン氏は言った。「プロダクション・エキスパートの件、考え直していただけますな」

「その話はまた後でどうです？　もっと時間がある時に。ひとまず今は」モンティは言った。「ピッピー、です。急がなきゃ」

彼は喫煙室を出て、船の反対側に向かった。彼の移動速度は飛ぶように速かったから、ほんの数分で薄暗く明かりの灯《とも》る二等船室プロムナードデッキに到着した。周りを見回して誰もいないのを見て、彼は満足した。ロッティ・ブロッサムはまだ到着していない。

彼はタバコに火を点け、これから始まる会談について再び考え始めた。しかし、頭脳装置が適切に始動する前に、またもや彼の思考は集中を妨げられた。音楽の調べが聞こえてきたのだ。

すぐ近くで何か飲み騒ぎが進行中の模様だった。ピアノがポロンポロンと鳴り、次の瞬間、船の霧笛《むてき》と本質的に似ていなくもない声が突如歌いはじめた。この苦痛はしばらく続いた。それからその声はやみ、目に見えぬ観衆たちから熱烈な歓声が発せられた。

しかし、歌は終了しても、そのメロディは残っていた。モンティが声を潜《ひそ》めてその曲をハミングしていたという事実のゆえである。なぜならそれは彼の知っている曲、彼自身が頻繁《ひんぱん》に演奏する曲、やさしき思い出を思いださせてくれる曲――『ザ・バンドレーロ』に他ならなかったからである。彼の胸はいっぱいだった。大学の一年生時代から、彼は常にバンドレーロ中毒だった――彼の友人のささやかな輪が直面する大きな問題の一つは、どうやって彼にそれを歌わせずにいられるかであったくらいである――しかし最近、この曲は彼の胸のうちで、ガートルード・バターウィックへの思いと分かちがたく結びつくようになっていた。

村の宴会で二度、彼はこの曲を彼女の伴奏で歌った。そしてこの二度の機会は、それに先行したリハーサルと共に、彼の記憶の中で青々としていた。今日、彼が『ザ・バンドレーロ』を聞くとき、あるいは『ザ・バンドレーロ』について思うとき、あるいは入浴中に『ザ・バンドレーロ』を一節歌うときには、彼女の麗《うるわ》しき顔が目の前に浮かぶように感じられたものだ。

その顔がいま彼の前に浮かんだように感じられた。本当にそうだったのだ。彼女は彼の目の前の扉から出てくると、驚きもあらわに、彼を見つめて立ち尽くしていた。そして、あと時計が二回カチカチ言う間に、ロッティ・ブロッサムが夜の闇の中から跳《と》んで出てきて、小さな二人組を三人様ご一行にしてしまうとの思いは彼を恐ろしい恐怖で満たしたから、あたかも愛するこの女性が彼の頭をホッケースティックで打ちのめしたかのように、彼はよろめき後退した。

先に回復したのはガートルードの方だった。高慢な一等船客が航海船の二等エリアに侵入することは異例である。それでしばらくの間、彼女もモンティが彼女を見て驚いたのと同じくらい驚いていた。しかし、その答えに今や彼女は思い当たったのだ。

「まあ、ハロー、モンティ、ダーリン」彼女は言った。「あなたもあれを聴きにいらしたのね？」

「へっ？」

「アルバート・ピースマーチの歌をよ」

今や三度目に沈まんとする溺《おぼ》れて死にかけの男でも、モンティがこの救命提案に必死でしがみついたほど必死に、救命浮き袋にしがみつきはしなかったことだろう。

「そうなんだ」彼は言った。「そのとおりさ。アルバート・ピースマーチの歌なんだよ」

ガートルードは寛大に笑った。

「かわいそうに、彼、とっても不安がっていたの。私に拍手喝采しにきてくれって頼んだのよ」

ガートルードがこの言葉を口にするのを聞くにつけ、ミッキーマウスに関するあの男のバカ間抜けな所業の後、モンティ・ボドキンの血を炎に変えた苦い反ピースマーチ思想のあれこれすべてが、彼の胸に再びどっと押し寄せてきた。ああそうか、だから彼女はここにいたのか！　アルバート・ピースマーチが自分のクソいまいましい歌に拍手喝采しに来てくれるよう頼んだせいだったのか！

そのことはモンティの全身を不快で満たした。あの男のムカムカするような虚栄心ばかりではない――拍手喝采しにきてくれだと、ああまったく！――どうして奴は真の芸術家らしく、最高の演奏をしたら、あとは世界が喝采しようが非難轟々《ごうごう》だろうが気にもせずではいられないのだ？――もっと深い何かだった。われわれは皆、わずかばかりの迷信深さを持ち合わせている。モンティには、このピースマーチが自分の行く手に次々ひょこひょこと顔を出してくる様には、何か薄気味の悪いところがあるように思われてきたのだ。一族の亡霊のようなものだ。なんとか家に首なし僧が憑《つ》いていて、かんとか家には幽霊犬が憑いているみたいに、彼にはアルバート・ピースマーチがとり憑いているのである。

目のくらむがごとき啓蒙《けいもう》のひらめきにより、モンティはアルバート・ピースマーチの真の姿を初めて理解した――ただのスチュアードではなく、ボドキン家公式の疫病神《やくびょうがみ》なのである。

「聞き逃しちゃったわね」ガートルードは言った。「ほんの一瞬前に終わったところなの。とってもうまくやったのよ。本当にうまくいったの。でも、誰もあなたみたいには『ザ・バンドレーロ』を歌えないわ、モンティ」

それはうれしい賛辞だったし、もっと幸福な状況であれば、モンティは心ゆくまでその言葉を楽しんだことだろう。しかしこの瞬間、彼の魂の苦悩は激しく、彼はほとんどそれを聞いていなかった。彼はバンクォーの幽霊が出てくるのを予期するマクベスのように、辺りを見回した。ボドキン＝ブロッサム会談の段取りのあらましを説明する際、十時きっかりとレジーは言った。もはやすでに十時を何分か過ぎている。今やいつ何時《なんどき》、赤毛やら何やら色々のロータス・ブロッサムが夜陰《やいん》より姿を現さないとも知れないのだ。

ではどうしたらいい？

「さあ」彼は熱っぽく言った。

「今何時だと思う？」

「どうして？」

「いや、よくわからない。ちょっと僕の時計が合ってるかどうか気になったんだ」

「あなたの時計は、何時になってる？」

「十時五分だ」

ガートルードは腕の小さく可憐《かれん》な時計を見た。

「進んでるんじゃないかしら。私のだと十時五分前よ」

安堵《あんど》のあまり、モンティは鼻を鳴らした。

「さあ行こう」彼は急《せ》かしながら言った。

「え、どうして？　ここにいるの、とっても楽しいわ」

「楽しいだって？」

「なんだか別の船にいるみたい」

「僕はいやだな」

「どうして？」

「あー、とっても暗いじゃないか」

「私、暗いのは好きよ。それに私、ピースマーチに会わなきゃいけないの」

「いったい全体、どうして？」

「お祝いを言わなくちゃ。とてもうまく歌えたし、それに彼、とっても緊張していたから。だって、ギリギリの時間になって歌う曲を変えられたのよ。全部終わってホッとしてるはずだわ。どんなに素晴らしかったかって私が言ってあげないと、彼、とっても傷つくと思うの」

モンティはもういっぺん鼻を鳴らすところだったが、慌《あわ》てて抑制した。

「そのとおりだ」彼は言った。「もちろんだ。そうだとも。ああそうだ。まったく。君の言うとおりだね。ここで待っていて。僕が彼を連れてくるから」

「彼を連れてくる必要なんてないわ」

「いや、ある。つまり、彼は一等船室にどんなひねくれたルートで帰るかわからないじゃないか。

廊下とか防水室とかほら、色々さ」

「考えてもみなかったわ。そうね。だけど彼を連れてこないで。彼に私の船室に行って羽織りものをとってきて、それからここに来るように言ってちょうだい」

「よしきたホーだよ」

「それとも私も一緒に行こうかしら」

「いやダメだ」モンティは言った。「いや、いいよ。君がわざわざ行かなくたって。本当にいいから」

数分後、彼は戻ってきた。戻ってきた彼の態度物腰は、改善方向に大きく変化していた。眉間《みけん》のシワは消え、もはやひたいを拭《ぬぐ》ってはいなかった。彼は溶鉱炉の中を通り過ぎてきて、今はもっと涼《すず》しい環境でリラックスしている男の雰囲気をまとっていた。

「ここは素敵だ」彼は言った。「別の船に乗ってるみたいだ」

「それ、私のセリフよ」

「ああ。そしてまったく君の言ったとおりだ」

「ここは暗いけど、構わないの?」

「僕は暗い方が好きだな」

「ピースマーチには会った?」

「ああ、会った。何人もの友達とファンのおごりのビールを飲み終えたところだった」

「歌が大成功で喜んでいたでしょう?」

「ああ、とってもだ。これからはレパートリーに『ザ・バンドレーロ』を加えるつもりだって言ってた。これまでは『ヨーマンの婚礼の歌』に集中しすぎだったようだ」

「そうなの。私に羽織りものを取ってきてくれるよう、言ってくださった？」

「ああ。そう指示した。まもなく果実がもたらされるはずだよ」

男とはささやかな秘密を持ちたがるものであるから、彼はアルバート・ピースマーチに、その任務を遂行する前に一等デッキと二等デッキの分岐点《ぶんきてん》に行き、ホラティウスが彼の橋を死守したように〔ローマの英雄ホラティウス・コクレスがエトルリアとの戦いでローマの橋を死守した故事は、詩人トーマス・マコーリーの詩「橋のホラティウス」に描かれた〕ロッティ・ブロッサムの侵入からその地を守れと指示したことは付け加えなかった。彼の魂の発熱を鎮《しず》めたのは、この戦略的行動であった。今やすべて大丈夫だと彼は思った。すでに見たように、彼の意見ではこのスチュアードは世界を操《あやつ》る偉大な頭脳の一人ではないが、こんなにも簡単で単純な仕事なら、しくじらずにやってくれると信用できよう。

彼は大作戦を成功裡《り》に終えた将軍のような気分で、大西洋上の大気を深く吸い込んだ。彼はガートルードに優しく、一度ならず何度もキスをした。

キスはうまく行った。その点に疑問の余地はない。彼女は明らかにそれを喜んでいた。しかし彼女はこの瞬間の法悦に完全に身を委ねることができずにいるようだった。彼女の態度には抑制があったし、彼女の声には完全に安心しきってはいない心のありようを伝える、かすかな単調さがあった。

「モンティ」彼女は言った。

「ハロー？」

しばらく間《ま》があった。

「モンティ、昼食前に二人で話し合ったこと、覚えてらっしゃる?」

「へっ?」

「ブロッサムさんとお話ししないことについてよ」

「あ、ああ、覚えている」

「あなた、お話ししてらっしゃらないわね?」

モンティの胸は大きく膨《ふく》らんだ。胸元の固いシャツを着ていたら、そしてもっと現代的な柔らかいピケのシャツを着ていなかったら、彼のシャツは音立てて破れていたことだろう。明確な良心を持ち合わせた男の胸くらい柔軟に膨張する胸はない。

「絶対にしてない」

「よかった」

「僕は彼女に会ってすらいない」

さっきのかすかな単調さがガートルードの声に戻ってきた。

「わかったわ。もし会っていたら話をしていただろうって、あなた思うのね?」

「ちがう、ちがう。そうじゃない。会釈したかどうかだって怪しいと思う」

「あら、会釈ならなさるの?」

「しないさ」

「あなたが会釈なさっても、私、気にしなくてよ」

「うーん、多分僕は会釈を――冷たくしたんじゃないかな」

「だけどそれ以上じゃないのね」

「一ミリもそれ以上じゃあない」

「よかった。彼女、いい人じゃないわ」

「そうだね」

「ハリウッドに住んでいると、ああいうふうになるんだと思うの」

「だとしても、僕は驚かないな」

「それとも赤毛のせいかしら」

「その可能性もあるかもしれない」

「だけどあなたは彼女とお話をしてらっしゃらないのね？」

「一言だってだ」

「よかった……モンティ！」

「ガートルード！」

「だめ、誰かこっちに来るわ」

白いジャケットを着た人物が闇の中を近づいて着た。息遣いの荒さと時々なされた『ザ・バンドレーロ』への言及から、人物同定に疑問の入り込む余地はなかった。

「ピースマーチ？」ガートルードは言った。

「おや、こちらにいらっしゃいましたか、お嬢様」スチュアードは愛想良く言った。「羽織りものをお持ちいたしました」

「本当にありがとう」

「こちらの羽織りものでよろしかったかどうかはわかりかねますが、あなた様のワードローブに掛かっておりました。性質はふわふわとし、色は青でございます」

「私が欲しかったのはそれよ。あなたってなんて賢いのかしら。本当にありがとう。歌がとてもうまくいってよかったわね、ピースマーチ」

「ありがとうございます、お嬢様。はい、観衆を魅了できたものと存じます。惜しみない拍手喝采が起こったところでございました。あれは結構な曲でございますな、お嬢様。あなた様がご指摘くださいましたとおり、スイングがたっぷりございます。わたくしは今後この曲を頻繁《ひんぱん》に演奏してまいる所存でございます」

「ボドキンさんがそう話してくださったわ」

スチュアードはぼんやりした明かりの中を覗《のぞ》き込んだ。

「おや、お隣にお立ちでいらっしゃいますのは、ボドキン様でいらっしゃいましたか、お嬢様。一瞬どなたかわからずにおりました。あなた様へのメッセージを言付かっております」アルバート・ピースマーチは礼儀正しく言った。「あなた様のご指示のとおり、ブロッサム様とお目にかかり、あなた様はただいまご用事がおありのためこちらにてお目にかかることは叶《かな》わぬ旨《むね》をお伝えいたしました。するとブロッサム様は、それはまったく構わないから十一時から深夜までの間ならばいつでもあたしの船室に来ていただけないかしらとお伝えいただきたいとの由《よし》にございました」

19. 寝室にて

通路をそっと移動し、抜き足差し足で階段を降り、スチュアードの姿を見れば跳《と》び上がり、スチュアーデスには後ろめたげにたじろぎ、途中で出会う他の船客たちにもそんな調子で、十時ちょうどにメインラウンジを出たレジー・テニスンは、ロッティ・ブロッサムの特等船室ドアの外に十時三分半過ぎに到着した。彼の心臓は早鐘のように鼓動していたし、危険なまでに肥大していはしまいかと思われた。ディナージャケットの下で彼の背骨は蛇《へび》のように這《は》いずり回りだしていた。最後に息をして以来あまりにも長く時間が経《た》っていたから、もうほとんど息の仕方を忘れてしまったくらいだった。ミス・ブロッサムと会話し続ける任務に直面したモンティ・ボドキンのごとく、また、『ザ・バンドレーロ』の名状しがたい脅威に身をすくめるアルバート・ピースマーチのごとく、眼前に立ちはだかる試練を思い、レジナルド・テニスンもまた、ステージ前の不安と戦っていたのであった。

この旅路に出発した際には、とりたてて何の目的もなく夕食後のそぞろ歩きを楽しむお気楽な青年のように、道中は気楽で無頓着《むとんちゃく》でいようというのが、彼の意図したところだった。しかし一歩足を踏み出すごとに、彼の役どころはどんどん説得力を欠いていった。立ち止まって静かな通路の上下にコソコソ目をやり、木のキーキーきしむ低く不気味な音に精神的不快をいや増しながら、彼はこの役づくり構想を完全に変更してしまったかのようだった。彼がこの瞬間に演じていたのは、犯罪の意図をもって徘徊《はいかい》した件でいつも警察に検挙される者の完璧な描写だった。もし警官がここにいたら、レジーが殺人、放火、強盗、あるいは午後八時過ぎにチョコレートを購入しようと企てているかどうかは定かでないにせよ、何かものすごく悪いことを計画中だと一目で見抜いたことであったろう。

この青年はおそらくは四十秒ほど、きょろきょろと落ち着かぬ目以外は動かさず、立ち尽くしていた。それから、このまま無期限でこれを続けるのかと思われてきたところで、一つの思いが彼の脳裡《のうり》に突然浮かんだ。その思いは彼に活力と勇気を与え、四肢《しし》の柔軟性を回復させた。彼の顔は硬度を増し、背骨もそれに倣《なら》い、両肩はがくんと落ちるのをやめた。彼の唇がもの言わず動く様が見えたかもしれない。あたかも内なる声が彼の耳許で、「二千ポンド！」とささやき、彼が「わかってる、わかってる。忘れちゃいないさ」と言っているかのようだった。素早く、神経質に手首をピクリとさせてドアの取っ手を回し、彼は部屋の中に入った。

この特等船室の占有者がかつて彼にとって非常に愛しい人であったことを考えれば、実際、一時は彼の妻になって欲しいと頼むところまで行ったことを考えれば、彼女の寝室の親密さを見つめるレジー・テニスンがある種の感傷のとらわれとなり、ヘアブラシを手にとって優しく小さなため息をつくとそれを唇に押し当てる、とか、オレンジ色の口紅や眉毛抜きを一瞬手で弄《もてあそ》ぶ、といった行動をとったと思われる向きもあるやもしれない。

しかし、そうしたことは全くなかった。彼の感情は、今朝船の図書室から借り出した本の主人公、デズモンド・カラザーズ［アースキン・チルダースの冒険小説の主人公名。ここでは特定の作品ではなく、このジャンルのヒーローを表す決まり文句として使用が偶像神の目に嵌《は》め込まれた緑のサファイアを盗みにヒンドゥー寺院に忍び込んだ時とまったく同じだった。］は思考を仕事のことだけに集中していたし、レジーもそうだった。彼の全関心は部屋の隅に置かれたトランクに釘付けだった。それを検分して鍵が掛けられていることを知ったとき、彼はデズモンド・カラザーズが自分と偶像神との間に、誰か抜け目ない僧侶が大型のコブラを数匹放ってあるのを知った時とかなり同じような気分になった。今度は自分が笑われる番だと知った男に訪れるのとまったく同じ、うつろな感覚である。

しばらくの間、彼は途方に暮れて立ち尽くしていた。

しかし彼は長いこと途方に暮れてはいなかった。トランクある所、必ず鍵ありと理性が彼に告げ、また直感によって彼は鏡台へと導かれた。鍵は彼が一番最初に探した引き出しにあった。彼はそれを素早くつかむとトランクのところにとっとと戻ろうとした。と、鏡を背に立つ銀の額縁中の写真に、彼の目はとまった。彼の兄のアンブローズがパイプを吹かしている顔写真である。

男性小説家は口にパイプをくわえた状態で写真を撮らせることを法律により禁止されるべきである。それを突然見てしまった公衆に対し、公平ではない。それは彼らをあまりにも強力で強靭《きようじん》に見せるから、見た者はいやらしい衝撃に耐えられないのだ。レジーがそうだった。アンブローズがパイプをくわえる力強い様には、何かしらひどく恐ろしいところがあった。このたくましい人物がこの船内に放たれており、いつ何時《なんどき》入ってきて彼を捕えないとも限らないとの思いはレジー・テニスンを凍りつかせ、そしてごくわずかの間、彼は動けなくなった。

すると、あの内なる声がふたたび彼の耳もとでささやいたのだった。「二千ポンド！」と。そして彼は一瞬の弱気を振り払った。彼はトランクのところにとって返し、鍵が鍵穴にはまるのを見るとあごを落とし、熱狂的に大急ぎでそれの捜索を開始した。

幸い彼は、困難と神経の緊張のとらわれではなかった。最小限の探索により、ミッキーマウスがどこにあるにせよ、ロッティ・ブロッサムのトランク内でないことは明らかになった。ミッキーマウスの性質そのものが、その探求者たちに任意の場所におけるその有る無しを検知することを容易にせしめていた。それはキャミソールの下に放り入れて人目を逃れるマハラジャのルビーでも機密条約でもなかった。ミッキーマウスにはかさがある。引き出しを開けて直ちに見つからなければ、それはその引き出しにはないのである。ネグリジェや下着の中をほじくり返したとて時間の無駄に過ぎない。

それでもなお、苦悩に打ちひしがれて数分ほど、レジーはほじくり返し続けた。彼くらいに多くの物事がそこに掛かっているという場合、そうやすやすと諦《あきら》めて負けを認めたりはできないのだ。内なる声――もし欠点があるとしたら、おそらくいささか一本調子であるところだろうか――は相変わらず「二千ポンド!」とささやき続けていたし、その言葉は彼に拍車をかけ衝《つ》き動かしていた。もし彼がアイヴァー・ルウェリン氏の悪夢の中で近頃大きな役を取っている税関検査官であったとしても、これ以上入念にほじくり返すことはできなかったろう。

このトランクがブツを提供してハッピーエンディングをもたらしてくれないのは、彼には絶対的に信じられないことだと思われた。このクソいまいましい部屋の他のどこに、ミッキーマウスの置かれようがあるというのか、と彼は考えた。

すでに鏡台の引き出しは調査済みだった。そこにはない。ワードローブも探した。そこにはなかった。ワードローブの上に置かれた救命装置一式の後ろを手で探ってみた。そこにもない。そして部屋中をいっぺんざっと見渡してみれば、それが椅子の上に置かれても、ベッド上に無頓着に投げ出されてもいないのを確信するには十分だった。それはこのいやらしいトランクのどこかに必ずなければならないのだと自分に言い聞かせ、彼はぴくぴくひきつる指でハンカチ、スカーフ、ベルト、ウールのセーター、シルクのセーター、緑色のセーター、赤いセーター、リボンのついたよくわからないもの、リボンのついていないよくわからないもの、そして彼の人生の諸事実に関する知識によれば膝丈《ひざたけ》の下着であるところのもの、の間をまさぐり進んだ。

だめだった。彼はあきらめねばならなかった。いやいやながら、あこがれ焦がれ、未練たらたらで見返しつつ、彼はトランクを閉めると鍵を引き出しに戻し、アンブローズの写真の目を避けようとしてうっかりまた見てしまい、身震いをし、そして部屋の真ん中に立ってゆっくりと回れ右を始めた。彼の目はそこに落とし戸や秘密の地下牢がありはしないかと願うかのように、カーペットを見つめていた。

そしてそうしながら突然、彼の顔に新たな熱意と熱情が差し入ってきた。彼は何かを見たのだ。落とし戸や秘密の地下牢はなかったが、ベッドの脇にたった今まで彼の注目を逃れるようなかたちでそっと置かれた籐《とう》のバスケットだ——小さいが、小さすぎはしない。隠さなければならない茶色いミッキーマウスのぬいぐるみを持った創意工夫の才に富んだ女性が、いかにもそいつを隠しそうな籐のバスケットである。

「ヨーイックス！」珍しくいつものやり方を変えてきた内なる声が叫んだ。

「タリホー！」レジー・テニスンが応えて言った。

「二千ポンド！」いつもの方式に戻って、内なる声が言った。

「もちろんだとも！」レジーは言った。

陽気な楽観主義でいっぱいになって、彼は弾《はず》むように前に進んだ。彼は籐のバスケットのもとに到着した。彼はその上に身をかがめた。彼は蓋《ふた》を持ち上げて中に手を突っ込んだ。

時は今、十時十五分ちょうどであった。


ロッティ・ブロッサムは夕食後、アンブローズとラウンジでコーヒーを飲み、まだすべてを失ったわけではないし、自分たちが置かれた不幸な状態を脱する方法はまだ見つかるかもしれないといったような趣旨の注意深い言葉で――それらは注意深いものでなければならなかった――彼の憂鬱《ゆううつ》を晴らそうとしながら、一緒に一時間ちょっとそこに座っていた。その調子で彼女は、時計をちらりと見たら十時になっていた時まで過ごした。その時間に彼女はモンティと二等のプロムナードデッキで会って、もう一度話し合う約束をしていた。

すでに告げた条件を呑《の》むまでは、運命のミッキーマウスを絶対に手放さないと固く心に決めていたから、モンティと会って話をするのはたんなる時間の無駄に思えた。だが約束は約束だから十時一分過ぎに彼女はひたいに手をやり、熟練の演技で苦痛を表明し、頭痛がするとアンブローズに伝え、自室に戻って休もうと思うと提案した。

これは当然ながらアンブローズをナイフのごとく切りつけたから、彼の不安を落ち着かせ、恐怖を鎮《しず》め、この病気は苦痛ではあるが危険なものではないと彼に納得させる過程には、更に五分かかった。十時七分まで、彼女はその場を立ち去れなかった。その場を辞去すると、彼女は素早く動いて一分二十六秒で一等と二等の境界に到着した。そしてそこで、すでに述べたように、彼女は奈落の王アポリュオンのごとく境界にまたがり立つアルバート・ピースマーチに出会ったのであった。

彼女とアルバートとの対談は短かった。それはこのスチュアードの意図するところではなかった。つまり彼はコンサートの壇上における大勝利について長々と語ることもできた――実際、語ろうと試みもした――のだから。しかしハリウッドのスタジオにおける長年の経験は、ロータス・ブロッサムを、自分がどれほど素晴らしかったかを語ろうとする人々を減速させる技術の達人へと変えていた。十時十二分にはアルバート・ピースマーチはモンティのメッセージを伝え終え、夜陰に姿を消した。ブロッサム嬢はそれから回れ右して、自室に戻っていった。

彼女はイライラしていたし、そうなるのももっともだった。こんな早い時間に船室に閉じ込められるのはうんざりだった。彼女は船上や街中のナイトライフを愛してやまず、夜がふければふけるほどますます元気に、ますます楽しくなって朝方四時半ぐらいまで過ごせる女性であったからだ。しかし彼女に選択の余地はなかった。彼女が演じた、ひたいのずきずきする痛みに悩まされる弱々しい病人役の芸術性の高さゆえに、ラウンジに戻って明かりと音楽を楽しむことはもはや不可能だった。もしそうしたら、自分を喜ばせ、一人ぼっちにさせないために、彼女は健気にも苦痛に耐えているのだとアンブローズが思い込むのは不可避である。また彼の騎士道的魂はそのことにむかむかするだろう。彼は病気の仔羊に対する羊飼いのように騒ぎ立て、おそらく何とかして寝床に向かわせることだろう。だからだめだ。

そう、まだこんなほんの宵の口――廊下を曲がる時に腕時計を見たら、まだ十時十四分だった――に、彼女は船室に向かうしかなかった。アクションが最高潮を迎えた時にセットから立ち去ろうとする彼女に向かって、とある監督の唇から発されるのを聞いたことがある所見をぶつぶつつぶやきながら、彼女はドアに近づいた。

部屋の中から突如空気をつんざき、鋭い、苦痛の悲鳴が聞こえた。

彼女は躊躇《ちゅうちょ》しなかった。ロッティ・ブロッサムには色々欠点があるかもしれない——ガートルード・バターウィックだったら一ダースは指摘できたことだろう——が、勇気の欠如はその一つではなかった。確かに、悲鳴を聞いて十五センチくらい跳《と》びあがりはした。しかし彼女の立場に置かれたら、大抵の女性は三十センチは跳びあがったことだろう。磐石の大地に帰還すると、彼女は迅速に行動した。彼女は武器を持っていなかったし、誰かが彼女の特等船室でたった今殺害されたという事実から、そこには死体があるだけでなく犯人もいるはずと推測されたが、彼女は一瞬も迷うことなくドアを引いて開けた。

彼女が見たのは旧友、レジナルド・テニスンの姿だった。彼は右手の小指を口にくわえ、アステア流のポンポンダンスを踊りながら部屋中をはね回っていた。

自分の寝室に人間のかたちをした悪魔がいると思ったら、代わりに自分がしばしば一緒に食事をし、一緒にお酒を飲み、一緒にダンスを踊った青年を発見した女性は、驚愕《きょうがく》の思いを表明する言葉を見つけるのに一定の困難を経験する傾向がある。彼が指を舐《な》めながら床中を踊って回っていることに気づいたとしても、その困難は消えるものではない。したがってこの予期せぬ邂逅《かいこう》の最初の瞬間に、ロッティ・ブロッサムは口をぽかんと開けて戸口に佇《たたず》むばかりだった。

レジーも饒舌《じょうぜつ》だったわけではない。彼女を見ると彼は旋回するのをやめたが、口はきかなかった。

今夜この部屋に向かう途中、何らかの不幸な理由で部屋主がたまたま入ってきて彼を見咎《みとが》めたら何と言おうかと彼は考えていた。今その心配が現実となってみると、何も言うことはなかった。彼の指は猛烈に痛かったから、彼は黙ってそれをちゅうちゅう吸い続けた。

結局、最初に口を開いたのはロッティだった。

「何なの、レジー――!」彼女は言った。

レジナルド・テニスンは口から指を出した。罪を悔い、深く恥じ入ってみせる理由が彼にはいくらでもあったはずだが、彼は罪を悔いているようにも深く恥じ入っているようにも見えなかった。彼の態度は義憤に煮えくり返った男のそれであった。すなわち、不当な扱いを受け、正当にもそれに憤慨する男である。

「いったい全体」彼は感情的になって訊《き》き質《ただ》した。「あのバスケットに何を入れてるんだ?」

ロッティには曙光《しょこう》が見えてきた。驚きに、面白がる気持ちが取って代わった。彼女は質朴《しつぼく》で健全な精神の持ち主で、清潔で単純なお笑いにたやすく大喜びできる。そして彼女の小さな籐のバスケットを開けた者の反応は、いつも彼女を楽しませてくれた。

「あの子は」彼女は言った。「ウィルフレッド、あたしのワニよ」

「君の何だって?」

「ワニよ。あなたワニが何だか知らないの? まあいいわ、もういっぺん会わせてあげる」

謎が一掃されても、レジーの心は一向になだめられはしなかった。

「ワニだって? いったい全体こんなところをワニで一杯にしてどういうつもりだ? 文明社会の

特等船室で、このクソいまいましい生き物は何をしてる?」

ロッティ・ブロッサムは肝心の取調べというか捜査に移りたくてうずうずしていたが、この客人の満足ゆくまで説明しないことには、そちらに集中させるのは不可能だと理解した。

「ただのプレス用の派手なしつらえよ。あたしのプレスエージェントがキャラクター演出にいいって考えたの。最初は彼、ワニとマングースの間で決めかねて、それからこの子と、本当は良書の間で暮らしてる時が一番幸せな家庭向きの素朴な女の子の間で心揺れて、でも最終的にはワニに一票を投じたわけ。そうしてくれてよかったわ。だってワニってほんと、元が取れるの。ほんとよ、信じられないかもしれないけど。間違いのない方向で宣伝ができたし、小さな籐のバスケットにワニを入れて旅したことのない人には、そこから得られる秘密の悦《よろこ》びがどれほどのものか、想像もつかないと思うわ。何があったの? ウィルフレッドはあなたに噛《か》みついたの?」

「そいつは俺の腕を噛み切ろうとしただけだ」

「この子をいじめちゃダメよ」

「いじめてなんかいない」

「じゃああなたのこと、ハエだと思ったのね」

「このケダモノは心神喪失《そうしつ》に違いない。俺がハエに見えるか?」

ロッティ・ブロッサムはウィルフレッドの籐のバスケットを近頃開けたばかりの人物と話をする際にいつもまとう、うれしげで陽気な笑みで笑っていた。しかし今、その笑みは消え去り、唇は堅く結ばれた。

「あなたがどんなふうに見えるか、言ってあげましょうか?」

「何だ?」

「あなたは」ミス・ブロッサムは静かに、それでもなお威圧感たっぷりに言った。「あたしの船室で何をしてるのか説明してくれる人に見えるわね」

この会談の始まった瞬間から、いずれ遅かれ早かれまさしくこの点を明らかにするよう求められることを、レジーは心落ち着かなぬ思いで自覚はしていた。その時が今や訪れてみても、彼の心落ち着かなさが一向に減じることはなかった。彼は自分がきわめて不安定な立場に立っていることを意識しており、きわめて不安定な立場に立っていることを意識している大抵の男性と同じく、空いばりでこの場を切り抜けようとした。

「そんなことはどうだっていい! そんな話をしてるんじゃない。今してるのは君のこの人喰いワニのことだ。僕の指がどうなったと思う? こんなにひどく腫《は》れたのは見たことがない。ワニなんて、けっ! だ」苦々しい思いでレジーは言った。この主題については強く思うところがあったのである。

ロッティ・ブロッサムは彼の誤りを正した。

「あたしたち、その話をしているの。たった今あたしたちはその話をしているところなの。あなた、あたしの船室で何をしているの? この一族の汚名さんたら。早く吐いちゃいなさいな、レジー・テニスン。そうしてくれないとどういうことになるか、考えないといけなくなるわね」

レジーは咳払《せきばら》いをした。左手の小指を依然くわえながら、落ち着かぬげに彼は左手の人差し指をカラーの内側に走らせた。彼はもういっぺん咳払いをした。

「さあ?」

レジーは決心した。空いばりで何とかなると思えたら、まだ続けてもみただろうが、部屋主の顔をちらりと一瞥《いちべつ》しただけで、そんなのはまったく無駄だと確信するに十分だった。今のロッティ・ブロッサムには、かつて幸福だった時代に彼女をディナーテーブルを共にする最高の相手にしていた、あのにこやかさはひとかけらも残っていなかった。彼女の態度は、事態の核心に直撃し、話題そらしは一切受け付けぬと堅く決意した女性のそれであった。彼女の双眸《そうぼう》のきらきらした輝き、ぐいっと上げられたあご、そして強靭《きょうじん》な前歯の不吉な食いしばりに、彼は気づいた。この状況によってもたらされた臆病なパニックゆえの不思議な目の錯覚により、彼女の髪が突然赤毛度を増したように、彼には見えた。

彼は全面的に率直でいようと決意した。

「聞いてくれ、ロッティ」

「なあに?」

「すべて話す」

「そうした方がいいわね」

「僕がここに来たのは、モンティのミッキーマウスを探すためだ」

「ああ!」

「君が奴からくすね盗《と》ったやつだ。そいつを返してもらいたい」

ロッティ・ブロッサムは今また笑いはじめていた。しかしそれは残忍な笑いで、彼女の表情の恐ろしさをいささかも和らげるものではなかった。こう明かされても彼女に驚きはなかった。彼女の頭脳は提示された証拠から結論を抽出することのできる頭脳であったから、すでにモンティ・ボドキンの見えざる手を疑っていたのである。

「ああ」彼女は言った。「それで見つかったの?」

「いや」

「残念だったのね?」

「ああ」

「そう。今見つかるわ」

腕にかけていた羽織りものの下から、彼女はミッキーマウスを引っ張り出した。

「なんてこった!」

「ふん、この子を船室にほったらかして出かけるような間抜けだと思った? あなたみたいな悪党がうろつき回ってるっていうのに」

レジーは感情をあらわに、大口を開けてミッキーマウスを見つめた。実際彼の目はぐるぐる回っていた。

「ロッティ!」彼は叫んだ。「そのミッキーマウスを渡すんだ!」

ロッティ・ブロッサムは驚いたように彼を見つめた。レジナルド・テニスンとの長く親密なつきあいから、彼が大いに厚かましい青年だとは承知していた。だがかくも厚顔無恥《こうがんむち》だとは思ってもみなかったのだ。

「何ですって? これをあなたに渡せですって?」

「そうだ」

「そのにたにた笑いを消して」ロッティは助言した。「あなたには似合わないわ。このミッキーマウスを渡せですって！　いいわ、結構ですこと。あなたあたしを誰だと思ってるの？」

レジーは腕を情熱的にぶんぶん振った。

「友達だ！」彼は叫んだ。「ロッティ、わが友。それが俺にとってどれだけの意味を持つものか、君にはわからないんだ」

「レジー、イモムシちゃん。これがあたしにとってどれだけの意味を持つものか、あなたはわかってないの」

「だけど、ロッティ。わかってくれよ。ぜんぶ話すから。俺は恋をしている」

「してない時がないじゃない」

「だが今度は本物なんだ。ロイド英国船外国船登録A１級の本物だ」

「相手は誰？」

「メイベル・スペンスだ」

「いいじゃない」ロッティは心から言った。「あたし、いつだってメイベルは好きよ。もう約束したの？」

「まだだ。どうして？」

「だって彼女、分別《ふんべつ》がありすぎるから」

レジーの腕はさらに激しく宙を切った。

「彼女はそんなに分別がありすぎたりしない。少なくとも、そうじゃないと俺は願ってる。だが、あのミッキーマウスを手に入れないことには、一インチも前へ進めないんだ。俺は一文無しだ。メイベルに正々堂々と求婚できる唯一のチャンスは、あのミッキーマウスを手に入れてモンティに渡すことだけなんだ。そうすれば、奴は俺に二千ポンドくれる……」

「何ですって！」

「そうだ。それでもしその金があれば、俺はハリウッドに行ってメイベルに求愛できるんだ。もしその金がなけりゃ、俺はモントリオールに行ってあのクソいまいましい事務所仕事に就いて、苔《こけ》のむすまで一生そこにいることになる」

ロッティ・ブロッサムの目から炎が消えた。彼女の唇の堅さは和らいだ。まぎれもなく、彼女の唇は震えていた。ホボークンのマーフィー家の者はカッと熱くなりやすい気性の持ち主であったが、彼らはまた熱くなりやすいハートの持ち主でもあったのである。

「まあ、レジー！」

「俺の言いたいことはわかってくれたかい？」

「ええ」

「それじゃあどうする？」

ロッティ・ブロッサムは自責の念にかられつつも、燃える炎色の頭を横に振った。

「できないわ」

「ロッティ！」

「ロッティ！ なんて言ってもだめ。ボドキンがこのミッキーマウスをあなたに取り返させようとしてるんだっていうなら、あたしの方の事情もわかるでしょ。あたしはアンブローズに職が欲しいの。そしてあのミッキーマウスだけがあたしの武器なの。あたしのことをそんなふうに見たってだめよ。あなたにメイベルと結婚したがる権利があるのと同じくらい、あたしにだってアンブローズと結婚したがる権利があるの。そうじゃなくって？それに彼、職なしじゃあたしと結婚してくれないわ。だからあたしはボドキンを脅さなきゃならないの」

「君のしてるのはほとんど脅迫だってことは、わかってるんだろうな？」

「これは脅迫よ」彼女は彼に請け合った。「それに、こう言ってちょっとでも気休めになればだけど、あたしだって自分がこんなことしてるのは嫌だし自己嫌悪になるわ。だけどあたしのアミーを失うくらいなら、自己嫌悪に陥ったほうがずっとマシなの。ねえ、レジー、この世の中であたしがあなたのためにしてあげられないことなんて何にもないくらいだって、わかってるでしょ。あたしいつだってあなたのこと、バカの子供を持った母親みたいな気持ちで思ってるわ。だけどあなたがあたしに頼んでるのは、たった一つ、あたしがしてあげられないことなの。あたしはこのミッキーマウスをあなたにあげられない——だめなの。わかってくれるわね？」

レジーはうなずいた。彼は負けを認められる男だった。

「ああ、わかった」

「そんな目で見ないで、レジー、ダーリン。我慢できないわ。それよりあのボドキンのバカにアイキー・ルウェリンと契約するよう説得はできないの？　そうしてくれたら全部うまくいくんじゃない。彼ならすぐ、アンブローズを雇い直すようにアイキーを説得できるじゃない」

「残念ながらそいつは望みなしだ。モンティは何と言われたって絶対に俳優にはならないって断言してる。奴の強迫なんとかってやつだそうだ」

「あの人あたしを疲れさせるわ」

「俺もだ。だが、そういうことだ。さてと」レジーは言った。「それじゃあおさらばするよ。楽しい夜をありがとう」

もの思うげに指をちゅうちゅう吸いながら、また通りすがりに籐のバスケットに冷たい視線を投げつけながら、彼はドアに向かった。ドアが閉まった。ロッティは彼を止めなかった。彼女にできることも言えることも何もなかった。

彼女はベッドに腰掛けた。いつもなら、船室にたった一人になった時、彼女は籐のバスケットの蓋《ふた》を持ち上げて中の生き物にチュッチュと言って、友達がそばにいて、君のことは忘れてないよと知らせてやったものだったが、ただいまの痛ましい場面で深く傷を負った彼女の感情は、ワニにチュッチュと声かけする状態ではなかった。彼女は目の前を見つめて座り、このままだと感情が深く傷ついた時に湧《わ》き上がりがちな涙に、身を委ねてしまいそうだった。と、ドアをノックする音がして、彼女の黙想は妨げられた。

彼女は立ち上がった。涙が溢《あふ》れそうだった彼女の目は、今や乾き、険《けわ》しくなっていた。彼女はアルバート・ピースマーチが、表向きはカーペットの綿ぼこりを払って部屋を整然とさせるために、しかし実は彼が愛好してやまない長く愉快な会話を楽しみにやってきたのだと思ったのだ。そして彼女は今、とりとめのないヨタ話をバブバブ話しかけてくるスチュアードの間抜け頭を嚙《か》みちぎってやりたい気分だった。

「入って」彼女は呼びかけた。

ドアが開いた。戸口に立っていたのはアルバート・ピースマーチではなく、アンブローズ・テニスンだった。

アンブローズ・テニスンの手には壜《びん》が握られており、もう一本の壜はポケットから突き出していた。愛する女性がひたいに指を当て、唇を耐えがたい痛みにゆがめて立ち去るのを見た恋する男性は、ただ葉巻をくわえて安楽椅子《いす》に坐り続けていられるものではない――彼は頭痛薬を求め、船医のもとへと急ぐのである。アンブローズ・テニスンはロッティとラウンジで別れた瞬間にそうした。彼女が高い道を行って二等のプロムナードデッキに向かった時、彼は船のどこか奥まったところにある医務室へと至る低い道を行ったのである。

その後いささか遅延があった。船医を連れてこなければならなかったからだ。日中、船医は船内で一番美しい女性とクィーツ輪投げをする。夕食後、彼は船内で一番美しい女性と一緒に――もし彼女が来られなければ二番目に美しい女性と一緒に――バックギャモンを少々やるのである。しかしながら、やがて彼は姿を現し、アンブローズは大いに推奨《すいしょう》される二本の頭痛薬を確保した。彼は今それを届けにやってきたのだ。

「やあ」彼は言った。「気分はどう?」

予期せず愛する男性の姿を見たことは、ロッティ・ブロッサムに奇妙な効果をもたらした。入室を覚悟していたアルバート・ピースマーチの代わりに彼を見たことで、彼女は一時的に動けなくなった。憧《あこが》れ焦がれる優しさが彼女のうちから突如溢れ出し、喉《のど》を詰まらせ、目には先ほどから溢れ出しそうになっていた涙を溢れさせた。彼女は完全に崩壊した。

「うっ、うっ」彼女は泣きじゃくった。「うっうっうっうっ」

すでにこの語りにおいて指摘したことだが、目の前で女性がぐすんぐすんと泣き出した男性にとって、とるべきコースはただ一つである。すなわち、対象者の頭部ないし肩をぽんぽんと優しく叩く、これ一択である。しかし当然ながら、これが適用されるのは男性側が比較的他人である場合に限られる。見る者がぐすんぐすん泣いている女性を愛する男で、彼女にも愛されているなら、何かもっと強い性質のことが求められる。抱擁《ほうよう》し、愛撫《あいぶ》し、涙をキスで拭《ぬぐ》い去り、彼女の脇に跪《ひざまず》き、わけのわからない言葉を途切れ途切れにつぶやくのが彼に求められる態度である。

アンブローズ・テニスンはこの内のどれもしなかった。彼は手に壜《びん》を握り、もう一本はポケットから突き出させて、動かずそこに立っていた。彼の顔には冷たい、こわばった表情があった。

「薬を持ってきた」彼は抑揚のない声で言った。「君の頭痛のために」

ロッティ・ブロッサムは泣き終えてはいなかったが、座り直し、涙を拭いた。彼女は驚愕《きょうがく》していた。彼女が泣くのを見ていながら、アンブローズが前に進み出て彼女の手を取りもせずにいられたことがあまりにも驚きで、蛇口を締められたように涙が止まったのだ。

「アミー！」彼女は叫んだ。

アンブローズの態度は相変わらずよそよそしく、洗練されていた。

「もっと早く来るつもりだったんだが」彼は言った。「船医にだいぶ待たされた」

彼は言葉を止めた。彼は無表情だった。

「それでここに着いたら」彼は言った。「君が誰か男と話しているのが聞こえたから、邪魔しないほうがいいと思ったんだ」

彼は二本の壜を鏡台の上に置き、ドアの方に向き直った。彼はロッティがドアと自分の間に立っているのを見た。彼女はもはや泣きじゃくってはいなかった。彼女は活発で毅然《きぜん》としていた。

「ちょっと待って、アンブローズ。一分でいいの」

アンブローズのうわべの冷たさに、ひびが入ったように見えた。彼の顔は動き出した。彼は銀の額縁の中の写真とはまったく別人に見えた。もし彼が今口にパイプをくわえたら、落っことしていたことだろう。

「君は頭痛がするって言ったじゃないか！」

「わかってるわ――」

「それで君は僕と別れてここに来て――」

「アミー、聞いて」ロッティが言った。「ちょっとだけ時間をくれたら、説明するわ。お願いだからもう喧嘩《けんか》はやめましょう。ちょっとした諍《いさか》いはあたしには肉料理と飲み物みたいなものなんだけど、でも今はだめ。ここに掛けて、そしたらこの一件の説明を全部してあげる」

20. ネズミの帰還

ロッティ・ブロッサムのもとを辞した後、レジー・テニスンは起こったことを報告しに、本件の主犯あるいは彼の雇い主のもとへとただちに向かったわけではない。築き上げてきた空中楼閣《ろうかく》が音立てて崩れ落ちた際の強烈な茫然《ぼうぜん》自失の落胆の衝撃の中で、あたかも彼の耳と彼の魂が堅く結び合わされて絞り機の中を通り過ぎてきたようだったというとき、男の本能は孤独を求めるものだ。レジーは傷口を舐《な》めるため、一人になりたかった。またこの表現は比喩《ひゆ》的な意味に留まらない。イートン校卒業生とハエとの区別を不可能たらしめたワニのウィルフレッドの理解の遅さゆえ、彼の指は依然として注意が必要だったのである。

彼は最初居間に避難所を求めた。だがそこに長居はしなかった。そこは空っぽで、そこのところはよかったのだが、蒸し暑くもあったのだ。大洋航海船の居間に特徴的な、奇妙な、名状しがたい芳香《ほうこう》がそこにはあった。これからものすごく不快な匂いになる寸前だけれども、まだ本当に匂いだしてはいない、という類の芳香である。これでは憂鬱《ゆううつ》が増すばかりだと思い、レジーは部屋を出て屋外デッキへと向かった。

この判断は正しかった。柔らかな夜風は彼を爽快《そうかい》な気分にし、力を与えた。人のいないところで黙って思い悩みもしていたかったのだが、現実に身体的不快を覚えることなくモンティと座って話し合うことを考えられるようになり、ロッティの船室を出て二十分ばかりしたところでようやく、彼はモンティに会いにBデッキへと向かった。

モンティの部屋のドアに到着すると、あたかも誰か溢《あふ》れかえる思いを抱えた魂が取っ手を急にぐいと押したかのように、ドアが鋭く急に開き、兄のアンブローズが出てきた。アンブローズの顔からは血の気が引き、両目は落ちくぼんでいた。一瞬彼はレジーをぼうっと見て、それから一言も言わずに立ち去った。レジーは、視界から消え去るまで目で彼の姿を追うと、船室に入っていった。そして戸口をまたいで彼が最初に見たものは、ワニに嚙《か》みつかれたかのように彼を動揺させたのだった。

モンティ・ボドキンがベッドに腰掛けていた。彼の手の中にはミッキーマウスがあった。彼は心ここにない様子で、その頭をくるくる回して外したりはめたりしていた。

「あ、やあハロー、レジー」彼は気だるげに言った。彼はミッキーマウスの頭を回して外し、また回してはめ、もういっぺん回して外した。

レジー・テニスンは時々夢の中で訪れる感覚、ものごとが意味をなしていないという感覚にとらわれていた。彼の前にモンティ・ボドキンが座り、そしてモンティの占有下には、もし自分の目が信用できるなら、ミッキーマウスご本人がいた。運命のミッキーマウス、この騒動のすべてのおおもとであるまさにそのミッキーマウスだ。だがモンティはパテの塊《かたまり》みたいな顔をして、態度は無気力で、彼のトゥータンサンブルというか全体的印象にきらめきはなかった。この状況を適切に描写する言葉はただ一つ――「奇妙奇天烈」である。

「どうした……どうしたんだ……?」震える指でそれを指さしながら、彼は力なくつぶやいた。

モンティは相変わらずパテの塊みたいな顔でいた。

「ああ、これか」彼は言った。「戻ってきたんだ。アンブローズがたった今持ってきてくれた」

レジーは椅子《いす》に崩れ落ちた。彼は椅子の両脇をしっかりつかんだ。それで少しは助けになるような気がしたのだ。

「アンブローズが?」

「ああ」

「お前はアンブローズがこのミッキーマウスを取り戻してくれたって言うのか?」

「ああそうだ。どうやらブロッサムが奴に、自分がこれを持っていて、これで僕を脅《おど》しているって話したようだ。するとアンブローズがその計画に大統領拒否権を行使したんだな。そんなのは我慢できない。人をミッキーマウスで恐喝《きょうかつ》するなんて正々堂々たる態度じゃないって奴は彼女に言って、それで彼女からそいつを取り戻して、僕のところに持ってきてくれたんだ」

椅子の両脇をつかむレジーの力が緩んだ。理性はすでに玉座でぐらついていたが、この驚くべき情報でほとんど落っこちそうになった。

「まさか本当にそんなことが?」

「あったんだ」

「あいつが彼女に、正々堂々たる態度じゃないって言ったんだな?」

「そうだ」

「それであいつの人間性のすさまじい威力で、あのミッキーマウスを手放させたんだな?」

　レジーは深く息をついた。彼は兄のアンブローズに対し、これまで感じたことのない感情を覚えはじめていた。大目に見てやるような気持ちで、彼はいつだってこの人物が好きだった。だが特に尊敬したことは一度もない。確かに、今だって彼は兄のことをとてつもない超人だと思いはじめたわけではない。しかし、もし彼が本当に、今述べられたとおり、いざとなったら汚い手を使うことも辞さない堅い決意に凝り固まったロッティ・ブロッサムの心の方向を転換させるのに成功したというなら、疑問の余地なく彼は超人級の人物とされるべきである。一切問答無用だ。彼はナポレオンのごとく、そしてサー・スタッフォード・クリップス［イギリス労働党急進派の政治家］とその他の少年たちのごとく、そこに直接切り込んだのである。

「クー！」雷《かみなり》に打たれたアルバート・ピースマーチのごとくレジーは言った。

「アンブローズは見上げた男だ」初めて感情を見せ、モンティは言った。「公明正大な態度だ。多くの男は手をこまねいて見ているだけで、上がりを食い物にする。だが、アンブローズはちがう」

「いい奴だ」レジーは同意した。

「奴はそんな真似は一切しない。彼女に盗品を返還させた。本当に見上げた男だと思うし、僕は奴にそう言った」

　言葉が止まった。モンティはミッキーマウスの首を回してはめ、もう一度回して外し、また回してはめようとした。

「だけど、いったい全体……」レジーが言った。

「何だ？」

「お前、どうしたんだ？」

「僕が？」

「そうだ。どうしてお前はバカみたいに大喜びしてないんだ？　そいつを取り返したなら、どうしてそんな顔してそこに座ったままでいるんだ？　響き渡る快哉《かいさい》はどうした？　どうして跳《は》ね回って踊らない？」

モンティは短く、苦く、吠《ほ》えるような笑い声で笑った。

「ああ、僕か？　喜んでまわるようなことは何もないんだ。このミッキーマウスを取り戻したって、もう何にもならない。ぜんぶ終わった」

「終わった？」その言葉はレジー・テニスンの唇から鋭いあえぎ声のように発された。あたかも急所に強打を食らったかのようにだ。「ぜんぶ終わっただと？」彼の目は丸く膨張していた。もしその表現が、彼の思うとおりのことを意味しているなら、すべては終わりということになる。彼の二千ポンドは消えてなくなり、またハリウッドで有名な人気者の若夫婦の仲間入りする夢をどれほど願おうとも、もはやとっとと捨て去ったほうがいいのかもしれない。「ぜんぶ終わっただって？」彼は助けを求めて椅子の脇をつかみ、青ざめた顔で、震えながら言った。「お前とガートルードのことじゃないよな？」

「そうなんだ」

「だけど、どうして？」

モンティはミッキーマウスの首を回して外し、また回してはめ、もういっぺん回して外そうとした。

「話してやる」彼は言った。「二等のプロムナードデッキでブロッサムと会う件で、めちゃめちゃ賢い計画をでっち上げた時、お前は計算の中に、二等船客のコンサートが今夜あるって事実を入れ損ねたんだ。アルバート・ピースマーチがそのコンサートで歌って、それで奴がガートルードに、見にきて拍手喝采で活気づける手伝いをしてくれって頼むってことを、お前は知らなかった」

「なんてこった！　で、ガートルードがやってきたのか？」

「ああそうだ」

「それでお前がロッティと一緒にいるのを見たんだな？」

「ちがう。僕はアルバート・ピースマーチをつかまえて、ロッティに来るなと言うよう言いつけたんだ。それで奴は出かけていってそのとおりにした。それからしばらくして僕がガートルードと立って話しているところに嬉《うれ》しそうにはしゃいでやってきて、船乗り風に挨拶《あいさつ》して全部大丈夫でしたと——ブロッサム様とお目にかかって、僕は彼女に会えないと伝えたところ、よくわかったから僕に十一時ぐらいに自分の船室に来るよう彼女は言ったと言ったんだ」

「なんと！」

「そうなんだ」

「なんてこった！」

「そうだ」

「なんてクソいまいましい地獄じみたバカなんだ！」

「ああ、サヴォアールフェールというか、機知機転は少々欠乏してるな」モンティは同意して言った。「このわずかな言葉がガートルードに与えた影響は顕著だった。時々ロンドンの街路で四名死亡したガス大爆発について読んだりするだろう。だいたいあの線の感じだった。彼女が正確に何と言ったかは、言わない。なぜって僕は、お前が構わなきゃ、その件についてあれこれ考えたくないんだ。だがすべておしまい――最終的に、決定的に、絶対的にってことは、僕が請け合う」

船室を沈黙が覆《おお》った。レジーは椅子の両脇にしがみつきながら、座っていた。モンティはミッキーマウスの頭を回してはめ、また回して外し、また回してはめた。

「残念だったな」とうとうレジーは言った。

「ありがとう」モンティは言った。「ああ、ちょっと困ったことになった」

「まったくだ。ああそうだ」レジーは立ち上がって言った。「俺はちょっとボートデッキに出て、しばらく歩いてくるよ」

彼が出ていって数分すると、ドアをノックする音がした。メイベル・スペンスが入ってきた。

「お邪魔じゃないといいんだけど」メイベルは言った。「わたし、レジー・テニスンを探しているの」

「今出ていきました」モンティは言った。「ボートデッキです」

「わかったわ」メイベルは言った。

ボートデッキ上は快適だった。というか、自分の人生が破滅しておらず、希望が廃墟《はいきょ》と化していない者にとっては、快適だったろう。柔らかなそよ風が吹き、もの言わぬ星々が雲ひとつない夜空に輝いていた。レジーはそよ風も感じなかったし、星々も見なかった。彼はしばらく前に椅子の両脇をつかんだように、手すりをつかんでいた。手でしっかりつかめる堅い木製の手すりこそ、こんな時に男が必要とするものだった。

かくしてメイベル・スペンスは彼を見つけた。彼女の足音に、彼は振り返った。彼は手すりから手を離し、彼女を見つめて立ち尽くした。

夜のボートデッキではっきりとものを見ることは容易ではない。しかし恋は視覚を研ぎ澄まし、彼女を覆う天鵞絨《ビロード》のように真っ黒な闇にもかかわらず、メイベル・スペンスが百万ドルの姿でいるのが、レジーには見てとれた。新鮮な空気と、それが皮膚に及ぼす健康効果を信じる頑健な女性であったから、彼女は羽織りものを掛けていなかった。彼女の首と腕は星の下で白く輝いていた。そしてこの美しさがまもなく南カリフォルニアにとっとと向かっていってしまい、自分はというとモントリオール暮らしを強いられねばならぬとの思いが、痛切な苦痛とともにレジーを襲ったから、デッキは彼の足下で泥沼のように震え、また彼はうつろなうめき声を思わず放った。

メイベルは心配そうだった。

「何かあったの？」

「何でもない。何でもないさ」

「こんな夜に、船酔いはないわね」

「船酔いじゃあない。ただ――」

「何？」

「あー、わからない」

「愛？」

レジーは手すりをもういっぺんつかんだ。

「へっ？」

メイベル・スペンスは婉曲《えんきょく》話法が通じる相手ではなかった。彼女は遠回しな言い方はしない。計画表に緊急を要する問題があれば、彼女は一瞬も無駄にせず単刀直入にその件に取り組む。その冷静で効率的な態度は、義理の兄のアイヴァー・ルウェリンの心を決して惹《ひ》きつけることはなかったが、彼女を知る人々の大半は、それを彼女の魅力のひとつだと考えていた。

「わたしたった今、ロッティ・ブロッサムと話してきたところなの。彼女はあなたがわたしに恋してるって言ってたわ」

レジーは言葉を発しようとしたが、声帯が機能しないことに気づいた。

「それでわたし、あなたを追っかけて、それが公式見解かどうかを確認しにきたの。そうなの？」

「あー？」

「本当なの？」

その質問のバカバカしさがレジーにはひどく気障《きざわ》りで、そのせいで発話能力が奇跡的に回復したことに彼は気づいた。彼女がそんなことを訊《き》くのはまったくコン畜生《ちくしょう》なくらいバカバカしい、と彼は感じた。毎日彼はわざわざ骨折って彼女に対する自分の気持ちがどんなかを十分はっきりさせてきたのに。彼女みたいに知的な女性なら、男というものは、それで何事かを意味しようとするのでなければ、彼が彼女を見るようには彼女を見ないし、彼が彼女の手をぎゅっと握るようには彼女の手を握らないし、彼が彼女に暗いデッキでキスしたようには暗いデッキでキスしないということに、はっきり気づいているはずだと彼は言いたかった。

「もちろん本当だとも。わかってるだろ」

「わかっているかしら？」

「もちろんわかってるはずだ。俺は君のことを毎日、目を瞠《みは》って見つめてたじゃないか？」

「そうね、あなたは目を瞠って見つめてたわ」

「そして君の手をぎゅっと握った」

「そうね、わたしの手をぎゅっと握ったわ」

「そして君にキスしたろ？」

「そうね、そうもしたわ」

「だったら」

「だけどわたし、あなたみたいな都会慣れした人がどんなふうかを知っているもの。哀れなワーキングガールの愛情を弄《もてあそ》ぶくらい何とも思わないんだわ」

レジーは愕然《がくぜん》として、手すりに背をどしんとぶつけた。

「何だって！」

「聞こえたでしょ」

「まさか君は――？」

「なあに？」

「まさか君は俺が、いとこのガートルードが言ってるような、ああいうチョウチョウ連中の仲間だって思ってるんじゃないだろう？」

「あなたのいとこのガートルードは、チョウチョウの話をするの？」

「そうだ。そして彼女の言うとおりだ。連中はひらひら飛んで蜜《みつ》を吸う。だが、俺はそうじゃない。君のことがとてつもなく好きなんだ」

「まあよかった」

「一日目に君が俺の首をもう少しでねじ切りそうだった時から、俺は君をずっと愛している」

「素敵だわ」

「まさしくその瞬間から、俺は君を崇拝しはじめた」

「最高ね」

「そして一日ごとに、あらゆる意味で、そいつはひどくなる一方だったんだ」

「よくなる一方じゃないの？」

「違う。よくなる一方じゃないんだ。ひどくなる一方なんだ。なぜだ？　なぜなら、まったく希望なしだからだ。希望なしなんだ」手すりをげんこつで打ちつけながら、レジーは繰り返して言った。

「完全に希望なしだ」

メイベル・スペンスは彼の腕に優しく手を置いた。

「希望なしなの？」彼女は言った。「どうして？　あなたが心配してるのが、わたしがあなたを愛してないってことなら、バカな考えは捨ててちょうだい。わたし、あなたに夢中なんだから」

「本当かい？」

「気が狂いそうなくらい」

「俺がお願いしたら、結婚してくれるかい？」

「あなたにお願いされなくてもわたし、あなたと結婚するわ」メイベルは言った。

多くの人々——たとえばレジーのジョン伯父《おじ》さん、もう一つ例をあげれば、アイヴァー・ルウェリン氏——にはまるで理解不能と思われるような幸福な陽気さで、彼女は言った。こんなふうに陽気に明るく、レジナルド・テニスンと結婚すると言う者が存在しうるなどとは想像もできないような人々で、実際この世界は一杯なのである。

彼女の言葉がレジーに及ぼした効果は彼を馬のように跳《と》び上がらせたから、彼はもう少しで手すりに頭を激突させるところだった。彼は猛烈に感動していた。

「だけど、何てこった、君は結婚しない。そこが問題なんだ。わからないかなあ？　俺は一文無しだ。結婚なんかできやしないんだ」

「だけど――」

「わかってる。君は二人分十分稼いでるってことだろ？」

「たっぷりね」

「それなら女相続人と結婚するのと何にも変わらない。わかってる。わかってるんだ。だけどできない」

「レジー！」

「できない」

「レジー、ダーリン！」

「だめだ。誘惑しないでくれ。はっきり言う。できないんだ。俺は君の金で生活するわけにはいかない。アンブローズのあいう高潔さに伝染性があるだなんて、思ってもみなかったんだが、どうやらそうだったようだ。俺はすっかり感染しちゃったようだ」

「どういう意味？」

「これから話すよ。アンブローズが全身の毛穴じゅうから名誉を振り撒《ま》きながら船内を闊歩《かっぽ》してるのを見て、俺は別人になった。もし君がもっと早く、昨日俺のところにやってきて『テニスン家の者は規則に従い正々堂々公明正大に行動するか?』って訊《き》いたとしたら、俺の答えは『そういう者もいるし、そうでない者もいる』だったろう。だが今俺はこう答えざるを得ない。『そうだ。コン畜生、一人残らず正々堂々公明正大だ』って。俺は君を愛している、メイベル、ものすごく愛している。だけど君のささやかな稼ぎを食い散らかして生きてくなんてことは、絶対にできない。それでそいつは決まりなんだ。たとえ失意のうちに命果てようとも」

メイベルはため息をついた。

「それじゃあ、そういうことね?」

「決定的に、そういうことだ」

「少しだけ、高潔でいるのをやめられない?」

「ちょっとだってだめだ」

「わかった。ええ、わたしあなたのこと、尊敬するわ」

「だからって、どんないいことがある！　俺は尊敬されたくなんかない。結婚したいんだ。俺は朝食の時には君と向かい合って座って、コーヒーおかわりってカップを押して――」

「――わたしはレジー・ジュニアが乳母《うば》に言った、かわいらしいことをあなたに話して聞かせていて」

「そのとおりだ。君がその点を指摘してくれたから言うけど、俺の脳裡《のうり》にうっすらとそういう将来の可能性が浮かんでいたことを認めるにやぶさかじゃあない」

「それでもあなたは、高潔でいなきゃって思ってるのね」

「すまない、愛しい人、俺はそうしなきゃならないんだ。これは宗教を信仰するようなものなんだ」

「わかったわ」

沈黙があった。レジーはメイベル・スペンスを引き寄せ、彼女の腰に腕をまわした。彼は背骨の砕けるくらいにきつく抱きしめたが、彼にも、彼女にも安らぎは訪れなかった。

「俺が恐ろしく怒らずにはいられないのは」長い沈黙を破って、彼はもの憂《う》げに言った。「今朝、すべてはうまくいきそうだったってことだ。ルウェリン親爺《おやじ》の英国シークエンスの件だ、覚えてるだろ。あいつが俺にああいうことの面倒を見る契約をくれてたら、たった今、ハンカチを落とした瞬間に結婚できる立場にあったはずなんだ。あともうちょっとでそうなってたはずのところが、アンブローズの件で逃げ切られたんだ」

「あともうちょっとのところだったって言うの？」

「うーん、おそらくそんなにもうちょっとじゃなかったかもしれない。だけど二人で力を合わせてあいつを説得することはできたはずだ。あんないやらしい義理の兄さんがいて、君は気分が悪くならないのかい？　あのルウェリンの奴、本人さえその気になればすべての問題は完全に解決できる立場にいるくせに、俺たちにはその気にさせられない。それともさせられるかなあ？　あいつに働きかけてみたらどうだろう、どう思う？」

「働きかけるって？」

「わかるだろ。あいつのために全員集合だ。小さな親切をしてやるんだ。あの唐変木《とうへんぼく》をいい気持ちにしてやることだ」

「ないわね」

「ないだろうな。だけど奴に何か恩義を施すってのはどうだろう？　奴の命を救うとか、そんなことだ……暴れ馬から奴を救出してやるとか――」

「レジー！」

メイベル・スペンスの声が鋭く響き渡った。レジーの声もだ。興奮のあまり彼女は彼の腕をつかみ、長年の整骨療法によって鋼《はがね》のごとく鍛えられた小さく可憐《かれん》な指先が、ペンチのように彼の肉に食い込んだのだ。

「ごめんなさい」手の力を緩めながらメイベルは言った。「ごめんなさい。でもあなたの知性の突然のひらめきに、わたしびっくり仰天してしまったの。レジー、あなた、自分が何を言ったかわかる？　とてもいいことを言ったのよ。それこそまさにあなたがこれからすることだわ」

「ルウェリンを暴れ馬から救出するってことかい？」持って生まれた楽天的な性格と、なんでも一度はやってみようという内なる意欲にもかかわらず、レジーは疑わしげに見えた。「大洋航海船上じゃあ、あんまり簡単じゃないんじゃないかなあ？」

「ちがう、ちがうわ。わたしが言いたいのは、あなたがアイキーのためにしてあげられて、そしたら彼、あなたのお願いだったら何でも聞いてくれるようになることがあるってことなの。すぐにあの人を見つけて、話をつけましょ。きっと船室にいるわ」

「ああ、だけど、何を――？」

「歩きながら説明するわ」

「もちろん、殺人じゃあない？」

「もう、いいから来て」

「わかった、だが――」

メイベルは手を突き出した。

「腕をもう一ぺんつねってもらいたい？」

「いやだ」

「じゃあ行きましょ」


ルウェリン氏は船室には不在で、二人の到着時にそこにいたのはアルバート・ピースマーチただ一人だった。アルバート・ピースマーチは二人に会えてよろこんでいる様子で、またもや自分の最近の大勝利についてすべてお話しできるなら大いに嬉《うれ》しいとの旨《むね》をただちに表明した。しかし自分の大勝利について語り聞かせようとする人々に対するメイベルの流儀は、ロッティ・ブロッサムのそれと同じぐらい短いものだった。二等船室のコンサートとバンドレーロに触れようとするやいなや、たちまちこのスチュアードは敗北を喫した。短い「そうね、そうね」と、いつかまた別の日にその話は全部してくれないといけないわ、だってわたしは死ぬほど聞きたいのだからという趣旨の丁重な言葉の後、メイベルは彼を義兄探求の旅路へと旅立たせた。そしてただいまルウェリン氏が動揺した顔で登場した。神経症の共同謀議者というものは皆、仲間の共同謀議者が緊急の用件で自分に会いたいと希望していると告げられた際には、動揺した顔に見えるものである。

レジーを見ると、彼の動揺に別の感情が混じった。彼は入り口で立ち止まり、不快げにじろじろ見た。

メイベルはこのじろじろを無視した。

「入って、アイキー」素晴らしく自信に満ちた、彼女流の言い方で、彼女は言った。「そこに突っ立って『世界を啓蒙《けいもう》する映画産業』の像みたいな格好をしてるのはやめて。廊下の両側を見て、あのスチュアードが立ち聞きしてないかどうか確認して、それから中に入ってドアを閉めて」

ルウェリン氏は彼女の指示通りにしたが、気持ちのよい態度ではなかった。依然として彼の態度物腰は、ただちにレジーのことが完全に説明されるよう要求する男のそれだった。

「聞いて、アイキー。わたしたった今レジーに、あなたが税関をこっそりすり抜けて持ち込もうとしている、グレイスのあのネックレスのことについて話したところなの」

バンシー〔アイルランドの妖精。人の死を叫び声で予告する〕のごとき泣きわめき声が、映画界の大立者の唇から発せられてレジーをたじろがせ、咎《とが》めるような目で彼の顔をしかめさせた。

「歌うんじゃない、ルウェリン。今はダメだ。歌わなきゃならないなら、後にしろ」

「あんたは——あんたはこいつに話したのか？」

レジーは袖口《そでぐち》を突き出した。

「そうだ、ルウェリン、彼女は俺に話してくれた。親愛なるルウェリンさん、俺は全てを知っている。俺は事実の全容を知悉《ちしつ》している——ネックレス、そいつを密輸しなければならない展望に対するあんたの精神的苦悩、要するに、すべてをだ。そしてあんたの譲歩と引き換えに、すべての任務を引き受けることに、俺は同意した」

「なんと！」

「あんたの側の一定の譲歩と引き換えに、俺はすべての任務を喜んで引き受ける。俺があのネックレスを密輸してやろう。だから元気を出すんだ、ルウェリン。手を叩いて輪になってジャンプして、俺たちに、誰もがあんなにも賞賛してやまないあんたの陽気な笑顔を見せてくれ」

ルウェリン氏がレジーに今向けている目のうちに、後者の批判精神を呼び覚ますものは何もなかった。本会見の初期段階においてきわめて侮辱的と感じられたあの目をまん丸くした嫌悪の表情は、完全に消滅していた。それは実際、戦場で傷病兵がサー・フィリップ・シドニー【エリザベス朝期の詩人、軍人。ジュトフェンの戦いで、負傷しながら他の負傷兵に水を譲った】に向けるような表情にきわめて似通っていた。

「まさか本当にそんなつもりじゃあ？」

「俺はそのつもりだ、ルウェリン。一定の交換条件で――」

「わたしたちが今朝話していた件よ、アイキー」メイベルは言った。「レジーはあなたの英国シークエンスを監督する契約がしたいの」

「三年間だ」

「五年間よ。お給料は――」

「七五〇ドル――」

「千ドルよ」

「もちろんそのとおり。君の言うとおりだ。ずっといい数字だな」

「キリがいいわ」

「まさしくそのとおり。覚えやすい。ルウェリン、さしあたって給与は週給千ドルとしておいてくれ」

「いつものオプション条項はなしでね」

「オプション条項って何だい?」レジーが訊《き》いた。

「気にしないで」メイベルが言った。「あなたの契約には関係ないから。アイキーのオプションのことは、わたしがよくわかってるから」

心中でうねり高まる感謝と安堵《あんど》の大波にもかかわらず、ルウェリン氏はこのとんでもない条件に対し力なく抵抗を試みずにはいられなかった。映画界の大立者は、どんな魂の持ち主であろうと、オプション条項なしの契約などという異端の申し出には反感を抱くのである。

「オプション条項なしじゃと?」彼は切なげに言った。なぜなら彼はこの小さな物を愛したからだ。

「一つもなしよ」メイベルが言った。

一瞬、アイヴァー・ルウェリンは躊躇《ちゅうちょ》した。しかし、そうすると彼の脳裡《のうり》には幻影が浮かんできた。それは前びさしのある帽子をかぶってガムを噛《か》む男の幻である。そしてその男はニューヨークの埠頭《ふとう》に立ち、彼の荷物を検査しているのである。そしてその荷物の中には、最高に厳格な税関検査官の眉を非難でひそめさせるものは何も、絶対的に何も入っていないのである。彼はもはや躊躇しなかった。

「よろしい」彼は諦《あきら》めたように言った。

「それじゃあ」メイベルは言った。「ここに万年筆と紙があるわ。この件は短い文書にしておこうと思うの」

取引は終了し、二人の後ろでドアは閉まり、一人残されたルウェリン氏はピンク色のパジャマ姿で、この航海の開始以来初めて、平穏な夜の休息を迎えようとしている。ボートデッキにもういっぺん出るのがいいんじゃないかしらというのが、メイベルの考えだった。

しかし、ボートデッキを愛好することにおいて人後に落ちるところなきレジーであったが、これには異議を唱えざるを得なかった。彼の良心は提言された計画受け入れをよしとしなかった。今夜彼は、お気楽で自己中心的な、自分の楽しみしか考えない若者でいることをやめた。巨大な愛の大破壊の中で清められ、レジー・テニスンは利他主義者になったのである。

「君は出ていてくれよ」彼は言った。「すぐ合流する。ちょっと一仕事しなきゃならないんだ」

「一仕事って？」

「外交上の仕事だ。二人の若きハートを結び合せるんだ。かわいそうなモンティ・ボドキンの奴、ほとんど俺のせいで、いや、俺だって最善の意図から行動したんだが、俺のいとこのガートルードとの仲が破裂しちゃったんだ——」

「チョウチョウが嫌いな子のこと？」

「そいつだベイビー。ほとんど俺のせいで、とはいえ今言ったとおり、俺の意図は立派だったんだが、彼女はモンティはチョウチョウだって思い込んじゃったんだ。ボートデッキをそぞろ歩く前に、俺はこの見解を修正してやらなきゃならない。かわいそうなモンティの奴をスープにどっぷり浸からせとくわけにはいかないんだ、どうだい？」

「明日まで待ってもだめ？」

「明日まで待ってちゃだめだ」レジーはきっぱりと言った。「俺の心が落ち着かないし、この小さな親切を済ませない限り、俺はボートデッキで最善の姿を発揮できない。要するに、このハッピーエンディングが俺をあんまりにも甘美と光明《こうみょう》で一杯にしてくれたから、そいつを振り撒《ま》きたくってたまらないんだ」

「いいわ、すぐ帰ってきてね」

「五分で戻る。ガートルードの居所が見つからなきゃもっとかかるだろうが、きっとラウンジにいるはずだ。この時間にあそこに群れ集《つど》う女性ってものの傾向性に、俺は気づいてるんだ」

彼の直感に誤りはなかった。ガートルードはラウンジにいた。彼女はイングランド・レディース・ホッケーチームのキャプテンであるミス・パッセンジャーと、副キャプテンのミス・パーデュー と一緒に隅に座っていた。

彼女は近づいてきた彼を冷たい目で見た。というのは、すでに示唆《しさ》されたように、彼女はレジーに好意を持っていなかったからだ。洗練された言い方ではないが、彼女はレジーをクズだと思っていた。

「なに?」彼女は横柄《おうへい》に言った。

近頃ロッティ・ブロッサムが食いしばった歯の間から彼に向かってその言葉を言うのを経験したばかりの男は、ただのいとこの「なに?」くらいにはびくともしないものだ。

「額縁の外に出てきてくれないかな、モナリザ君」レジーはきっぱりと言った。「君とちょっと話がある」

そして彼女の腕に手をかけると、彼は彼女を椅子から引っぱり上げて引き剝《は》がした。

「さてと、ガートルード」彼は容赦《ようしゃ》なく言った。「モンティとのバカげた騒ぎはいったい何だ?」

ガートルードは態度を硬直させた。

「その件についてはお話ししたくないの」

レジーは我慢ならないというふうに舌を鳴らした。「君が話したいことと、君がこれから話すことは全く別物だ。それに、君は話す必要なんかない――俺がこれから言うことをただ黙って聞いててくれればいいんだ。ガートルード、君はバカだ。君はまるで間違ってる。不幸なバカだ。よりによってかわいそうなモンティの奴を見誤るなんて」

「私は――」

「黙って」レジーは言った。「聞くんだ」彼は大忙しで喋《しゃべ》った。時間が肝心だということを彼は一瞬たりとも忘れなかった。もう今頃、メイベル・スペンスはボートデッキに上がり、星の光の中、手すりにもたれていることだろう。大至急ことを進めなければいけない男がいるとすれば、それはレジナルド・テニスンである。「それだけでいい――聞くんだ。モンティに関する事実はこうだ。よく聞いてくれ」

彼ほど明確に事実の経緯を説明することは、誰にもできなかったろう。すでに述べたように、大急ぎだったにもかかわらず、また話しながらも、一人ボートデッキに佇《たたず》むメイベル・スペンスの幻が眼前に終始立ち現れていたにもかかわらず、彼は話を端折《はしょ》ったりはしなかった。良心に基づき何事も省略することなく、彼は起こったことすべてを一つずつ彼女に説明した。

「だからそういうことだ」彼は話を締めくくった。「モンティは奴の船室にいる。まだ着替えてないようだったら、入っていって奴の首に腕を回してやるんだ。もう寝てるようだったら、鍵穴から『バンオー！』って叫んで、全部大丈夫だって言って、明日の朝一番にボートデッキまで仲直りに来てくれないかって言うんだ。それで――」

ガートルード・バターウィックは低く、硬く、あざ笑うような笑いを放った。

「そう?」彼女は言った。

「いったい全体『そう?』とは何だ?」当然の腹立ちを込め、レジーは言った。この会談は、彼の予定では五分で終了するはずだったが、もう十分近く経《た》っていた。そしてメイベル・スペンスはまだ一人ぼっちで星を見つめているのだ。いとこに「そう?」などと言われている場合ではない。

ガートルードはもういっぺん笑った。

「素敵なお話ね」彼女は言った。「ブロッサムさんがミッキーマウスを盗んだところが一番面白かったわ。あなたとモンティがこんなに賢いだなんて、思ってもみなかったわ」

レジーは口をぽかんと開けて彼女を見た。信じてもらえないなどということが起ころうなどとは、勘定に入れてなかったのだ。

「まさか君は、俺が嘘をついてるって言ってるんじゃないよな?」

「あら、いつもそうじゃなくって?」

「だが、こいつは徹頭徹尾本当なんだ」

「そう?」

「まさか信じてくれないのか?」

「あなたについて全部知った後で、私があなたの言うことを信用するなんてことがあって? おやすみなさい。私、もう眠らせていただくわ」

「わかった、だけど、ちょっと待って——」

「おやすみなさい」

ガートルードは高慢げにラウンジを立ち去った。それまで彼女が座っていた隅の席で、ミス・パーデューは眉を上げてミス・パッセンジャーを見た。

「バターウィックは元気がないわね」ミス・パーデューが言った。

ミス・パッセンジャーはため息をついた。

「バターウィックは恋をしているの。だのに相手が彼女を失望させたのよ。かわいそうに」

「そうなの?」

「ものすごく失望させたの。かわいそうなバターウィック」

「かわいそうなバターウィック」ミス・パーデューも繰り返して言った。「かわいそうに。もう一本タバコを吸ったら、ぜんぶ話してちょうだい」

21. ニューヨーク税関にて

台風や竜巻のような天災による遅延、あるいは海上暴動や海賊による航海速度の低化によるのでなければ、R・M・S・アトランティック号は大西洋横断船たちの集いの輪の中では専門的に四日船として知られるものである。それはすなわち、彼女は航海に六日少々を要するという意味である。今回の場合、彼女は英国を水曜日の正午に発ち、翌週火曜日の昼食過ぎまもなくニューヨークの埠《ふ》頭《とう》にドック入りすることが期待されており、また彼女が大衆を落胆させることはなかった。彼女は時間どおりに蒸気を上げて湾内を近づいてきた。

航海の終了段階のすべては計画通り進行した。一等船室コンサート（六番、独唱『ザ・バンドレーロ』――A・E・ピースマーチ）が開催された。最終夜のディナーがいただかれた。朝刊が配布され、生まれ故郷の岸辺を離れてしばし経《へ》し市民たちに、アメリカ女性は亭主の頭をハンマーで殴打する昔ながらの麗《うるわ》しき習慣を捨ててはおらず、中年男のパトロンは相変わらず愛の巣で不意打ちを食らわされていることだと知らせて安心させてくれた。港湾職員たちが現れ、ニューヨークの港湾職員特有の気の進まなげな様子で、上陸チケットを配布した。あたかも不本意ながら今回はいっぺんだけ大目に見てやることを決定しはしたが、この種のことが二度とあってはならないということはご承知おきいただきたいとでも言いたげにだ。そして今、航海船客たちは下船して、税関建物に入り、荷物検査を待っていた。

大洋航海船の常勤職員に関するかぎり、船が目的地に着く際には常に、感傷よりも歓喜が勝るものである。船長は、彼を終始悩ませてきた、間違った角を曲がってうっかりアフリカに着いてしまったのではなかろうかという恐怖から、ついに解放されて嬉《うれ》しかった。パーサーは、これでもうモンティ・ボドキンのような人々とのご交際から解放されるので嬉しかった。船医はクィーツ輪投げとバックギャモンのお楽しみを再々繰り広げながら、何ひとつ決定的な約束をせずに済んだ自分を讃《たた》えていた。クルーたちは数日間の休息と休憩を思うと嬉しかったし、スチュアードたちも同じ理由で喜んでいた――また、彼らの中の重婚者は、サウサンプトンで妻子と別れた悲しみをだいぶ前に克服し、明るい愛情を胸にニューヨークの妻子との再会を楽しみにしていた。

しかしながら、船客たちとなると、それぞれの思いは個々人の状況により多様であった。本日税関の建物に殺到する群衆の中には、軽いハートもあれば、重たいハートもあった。

たとえば、アンブローズ・テニスンのハートは重かった。彼は名高きニューヨークの摩《ま》天楼《てんろう》を見ても何の喜びも得られなかったし、税関のことなどろくに考えもしなかった。他方、レジー・テニスンはというと、モンティの失恋に心悩ませてはいたものの、最高に絶好調の気分だった。彼は湾内走行中ずっと絶え間なくメイベル・スペンスにキスし続け、君の国の摩天楼たちは素敵だなあと彼女に告げた。

自信満々組のもう一人は、アイヴァー・ルウェリンだった。彼は三人のスターとチェコスロヴァキア人監督を一夜にしてネ・プラス・ウルトラ・ジズバウム社から引き抜いた時以来、これほど天下泰平な気分になったことはなかった。あのネックレスの重圧が胸を去り、強靭《きょうじん》な頭脳の全勢力を義理の弟のジョージと、同人の背中をぴしゃりと叩く際に彼のウエストコートを強烈に殴りつけてやることに向けられるようになった彼は、まさしく夢見たとおりの強烈さでジョージを殴りつけ、折りたたみ式の物差しみたいに彼の身体を二つに折りたたませてやって、もうちょっとで歯のブリッジを呑《の》み込ませてやるところだった。今、彼はレポーターたちに、映画の理想と未来について語っていた。

モンティ・ボドキンに目を向けるとき、われわれは再び陰鬱《いんうつ》に接する。ニューヨークの摩天楼はモンティに、アンブローズと同じくらい冷たい反応をさせただけだった。昏《くら》い失望に沈む彼にとって、それらはただの摩天楼だった。そして自由の女神について彼に考えられたことは、それがヒッポドロームのコーラスにいたベラ・なんとかいう名の恐るべき女の子を思い起こさせるということだけだった。彼女には劇場関係者の昼食パーティーで、一度ひどい目に遭わされたことがあった。アルバート・ピースマーチが一夜にして茶色い紙の箱にこぎれいに包んでくれたミッキーマウスをしっかりと抱きしめながら、彼は検査のため、トランクを開けた。二人共名前がBで始まっていたから、気がつけばガートルード・バターウィックとほぼ並んで立っていたという事実によっても、彼の神経系はまったく安らぐことはなかった。

ほんの束の間の一瞬、彼と彼女の目が合った。彼女の目は冷たく、誇り高く、彼を貫きとおした。バージェス、ボストック、ビリントン＝トッドなる名の船客たちが二人のトランクの間に割り込んで彼女の視界から彼を隠してくれた時、彼は安堵《あんど》した。

ガートルードも心穏やかでいたわけではない。かつて愛した男性とのこの接近は、その朝彼女が目覚めて以来重たくのしかかっていた憂鬱と激しい苦痛とに、とどめを刺した。そして最後の一撃が今、アルバート・ピースマーチによって加えられつつあった。彼はもう十分ほども、彼女の周りを白ジャケット姿のバッタみたいにはしゃぎまわっていたのである。

つまり、アルバート・ピースマーチは己《おの》が義務を良心的に遂行する人物であった。彼は最終日の朝チップをポケットに入れたら、そのまま二度と姿を見せないスチュアードの一人ではなかった。船がドック入りすると、彼は自分の担当客を見つけてはお役に立とうとした。すでに述べたように、彼は今ガートルードをもう十分くらい手助けしており、彼女のやさしき魂は凶暴な野生の雌ゾウのそれとだいぶ似通ったものになり始めていた。スチュアードと気楽なおしゃべりに興じたい気分の時もあれば、そうでない時もある。見渡してみればアルバート・ピースマーチがもはやそこにはいないという状況をガートルードは憧《あこが》れ焦がれた。

そしてまったく突然、奇跡が起こった。アルバートは姿を消した。一瞬前には彼のサウサンプトンに住む友人の飼っている犬に関する笑い話の真っただ中だったのが、次の瞬間、彼は消えていた。あれほど欲した孤独が、今や彼女のものとなったのだ。

しかしそれも長くはなかった。彼女の唇を安堵のため息が通り抜けるかどうかしたところで、彼はまた戻ってきた。

「かような具合に走り去りまして、まことに恐縮に存じます、お嬢様」手品師の帽子からまた顔を出したウサギのように再び現れ、紳士的に謝罪しながら彼は言った。「手招きをされたものでございましたから」

「お忙しいようなら、どうぞこちらを離れてくださっていいのよ」ガートルードはそう言って促した。

　アルバート・ピースマーチは騎士のごとく笑った。

「レディーのお手助け、お力添えがため忙しすぎる時などはございません、お嬢様」彼は勇ましげに言った。「ボドキン様がわたくしを手招きされておいでなのをたまたま横目にて拝見いたしたのでございます。ただちに駆けつけましたところ、ボドキン様よりメッセージをお預かりしてまいりました、お嬢様。ボドキン様はあなた様にご機嫌ようとおおせられ、あなた様と一言お話しする光栄をお許しいただけないかとお訊ねでございます」

　ガートルードは身震いした。彼女の顔は紅潮し、あたかも大事な試合でゴールを認められなかったかのように、彼女の双眸《そうぼう》は頑《かたく》なさを増した。

「いやよ！」

「おいやでございますか、お嬢様？」

「いや！」

「ボドキン様とお話しされることは望まれないということでございましょうか、お嬢様？」

「望まないわ」

「かしこまりました、お嬢様。急ぎお返事をお伝えしてまいります」

「バカ！」

「はて、旦那《だんな》様？」

「お前のことじゃない」レジー・テニスンが言った。今の発言は彼のものだったのだ。彼は「T」セクション方面からやってきて、二人の背後にいた。「俺はバターウィック嬢に向かって話している」

「かしこまりました、旦那様」アルバート・ピースマーチは言い、姿を消した。

レジーはガートルードを、いとこ流の容赦《ようしゃ》ない目で見つめた。

「バカ！」彼は繰り返して言った。「どうしてモンティと話をしてやらないんだ？」

「なぜってそうしたくないからよ」

「アホ！　間抜け！　ノータリン！」レジーは言った。

いとこにこの種のことを言われて我慢できる女性はきっといるのだろうが、ガートルード・バターウィックはそうではなかった。すでに紅潮していた彼女の顔は、ますます濃いピンク色になった。

「私にそんな言い方をしないでちょうだい！」彼女は叫んだ。

「いや、言う」変わらぬ容赦のなさで、しかし大型トランクの後ろに退き安全策をとりながら、レジーは言った。「まさしくこんな言い方でだ。君が物事をよくよく考え直して考えを改めているようにって願いながら、俺はここに来た。ところが最初に聞こえてきたのは、君がスチュアードに、かわいそうなモンティの奴とは話したくないって言ってる声だった。君は俺をムカムカさせる、ガートルード」

「じゃああっちへ行って」

「俺だってあっちへ行きたい。この件について考えて証拠を衡量《こうりょう》してあれこれ斟酌《しんしゃく》してる時間が二日もあって、それでも君はあの晩俺が本当のことを言っていたと信じるのを拒否するのか？　どうして、まったく、物事がどういう具合にこんがらがってるかを見るんだ。ギリシャ悲劇の不可避性について学校で机にかじりついて勉強させられたやつみたいな話なんだ。一つのことが次の不幸につながり、とかそういうやつだ。ロッティ・ブロッサムがモンティからミッキーマウスを盗んだ……俺が彼女の船室を捜索する間、彼女をおびき出すために、あいつは二等船室のプロムナードデッキで彼女との会合を段取ったんだ……」

「ええ、わかってるわ」

「じゃあ、どうして?」

「私、あなたの言うことなんて一言だって信じないもの」

レジー・テニスンは深く息を吐き出した。

「ガートルードくん」彼は言った。「君が女性だから助かったんだぞ。それゆえ君の一言一言全部が当然に要求してくる目玉への一発ぶん殴りを、俺は控えることにする。だが俺がこれからどうするか教えてやろう。俺はアンブローズを捕まえてくる。おそらく君は、奴の言うことなら聞くんだろう」

「聞かないわ」

「君は聞かないと思ってる」訂正してレジーは言った。「だが、君は絶対聞くと、賭《か》けてもいい。ここで待ってろ。一歩も動くなよ」

「私、ここで待ったりしないわ」

「いいや、君はここで待つ」レジーは言った。「なぜなら君はまだ荷物の検査を受けてないだろう。君には失望したよ、ガートルード」

彼が行ってしまってからしばらくの間、ガートルードは静かにため息をつき、そしてもの見えぬ目でビリントン＝トッド氏の背中を見つめ続けた。彼は葉巻の箱の件で検査官と少々もめていた。

先ほどの不快な場面には、時計を後ろに巻き戻されたように感じられた。再び彼女は、がなりたてる子供になったような気がした――子供部屋を共有した遠いあの頃、いとこ同士の口論でレジーが彼女を負かしたといって、彼女はしょっちゅう怒鳴りたてたものだった。嵐の空を横切る稲妻のごと、思いついてさえいたら言っていたはずの辛辣《しんらつ》で気の利いたことどもが、彼女の脳裡《のうり》をひらめきよぎった。

催眠から目覚めたように、彼女は友人のミス・パッセンジャーが隣にいることに気づいた。ミス・パッセンジャーの顔には、厳粛で親切で、心配げな表情があった。筋肉質の彼女の腕には、茶色い紙の箱があった。

「あのね、バターウィック」

「あら、ハロー、ジェーン」

ガートルードの声に歓迎の響きはなかった。彼女はミス・パッセンジャーを女性として好きだったし、彼女のことをキャプテンとして、そしてまた最高のアウトサイドライトとして尊敬していたが、今は彼女と一緒にいたくなかった。彼女は恐れていた……。

「あなたの彼氏のことなんだけど、バターウィック……」

これこそガートルードが恐れていたことだった。ミス・パッセンジャーがモンティの話を持ちだして彼女の心臓にナイフをねじ込むのではないか、と。軽率にもイングランド・レディース・ホッケーチームのキャプテンを、壊れた恋物語の打ち明け話の聞き手としてしまって以来、二人きりになると彼女は、会話をその問題に向けようとする歓迎されぬ傾向性をみせてきたのである。

「まあ、ジェーン！」

「たった今、彼と話したの。あなたの調子がどうか見にきたんだけど、通りすがりに彼が声をかけてきたの。彼、あなたが話をしてくれないと言ってたわ」

「そうよ、しないの」

ミス・パセンジャーはため息をついた。精悍《せいかん》な外貌《がいぼう》の持ち主でありはしたが、彼女の心の内は感傷的な人物であった。そして私的個人として、またホッケーのキャプテンとして、彼女はこの二つの若きハートの分断を嘆き悲しんでいた。個人としては、彼女はガートルードに長年——それは実際、懐かしき母校の寮生活でのココアパーティー時代に遡《さかのぼ》る——夢中だったし、彼女が不幸でいるのを見ることを嫌悪した。ホッケーのキャプテンとしては、破局に至った恋が彼女の試合への集中力を妨げるのではないかと恐れていた。

ミス・パッセンジャーの経験において、そうしたことが起こるのは初めてではなかった。スコアは一対一で残り三分という時に、交際する男性との仲が近頃困難になった彼女のチームのゴールキーパーがゴール前での熱いラリー中に突然わっと泣きだして両手で顔を覆《おお》い、シッターにゴールを決めさせてしまったあの州大会での出来事を、彼女は忘れてはいなかった。

「あなたは過ちを犯しているわ、バターウィック」

「まあ、ジェーン！」

「ええ、そうですとも」

「私、そのお話はしたくないわ」

ミス・パッセンジャーはもう一度ため息をついた。

「好きになさい」彼女は残念そうに言った。「とにかく、私が言いたかったのは、あなたのボドキンがこの箱をあなたに渡してくれって言ってきたってことなの。あなたのミッキーマウスが入ってるようよ」

　その茶色い紙の箱にあのミッキーマウスが入っているとの情報ですら、ガートルードをさらなる嫌悪で跳《と》び上がらせただけだった。

「いらないわ！」

「でも、気に入ってたみたいじゃない」

「それ、私のミッキーマウスじゃないの。ボドキンさんのよ。あの人にお返しして差し上げて」

「彼、もう行っちゃったわ」

「じゃあ走って追いかけて」

「無理よ、そんなこと」ミス・パッセンジャーは言った。彼女は優しい女性でありはしたが、物事には限度がある。「わたしは税関界隈《かいわい》で男の人をしつこく追っかけ回したりはしないの。人生は短すぎるんだから」

「私がこのミッキーマウスを受け取るだなんて、思わないでしょ？」

「他にどうしようがあるものか、わたしにはわからないわね」

　ガートルードは唇を噛《か》んだ。

「あなた、これはお好き、ジェーン？」

「ううん」ミス・パッセンジャーはきっぱりと言った。「好きじゃないわ、バターウィック。わたしはね」

　群衆の合間を縫い、いかにも役立ちそうな顔をして、アルバート・ピースマーチが姿を現した。

「ピースマーチ！」ガートルードは叫んだ。

「はい、お嬢様？」

「あなた、ミッキーマウスはお好きかしら？」

「いいえ、お嬢様」

「それじゃあ、ボドキンさんが向かわれたホテルがどこかはご存じ？」

「ピアッツァでございます、お嬢様。わたくしがお勧め申し上げました。結構な、最新式のホテルでございます。家庭の快適さすべてを備え、劇場や観光地へのアクセスも良好でございます」

「ありがとう」

「ありがとうございます、お嬢様。この上わたくしにお手助けできることはございますでしょうか？」

「ないわ、ありがとう」

「かしこまりました、お嬢様」アルバート・ピースマーチはそう言い、他にてお役に立とうと歩きだした。

「ジェーン」ガートルードは言った。「私、チームの他のメンバーたちと一緒に、あなたと同じホテルには行かないわ。私、ピアッツァに行かなきゃいけないの」

「あら、どうして？」

ガートルードは不快なカチカチ音とともに、歯を噛《か》みしめた。

「なぜなら」彼女は言った。「ボドキンさんがいるからよ。私、このミッキーマウスをあの人にお返ししたいの。もしかしてこの子をあの人に呑《の》み込ませなきゃいけないとしても」

この会談の開始以来三度目のため息を、ミス・パッセンジャーは押さえることができなかった。

「バカ言わないで、バターウィック」

「私、バカじゃないわ」

「バカよ。あなたったら本当にバカ。あなたの気持ちはわかるわ。あなたは腹を立てているし、あなたが腹を立てる権利はいくらだってあるけど、どうして済んだことは済んだことにしておけないの？　わたしたち女性はいつだって、大目に見て許すことがどうしてできないんだろうって後悔するの。わたし、あなたに一度も言ってなかったけど、素敵な、本当に素敵な人と婚約していたことがあるの。それである日の午後、田舎で男女混合試合をしていた時、彼はウイングでわたしにボールをさっと渡してくれないで、ずっとマイボールにしようとしたの。自分勝手な卑劣漢って、わたし彼に言ったのを覚えてるわ。それでわたし、指輪を彼に返したの。もちろん翌日になってわたしは後悔した。でもバカみたいに、それを言うにはプライドが高すぎて、だからわたしたち別れたの。それから何ヶ月かして、彼、ガートン校でレフトバックをしてた人と結婚したわ。だからわたし、あなたにこう言いたいの、しっかりなさいって。この婚約を破棄しちゃだめ。ボドキンを許してあげて！」

「いや！」

「そうしなきゃだめなの！」

「絶対にしないわ」

「バターウィック、あなたはわたしの一番古い友達だけど、わたし、あなたは間抜けの真似をしてるってはっきり言わせてもらうわ」

「私、間抜けの真似なんかしてないわ！」

「そううぬぼれてろよ」彼女の脇で、レジー・テニスンの声がした。「君はこれまでビスケットを割ったことのある連中の中で、最低の大間抜けの小娘みたいに振舞ってる。ガートルード」レジーは言った。「アンブローズを連れてきた。君とちょっと話がしたいそうだ」

22. 真珠のゆくえ

税関のB区域内でこれらの会話が進行中の間、ホワイトスター桟橋を出ると船客が足を踏みだす表の通りでは、ロッティ・ブロッサムがアンブローズを待って立っていた。

ニューヨーク税関の検査官の心は不快で疑り深いものであったから、ヨーロッパ訪問から故国に帰る映画スターの荷物検査は、なかなか時間のかかる過程であるのが普通だった。しかし、本日のロッティは速《すみ》やかにそれを終えた。彼女の所持品を検査するよう言われた係官は、彼女の持っていた小さな籐《とう》のバスケットを検査するところから始めようとし、その後には職務の誠心誠意さと徹底を維持できなくなった模様だった。彼の義務意識は彼女にトランクを開けるよう指示するには十分なほど強かったが、それを検分し終えた後の態度は、教訓を得、賢明さこそが最善と感じている人物のそれであった。すなわち格好だけ、という言葉に約言できようか。

このことは、自分が港湾荷役の一団と通りがかりの有閑紳士達のおおっぴらな称賛の対象であることに気づいたという事実と相まって、彼女を幸福な気持ちにしていたはずであった。つまり彼女は税関周辺でうろうろすることを嫌ったし、また最も卑しき身分の者からの賞賛ですら、喜びとする女性であったからだ。それでもなお、そこに立ちながら彼女はイライラしていた。彼女の顔には困惑の縦じわが寄っていたし、時折イラだたしげに歩道を蹴飛《けと》ばしていた。彼女はアンブローズを待ちくたびれていたのだ。

実際、彼女はもう少しで彼をあきらめタクシーを呼び、ニューヨークでの彼女の常宿、ホテル・ピアッツァへと向かわせていたところだった。と、メイベル・スペンスが通りに出てきた。

「あら、ロッティ、そこにいたの」メイベルは言った。「アンブローズ・テニスンからあなた宛のメッセージがあるの。待たないでくれって」

「あらそう、そう言った?」ロッティは言った。「この十分間わたしがずっとここでこうしてたって知ったら、彼、どう思うかしらね。彼、何してるの?」

「レジーと二人で、バターウィック娘と格闘中よ」

「どっちが勝ってる?」

「神のみぞ知るだわね」メイベルは説明した。「わたしはレジーがリングにジャンプして戻る前に大忙しでちょっと話しただけなの。だけど二人してバターウィックさんにボドキン氏を許してやるよう言ってるようだったわ」

「ボドキン氏は何をしたの?」

「んまあ、あなたわかってるはずよ。このゴタゴタは全部あなたのせいなんだから」

ロッティの美しき双眸《そうぼう》は驚きの色に輝いた。彼女は良心に一点の曇りなき少女のように、完全に当惑し、目を瞠《みは》った。

「あたしのせい?」

「レジーはわたしにそう言ってたわ」

「あたし、あの人に触ってもいないのに」

「吹き寄せられた雪のように潔白、なのね？」

「潔白よ。時間つぶしに彼の船室に一度か二度、お邪魔したことがあったかもしれないけど、だけど、なんてことでしょ――」

「ふーん、わかったわ」メイベルが言った。「だけどシナリオはそうなっていて、レジーはそれにかかりきりなの。彼はボドキンさんが好きだから。だからとにかく、ここで舗道にどんどん足踏みしてたってしょうがないわ。何時間もかかるかもしれないんだから。あなた、どこまで行くの？」

「ピアッツァよ」

「だったらわたしと同じ車に乗ってもらうわけにはいかないわね。わたしは弁護士会館に行くの。弁護士を見つけなきゃいけないのよ」

「何をですって？」

「弁護士よ。法律の専門家ね。わたし、法律的助言が欲しいの」

「なんのために？　レジーが逃げ出して、あなたは婚約不履行の訴訟を起こすとか、そういうこと？」

メイベルの目は一瞬有能そうな輝きを失い、優しく、夢見るようになった。

「レジーはかわいくて小さな、ピンクと白の仔羊ちゃんなの――」

「うぇっ」ロッティは気持ち悪そうに言った。

「彼はわたしが彼のことを好きなくらい、わたしに夢中なの。弁護士の先生に会いたいのは、彼の契約のことについてよ。あの文書はもちろん持ってるけど――」

「契約？　何の話をしてるの？」

「レジーから聞いてないの？　アイキーが英国シークエンスの監督として彼と五年間の契約を結んだのよ。だからわたしたちが今しなきゃならないのは、わたしが書面に書かせた数行の文章をアイキーに守らせることなの。それで彼がどんな人かは知ってるから、空いてるところは全部印章で埋まった正式の契約書を書き上げてもらいたいじゃない。アイキーなら、あの文書を消えるインクで書いてることだってありうるでしょ。ヘーイ、タクシー」メイベルは言った。

ロッティ・ブロッサムが会話の相手に、これほど長いこと中断なく話し続けさせるのは滅多にないことだったが、しかしメイベルが伝えるこの情報の驚愕《きょうがく》すべき性質が、彼女が口を挟むことを不可能にしていた。彼女はただ口をぽかんと開け、目を瞠《みは》るばかりだった。話し相手がタクシーに乗り込み、ドアを閉めるまで、彼女は声が出せなかった。

「待って！」声と動く力とを同時に回復し、彼女は叫んだ。彼女は前方に飛び出して窓のふちをつかんだ。「何て言ったの？　アイキーがレジーと契約したですって？」

「そうよ。英国シークエンスの監督としてね」

「だけど――」

「わたし、本当に行かなきゃならないの」メイベルは言った。「あの人たちと午後中過ごさなきゃならないかもしれないし。弁護士がどんなふうかは、わかってるでしょ？」

ロッティの指を優しく、しかしきっぱりと引き剝《は》がし、彼女は運転手にさっさと出発するよう告げ、また彼はそのとおりにした。タクシーは走り去り、ロッティは一人残され、この途轍《とてつ》もない出来事について思いを巡《めぐ》らせたのだった。

彼女の頭はぐるぐる渦巻いていた。もしこのニュースが本当なら、アイヴァー・ルウェリンには奇妙なことが起こっているに違いない。賢明な人間がレジーを雇うはずがないのは明らかだ。サンタクロース以外、そんなことを考える者はいない。したがって唯一の説明は、ルウェリン氏が突如サンタクロースになったということでしかない。これまでチャールズ・ディケンズの小説の登場人物にのみ限られてきた普遍的慈悲の奇妙な発作にやられたに違いないのだ。だが、どうして？　今はクリスマスシーズンではない。クリスマスキャロルの歌声を聞いたはずがないのだ。

だけど待て。そうだ、今彼女は思い出した。彼女がミュージカル・コメディのコーラスに出ていた頃、彼女は楽屋で有名な劇場マネージャーの素敵な話を聞いたことがある。彼は頭に卵型のコブをこしらえて交通事故から生還し、別人になったのだ。作家をだまくらかして彼から映画化権を取り上げるのをあえて手控えるほどの別人にだ。アイヴァー・ルウェリンに起こったのは何かこの種のことにちがいない。おそらくカラーの鋲《びょう》どめを手探りで探している時に、タンスの角に頭をぶつけたのだ。

彼女は歓喜の興奮に身を震わせた。もしアイヴァー・ルウェリンがレジーに五年契約をやるくらいひどく頭をぶつけたなら、明らかに彼は同じことをアンブローズにもしてくれる精神状態にある。これはいいことだしどしどし進めるべきだと彼女は感じた。彼女は七番街のスペルバ＝ルウェリンのオフィスに遅滞なく向かわねばならない。いつも彼は下船した瞬間、帰宅する鳩《はと》みたいにそこに駆けつけるのだ。そして鉄は熱いうちに打てで――酔い覚ましの時間を与える前に、彼に申し入れをするのだ。

しかし、彼女が七番街に向かう必要はなかった。彼女が探し求めていた人物がスーツケースを持ったポーターを伴い、通りに姿を現し、また颯爽《さっそう》と手を振って――その手は義理の弟のジョージの身体を二つに折りたたませた手である――彼女の横を通り過ぎたからだ。手を振りながら、あたかも慈悲の心に出し惜しみがあってはならないと感じているかのように、ルウェリン氏はにこやかな笑みと「やあ、ロッティ！」という言葉まで投げかけてきた――実際、その笑《え》みはあまりにもにこやかで、また「やあ、ロッティ！」はあまりにも陽気で友好的だったから、彼女は躊躇《ちゅうちょ》なく得意の雌トラ風のジャンプで近づき、彼の上着の襟《えり》をつかんだ。彼女は確信していた。かつて十分ゆでた固ゆで卵だったアイヴァー・ルウェリンは、チェリブル兄弟［ディケンズの『ニコラス・ニクルビー』に登場する親切な双子の兄弟］になったのである。

「ヘイ、アイキー！」彼女は叫んだ。大好きな父親にチョコレートをねだろうとするお気に入りの娘の自信に満ち満ちた態度で、彼にほほえみかけながらだ。「聞いて、アイキー。あたしが聞いたこと、本当？」

「へっ？」

「メイベルに聞いたの。メイベルがあなたとレジー・テニスンとの取引について話してくれたのよ」

ルウェリン氏の顔から、ワイパーで拭いたように陽気さが消えた。突然彼は緊張し、不安で、警戒した顔になった。ハエ取り紙を検分するハエみたいにだ。

「彼女は何と言った？」

「彼女、あなたが彼と五年契約を取り交わしたって言ったわ」

ルウェリン氏の緊張が緩んだ。

「ああ、その件か？　そのとおりじゃ」

「ねえ、それじゃあ、アンブローズはどう？」

「どういう意味じゃ？」

「わたしの言ってる意味、わかるでしょ。テニスン一族に五年契約をやるなら、どうしてアンブローズに分け前を渡さないの？」

　ルウェリン氏の顔が暗くなった。彼女の言葉はむき出しの神経に触れたのだ。「燃えさかるデッキに立つ少年」を書かなかったことを、軽微な落ち度と考える者もいるだろうが、しかしアイヴァー・ルウェリンには、アンブローズ・テニスンがそうしなかったことが許せなかった。少なくとも、本物のテニスンでなかったことについて、彼を許すことはできなかった。本物のテニスンであるかないかという問題は、スペルバ＝ルウェリン社社長にとって今後長らく平静には考えられないであろう大問題であった。

「ふん！」深く心乱され、彼は叫んだ。

「えっ？」

「あの男は使えん」

「アイキー！」

「あいつはスタジオには一歩も入れん」ルウェリン氏は深い感情を込めて言った。「あんたがわしに金を払ったってだめじゃ」

　彼は彼女の指を払いのけ――今日の午後は誰も彼もが彼女の指を払いのけ続けているように、ロッティには思われた――そして、どんなに恰幅《かっぷく》のよい映画界の大立者ですら、彼の助けを求める人々から逃げる時にはどれほど素早く動けるものかを知らない者なら驚くような素早さで、彼はタクシーに乗り込み、消え去ったのだった。

モンティ・ボドキンが通りに姿を現したのは、この瞬間だった。

ホワイトスター埠頭《ふとう》の入り口界隈《かいわい》は、ニューヨークの本領発揮というべき場所ではない――実際、何かしらの愛国的な市民委員会が、田舎によくあるような、この街を「停車場」で判断しないでくださいと訪問者に促《うなが》す看板を立てないのが不思議なくらいである。それでもなお、このけばけばしい地区には、この街のもっと見栄えの良い部分にはない特質があった。

専門的に言えば、税関の建物はアメリカの土地であり、合衆国に初めて到着した者の胸にありとあらゆる感情を喚起《かんき》せしむるはずである。しかし、実際には軽い手荷物が投げ落とされるトボガン滑り台の下のドアを通り過ぎて初めて、彼は「ついに着いたぞ!」とひとりごちるのである。そしてその後になって、またその後になって初めて彼は、真の意味で自分はアメリカにおり、これから新生活が始まるのだと感じるのである。

出口に立ちながら、モンティはこの感覚をとりわけ鮮烈に感じていた。普通の移民にも増して、彼は新しい人生を始めるのだ。彼の眼前の未来は、真っさらな白紙だった。ミッキーマウスをガートルードに返したことで、あたかも彼は人生の一つの時代に、「完」と記したかのようだった。その行為は象徴的だった。彼は実際に「すべてに、さよなら」と言ったわけではないが、しかしそれはそれを言うことに相当したのだ。

彼は何の計画もなく、新世界にいた。彼には何でもできた。世界一周クルーズの何かに参加して、慰めを求めてもよかった。ロッキー山脈を訪れ、熊撃ちをしてもよかった。どこか遠い南の島に身を沈め、コプラ［やし油の原料］を育てるか捕まえるかしてもよかった――それが植物か、それとも何らかの種類の魚か（彼には決して知ることのできなかった事実である）によるが。あるいは彼は僧院に入ってもよかった。すべては未定だった。

そうしながら、彼はニューヨークの匂いを嗅《か》ぎ、変な匂いだと思った。

そしてそこに立って匂いを嗅いでいると、突然ビュンと突進してくる影があり、気がつけばロッティ・ブロッサムの鮮明な凝視の下で、彼は目をパチパチさせていた。

「ヘイ！」明らかに何かしらの強烈な感情に衝《つ》き動かされ、彼女は言った。彼女は彼の上着の襟《えり》をつかんだ。「ヘイ！　聞いて！」

モンティの姿はロッティに重大な影響を及ぼした。これまでの出来事のぐるぐる渦巻く渦の中で、アイヴァー・ルウェリンが胸のうちの人間的親切心の甘露《かんろ》蛇口《じゃぐち》をどれほど急激に閉めようとも、その蛇口をもういっぺん開けられる人物がただ一人いることを、彼女は一度たりとも忘れていなかった。そして彼女の前に立つこの人物こそ、その人なのである。レジーとアンブローズという確かな筋から、彼女はアイヴァー・ルウェリンがこのボドキンの芸術的奉仕を確保したいと切に望んでおり、契約への彼の署名を手に入れるためならなんでもやると合意することを知っていた。したがって、ルウェリン氏の上着の襟《えり》をつかむことによって結果を得ることに近頃失敗したばかりであったにもかかわらず、ひるむことなく彼女はモンティの襟をつかんでいたのであった。

「ヘイ！　聞いて」彼女は叫んだ。「あなた、やらなきゃいけないの！　とにかくやらなきゃいけないの、わかった？」

ロッティ・ブロッサムが自分の上着に付着しているのを発見したら、モンティ・ボドキンの即座の反応が、彼女をブラシで払い落とすことであった時代も、ほんの数日前まではあった。だが今、彼はそうしようとはしなかった。彼は無気力で不活発なままでいた。頭のてっぺんから足の先までロッティ・ブロッサムで飾り立てられたとてまるで問題ではないと、果てしない悲しみを抱えて彼は思った。

「何をするんだって？」彼は言った。

「アイキー・ルウェリンのところに行って、アンブローズに仕事を返してやるよう言うの。もしあなたに普通の良識がちょっとでもあるなら、断れないはずよ。アミーが今この瞬間に何をしてるか見て」

「へっ？」

「あたしは『アミーが――』って言ったの」

「わかってる。そして僕は『へっ？』って言った。彼が何をしてるんだって？」

「あなたとバタースプロッシュのことを、仲直りさせようとしてるのよ」

モンティは態度を硬直させた。

「彼女の名前はバターウィックだ」

「ええ、バターウィックでいいわ。今まさにこの瞬間、アンブローズは税関の建物の中で、あなたとムジナ娘のバターウィックをまたなかよしこよしにしようって、ビーバーみたいにがんばってるところなのよ」

またもやモンティは態度を硬直させた。

「僕は君にバターウィック嬢のことをイタチ娘呼ばわりしてもらいたくない」

「ムジナ娘よ」

「ムジナだろうがイタチだろうが、僕に違いは感じられない。それに残念だが、アンブローズができるだけのことをしたとしても、結果として何らかのなかよしこよし性がもたらされる可能性もまずない。とはいえご親切には感謝する。すべては終わった。彼女は……」彼の声は震えていた。

「彼女は僕と話そうとしないんだ」

「あら、そんなの大丈夫よ。アンブローズが解決してくれるわ」

モンティは首を横に振った。

「無理だ。もう人間の手で解決できる状況じゃない。肘鉄《ひじてつ》はきっぱりと下された。とはいえ、説得の労を取ってくれたアンブローズには感謝だ」

「アミーはそういうところが素敵なの」

「ああ」

「なんて友達なんでしょ！」

「僕の知る限り、一番善良な男だ」憂鬱《ゆううつ》げにモンティは同意した。

「友達のために、あの人にできないことはないのよ」

「そうなんだろう」

「じゃあいいじゃない」襟《えり》をつかむ手に力を込め、ミス・ブロッサムは意味ありげに言った。「小さな親切を彼のためにしてくださらない？　アイキーのところに行って契約して、それで点線の上に署名する前に、アンブローズも契約するんでなきゃダメだって言ってくれない？　ええ、あなたの気持ちはわかってるわ。あなた、映画俳優になるのは嫌なのよね。だけどあなたきっとあんまりにもダメすぎて、一週間目の終わる頃にはお金を払うからやめてほしいってお願いされる可能性は考えてみた？　だって、あなた演技のお仕事をずっと続けなきゃならないわけじゃないのよ」

「実を言うと」モンティは言った。「その件については大丈夫なんだ。ルウェリンは、僕はプロダクション・エキスパートになればいいと言っていた」

「んまあ、素敵じゃない！」

「だけど僕が今考えてる唯一のことは、修道院に行くことなんだ」

「あたしなら行かないわ」

「きっと君の言うとおりなんだろう」

「それに聞いて」ミス・ブロッサムは急《せ》き立てるように言った。「あなたきっと一番肝心のところがわかってないんだと思うの。こういうことなの。もしアミーに仕事がないと、あたしたち結婚できないのよ」

「えぇっ？　どうして？」

「うーん、つまり彼は本を書くことでそんなに稼いでるわけじゃないから、家計はあたしが支えることになるでしょ。そして彼は自分がいわゆるハリウッドの亭主の一人になって細君の給料で暮らして、自分の仕事は犬にブラシを掛けて家の雑用をして回るだけって考えに尻込みしてるの。あたし、彼を責められないわ。でもそういうことって結婚生活の至福にミツバチを投入してくるでしょ。だから彼はこの仕事をゲットしなきゃならないの。絶対によ。あなた、アイキーのところに行ってくれるわね、いいでしょ？」

モンティは目を丸くして彼女を見つめた。愕然《がくぜん》としていた。彼は二人の人生の幸福が、自分がルウェリン氏の願いに従うことに懸かっているなどとは夢にも思っていなかったのだ――すべては自分のきまぐれ次第だったとは。

「まさかそんなことが？」

「まさかって何よ？」

「僕が『まさかそんなことが』って言った時、君がまさかそんなことを言っているはずがないって思って言ったわけじゃない。僕が言おうとしてたのは……いや、僕が言いたいのは、このニュースで僕はあごにパンチを食らったような気分だってことだ。そんなことになってたなんて、思いもしなかった」

「そういうことになってたの。アンブローズは悪魔みたいに誇り高いんだから」

「なんてバカみたいな話なんだ！　いいとも、もちろん僕はルウェリンのところに行く」

「行ってくれるの？」

「もちろんだ。今の僕には何にもない――つまり、計画も何もってことだ。実を言うと、君が近づいてきた時、僕は何て身軽なことかって思ってたんだ。一昨日まで僕はある意味、探偵事務所に雇用されていた。アルガスだ。聞いたことがあるかは知らないが、電信住所はロンドン、ピカディリー、ピルガスだ。だけどそんなのはみんな、歯車が入り組んでるせいなんだ。ガートルードと結婚するために、僕は仕事を手に入れなきゃならなかった。だけどガートルードが二等船のプロムナードデッキで僕に肘鉄《ひじてつ》を食らわした時、仕事を続ける意味はなくなったから、探偵事務所に電報を送って、探偵職を辞したんだ。それで僕は完全に自由になった。さっき言ったように、僕は修道院に行こうと思っていた。それから南海の島々とかロッキー山脈とかそういう所についても考えた。だけど、だったらハリウッドに行ってプロダクション・エキスパートになったって構わないんだ」

「あたし、あなたにキスするわ！」

「したいならしてくれ。もう何も問題じゃない。それじゃあタクシーを見つけて、出かけていって
そのルウェリンに会えばいいんだな？　どこに行けば会える？」

「オフィスにいるわ」

「じゃあ、ホテルのチェックインを済ませたら、すぐに――」

「あなたのホテル、どこ？」

「ピアッツァだ。アルバート・ピースマーチがほめていた」

「まあ不思議！　あたしもピアッツァに行くのよ。それじゃあこうしましょ。あたし、あなたをア
イキーのオフィスで降ろして、ホテルであなたの部屋のチェックインをしてあげる……それともあ
なたたち百万長者はスイートルームがお好みかしら？」

「スイートを一つで頼む」

「じゃあスイート一つね。それであなたが戻ってくるまでそこで待ってるわ」

「よしきたホーだ」

ロッティはモンティの上着から手を離すと数歩下がって、彼をほれぼれと見つめた。

「ボドキン兄貴、あなたって天使よ！」

「いや、全然そんなことはない」

「いいえ、天使だわ。あなたはあたしの命を救ってくれた。アンブローズの命もよ。それであなた
はきっと後悔しないわ。絶対にあなた、ハリウッドが気にいるはずよ。つまりね、このムジナ娘が

――」

「ムジナじゃない」

「このバタースプロッシュが――」

「バターウィックだ」

「あなたのバターウィックが愛想づかしをしたとしてもよ、それが何？　ハリウッドで出会う何百もの女の子たちのこと、考えてごらんなさいな！」

モンティは首を横に振った。

「僕には何の意味も持たない。僕はずっとガートルードに誠実でいたいんだ」

「うーん、それじゃあ」ミス・ブロッサムは言った。「ご自分の判断でどうぞ。あたしが言ってるのはただ、もしあなたが死に去りし過去を忘れる気になったら、ハリウッドにはありとあらゆる設備が揃《そろ》ってるってことよ。ハーイ、タクシー！　ピアッツァへ」


さてとアイヴァー・ルウェリンは、葉巻を口に、満足を胸に、そして帽子は頭の横っちょに載せて、彼が名誉ある社長職を勤める会社の、隅々まで装飾を施されたオフィスに到着した。ロッティ・ブロッサムとの対談は彼を苛立《いらだ》たせたが、しかし、気分を立て直すのに長くはかからなかった。ニューヨークの街には人を元気ハツラツにする性質があり、晴れた夏の日の午後、オープンカーのタクシーでこの街を通過して、陽気で昂揚《こうよう》した心持ちになれないのは真実落ち込んだ者だけだ。ロッティと彼女の懇願《こんがん》のことは次第にルウェリン氏の脳裡《のうり》を去り、目的地までまだ数ブロックあるにもかかわらず、彼はもう昔のスペルバ＝ルウェリン特別大映画作品の主題歌の抜粋《ばっすい》をハミングしはじめていた。タクシーを降り、料金を払ってもなお彼はハミングを続けており、唇にテーマソングを載せ、愛する懐かしきオフィスへと入っていったのだった。アイヴァー・ルウェリンのハートは南カリフォルニアにあったが、彼はニューヨークのオフィスも愛していた。

帰国した社長に映画会社が挙行する小型版全市民による歓迎式典のようなものには一定の時間がかかったが、ただいま最後のイエスマンが立ち去り、再び彼は一人きりで考え込めるようになっていた。

これ以上の話し相手は望むべくもなかった。今この瞬間にもレジー・テニスンが報告に来て、グレイスのいまいましいネックレスにまつわる不快な顛末《てんまつ》すべてが終了となるのだろう。数分後にデスクの電話に手を伸ばし、社長にお目にかかりたいとおっしゃる紳士様がお一人でお越しでございますと聞いた時、満足のうなり声が発された。

「すぐに上がってもらえ」彼は言った。そして椅子《いす》の背にふんぞり返って、顔には歓迎の笑《え》みを拵《こしら》えた。

次の瞬間、笑みは消えた。彼の前に立っていたのは、レジー・テニスンではなく、スパイのボドキンだった。ルウェリン氏は再び椅子を前に傾け、葉巻を上向きの戦闘態勢にして、このボドキンを見た。

映画界の大立者が税関スパイを見る際の態度の差は、彼が大洋航海船に乗船中で妻の五万ドルのネックレスが船室にあるという時と、彼が陸上のオフィスにいてそのネックレスも上陸済みだと知っている時では、わずかではあるが、明確である。ルウェリン氏の場合、わずかというよりは明確だった。彼はモンティにあまりにも険《けわ》しく敵意に満ちたギラギラした目を向けたから、モンティですらそれに気づいたくらいだった。失恋のことで頭はいっぱいだったが、彼はスペルバ＝ルウェリン社社長の内部で、何かが変化したことに気づいた。ここにいるのはR・M・S・アトランティック号の喫煙室で彼に近寄って話しかけてき、タバコに火を点けたりウイスキーを飲んだりする困難な技術における彼の芸術性を、あれほどまでに誠心誠意ほめたたえた、あの陽気で親しげな人物ではない。彼の目の前にいる人物は、あの男の邪悪な弟のように見えた。

彼は少し失望した。

「あー、ハロー」ひとまず彼は言った。

ルウェリン氏は言った。「それで?」

「え、あのー、こちらに伺おうと思ったんです」モンティは言った。

ルウェリン氏はもう一回「それで?」と言った。

「それで、えー、ここに来たわけです」モンティは言った。

「それで、いったい全体」ルウェリン氏は聞き質《ただ》した。「何の用だ?」

この質問はもっと友好的な言葉づかいで行うこともできたはずである。発話者がもっと丁寧さと洗練を加えられる言い方を、モンティは今すぐにでも思いつけた。しかし肝心なのはこの質問が発されたということだ。なぜならそれで彼は遅滞なくただちに用件に入れる立場に立ったからだ。

「考え直したんです」彼は言った。「あの契約に署名します」

ルウェリン氏は葉巻の位置を変え、顔面下手から上手へと高速移動させた。

「ああ、そうかね」彼は言った。「いや、わしも考え直してな、貴君がわしのオフィスで契約に署名することはない」

「それじゃあ、どこで契約に署名したらいいんでしょう?」モンティは快く訊《き》いた。

ルウェリン氏の葉巻は再び彼の顔面上を高速移動し、先のタイムをごくわずかに更新した。

「聞くんじゃ」彼は言った。「契約のことは忘れてもらってかまわん」

「忘れてかまわない、ですか?」

「契約はなしじゃ」意味するところをさらに明確にして、ルウェリン氏は言った。

モンティは当惑した。

「僕が理解するところ、あなたは船の上で――」

「船の上でわしが言ったことは、気にせんでくれ」

「僕にプロダクション・エキスパートになって欲しいとお望みでは」

「いいや、今は望んどらん」

「僕にプロダクション・エキスパートになって欲しくないんですか?」

「購買の皿洗いにもなって欲しくはない――スペルバ＝ルウェリン社の購買においてはじゃ」

モンティはこれでおしまいだと思った。彼はゴシゴシと鼻をこすった。彼の意識にはだいぶ雲がかかったような状況だったが、ぼんやり考え込んでみて、自分の話し相手は彼の奉仕を迎え入れる市場状況にはないのだということを、理解しはじめていた。

「ああ?」彼は言った。

「そうじゃ」ルウェリン氏は言った。

モンティはあごの先を掻《か》いた。

「わかりました」

「わかってもらってよかった」

モンティは鼻をゴシゴシこすり、あごの先を掻き、左耳に指をやった。

「それじゃあ、よしきたホーです」

ルウェリン氏は口をきかず、モンティをサラダの中のゴキブリみたいに見ただけで、葉巻にもういっぺん顔面走行をさせた。

「それじゃあ、よしきたホーです」モンティは言った。「それで、アンブローズはどうなります?」

「はあっ?」

「アンブローズ・テニスンです」

「あいつがどうした?」

「彼に仕事はやるんですね?」

「もちろんじゃ」

「よかった」

「奴にはエンパイアステートビルのてっぺんに登って、飛び降りてもらおう」ルウェリン氏は言った。「時給は払ってやる」

「つまり、アンブローズもいらないってことですか?」

「そのとおりじゃ」

「わかりました」

モンティは鼻の頭をゴシゴシこすり、あごの先を掻き、左耳に指をやり、靴の先をもう片方の靴先にこすりつけた。

「それじゃあ、そういうことでしたら、あー、ピッピー、です」

「出口はそちらじゃ」ルウェリン氏は言った。「ドアは君のすぐ後ろにある。ハンドルを回してくれ」

スペルバ＝ルウェリンの社長室を出る手順は、その所有者の言うとおり簡単で単純だった。また、モンティは頑健な連中に寄ってたかって砂袋で頭をぶん殴られたような気分でありはしたものの、その場を立ち去ることには何の困難もなかった。彼が行ってしまうと、ルウェリン氏は椅子から立ち上がり、あごのすべての段に満足をみなぎらせながら、部屋じゅうを気取った顔で行ったり来たりしはじめた。彼はたった今ガラガラヘビをかかとで踏みにじってやったような気分だったし、またガラガラヘビを踏みにじる爽快《そうかい》な魅力くらい、身体組織の調子を持ち上げてくれるものはないのだから。

メイベル・スペンスの到着が知らされた時、彼はまだ気取った顔で行ったり来たりしている最中だった。またメイベルがニューヨークで一番ハードボイルドな法律事務所のパートナー弁護士によって起案され、他の二人のパートナー弁護士によって確認承認済みの印章のベタベタ押された契約書を持ち込んで、ただちに注目するよう取りかかったという事実によってすら、彼の目からキラキラが拭《ぬぐ》い去られ、彼の態度物腰から弾力性が奪われることはなかった。選択の余地があるなら、レジナルド・テニスンの雇い主になることをこんなにも取り消し不能なかたちで決定することを余儀無くされずにいられた方が彼としてはずっとよかった。しかし自分に選択の余地はないという事実を、彼はもう甘んじて受け入れていた。レジーがこの苦境において受け入れざるを得ない不快だということを、彼は理解していた。陽気で気楽な態度ではないにせよ、平静に、彼はその書面に自筆署名を記した。

「ありがとう」彼女が同席を要求した四名の証人が立ち去ると、メイベルは言った。「さてと、これでレジーの件は大丈夫ね。なぜなら、あんたは大抵の者より優れているが、ガンガ・ディン［キプリングの『兵営詩集』「ガンガ・ディン」］、ここからうねうねすり抜けようとしたら、わたし許さないから」

「誰がうねうねすり抜けようとしたがっとるんじゃ？」いささか憤然として、ルウェリン氏は詰問した。

「あら、わからないわよ。わたしが言ってるのはただ、あなたにはそれができないと思うのは素敵ってこと。ねえ、アイキー、いい弁護士が必要な時があったら、ここの人たちはおすすめよ。本当に徹底していて良心的なの。あの人たちが罰則条項を次々思いつく様ときたら、見てたら大笑いしたはずよ。どうにも止まらないみたいね。終わるまでには、おやすみのキスをしないでベッドに押し込まれたって言ってレジーがあなたに高額の損害賠償を請求できるんじゃないかって思ったくらいよ。最高」書類をバニティバッグに入れながら、ルウェリン氏には決して共有できない明るい陽気さで、メイベルは言った。「さてと、アイキー、何か変わったことはあって？　レジーにはもう会ったの？」

「まだじゃ」ルウェリン氏は不満げに言った。「どういうわけかわからん。三十分も前にここに着いとるはずじゃが」

「あら、わたし知ってるわ。もちろんよ。彼、いとこのバターウィック嬢と話してるの」

「何のためにじゃ？　あいつの知ったことじゃあるま――」

「まあ、大した問題じゃないわ。ネックレスは無事通関したわよ」

「なんで知っとる?」

「彼の荷物が検査されてる時、わたし一緒にいたもの。連中はつべこべ言わずに通してくれたわ」

「あやつはどこにブツを入れたんじゃ?」

「わたしには話してくれないの。とっても秘密主義なのね」

「ふん、わしは――」

彼の発言は電話のベルが鳴ったことで中断された。彼は受話器をとった。

「レジーから?」メイベルは言った。

ルウェリン氏は短くうなずいた。彼は集中して話を聞いていた。そして聞きながら、彼の両目はゆっくりと顔からとび出し、また彼の顔色は強烈な感情に圧倒された時に帯びる、見る者の目にとても美しいあの赤紫色の色合いを帯びていった。ただいま彼は支離滅裂なことを早口にまくし立てはじめていた。

「いったい全体、どうしたの、アイキー?」メイベル・スペンスはいささか警戒して訊《き》いた。彼女は義理の兄を好きではなかったが、目の前で彼が今にも卒中発作で非業《ひごう》の死を遂げそうな兆候を見せると、心配するのだった。

ルウェリンは受話器を置くと、椅子に崩れ落ちた。彼はぜいぜいと息をしていた。

「今のはあんたのレジーじゃった」

「なんて素敵!」

「なんたるクソ野郎じゃ」ルウェリン氏は修正して言った。彼は聞き取りにくい声で言った。「あいつが何をしたか、わかるか?」

「何か気の利いたこと?」

ルウェリン氏は身を震わせた。これまで下唇にかろうじてしがみついていた彼の葉巻は、力を失い、膝上に落ちた。

「気の利いたこと! まったく、とてつもなく気が利いておるわい。あいつはあのネックレスを通関させる最善の方法を考えに考えて、最終的にあのボドキンの持っとる茶色いミッキーマウスのぬいぐるみの中に入れることを決心したと言っとる。それで今、ボドキンがあれを持っとるんじゃ」

23. ホテル・ピアッツァ

税関建物内においてガートルード・バターウィックの胸のうちで燃えていた怒りの炎は、彼女がピアッツァホテルに到着して部屋を取り、部屋に上がって帽子を脱いだ時にもまだ大いに燃え盛っていた。生まれ持った気性の穏やかさゆえ、いつもならば彼女は、彼女がまったくオフサイドなどしていないのにオフサイドをとった、買収されたえこひいきなホッケー審判によってしか動揺させられなかった。しかし最高に温厚な女性ですら、彼女が受けたような挑発を受けたら鼻腔《びこう》から炎を吹き出して怒り狂ったとて許されよう。

あれだけのことがあった後でミッキーマウスを彼女に返し、軽蔑《けいべつ》を込めてそれを投げ返す間もなく急ぎ立ち去ったモンタギュー・ボドキンのずうずうしい厚顔無恥《こうがんむち》は、身体の痛みのように彼女を苦しめた。彼女はそれを渡したがっていたようだったベルボーイの手から氷水を受け取りはしたが、彼女の想いは氷水にはなかった。彼女はフロントでモンティのスイートの番号を確認しており、このユニフォーム姿の子供がいなくなったらすぐさまそこに向かい――それはすぐ次の階だった――ミッキーマウスを届けるべき場所に届けてやるのだと、自分に言い聞かせていた。それをモンティの手に押し付ける際に彼女が彼に向けようと考えている目は、彼女の意見では、彼に身の程をわきまえさせ、低脳な彼の頭にも、イングランド・レディース・ホッケーチームのG・バターウィックの評価において自分がどんな立場を占めるかをわからせるには十分なはずであった。

したがってベルボーイが遠ざかると、ただちに彼女はミッキーマウスを持って出発した。そしてただいま彼の部屋だと言われた部屋のドアを、彼女はノックしていた。

部屋の中からする足音に、思わず彼女の心臓は早鐘《はやがね》を打ちはじめた。そして強く、決然たる態度で臨まねばならないと自分に言い聞かせていた。と、ドアが開き、気がつけば彼女はロッティ・ブロッサムと対峙《たいじ》していたのだった。

「あら、ハロー」可能な限り最大限に友好的な調子で、ロッティは言った。まるでガートルードが彼女の待ち構えていた歓迎すべき客人であるかのように。「お入りになって」

そして、彼女の人間性の抗しがたい威力ゆえに、ガートルードは部屋に入った。

「椅子《いす》におかけになって」

ガートルードは椅子に腰掛けた。彼女は依然として、口がきけなかった。今や彼女にとってモンティが何も意味しないにもかかわらず、彼女の中でくすぶっていた火種は、焼けつくような炎になって燃え上がったかのようだった。この女性がモンティのスイートで女主人のように振舞いくつろいでいる光景は、彼女を驚かせはしなかった。それはただ、すでに存在する証拠を裏付けるだけだった。それでもなお、それは激しい苦痛だった。彼女はミッキーマウスを抱きしめ、苦しんでいた。

「ボドキンは出かけてるの」ロッティは言った。「彼、アンブローズの契約のことでアイキー・ルウェリンに会いにいってるの。彼、戻ってきてあなたがここにいるのを見たら、大喜びするはずよ。あたしも大喜びしてるわ。そう言って、あなたが構わなきゃだけど。ボドキン兄貴はもちろんわたしの親密な交際の輪の仲間じゃないけど、でもいい人だし、あなたにこっぴどく振られたせいでどんなに落ち込んでたかは、レジーが話してくれたわ。だからあなたが考え直してああいう残酷な言葉を忘れようって決心してくれて、本当にうれしいわ。ああ、やれやれ」熱を込めてロッティは言った。「愛する人と喧嘩《けんか》なんかして、何の意味があって？　あたしもアンブローズと喧嘩したことはあるけど、もう絶対にしない。もうやめたの。その時はものすごく面白いけど、する価値のあることじゃないわ。あたしくらいに愛する人を失う寸前になってみたら、あなただって考えはじめるわ。サム・ゴールドウィンのヒゲにかけて、あなただってそうすると思う。ほんの一時間前まで、あたしとアンブローズが家庭を作れる可能性なんてないように見えて、あたし、犬みたいに泣きわめいていたのに。あたし、自分がどんなに彼に意地悪だったかって考えてたの。きっとあなたもボドキン兄貴に対してそんなふうに考えてるんでしょ」彼女は言葉を止めた。彼女の目は熱望の光に輝いた。「ねえ、あなたそのミッキーマウス、手放す気はなくって？」

ようやくガートルードは話ができるようになった。

「私、これを返しに来たんです」

「ボドキンに？」ロッティは諦《あきら》めたようにうなずいた。「それじゃあ見込みなしだわね。彼が手放さないわ。どうしたってね、前にも彼は手放さなかった。あたしがそれをかっぱらった話は聞いてるわよね、きっと？」

ガートルードは跳《と》び上がった。たった今まで、彼女はこの友人の言うことをほとんど聞いていなかったが、この言葉は彼女に突き刺さった。

「何ですって！」

「そうよ、あたしがかっぱらったの。知らなかった？　アンブローズが彼に返させたの」

「何ですって！」

「あら、あたしは『かっぱらった』って言ったけど、本当に起こったのは、あのスチュアードのピースマーチがあたしのだと思って手渡してくれて、それをあたしが手放さなかったってことよ。あたし、ボドキンにアイキーのところに行ってアンブローズの契約を取ってきてくれるんでなきゃ、彼があたしにくれたんだってあなたに思わせてやるって言ったの。あれが汚い手じゃないって言うなら、そうじゃないものを見せてもらいたいわね。今ならあたしにも悪かったってわかるけど、あの時は最高の名案に思えたの。アンブローズがピルグリムファーザーみたいにあたしに言い聞かせてくれるまで、あたし、自分がどんなに卑劣かなんて考えてもみなかった」

　ガートルードは息を呑《の》んだ。奇妙なゾクゾクした感覚が、彼女の背中を上がったり下がったりした。重複証拠が効果を上げていた。「私が三べんあなたに言うことは、真実です」と、『スナーク狩り』〔ルイス・キャロルのナンセンス詩〕のベルマンは言った。そして、これは彼女がミッキーマウスの話を聞いた三度めだった。レジーが話してくれた。アンブローズが話してくれた。そして今ここで、ロータス・ブロッサムが証言している。

「あなたは……あなたはそれが全部本当だっておっしゃるの？」

　ロッティは驚いたようだった。

「何が本当かですって？」

「みんなが私に言うことよ……レジーと……アンブローズが」

「レジーのことは知らないけど」ロッティが言った。「あたしのアミーがあなたに言ったことは、福音だと思って聞いてもらっていいわ。だけど全部本当かって、どういう意味？」ロッティは困惑して訊《き》いた。「それが本当だって、知らなかったの？」

「私、信じなかったの」

「じゃああなたって途轍《とてつ》もないおまぬけちゃんにちがいないわ。こんなこと言ってごめんなさいね。当然あたしは、あなたがドアをノックしてるのを見て、あなたが光明《こうみょう》を見いだしてボドキン兄貴に喧嘩《けんか》はおしまいって言いに来たんだとばっかり思ってたわ。あなた、もう一ラウンド戦いに来たってこと？」

「私はこのミッキーマウスを返しに来たの」

「すべては終わりって彼にわからせるために？」

「ええ」小さな声でガートルードは言った。

ロッティ・ブロッサムは驚いて、息を吸い込んだ。

「んまあ、友人として言うけど、バタースプロッシュ、あなた、あたしをムカムカさせてくれるわ。なんてバカなのかしら！　それじゃああなた、あなたのボドキンとあたしの間におかしな真似が進行中って大真面目に思ってたの？」

「今は思ってないわ」

「今は本当にそう思ってもらいたくないわ。ボドキンですって！　大笑いだわ。どうして、あなたがボドキンのこと一本ずつ焼き串《ぐし》に刺してベルネーズソースをかけてご提供くださったとしたって、あたし手も触れないわ。彼とだったらあたし、何週間一緒に自動車旅行に出かけたって、最後まで一度だって車を降りて一緒に歩いたりしないわ。それはなぜ？　なぜってあたしにはたった一人の男性しかいないから――アミーだけよ。もう、どんなにあたし、彼のこと愛してることか！」

「私がモンティを愛してる以上じゃないわ」ガートルードは言った。彼女はもう少しで泣きそうだったが、気概を持って話し続けた。この女性が結局のところライバルでなかったことを喜びつつも、彼女がモンティには何の魅力も見いだせない、一本ずつ焼き串に刺してベルネーズソースをかけて差し出されたって、と言うのは本当に嫌だった。

「あら、よかった」ロッティは言った。「あたしがあなたなら、彼にそう言うわね」

「私が自分で言うわ。だけど――彼、私のこと許してくれると思って？」

「あなたの不名誉な疑念にもかかわらずってこと？　もちろんよ。男ってそういうところが最高なの。犬みたいに扱ったって、抱擁《ほうよう》に至るスローフェイドアウトの段になると、いつだって髪三つ編みに結い上げて見参してくれるわ。あたしなら彼に駆け寄ってキスするわね」

「私だって」

「フライングタックルしてあげなさい。そして『ああ、モンティ、ダーリン』とかそんなような言葉をつぶやくの」

「言うわ」

「それからつま先立ちするのよ」ロッティ・ブロッサムは言った。「だって彼は背が高いから」

彼女が話しているとベルが鳴った。彼女は行ってドアを開けた。ガートルードは緊張を解いた。というのは、入ってきたのはモンティではなく、アンブローズ・テニスンと弟のレジーだったからだ。

レジーは熱中し、集中しているように見えた。考えていることがたくさんあって、無駄にする時間がない男の姿だ。

「モンティはどこだ?」彼は訊いた。「ああ、ハロー、ガートルード。ここにいたのか」

「そうよ」ロッティは言った。「彼女、ボドキンさんを待ってらっしゃるの。全部オッケーよ」

「とうとう目からウロコが落ちたんだな?」

「そのとおり」

「もうそろそろわかっていい頃だ。このバカ娘が」いとこらしい手厳しさで、レジーは言った。彼はガートルードの件はそれまでにして本題に戻った。「モンティはどこだ?」

「アイキーのところよ。あなたの契約をなんとかしようとしてくれてるの、アミー」

「なんだって!」

「そうなの。あたし、あの人に真剣にお願いして、そしたら段取りに行ってくれたの。もうそろそろ全部決まってるはずよ」

アンブローズ・テニスンは風船のように膨《ふく》らんだ。

「ロッティ!」

彼にはそれ以上何も言えなかった。彼はミス・ブロッサムを抱きしめた。レジーはチッチと舌を鳴らした。

「わかったわかったわかった」レジーは言った。怒った調子ではなかったが、軟弱な感情へのビジネスマン流の苛立《いらだ》ちが感じられた。「だが、いつ戻ってくる? 俺はどうしても奴に会わなきゃならないんだ」

「どうして彼に会いたいの?」

「俺は奴に会って、それも遅滞なく、とある重大な……なんてこった！　そいつはそこで俺の顔をずっと見つめてるじゃないか。ガートルード」レジーはきっぱりと言った。「お願いだから君がお膝であやしている、そのミッキーマウスをこっちに渡してくれないか」

航海中の彼の振舞いと、とりわけ税関建物におけるきわめて侮辱的な態度によって、ガートルード・バターウィックは近い親戚に女の子が覚えるような温かい愛情を、レジーに対してはほぼ完全に失ってしまった。この言葉は愛情の回復に何の効果ももたらさなかった。

「いやよ」彼女は叫んだ。

レジーの足は絨毯《じゅうたん》をどすどす踏みつけた。

「ガートルード、俺にはそのミッキーマウスが必要なんだ」

「いやよ、渡さないわ」

「いったい全体どうしてお前、そんなものが必要なんだ？」兄が弟に向かって話す時にしばしば目につく、わずかな無愛想さとともに、アンブローズが訊《き》いた。

レジーの態度は用心深くなった。彼は国家機密を明かすよう求められた青年外交官のように見えた。

「それは言えない。俺の唇は封印されている。だが歯車が入り組んでいて、俺はそれをどうしても手に入れなきゃならないんだ」

ガートルードの唇がきつく結ばれた。そして係争物をつかむ彼女の力は強められた。

「これはモンティのミッキーマウスよ」彼女は言った。「私はこれを彼に返すの。そしたら彼がこれを私にもういっぺん返してくれるのよ」

「そしたら俺に渡してもらえるかなあ?」妥協を受け入れようとするかのように、レジーは訊いた。

「いやよ!」

「チェッ!」レジーは言った。これは彼が頻繁《ひんぱん》に用いる表現ではなかったが、本状況では必要と思われたのだ。そして彼が話していると、ドアのベルが鳴った。

ロッティ・ブロッサムはガートルードにモンティが現れたら彼に駆け寄るように、そしてキスするようにと助言済みだった。そしてこれこそドアが開いた瞬間に彼女がしたことだった。彼女にしてみれば、この神聖な場面は二人きりの場所で起こった方が好ましかったのだが、彼女が観衆の存在ゆえに仕事をおざなりにすることはなかった。彼女はモンティにキスし、雄弁な後悔の言葉の奔流へとなだれ込んだ。同時にレジーはモンティに、ミッキーマウスを自分に渡してもらえないかと訊ね、アンブローズとロッティはルウェリン氏との交渉は満足のゆく結果に終わったかと彼に訊いた。これら全てがモンティを混乱させたし、彼はすでにかなり混乱してもいた。

当事者が空気を求めてあえいでいることに、最初に気づいたのはロッティだった。

「この人を放してあげて、ねえ」彼女は皆を説得した。「一人ずつにしましょ、ねっ。はい、いいわよ、バタースプロッシュ」彼女は公平な心を持った女性であったし、愛の優越性を認識していたからだ。「発言を認めます。ただ、手短かにお願いね」

「モンティ、ダーリン」彼が沈み込んだ椅子に優しく身体を寄せ、ガートルードは言った。「すべてわかったの」

「あ、そうなの?」モンティはぼんやりして言った。

「ブロッサムさんがお話ししてくださったの」

「そうなの？」モンティは言った。

「私、あなたを愛しているわ」

「えっ？」モンティは言った。

レジーが前へ進み出た。

「よしきた」彼はてきぱきと言った。「彼女はお前を愛してる。それはそれでよしだ。さてとモンティ、旧友よ。ミッキーマウスの問題に話は移るが……」

「アンブローズの契約はどうなったの？」ロッティが訊いた。

苦痛の痙攣《けいれん》が、モンティの顔を横切った。

「彼、契約に署名してくれた？」

「いいや」

「何ですって！」

「ダメだった。彼は署名しないと言った」

「しないですって？」

ロッティはアンブローズを見つめた。アンブローズはロッティを見つめた。二人の目は驚愕《きょうがく》のあまり丸く見開かれていた。

「だけど、なんてこった！」アンブローズが叫んだ。「俺は――」

「だけど、このかわいくてかわいそうなスープスプーンったら！」ロッティが叫んだ。「あなた言ったじゃない――」

「わかってる」

「あなた、アイキーのところに行って彼と契約するって言ったじゃない――」

「わかってる。だけど彼は僕のこともいらないって言うんだ」

「何ですって！」

「このミッキーマウスが必要な理由を」レジーが発言を再開した。「俺は明かせる立場じゃない。俺の唇は封印されてるからな、だが――」

「彼、あなたもいらないんですって？」

「そうだ」

「わからないわ」ガートルードが言った。「あなた、ハリウッドに行く契約をするところだったの？」

「ああ、そうなんだよ」

「だけど、モンティ、ダーリン。あなたどうしてハリウッドに行けるの？　あなたはピルビームさんの探偵事務所で働いてらっしゃるんじゃない」

再び、苦痛の痙攣がモンティの顔を走った。

「もう働いてないんだ。辞職した」

「辞職したですって？」

「そうだ。あの晩君に愛想つかしされた後、ピルビームに電報を送った」

「モンティ！」

アンブローズ、ロッティ、そしてレジーが話しだした。

「だけどルウェリンははっきり俺に――」

「だけどアイキーはあなたを説得してくれってみんなに頼んで回ってたじゃない――」

「このミッキーマウスは――」

「だけど、モンティ」ガートルードはあえいだ。「あなたまた無職になったっておっしゃるの？」

「そうなんだ」

「だけど、仕事がなかったら私たち結婚できないわ。お父様が許さないもの」

レジーがテーブルをドンと叩いた。

「ガートルード！」

「あら、あなた、何のご用？」

「俺は君に」努力して自分を抑制しながら、レジーが言った。「バカをほざくのをやめて欲しい。君は議論にどうでもいい問題を持ち込んで、モンティの頭を、本当に大事なことから逸らしている。君の父親が君を結婚させてくれないだって？　そんなヨタ話を、俺は聞いたことがない。君は大真面目に俺たちに、この啓蒙《けいもう》の時代に女の子が自分の父親の言ったことをちょっとでも気にかけるだなんて、信じろって言うのか？」

「私、お父様の同意なしでは結婚できないわ」

「そうか！」レジーの声は弱まっていた。「それじゃ君はモンティの幸福を、俺の、目玉の飛び出たジョン伯父《おじ》さんの気まぐれにまかせるって言うんだな！」

「お父様を、目玉の飛び出たジョン伯父さんだなんて呼ばないで！」

「呼んでやる。君の親父さんは俺の目玉の飛び出たジョン伯父さんだ。もしそうじゃないとしたら」レジーは鋭く推論した。「あいつは誰の目玉の飛び出たジョン伯父さんだっていうんだ？　アンブローズは別にして、だが」

「お前、何の話をしてるんだ?」自分の名前を聞いて、それまで沈んでいた昏《くら》い夢想から目覚め、アンブローズが訊いた。

分別のちゃんとした生き物と話ができて嬉《うれ》しいというように、レジーは彼に身体を向けた。

「いや、兄貴、俺はあんたに呼びかけたい。ここにいるこのいやらしいガートルードは、ジョン伯父さんが同意してくれなきゃモンティと結婚しないっていうんだ。頭がおかしいだろ?」

「私が同意なしに結婚したら、お父様、死んでしまうわ」

「バカバカしい」

「バカバカしくなんかないわ。お父様は心臓がお弱いの」

「完全なバカ話だ」

「完全なバカ話じゃないわ」

「完全なバカ話だし、もしご婦人同席の場じゃなかったら、俺はもっと強烈な言葉を使ってたところだ。心臓が弱いだって。けっ! あのイボ親爺《おやじ》は馬車馬の顔と体格をお持ちだぜ」

「お父様の顔は馬車馬みたいじゃないわ」

「失礼——」

「聞いて」ロッティ・ブロッサムが言った。「あたし、ご家族の喧嘩《けんか》に首を突っ込みたくないし、あなたのお父様のお顔がどんなか知りたくてたまらないんだけど、誰かドアのところでベルを鳴らしてるわ。誰が来てるか確認するまで、その議論は延期しましょ」

ドアにはアンブローズが一番近かった。彼はうわの空でドアを開けた。つまり彼はまた夢想にたち戻っていたからだ。

メイベル・スペンスが入ってきた。そしてアイヴァー・ルウェリンが彼女に続いた。

24. さよなら禁酒法

部屋に入るルウェリン氏の態度物腰には、電話の際に見せていたあの精神的、身体的崩壊の痕跡《こんせき》はどこにもなかった。それは一時の弱気に過ぎず、もう過ぎ去った。大映画会社の社長というものはタフで回復力に富んでいる。彼らは速やかに回復する。あなたはアイヴァー・ルウェリンを赤紫色にさせられるかもしれないが、彼の勇敢な精神を挫《くじ》くことはできない。彼は批判の仕方も、批判のされ方もわきまえた人物だった。長年の懸命な訓練努力によって、彼は運命の痛烈な一撃を受け入れ、死に去りし自己を踏み石にして立ち上がり［テニスン「イン・メモリアム」第一節］、自らの天才によって大失敗を勝利へと転ずる能力を身につけたのである。

これこそ今彼がここにきた理由だった。メイベルとのあわただしい会談が持たれ、彼の計画が形づくられ、彼の事業計画が完成をみたのだ。それがかかとでガラガラヘビを踏みにじるという当初の方針の完全なる転換を伴い、また、まず一番に彼がしなければならないのがこのガラガラヘビたちを懐柔《かいじゅう》して友好関係を結ぶことであるという事実も、彼を苦しめはしなかった。映画界の大立者とは、決してヴォルトファスというか、事態の急転換に困惑しないものなのである。

「ハロー、いやあ、ボドキン君」彼は愛想よく大声で言った。彼の軍事作戦の第一発目を発砲しながらだ。

モンティは個人的な「絶望の沼地」にあまりにもどっぷりと呑《の》み込まれていたから、彼をひっぱり出せるのは何らかの新奇で驚くべき出来事だけだった。ルウェリン氏の態度の陽気な方向への変化はそれに該当した。彼はびっくり仰天して彼をにらみつけた。

「ああ、こんにちは」彼は言った。

「いやあ、聞いてくださいい、ボドキン君、ご説明申し上げたいことがありましてな」ルウェリン氏は言葉を止めた。彼の注意が一瞬それたように見えた。「いやあ、かわいらしいですなあ」指差しながら、彼は言った。「あのミッキーマウスですが。貴君のものですか?」

「ミス・バターウィックの所有物です」

「わしはまだミス・バターウィックにお目にかかる光栄には、浴しておりませんでしたかな」

「これは失礼しました。こちらは僕のフィアンセのミス・バターウィックです、ルウェリンさん」

「はじめまして」

「はじめまして」ガートルードが言った。

「テニスン氏はお二人とも存じ上げております、もちろんロッティも。いやいやいや」ルウェリン氏は愛想よく言った。「ここにいる我々は皆友人のようですな、どうです?　はっはっは」

「はっはっは」モンティが言った。

「ほっほっほ」ガートルードが言った。

ロッティとアンブローズとレジーは「はっはっは」とは言わなかったが、ルウェリン氏は自分が受け取った「はっはっは」に満足しているようだった。彼は用件を持ち出すのに友好的な場が整ったと感じたようだった。彼はもう少しにこにこし、それからほほえみが消えるままにした。残ったのは厳粛で、心配そうな顔だった。

「よろしいですかな、お聞きください、ボドキンさん。ご説明いたしたいことがありましてな。こういうことなのです。貴君がわしのオフィスを立ち去られた後、ここにいるわしの義理の妹が立ち寄りましてな、先ほどの話し合いについて話したところ、妹の言葉で、わしはこの件をちがう角度から見るようになりましたのじゃ。妹の話を聞き、突然わしは、先ほどの話し合いの際に貴君にものを申し上げた際、わしが本気だったとお考えになられたのではないかと、思い当たりましてな。それでひどくすまなく思いましたのじゃ。わしは気が立っておりましてなあ、そうじゃな、メイベル？」

「はい」メイベル・スペンスが言った。常は「イエスガール」ではない彼女だが、「イエス」を言うことが不可欠な時もあるとは承知していた。

「わしは気が立っておりましてなあ」ルウェリン氏は続けて言った。「まさか貴君があれを真面目に受け取られようとは、夢にも思わずにおりました。わしがからかっただけだと、すぐにご了解いただけるものと思っておりました。さよう、からかっておったのです。海のこちら側でもう少し長く過ごされたら、我々アメリカ流のからかいというものに、慣れていただけることでしょうがなあ。いや全く！」ルウェリン氏は正直に驚いてみせながら、言った。「わしが気を変えて、もはや貴君をSL社に求めていないなどと、まさか本当に思われるなどとは、メイベルに言われるまでこれっぽっちも思わずにおりました。いいやわしはそんなに熱し易く冷め易い男ではありませんぞ。わしの商売では、そんな了見《りょうけん》じゃあ金は稼げませんのじゃ。わしはいったん決めたことを、決してくつがえしはいたしませんぞ」

モンティは胸の圧迫感を意識していた。彼はごくっと息を呑《の》んだ。彼は物わかりのいい青年ではない。しかし相手の言葉には、彼を突然の希望に身震いさせるものがあった。

「それじゃあ、あなたは――」

「へっ？」

「それじゃああなたは僕にハリウッドに来て欲しいとおっしゃるんですね？」

「いや、もちろんですとも」ルウェリン氏は快活に言った。

「そしてアンブローズもね？」ロッティ・ブロッサムが言った。

「いや、もちろんじゃとも」変わらず快活に、ルウェリン氏は言った。

「契約に署名してくれるのね？」

「いや、もちろんじゃとも。もちろん署名しよう。いつでも皆さんがわしのオフィスに来てくだされればな。無論、この場ではできんが」ホテルの居間で契約に署名するなどという突飛な思いつきを、愉快げにクックと笑いながら、ルウェリン氏は言った。

メイベル・スペンスはこの見解の誤りを正した。

「もちろんできるわ」バニティバッグを開けながら、力づけるように彼女は言った。「レジーの契約書がここにあるわ。あなたたちがお話を続けてる間にレジーとわたしでこれを書き写すから、そしたらお帰りいただく前に署名できて、それで全部大丈夫よ」

ルウェリン氏はクック笑いをやめた。この室内にいる間、彼は自分の陽気さレベルを高どまりさせるつもりでいた。しかし鋭敏な観察者なら、この提案を受けた彼の態度物腰に、苦痛に似ていなくもない何かしらを感じ取ったことだろう。

「それで結構じゃ」彼は言った。

彼の声に先ほどまでの響き渡るような勢いはなく、ゆっくりと、しゃがれ声で、あたかも気道に何か鋭いものが刺さっているかのように、彼は話した。同時に彼は義理の妹に、機転が利かないと思う姻戚《いんせき》に対して人が向けるような目つきを向けた。

メイベル・スペンスはその目に気づきもしないようだった。

「大丈夫」彼女は明るく言った。「一行か二行変えるだけのことだから。あなたはボドキン氏をプロダクション・エキスパートとして、テニスン氏を脚本家として採用したいのよね。レジー、ここの箇所になったら注意してね」

「わかった」レジーは言った。「プロダクション・エキスパート……脚本家、と。書けたよ」

「それじゃあ残るは条件だけね」メイベルは言った。「罰則条項とか他は全部書いてあるとおりに写せばいいんだから」

「よし」レジーが言った。

「よし」アンブローズが言った。

「よし」ルウェリン氏が言った。彼はまだ気道の異物に手こずっているように見えた。

「わたしの提案では――」

「いや、聞いてくれんか――」

「いや、アンブローズについては議論の必要はないだろ」レジーが指摘した。「そこについては決定済みだったはずだろう、どうだい？　兄貴は前の約束どおり一五〇〇ドルだ」

「もちろんよ。それでボドキン氏は?」

「千ドルでどうだい? キリのいい数字だ。君もそう言ったろ?」

「いや、聞いてくれんか」声を震わせ、ルウェリン氏が言った。「千ドルというのは大きな額じゃ。妻のいとこのジェネヴィーヴには三五〇ドルしか払っとらんが、非常に役に立つ女性じゃ……それに不況も続いており……また映画業界も業績不振で……」

「じゃあ千ドルにしよう」細かい話に苛立って、レジーが言った。「千ドル受け取るな、モンティ?」

「わかった」モンティもルウェリン氏と同じく、気道の調子がよくなかった。「千ドルいただくよ」

「よし。それじゃあ全部終了だ。これでよしと」

二人の筆写者は書き物机のところに下がった。二人が事の中心から離れたことで、会話に小休止が生じた。義理の妹、彼が一度たりとも好きであったためしのない小娘の出過ぎた真似のせいで、自分はミッキーマウスを手に入れてから契約への署名を拒否する代わりに、ミッキーマウスを手に入れる前にこの契約に署名しなければならないとの思いは、ルウェリン氏を静かな、もの悲しい気分にした。そしてただちに発言を求められるようなことは、他の誰にも何もないようだったから、沈黙がその場を支配した——ルウェリン氏が聞かないでいたい、カリカリいうペンの音によってのみ破られる沈黙が。

「はい、ペンよ」メイベルが言った。

「それでここがあんたの署名する場所だ」レジーが言った。「俺の親指のところだ」

「だけど、親指に署名しちゃダメよ」メイベルが言った。「ほっほっほ」

「はっはっは」レジーが言った。

二人はどちらもこの成り行きすべてについて楽しげで陽気で明るく、そして彼らの陽気さは、硫《りゅう》酸《さん》のごとくアイヴァー・ルウェリンの魂を焼き焦がした。署名を書き添える際の彼の苦痛はあまりにも明らかだったから、メイベル・スペンスは心を動かされた。彼の人生にただいま降り注《そそ》いでいる雨の代償に、陽光がもたらされるべきだと彼女は決意した。

「あのミッキーマウスは、本当にかわいらしいわね、バターウィックさん」彼女は言った。「あなた、あれを手放すお気持ちはないわよねえ?」

「絶対にだめだ!」ショックを受けて、モンティが叫んだ。

「ええ、手放さないわ」ガートルードが言った。

メイベルはうなずいた。

「だめだと思ったわ」彼女は言った。「わたし、あのミッキーマウスをジョセフィーンにあげられたらなって思ったのよ、アイキー」

「ああ、そうか?」警戒するように、ルウェリン氏は言った。ジョセフィーンの名前を聞くのは、これが初めてだった。

「アイキーにはね」メイベルが説明した。「足の悪い姪《めい》がいるの。それでその子はミッキーマウスが大好きなのよ」

ガートルードは居心地悪そうに身動きした。モンティも居心地悪そうに身動きした。ルウェリン氏は期待に満ちて身動きした。彼はメイベルが好きではなかったが、彼女の仕事ぶりは好きだった。

彼は彼女を突然、熱い賞賛のまなざしで見つめた。あの「足の悪い」だ。まさしく大ヒット作に必要なタッチである。

「足の悪い姪御さんですか？」モンティが言った。

「足のお悪い？」ガートルードが言った。

「去年自動車に轢《ひ》かれたの」

「ロールスロイスじゃった」ルウェリン氏が言った。彼は物事は正しく進めるのが好きだった。

「それからずっと寝たきりなの。あーあ」ため息をつきながらメイベルが言った。「わたし、お店を探してまわらなきゃ。でもなかなかぴったりのはないのよね。あの子の気に入るミッキーマウスを手に入れるのは本当に難しいの。病気で苦しんでる子供がどんなに気まぐれか、わかるでしょう――」

「彼女は金色の髪をしておってな」ルウェリン氏が言った。

「モンティ」レジーが言った。彼は自分の雇用主が奉仕と協力を喜ぶことを知っていた。「お前、そのかわいそうな病気の子供からミッキーマウスを取り上げるような、そんな卑劣な大人でいていいのか？」

「目は碧《あお》いんじゃ」ルウェリン氏が言った。

「モンティ！」懇願《こんがん》するように、ガートルードが叫んだ。

「もちろんですとも」モンティは言った。

「もちろんお気の毒な、かわいい姪御さんに差し上げなくっちゃ」ガートルードが言った。「私が取り上げるなんて考えられないわ」

「よくぞ言った。名ホッケー選手」レジーは真心込めて、いささか恩着せがましく言った。

「本当にいいの？」メイベルが言った。

「もちろん、もちろんよ」ガートルードが言った。彼女はレジーをいささか不快げににらんでいた。

「はいどうぞ、ルウェリンさん」

愛するぬいぐるみを手放すのは、明らかに彼女にとってつらい悲しみだったし、本当に善良な人物ならば、いささかの抵抗と躊躇《ちゅうちょ》を見せたはずである。ルウェリン氏はココナッツに飛びつくサルみたいにそれをひったくった。次の瞬間、考え直されることを恐れるかのように、彼はドアに向かって後じさっていた。

ドアのところで、彼は自分がいささか洗練と礼儀不足であったと気づいたようだった。

「えー、それでは……」彼は話し始めた。

彼は感謝の大演説を始めるつもりだったのかもしれない。しかし言葉が発されることはなかった。彼は一瞬立ち尽くし、頼りなげに笑った。そして行ってしまった。彼の後ろでドアが閉まると、電話が鳴った。

レジーが電話を取りにいった。

「ハロー？……わかった、上がってもらってくれ。アルバート・ピースマーチが下に来ていて、謁見を希望だ」彼は言った。

モンティはひたいをぴしゃりと打った。

「なんてこった！　チップをやってなかった！　彼の担当船室で航海の半分過ごしたのに」

アルバート・ピースマーチの到着が宣言されてから、アルバート・ピースマーチ本人の登場までの間には、この事態の道義性に関する非公式の議論が居間内にて行われた。ロッティ・ブロッサムは反ピースマーチ派だった。彼女はこの種の振舞いが続き、発展するままにされたなら――もし航海船のスチュアードがうっかり屋の客をニューヨークのホテルまで追いかけてくることが許されるなら、連中がアメリカ中を犬を連れて狩りたてる日も遠くあるまいと主張した。もっと寛容なレジーは、正義は正義であるしモンティは彼にいくらか手渡すべきだったと述べた。モンティは一〇ドル札を五ドル札二枚にくずそうと慌てていた。

ついにアルバート・ピースマーチが入室した時、彼の顔にはおなじみの敬意に満ちた非難の表情があった。彼は正道を踏み誤った息子を見るかのように、モンティを見つめた。

「旦那様《だんな》」彼は言った。

「わかってる、わかってる」

「かようなことをなさいますことは、正しいことではございません、旦那様――」

一〇ドル札を五ドル札二枚にくずそうという考えは、モンティのもとを去った。この非難するがごとき目を見、またこの非難するがごとき声を聞いて、彼は恥辱と後悔に焼き尽くされた。彼が今アルバート・ピースマーチに手渡したのは、手の中にあった一〇ドル札だった。

「わかってる、わかってる」彼は言った。「まったく君の言うとおりだ。どうして忘れてたものか、まるでわからない。いろいろ考えることがどっさりあったんだ。さあ、受け取ってくれ」

一〇ドル札を見て、アルバート・ピースマーチの厳しい表情は、一瞬溶け去ったように見えた。

「ありがとうございます、旦那様」

「いや、いいんだ」

「大変ご寛大なことでございます、旦那様」

「いや、そんなことはない」

「お心付けと、またこれをお渡しくださいましたご親切なお心には感謝申し上げます」アルバート・ピースマーチは言った。彼は札を折りたたむと、靴下に滑り込ませた。「わたくしはこちらを期待しておりましたわけではございません。またこれにより、わたくしは然《しか》るべくお話し申し上げることにいささか困難を覚えております。申し上げましたとおり、あなた様があのようなことをなさいましたのは、正しいことではございません。物事は正しいか、正しくないかのいずれかでございます。そして正しくない時には、とりわけわたくしがあなた様に対して覚えておりますような、かような申しようをお許しいただきますならば、親しき感情を当該人物に対して覚えております場合には、あなた様によかれと思い、またあなた様のご繁栄とご成功を願いつつ――」

アルバート・ピースマーチが絶好調の全開でいる時に彼を止められる人物はほとんどいない。しかしきわめて幸運なことに、この瞬間この部屋には、そうした人物がたまたま居合わせていた。

「ホーイ！」ロッティ・ブロッサムが言った。

「さて、お嬢様？」

ロッティは辛辣《しんらつ》だった。

「どういうつもり、このサカナ野郎ったら」彼女は熱くなって詰問した。「楽しい友人の集《つど》いに首を突っ込んでご高説をしゃべり散らして。ここを何だと思ってるの？　どこかの貸し集会場？　それとも卒業式？　それであなたは卒業生総代の答辞を読むわけ？」

「お話の趣旨がわかりかねます、お嬢様」

「ふん、じゃあこう言ったらどうかしら。誰があんたを野放しにしてるの？　何の用があってここに来たの？　なんで大演説を始めてるの？　あんたが何の話をしてるのかあたしたちにわかるよう、いつ説明してくれるの？」

彼女の態度はアルバート・ピースマーチを傷つけた。

「わたくしが何を申し上げておるかは、ボドキン様がご存じでいらっしゃいます、お嬢様」

「あなたわかってるの？」モンティに向かって、ロッティは訊《き》いた。

「全然」モンティは言った。「何だろうと思ってるところだ」

「おやおや、旦那様」ピースマーチは言った。「ご自分の良心にお訊ねくださいまし」

「僕の何に訊けって？」

「あなた様の良心にお訊ねくださいませ。わたくしどもは皆」再び本調子に戻って、アルバート・ピースマーチは言った。「紳士様がたには、ご友人がたご同席の場にて触れられたくはなきことがございますとは存じております。しかしながら、あなた様がわたくしの申し上げておりますことをご承知でないとおっしゃいますことは、それとはまったく違ったことでございます。あなた様の良心に徴《ちょう》してくださいませ、旦那様。その声をお聞きくださいませ。お考えくださいませ……ご省察をいただきたく存じます――」

「スチュアード」ロッティは言った。

「はい、お嬢様？」

「ルウェリン氏がたった今テニスン氏に、ハリウッドに行って彼のためにシナリオを書く五年契約をくれたところなの。そしてテニスン氏とあたしはこれからすぐにでも結婚するのよ」

「大変よろこばしく存じます、お嬢様」

「そうでしょ。だってあたしがあなたに一生忘れられないような一撃を頭の横に打ち込んでやらずにいるのは、ひとえにそのお陰なんだから。あたしがこんなにも幸せでなかったら、あなた今病院に向かってる真っ最中のはずよ。いい、聞いて、スチュアード。ここのところをわかって欲しいんだけど、あなた、二、三の簡単な言葉で——いいわね——あなたがその分厚い胸板から、何を言おうとしてるのか話してくれない？」

アルバート・ピースマーチは異性に対しては常に騎士道精神の人であったから、うなずいて言った。

「かしこまりました、お嬢様。もしボドキン様にご異論なくば」

「よろこんで聞こう」モンティは言った。

「それでは、お嬢様。わたくしが申し上げておりますのは、高価な真珠のネックレスをニューヨーク税関にて法の規定する関税を支払うことなく密輸しようという、ボドキン様の疑問の余地ある行為についてでございます」

「何ですって！」

「さようでございます、お嬢様」

「本当なの？」ロッティが言った。

「とんでもない」モンティは言った。「あの男は頭がおかしい」

「それではおそらく」アルバート・ピースマーチは静かなる勝利を込めて、言った。「あなた様におかれましては、昨晩わたくしに茶色の紙箱に包装するようにとお渡しあそばされましたあのミッキーマウスの中に、何が入っていたかをご説明いただけることでございましょう」

「何だって？」

「それはわたくしのセリフでございます、旦那様――何だこれは？　でございました」アルバート・ピースマーチは聴衆全員に向かって言った。「こちらにいらっしゃるボドキン様がベルを鳴らしてスチュアードをお呼びになられ、わたくしが船室に呼ばれたのでございます。そしてわたくしが伺いますとボドキン様は『ピースマーチ、ここにぬいぐるみのミッキーマウスがあるが、もし君がこれを茶色い紙箱に包んでくれたらとてもありがたい』とおおせになられ、そしてわたくしは『かしこまりました、旦那様』と申し上げ、それを包装いたしたのでございます。ところが包装の作業を始めるやいなや、わたくしはかようにひとりごちたのでございます。『ハロー！』わたくしは申しました。『このミッキーマウスの中に、何か入っているぞ』そして捜索終了後、わたくしの推測は正しかったことが判明いたしました。すなわち、わたくしは同動物の頭をくるくる回して外しまして、そしてただいま言及中のこの高価なネックレスを見つけたのでございます。『ホー！』わたくしは心のうちで声をあげたのでございました。わたくしは驚愕《きょうがく》したのでございます、旦那様」アルバート・ピースマーチは女家庭教師のようにモンティを見ながら言った。「驚愕し、嘆き悲しんだのでございます」

「だけど、なんてこった――」

「さようでございます、旦那様」アルバート・ピースマーチはきっぱりと繰り返した。「驚愕し、嘆き悲しんだのでございます」

「だけど、なんてこった。僕は何にも知らない――」

レジーは自分が割って入るべきだと感じた。

「実を言うと――お前のよく使う言い回しはなんだったっけ？――その件は容易に説明可能なんだ、親友よ。このネックレスはルウェリン親爺《おやじ》のものだ。とある譲歩と引き換えに、俺が彼のためにそいつの密輸を引き受けたんだ。あの晩、お前の船室でしゃべくってた時、お前があのミッキーマウスの首をくるくる回して外してるのを見て、思いついたんだ――」

「それでさっきアイキーは」メイベルが言った。「あんなにもミッキーマウスを欲しがってたのよ」

アルバート・ピースマーチはこのやりとりに無関心なように見えた。

「さようでございます、旦那様」彼は話を再開した。「わたくしは自分で自分に『ホー！』と言い、またわたくしは驚愕《きょうがく》し嘆き悲しみ、なぜならば密輸は法に違反することで、わたくしはあなた様がかようなことをなされるとは思いもよらなかったからでございます。したがいましてわたくしはこうひとりごちたのでございます――」

「あんたが何を一人で言おうが気にしないで」ロッティが口を挟んだ。「あんたそれを、どうしたの？」

「スチュアードが全員従わねばならない厳格なルールがございます、お嬢様。それによりますと、発見された貴重品はただちにパーサーのもとに届けられるべし、と」

「ん、まあ！」ロッティが言った。

彼女は他の面々に顔を向けた。そしてこの語が彼らの気持ちを約言していることを、彼らの目の中に見てとった。

メイベルが最初に口を開いた。

「かわいそうなアイキー！」

レジーもこの見解に賛同した。

「まったくだ。ルウェリン親爺は俺が長い徒歩旅行を一緒にしたいと思うような人物じゃあないが、しかし同情の哀しみを覚えるよ」

「結局彼は関税を支払わなきゃならないわけね」メイベルが言った。

「アイキーなら関税を支払うお金は持ってるでしょ」ロッティが言った。

「もちろんよ。だけどグレイスが彼に払うなって言ったの。だから問題なのよ。残念ながらこれでグレイスは烈火のごとく怒るでしょうね。姉さんがどんなかは、知ってるでしょ」

ロッティはうなずいた。アイヴァー・ルウェリン夫人は彼女にとって未知の人ではなかった。

「彼女、大急ぎで出かけて、パリ離婚をするでしょうね」

「そのとおり」

「それでこの問題のもう一つの側面は」レジーが指摘した。「このニュースを知ったルウェリン親爺は簡単に爆発しちまうだろうなってことだ。ああいう多血症の親爺ってのは、突然のショックでごくしばしばひっくり返ってこの世をおさらばしちゃうんだ。いわゆる卒中発作ってやつだな。喉を押さえて卒倒するんだ」

「そのとおりよ」ロッティが言った。

「そういうものだわね」メイベルが言った。

「そういうわけだから」レジーが思慮深く言った。「ルウェリンが、俺には英国シークエンスを監督させる契約、アンブローズにはシナリオを書く契約、そしてモンティにはプロダクション・エキスパートになる契約をくれて——しかも全員すごく高い給料で、それも全部五年だぞ——それが全部パーってわかったら、そりゃあ何かしら自然発火みたいなことは起こるだろうな」

「したがいましてわたくしは『ホー！』とひとりごちたのでございます」自分の発言に続いた沈黙によって発言の場を確保し、アルバート・ピースマーチは続けて言った。『ホー！』わたくしはひとりごちたのでございました。それからわたくしはしばらく考え、そして自分に言ったのでございます。『ふーむ！』と。それからもうしばらく考えましてわたくしは自分に『わかった！』と申しました。『自分がやろう』わたくしは自分で自分に申しました。『こんなことは、誰にだってするわけじゃあない』わたくしは自分で自分に申したのでございます。『だが、ボドキン氏のためなら、自分がやろう。なぜならあの方はいつだって礼儀正しい、好ましい若紳士様でいらっしゃるのだから。この方のためなら善行をしたいと思うような若紳士様でいらっしゃるのだから』と。したがいまして本件の要点と最終結果は、厳格な規則の命令には従わず、わたくしはそれをパーサーのもとに持っていかなかったということなのでございます。わたくしはただそれを、ポケットに滑り込ませておりました。こちらでございます」

そう言いながら、彼はズボンのポケットから、鉛筆、糸の玉、インドゴム一かけ、青銅硬貨で三ペンス、ネックレス、チューインガム一箱、ボタン二つ、小さい咳止め《せきど》めドロップを取り出し、テーブル上にそれらを置いた。彼は鉛筆、糸の玉、インドゴム一かけ、三ペンス、チューインガム、ボタンと咳止めドロップを取り上げると、元の場所にしまった。

その場にいた者たちが口をきけるようになるまでには、だいぶ時間が要った。モンティが最初に沈黙を破った。

「うひゃあ！」モンティは言った。「ここに例のブツを持ってきてもらいたいな」

「ブツってなあに、ダーリン？」ガートルードが訊ねた。

「シャンパンだ」モンティが言った。「本状況には最高のシャンパン六本が必要なように思える。つまりさ、君と僕は一件落着、アンブローズとミス・ブロッサムも一件落着、レジーとミス・スペンスも一件落着だ。それで僕としてはアルバート・ピースマーチ、多くの点でバカタレではあるものの、彼にはまもなく黄金の財布を謹呈《きんてい》するつもりだ。だけどこの祝祭を台なしにしてくれるのは、僕たちには流し込むものがジンジャーエールしかないってことだ。アメリカではね」彼はガートルードに説明した。「禁酒法っていうバカなものがあって、それのせいで――」

ロッティは彼を見つめていた。人生の真理にこんなにも無知な人間がまさか存在するとはと、驚きながらだ。

「バカね、とっくの大昔に禁酒法は廃止よ」

「そうなのかい？」モンティはびっくり仰天した。「誰も教えてくれなかった」

「もちろんよ。そこの電話でルームサービスにかければ、好きなだけシャンパンが手に入るわ」

一瞬、まだ茫然《ぼうぜん》としてモンティはその場に立ち尽くしていた。それからしっかりした足取りで、彼は電話のところに歩いていった。

「ルームサービス！」彼は言った。

訳者あとがき

本書は *The Luck of the Bodkins*（1935）の翻訳である。久々のウッドハウス長編をこの堂々の大名作で読者の皆様に再びご紹介できることが、私はうれしくてうれしくてたまらない。

ただいま本書を読了されたばかりの皆様方に、どうです、どうでした、よかったでしょう面白かったでしょうと、かのアルバート・ピースマーチのようにぴょんぴょん跳び回りながら肩を叩いて聞いて回りたい気持ちでいっぱいである。時節柄、直接お目にかかることははばかられるが、いかに胡乱な疫病が世にのさばろうとも、ウッドハウスが四分の三世紀前にこの世に送り出してくれた甘美と光明のシャワーを、私たちはうれしく享受せずにはいられない。たとえ物理的移動がどれほど困難であろうとも、私たちの心は時空を超えて南仏カンヌへと飛び、そして英国サウサンプトン港から新大陸ニューヨークへと、大西洋航路を輝かしく船出せずにはいられないのだ。本書の書き出し数行は、ウッドハウスの名文といえば必ず挙げられる一文である。いきなりの見事なウッドハウス節にノックアウトを食らって、笑ったが最後否応なしにどこかしら果てしなく遠いところに連れていかれてしまう、この甘美な歓びに身を委ねようではないか。

さてと、まずは簡単に書誌的な説明をしておこう。本書はイギリスでは一九三五年九月から十一月まで *Passing Show* 誌に、アメリカで同年八月から三六年一月まで ***Red Book*** 誌に連載され、イギリスでは一九三五年十月にハーバート・ジェンキンス社から、アメリカでは一九三六年一月にリトル・ブラウン社から刊行された。雑誌掲載時は英米共にオリジナルのテキストを短縮して連載され、アメリカ版は雑誌掲載と同じ短縮版を書籍化、イギリス版は短縮なしのオリジナルを書籍化したため、英米版では長さも内容もいささか異なり、英版の方が十三ページ長い。いずれにしてもウッドハウス最長長編である。現在刊行されているペンギン、アローブックス、エヴリマン版はいずれもイギリス初版本のテキストを用いているが、各々わずかながら異同があるようだ。本書訳出にはペンギン版とアロー版を照合し、異同がある場合は抜けとみなして文言の多い方を用いた。なお、各章の章題は訳者が追加したものである。

本書は、二〇〇九年に〈ウッドハウス・スペシャル〉の三冊目として刊行された『ブランディングズ城は荒れ模様（*Heavy Weather*, 1933)』の、わずか数週間後に時間設定されており、ブランディングズ城長編としては原著でも邦訳でも直近の続編となる。さあ遠い記憶をたぐりよせよと呼びかけたい気もするが、そこに何があったものかはうすらぼんやりと定かではなく、ただブタとかバラとか古城とか、かぐわしく美しいものと楽しいことどもの記憶がそこはかとなく留まるばかりである、くらいでまったく構わない。どうやら作家その人においてもそんなふうであったらしく、些事細部の齟齬《そご》を指摘して無理やりに辻褄を合わせてみせるのもウッドハウス読者の一つの態度であったりはするのだが、要するに短編でも長編でも連作でもシリーズでも何でも、どこから読み始めても面白くしてあるのが大ウッドハウスの匠《たくみ》の技の仕業である。本書が初めてのウッドハウスだという読者には、幸福な出会いを祝福するとともに、臆せず読み進めたまえとまずはお伝えしたい。

とはいえ本書で堂々のタイトルロールを張るモンティ・ボドキンについては、少しだけおさらいをしておこう。前掲『荒れ模様』ならびにそれに先行する『ブランディングズ城の夏の稲妻（*Summer Lightning*, 1929)』その他ブランディングズ城短編のそこかしこに登場するエムズワース卿の宿敵、サー・グレゴリー・パースロー＝パースローの甥っ子として『荒れ模様』に初登場した、イートン校、オックスフォード大学卒業、心やさしく容姿端麗、ドローンズクラブで二番目の大金持ち、グレゴリーおじさんと血縁であるほかは非の打ち所のない好青年である。愛すべきコーラスガール、スー・ブラウンと一時期つき合っていたことがあって、その際胸に入れたハートで囲んだ「スー」の刺青《いれずみ》は、『荒れ模様』ではロニー・フィッシュの目を嫉妬の緑色に転じせしめたばかりでなく、本作でも面倒くさく問題を起こしている。イングランド代表ホッケー選手、ガートルード・バターウィック嬢と「ほぼ」婚約中だが、令嬢のわからず屋の父親に、娘と結婚したくば一年間定職に就き働くこと、との条件を呑まされたため、常に仕事を求め、けなげに働いている。愛するバターウィック嬢は本作で元気一杯の初登場である。

彼女がイングランド代表女子ホッケーチームの一員としてアメリカに交流試合に向かう大西洋航路の豪華客船R・M・S・アトランティック号には、モンティほか、その旧友で都合よくガートルードのいとこでもあるアンブローズとレジーのテニスン兄弟、この兄弟各々と過去ないし現在進行形の恋人でお騒がせで赤毛で子ワニを飼っているハリウッド女優ロッティ・ブロッサム、そしてモンティがカンヌで出会ったハリウッド映画界の大立者、スペルバ＝ルウェリン映画社社長アイヴァー・ルウェリン氏と、その若き美貌の妻のやはり美貌の妹メイベル・スペンスらがそれぞれの事情と思惑を抱えて乗船する。

サー・グレゴリーは准男爵だが甥のモンティに称号はない。とはいえ本書においてしばしば言及されるきらきらしいご先祖様たちのご活躍から知らされるとおり、ボドキン家は十字軍の昔から英国王家に仕えてきた由緒ただしき家柄であるらしい。こういう古く由緒ただしき家柄ぶりは、たとえばバーティー・ウースターが、うちのご先祖様はノルマンコンクエストの時に王様と一緒にやってきて、しかも王様とはものすごく仲良しだったのだと繰り返すのと同じように、うれしくほほ笑ましくも頼もしい。

ところで、R・M・S・アトランティック号のR・M・Sというのはロイヤルメールシップの頭文字で、英国郵便との契約のもと郵便を運ぶ郵便船として、速さと時間の正確を示す英国王室お墨付きの品質と格式証明であった。ちなみにウッドハウス脚本、本作刊行の前年一九三四年にブロードウェイで初日を迎えたミュージカル『エニシング・ゴーズ』の舞台となったS・S・アメリカン号のS・Sはスティームシップの略、ギルバート&サリヴァンの喜歌劇『H・M・S・ピナフォー』のH・M・SはHer Majesty's Shipで英国軍艦の意である。なお、本R・M・S・アトランティック号は、ウッドハウスの未訳のノンシリーズ長編『船上の乙女（*A Girl on the Boat*, 1921）』の舞台としても登場する。ただし向かう方向は反対で、ニューヨーク発サウサンプトン行き、大西洋を東に向かう。『エニシング・ゴーズ』のＳ・Ｓ・アメリカンも、向きは同じくニューヨーク発サウサンプトン行きで、新大陸から英国に向かう人々の物語である。

イギリスからアメリカに船で向かう場合、ロンドンのウォータールー駅から臨港列車に乗ってサウサンプトンに向かい、同地にて乗船、船は英仏海峡を渡り、フランス北西部のシェルブールに寄港して大陸から乗船する船客を拾い、それから大西洋を横断する、というのが有力ルートだった。悲劇の豪華客船Ｒ・Ｍ・Ｓ・タイタニック号も一九一二年四月十日に同じくサウサンプトン港からニューヨークへ向けて処女航海に出航し、シェルブールではなくアイルランドのクイーンズタウンに寄港した後、大西洋に出た。

十九世紀末から二十世紀初頭の大西洋上は、客船の大型化、豪華化と、高速を競ってブルーリボン賞を奪い合う、国威を賭けた競争の場であった。第一次大戦後、競争は高速第一主義から豪華さと居住性へと向かい、第二次大戦勃発まで豪華客船の黄金時代は続いた。本作の舞台Ｒ・Ｍ・Ｓ・アトランティック号は、この戦間期の大西洋航路黄金期の豪華客船である。

ウッドハウスは一九〇三年、二十三歳の時に初めて渡米し、以後大西洋上を頻繁に往復したが、生涯一度も航空機に乗ることはなかった。したがって大西洋航路の定期客船というのは、ウッドハウスにはごくごくなじみ深い移動手段であり、常にタイプライターを携行した作家の、足掛け六日間の洋上仕事場だった。

色々と問題の多いスチュアード、アルバート・ピースマーチが得々と語り聞かせてくれるジミー・ザ・ワン、スカッパーガッツ、ドゥーザー、といった船員らの職名を表す隠語は、ウッドハウスが航海中に耳で拾い集めた俗語表現であったのだろう。また船とは、海上の危険と常に隣り合わせた軍隊式の、船長を頂点としたヒエラルキーと厳格な分業が果たされた上意下達の身分社会である。同じ客船で長い航海を共に洋上移動しながらも、階上の一等船客と階下の二等船客、三等船客の動線が交差することはほぼ起こらない、明確な階級分断社会でもある。西に東に洋上を往復する中で、ウッドハウスはここにもバーティー・ウースターのジーヴスや、ブランディングズ城の執事ビーチの属するのと同じ階級を見出し、その生態や言語を興味深く観察したのだろう。またプロムナードデッキにおける船客のルーティーンや船医らの生態も、作家が実地に観測したものであったはずである。本書のドラマに再々舞台を提供する図書室の様子は、船旅中のウッドハウスの安息の場であり、仕事場でもあったのだろう。

本書のもう一つの柱となる、映画界の大立者と元パンサーウーマンだったその若き美貌の妻、その妹のハリウッドセレブ御用達オステオパシー施術士、赤毛の人気映画女優……といったハリウッドモティーフも、これまたウッドハウスにとっては実地検分済みおなじみの人々の生態である。

ウッドハウスは生涯に二度ハリウッドに招かれ、脚本家として映画製作にあたった。一度目は一九三〇年五月八日から一九三一年五月九日までの一年間、メトロ・ゴールドウィン・メイヤーと週給二〇〇〇ドルで契約し、二度目は一九三六年、再びＭＧＭに招かれて六ヶ月契約でハリウッドに呼び戻された。本書中、アンブローズ・テニスンが提示された契約は週給一五〇〇ドルだが、ウッドハウスの得た収入はそれよりも高額である。しかしながら、高給を得、ハリウッドセレブリティたちと親しく付き合う華やかな日々を過ごしはしたものの、ウッドハウスが脚本家として大いに活躍したとは言い難い。

アイヴァー・ルウェリンのような大スタジオの独裁社長たちは、一本の映画製作に複数のシナリオライター、複数の脚本家らを動員した。脚本が手許に届くまでにはすでに半ダースの人々の手を通り過ぎてきて、最終版完成までにはそれからもう半ダースの人々の手を通り過ぎる、といった映画製作の方法は、ウッドハウスには無駄としか思えなかった。小説を一人で書くのはもちろんだが、一九一〇年代にブロードウェイでジェローム・カーン、ガイ・ボルトンとアメリカのミュージカルコメディに革命を起こしていた頃からこちら、電話口で作曲家がピアノで提案するメロディを聴き、脚本をもらった翌朝には台詞の半分を詞に取り入れてメロディにぴたりと合う歌詞を書き上げている、といった離れ業を日常的に継続してきたウッドハウスにとって、多数の人々が寄ってたかってシナリオをこねくりいじりまわすハリウッドシステムは、時間と才能の浪費としか思えなかったはずである。

最初の契約終了一ヶ月後一九三一年の六月七日、ウッドハウスは『ロサンゼルス・タイムズ』紙のインタヴューに応え、スタジオは自分をこれほど高額の給料で雇っていながら回してくれる仕事を見つけるのに大変な苦労をして、一体どういうわけで自分が雇われたものか理解に苦しむと語った。この記事は「スイスの男がドイツの皇帝を射殺した」くらいではなく「オーストリアの皇太子暗殺」くらいに映画産業界を震撼させたという。その結果、石もて追われたはずのハリウッドに、五年経ったところでなぜかふたたび呼び戻された、時系列的にはその契約交渉のやりとりの最中に書かれたと思われるのが本書である。

ハリウッド生活でウッドハウスは映画製作に大きく貢献することはなかったが、有り余る余暇時間のおかげでハリウッド映画界の理不尽や愛憎や不条理の数々をネタに、たくさんの短編、長編を世に遺した。本書はそうしたハリウッド長編としても、ごくすぐれたものの一つに数えられよう。

本書の重要なモティーフとなる、結婚と離婚についても少し説明を補っておこう。父親の決めた条件を満たさない限りモンティはガートルードと結婚できない、というのが本書ストーリーの前提だが、本書中でレジーが指摘するとおり、すでに成人に達したガートルードは法律上は親の同意がなくとも結婚できる。ひとえに彼女が父親思いの善良な孝行娘で、モンティが愛する女性の気持ちを尊重する恋人であるばっかりに駆け落ちもできない、というだけに過ぎない。他方、ルウェリン氏の妻はパリにいるから、思い立ったらすぐに離婚できるというのは一部本当で、一九二〇年代にはアメリカ人がパリに行って離婚する「パリ離婚」が流行した時期があった。ネヴァダ州のリノは、六ヶ月以上市内に居住した者は一方当事者の申し立てのみで離婚できるとしたため、離婚したい女性たちが農場で六ヶ月暮らした「離婚農場」で知られるが、フランス民法には居住期間について明文規定がなかったため、往復旅費と現地数週間の滞在と手続きをパッケージした離婚ツーリズムがアメリカで流行した。「二週間でスピード離婚、秘密厳守」といった広告を目にした妻たちは、海を渡りパリで離婚したのである。

一九一九年には数件だったフランス国内でのアメリカ人の離婚数は、一九二二年には百件を超え、一九二六年には三百件を超えたが、一九二七年に手続きの見直しがあり、両当事者の出廷と半年間の居住が要件となった。そのためその数は減少し、一九三〇年代初頭には二十数件にまで落ち込んだという。したがって、ルウェリン氏は妻の脅迫をそれほど恐れなくてもよかったのではないかと思われるのだが、どうだろう。

さてとここで何年か分のウッドハウス・ニュースをお知らせしよう、と言いたいところだが、上皇后美智子様が皇后時代最後のお誕生日のお言葉で「ジーヴスも二、三冊待機しています」とおっしゃってくださったお陰様で、他のことは一切合切吹っ飛んでしまった感がある。とはいえ、二〇一九年にウエストミンスター寺院の「詩人のコーナー」にウッドハウスの銘板が掲げられた、などビッグニュースは多い。ウッドハウス関連出来事について詳しくは、『ジーヴスの世界』(二〇一九、国書刊行会)をご参照いただければ幸いである。

直近のニュースとしてどうしても書いておきたいのは、二〇二一年一月に東京、二月には大阪で、宝塚歌劇団花組によってウッドハウスのミュージカルが上演されたことである。ボルトン/ウッドハウス共同脚本『Oh, Kay!』(一九二六)に加筆した二〇一四年ブロードウェイ版『NICE WORK IF YOU CAN GET IT』がそれである。時代は禁酒法下、ニューヨークの大金持ちの御曹司で顔がきれいで性格がいいばっかりで何もできない主人公、ジミー・ウインターに柚香光さん、ご禁制の酒の密売人ビリー・ベンドリックスに華優希さん、密売人仲間のエセ執事、クッキー・マクジーには瀬戸かずやさん、主人公の婚約者、自称世界一のモダンダンサー、アイリーン・エヴァグリーンに永久輝せあさん他。緊急事態宣言発出直後の緊張した空気が嘘のような、達者なダンスと歌声と明るい笑いと幸福感に満ちた舞台に、私は連日通って幸福感を深呼吸していた。本書校正時にはモンティ・ボドキンのイメージに柚香光さん演ずるハンサムなジミー・ウインターを重ねられたから、大変幸せであった。

もう一作、ウッドハウス脚本ミュージカル、前述したS・S・アメリカンの船上が舞台の『エニシング・ゴーズ』が、これまた二〇二一年夏に明治座ほか全国四都市で公演が予定されている。元宝塚歌劇団星組トップの紅ゆずるさんがリノ・スウィーニーを演じ、演出は『NICE WORK』と同じく原田諒氏で、これもとても楽しみである。

というわけでウッドハウス・ミュージカルで輝かしく明けた本年だが、本作に続けて、名作の誉れ高き『春どきのフレッド伯父さん』の刊行も予定されている。その次もある。うれしい。またウッドハウスが読める時代が来た。

森村たまき

二〇二一年四月

森村たまき（もりむら・たまき）
1964年生まれ。著書に『ジーヴスの世界』。訳書に「ウッドハウス・コレクション」（全14冊）、「ウッドハウス・スペシャル」（全３冊）ほか。

ウッドハウス名作選

ボドキン家《け》の強運《きよううん》

2021年６月17日　初版第１刷印刷
2021年６月22日　初版第１刷発行

著者　P・G・ウッドハウス

訳者　森村たまき

発行者　佐藤今朝夫

発行　株式会社国書刊行会
東京都板橋区志村1-13-15
電話03(5970)7421　FAX03(5970)7427
https://www.kokusho.co.jp

装幀　山田英春

印刷　三松堂株式会社

製本　株式会社ブックアート

ISBN978-4-336-07209-2

ジーヴスの世界

森村たまき

＊

作者の生涯、背景豆知識等々
入門者からマニアまで待望の
ウッドハウス・ガイドブック

ウッドハウス・コレクション
［全14冊］

P・G・ウッドハウス
森村たまき訳

＊

天才執事ジーヴスとご主人バーティー
ウッドハウスが創造した最高傑作
ジーヴス・シリーズ14冊を完訳

ウッドハウス・スペシャル
［全３冊］

P・G・ウッドハウス
森村たまき訳

＊

「ブランディングズ城」長編２冊と
「エッグ氏、ビーン氏、クランペット氏」
の短編集で構成

4